이사장님,
여기선 곤란해요

2

이사장님, 여기선 곤란해요 2

초판 1쇄 찍은 날 | 2018년 12월 3일
초판 1쇄 펴낸 날 | 2018년 12월 19일

지은이 | 요안나
펴낸이 | 예경원

편집 | 박수희 · 주승아

펴낸곳 | 예원북스
등록번호 | 제396-2012-000132호
등록일자 | 2012. 7. 25
YRN | 제1-0241호

주소 | 경기도 고양시 일산동구 호수로 646-24 위너스 21-Ⅱ 206A호 (우) 10401
전화 | 031-819-9431 팩스 | 031-817-9432
http://cafe.naver.com/yewonromance
E-mail | yewonbooks@naver.com

ISBN 979-11-89701-02-4 04810
ISBN 979-11-89701-00-0 (세트)

※ 이 도서의 국립중앙도서관 출판시도서목록(CIP)은 서지정보유통지원시스템 홈페이지(http://seoji.nl.go.kr)와 국가자료공동목록시스템(http://www.nl.go.kr/kolisnet)에서 이용하실 수 있습니다.

Goldline Romance Story

이사장님, 여기선 곤란해요

Undercover Romance

2

요안나 장편 소설

LINE GOLD

C • O • N • T • E • N • T • S

제7장 칼로 만든 부메랑

우리는 날마다 견우와 직녀라도 된 양 방문 사이에 서서 진득한 굿나잇 키스를 나누고 각자 방으로 향했었다. 지나치게 세련된 공간이, 어울리지 않게 오작교 노릇을 했었던 거다. 그런데 매일 밤 이어지던 오작교가 오늘은 소리 소문 없이 자취를 감추었다.

"잘 자, 변유정. 내일 데이트하려면 피부 관리해야 하잖아. 일찍 자야지."

"안 그래도 피곤해서 일찍 자려고 했거든요."

이 남자가 진짜 유치하게 사람 신경을 계속해서 건드렸다. 이쯤 되면 내가,

'미안해요, 준재 씨. 나 내일 안 나갈게! 나 준재 씨밖에 없어! 나한테 이러지 마!'

할 줄 알았나? 정말 어이가 없어서.

나는 곧장 방으로 향했다. 안 그래도 피곤한 금요일 밤인데, 자꾸 속을

긁어 놔서 피로감이 극에 달했다.

자자. 내일은 내일의 태양이 뜨니까, 내일 일은 내일 걱정하자.

샤워를 마치고 나온 나는 곧장 잠자리에 들었다. 피부 관리 때문이 아니라 혼곤함에 정신을 차릴 수가 없었다. 깊은 잠에 빠지기 직전, 나는 한가로운 공원을 거니는 꿈을 꾸고 있었다. 새하얀 원피스를 입고 초록 잔디 위를 맨발로 거닐며 민들레 홀씨를 불고 까르륵 웃었다.

『*철컥, 리로디드.*』

어디선가 낯선 남자의 굵은 목소리가 들려오는가 싶더니.

『*두두두두두두두두두!*』

엄청난 총질이 시작되었다. 나는 손에 꼭 쥐고 있던 민들레를 냅다 던지고 달리기 시작했다. 숨이 턱까지 차오르고, 가슴이 터질 듯이 달리는데도 총소리는 계속되었다.

"헉!"

나는 마치 산소를 처음 접하는 사람처럼 깊게 숨을 들이마시며 잠에서 깼다. 그런데 꿈속에서 들려오던 총소리가 끊이지 않고 계속되고 있었다.

"대체 이게 뭔……."

시계를 보니 이제 막 1시가 넘은 시각이었다. 나는 이불을 걷어차고 거실로 나가 보았다.

"하아."

어이없는 광경에 이제는 화를 내고 싶어졌다. 그는 거실 한복판에서 VR 게임기를 착용한 채로 총 쏘는 자세를 하고 있었다.

『*두두두두두두두두두!*』

요란한 소리와 함께 그가 총질을 하는 시늉을 해 댔다. 꼴이 정말 가관이었다. 나는 볼썽사나운 모습을 하고 있는 그의 곁으로 바짝 다가섰다.

“윤준재 씨, 거기 전쟁이라도 났어요?”

“피해!”

짙은 새벽, 그는 현실과 가상현실을 구분 못하는 건지 내 몸을 홱 잡아 당겨서 품에 안고는 총질을 이어 갔다.

『두두두두두두―』

환장하겠네, 진짜.

“큰일 날 뻔했어, 변유정. 너 방금 좀비한테 물릴 뻔했어.”

차라리 좀비한테 물리는 게 낫겠지 싶을 만큼 기가 찼다.

“이봐요.”

“왜 같이 하게? 근데 어쩌지, 이거 기기가 하난데. 내일 사러 갈까?”

“난 자고 싶은데요.”

그는 VR 기기를 멋지게 벗어젖히며 머리를 한 번 가볍게 흔들었다. 공기 중으로 그의 위험한 페로몬이 흩어졌다.

“자, 누가 못 자게 했어?”

그는 결 고운 눈썹을 씰룩거리며 히죽히죽 웃었다.

“지금 시간이 몇 신데 이렇게 소리를 크게 틀어 놓고 게임을 해요? 아랫집이나 옆집에서 쫓아오면 어쩌려고. 블루투스 헤드폰이라도 쓰든지.”

“아, 내가 말 안 했구나. 이 집, 변유정이랑 살 거라 내가 방음 공사 각별히 신경 썼거든.”

“나랑 살 건데, 방음 공사를 왜…….”

얼굴이 화끈 달아오른 나는 소스라치게 놀라고 말았다.

“뭘 그렇게 놀라? 같이 게임하자는 건데.”

약 올리듯 이죽거리는 얼굴을 꼬집어 주고 싶었다.

“아, 게임……. 그래요. 게임.”

나는 기가 막힌 나머지 그가 한 말을 되풀이했다. 그랬더니 그가 함박 웃음을 머금으며 내 귓가에 속삭였다.

"변유정이랑 하는 게임은 침실에서 시작할 거야."

귓가에 닿은 달콤한 숨결에 나는 하마터면 정신을 잃을 뻔했다.

"잡시다, 네? 자요! 소리를 줄이든지, 헤드폰을 끼든지."

나는 빽 소리치고, 씩씩거리며 내 방으로 돌아왔다. 또 총소리가 들려오면 뛰쳐나가려고 했는데, 거실을 의외로 쉽게 잠잠해졌다. 나는 조용해진 틈을 타 침대 위에 몸을 누였다.

이제 정말 자고 싶다.

잠이 들락 말락 할 무렵, 누군가 내 방 안을 왔다 갔다 하는 게 느껴졌다. 나는 화들짝 놀라 얼른 몸을 일으켰다.

"누, 누구야!"

오피스텔에 누군가 침입했었다는 사실이 상기되어 온몸에 소름이 돋아났다.

"나야."

들려온 목소리는 거실에서 총질하던 남자였다. 나는 한숨을 몰아쉬며 협탁 위로 손을 뻗어 휴대전화를 집어 들었다. 정확히 새벽 3시 8분이었다.

"왜요?"

"샤워하려고 하는데, 내 욕실에 바디클렌저가 떨어져서."

"그럼 갖고 가요."

"그냥 여기서 씻고 간다."

그는 내 대답은 듣지도 않고 욕실로 들어갔다. 이윽고 욕실 안에서 물줄기가 떨어지는 소리가 들려왔다. 새벽녘 갑작스레 잠에서 깬 탓인지 심장이 쿵쿵 울렸다. 저 문 안에서 지금 윤준재가 샤워를 하고 있었다. 마른

침이 꿀꺽 넘어갔다.

자자, 변유정. 쓸데없는 상상하지 말고 자자. 실제로 본 적도 없는 헐벗은 남자 몸, 상상해서 뭐 하냐.

그렇다. 스물일곱 나 변유정은 이제껏 남자의 헐벗은 몸 한 번 본 적 없는 안타까운 인생이었던 것이다. 그때 그 변태 거시기는 빼기로 한다.

괜히 씁쓸함이 몰려오려는 순간, 욕실 문이 빠끔히 열리는 소리가 들려왔다. 드레스 룸을 거쳐 나오는 어스름한 빛 사이로 그의 목소리가 들려왔다.

"자고 있어?"

나는 자는 척 대꾸를 하지 않았다. 지금 대꾸를 했다가는 이상한 목소리가 튀어나올 것만 같았다.

"저기, 유정아."

그는 조심스러운 목소리로 내 이름을 불렀다.

"왜요?"

"여기…… 수건이 없네."

호흡이 거칠어지는 게 느껴졌다. 그러니까 문 안에 서서 소리치는 저 남자는 젖은 몸으로 헐벗은 상태였다. 이러다 코피라도 터뜨리면 어쩌나 싶을 만큼 얼굴이 붉게 달아올라 버렸다.

"수건 좀 갖다 주지? 안 그럼 나 그냥 나간다."

"갖다 줄 테니까, 기다려요!"

나는 침대를 박차고 일어나 현관문 가까이에 있는 공용 욕실로 향했다. 배스타월 여러 개를 집어서 내 방으로 향하는데, 무릎에 힘이 빠져서 걸음이 휘청거렸다. 나는 빠끔히 열린 욕실 문 앞에서 깊게 숨을 한 번 들이마시고는 입을 열었다.

"수건 갖고 왔는데요."

떨리는 목소리로 읊조린 순간, 욕실 문이 활짝 열리고 말았다!

"엄마야!"

나는 혼비백산해서 수건을 집어 던지며 두 눈을 가렸다.

"변유정, 바보네."

키득거리는 웃음소리가 들려왔다.

"아까 샤워하면서 여기 수납장 못 봤어? 수건이 없을 리가."

나는 두 눈을 가렸던 손을 허탈하게 내리며 그를 바라보았다. 그는 이미 검은색 면 티셔츠에 진회색 트레이닝팬츠를 입고 있었다.

"지금 일부러 그런 거예요? 대체 왜 그래요?"

"글쎄. 내가 왜 그랬을까. 게임을 너무 했나 봐. 피곤하네. 잘 자."

그는 상큼한 미소를 머금으며 인사를 하고는 촉촉하고 보드라운 입술로 내 뺨에 가볍게 입을 맞추었다. 코끝에서 그의 진한 스킨 향이 느껴졌다. 비강을 훑고 들어간 짙은 향기는 내 가슴을 마구 휘저어 댔다. 그리고 그는 바람처럼 자신의 방으로 사라져 버렸다.

방 안에는 그가 남기고 간 향기가 가득했다. 나는 산란한 정신을 추스르며 다시 침대에 누웠다. 심장이 쿵쿵 울렸다. 호흡이 계속 가빠 왔다.

결국 나는 뜬눈으로 밤을 지새웠다.

한별과의 만남을 파투 낼 심산이었다면, 그의 계획은 수포로 돌아갔다. 나는 아침 7시경에 잠이 들었지만 오전 10시에 아주 개운한 기분으로 잠에서 깼다. 오늘 만약 한별이 단순히 영화만 보자고 했었더라면 상황은 달라졌을지도 모른다.

하지만 그 아이는 오늘 나에게 비밀을 털어놓을 것처럼 굴었다. 태블릿 PC, 스무 살에 학교로 다시 돌아온 이유, 그리고 은영이라는 아이. 학교에서 은영이라는 아이의 흔적을 찾기 위해 열심히 뛰어다녔지만 허사였다.

마치 누가 일부러 작정하고 없앤 것처럼, 그 아이와 관련한 흔적은 없었다. 그렇다고 섣불리 아이들에게 물어볼 수도 없는 노릇이었다. 오피스텔 침입자가 생긴 이상, 더 조심해야 했다.

내가 누군가의 뒤를 캐고 다닌다는 것을 알려서 좋을 리가 없다. 그에게 도움을 요청해 볼까 했지만 아직 확실치 않은 정보를 오픈하고 싶지는 않았다. 그렇게 되면 혼란만 가중될 뿐이다.

집 안은 고요했다. 지난 새벽, 난리 아닌 난리는 꿈이었다는 듯 평온했다. 나는 그가 잠들어 있는 방문을 조심스레 두드렸다.

똑똑똑—

"준재 씨, 나 나가요."

대꾸가 없다.

"기사님이 강남역까지 태워 주신대요. 걱정 마요."

또 대꾸가 없다.

"나 진짜 나가요. 이따 저녁 같이 먹을까요?"

끝내 대꾸가 없다. 하긴 새벽에 생쇼를 했으니, 고단할 만도 하겠지.

나는 혀를 끌끌 차며 집을 나섰다.

베테랑 기사의 운전 실력 덕분에 나는 약속 시간보다 5분 먼저 강남역 11번 출구에 도착했다. 출구 앞에는 나처럼 약속 상대를 기다리는 사람과 오가는 인파로 붐볐다.

"언제 왔어? 내가 먼저 오려고 했더니."

함박웃음을 머금은 한별이 다정히 물으며 다가왔다. 흰색 피케 셔츠에 청바지, 흔한 차림도 모델처럼 소화하는 아이다.

"방금 왔어."

한별은 눈웃음을 머금으며 되물었다.

"나 보고 싶어서 일찍 왔구나?"

미소를 머금은 얼굴이 반짝반짝 빛났다. 한별은 대가 없이 함께 웃어 주고 싶은 아이다. 저런 소리를 뻔뻔하게 하는데도 전혀 밉살맞지가 않았다.

"아침 먹었어?"

"아니."

나는 빙그레 웃으며 고개를 내저었다.

"늦게 일어났구나?"

"어. 일어나자마자 나왔어."

"나도."

한별이 유쾌하게 웃으며 덧붙였다.

"밥부터 먹을까?"

"그래."

일상적인 대화를 나누는데도 무척이나 즐거웠다.

아, 진한별처럼 유쾌한 녀석이 정말 내 남자 사람 친구면 얼마나 좋을까.

말도 안 되는 상상을 하며 나는 한별과 함께 걸었다.

"스파게티 괜찮지?"

"좋아."

한별은 미리 예약을 해 두었다며 펍 분위기가 물씬 나는 곳으로 나를 이끌었다. 한별은 메뉴에서 커플 세트를 가리키며 웃었다.

"이거 먹을까?"

“그래.”

주문을 마친 한별은 뿌듯한 미소를 지으며 나를 바라보았다.

“우리 오늘 꼭 커플 같다.”

이제 보니 나도 한별과 비슷한 차림이었다. 하얀 면 티셔츠에 종아리 중간까지 오는 청 스커트를 입은 나와 흰색 피케 셔츠에 청바지를 입은 한별이. 나는 유쾌한 웃음을 터뜨리며 말을 돌렸다.

“오늘 만나면 이야기해 줄 거 있다며.”

“음, 일단 먹고.”

우리는 일상 속 소소한 것들에 대대 시시콜콜하게 이야기를 나누며 식사를 마쳤다.

“영화 시간 촉박한데, 얼른 가자.”

극장 앞에 다다르자 한별은 스마트 티켓을 보여 주며 빙그레 웃었다.

“이거 볼 건데.”

영화는 그때 말했던 19금 스릴러 영화였다.

“이걸 어떻게 봐?”

나는 의뭉스러운 눈길로 한별을 올려다보았다.

“난 볼 수 있는데.”

한별의 목소리가 평소와 다르게 무겁게 가라앉았다.

“그쪽은 못 보나?”

한별이 한쪽 눈썹을 씰룩거리며 물었다.

“진한별, 너 왜 그래?”

“내 나이 진환이한테 들었다며.”

나는 입을 다문 채로 이어질 말을 기다렸다.

“근데 왜 알은체 안 했어?”

“네가 직접 이야기한 거 아니니까, 내가 알은체하면 기분 나쁠까 봐 그랬지.”

“아, 그러셨어요?”

갑자기 한별이 대뜸 말을 올렸다. 행인이 많았다. 주말 점심시간을 지난 극장 앞은 인산인해였다. 이런 이야기를 하면서 이렇게 사람이 많은 공간을 택한 이유가 뭘까.

혹시 행인들 사이에 누가 숨어서 지켜보고 있나? 내가 불안해하는 걸 느꼈는지 한별이 낮게 덧붙였다.

“걱정 마. 지켜보고 있는 사람 없어. 엿듣는 거 취미인 사람 때문에 일부러 소란스러운 데서 보자고 한 거니까.”

그날 방송 부스에서 석기와 나누었던 대화를 내가 엿들었다는 걸, 한별은 눈치채고 있었나 보다.

“처음엔 그냥 단순히 영화 보자고 한 거였는데…….”

한별의 목소리가 아련한 분위기를 품고 흔들렸다.

“마타리, 너 정체가 뭐야?”

나는 곧은 시선으로 한별을 응시했다. 대체 무슨 말인지 모르겠다며 대꾸하려던 순간, 등 뒤에서 익숙한 목소리가 들려왔다.

“두 사람 데이트 중인가?”

이쯤 되면 목소리의 주인공이 누군지 우리 모두 짐작할 수 있다.

바로, 윤준재 이사장이었다. 차마 한별이 앞이라 기가 막힌 표정을 드러낼 수는 없었다.

“안녕하세요, 이사장님.”

나는 한별이보다 먼저 깍듯이 인사를 건넸다.

“영화 보러 왔나 봐?”

알고도 묻는 이사장의 물음은 능청스러웠다.

“이사장님은요?”

한별은 인사도 없이 대뜸 되물었다.

"나도 영화관에 영화 보러 왔지."

"혼자서요?"

한별의 되물음에 의심이 가득 묻어 있었다.

"혼자 영화 보지 말라는 법 있나?"

"그런 법이 있는 건 아니지만, 금 선생님도 계신데 황금 같은 주말을 외롭게 보내시네요?"

이사장이 어금니를 사리무는 모습이 눈에 들어왔다. 님아, 벌써부터 그렇게 열받아 하면 그쪽이 지는 거예요.

나의 음란 자아는 절대적으로 이사장 편이었기에 응원봉까지 흔들며 그를 응원했다.

"시간 다 됐는데, 들어가자."

한별은 나를 협박했던 19금 영화가 아닌, 저주에 걸려 괴물로 변한 남자가 착하고 아름다운 여자의 도움으로 환골탈태하려다 소드마스터로 다시 태어난다는 판타지 영화 상영관 쪽으로 나를 이끌었다.

"나도 그거 볼 건데."

이사장이 어울리지 않게 커다란 팝콘 통과 콜라를 끌어안고 나와 한별이 뒤를 바짝 따라붙었다. 결국 우리 셋은 나란히 영화관 안으로 들어섰다.

"자리가 어디야?"

내 물음에 한별은 뒤따르는 이사장 보란 듯이 귀에 대고 속삭였다.

"J열 14, 15."

바닥 불빛을 더듬어 가다 보니 J열은 극장 맨 뒷좌석이었다. 그런데 이사장이 여전히 내 뒤를 따르고 있었다.

"이사장님은 어디……?"

나는 제발 체통을 지키라는 간절한 눈빛으로 그에게 물었다.

“일단 둘이 앉아 봐.”

한별은 미심쩍은 눈빛으로 이사장을 한 번 흘끗거리고는 나를 J열 14번에 앉혀 주었다. 그러자 이사장이 J열 13번에 자리를 잡고 앉았다.

“거기가 자리 맞아요?”

잔뜩 날이 선 한별의 목소리에 이사장은 유치하게 대꾸했다.

“남이사.”

아이고! 나는 통탄했다. 이사장 몰래 한별과의 약속 장소를 바꾸지 못한 내가 원망스러웠다. 하긴 바꿨어도 이 남자는 어떻게든 내 뒤를 밟아서 따라왔을지도 모른다.

“마타리, 네가 이쪽으로 와.”

이번에는 한별이 어금니를 사리물고 낮게 읊조렸다.

“어두운 극장 맨 뒷좌석에서 대체 무슨 짓을 하려고 계속 타리를 빼돌리지? 너희 내 양옆으로 갈라놓는 수가 있어.”

이사장이 팝콘 통과 콜라 잔을 들고 움직이며 부산을 떨었다. 이러다가는 영화 끝날 때까지 자리싸움을 해야 할 것만 같았다.

“그냥 앉죠.”

내가 자포자기한 목소리로 조용히 읊조리자 두 남자의 시선이 나를 향해 왔다.

“그래, 그러지. 뭐.”

이사장은 콧노래까지 불러 대며 자리에 착석했고, 한별은 떨떠름한 표정으로 자리에 앉았다. 이윽고 영화가 시작되었다. 영화는 예상보다 훨씬 으스스했고, 잔인했다. 기겁할 만한 장면이 나올 때마다 내 옆에 앉은 두 남자가 흠칫, 흠칫 놀라는 게 눈에 들어왔다.

“무서우면 나한테 기대.”

한별이 귓가에 대고 속삭였지만, 그 소리가 너무 커서 이사장에게도 충분히 들릴 정도였다.

"괜찮아."

나는 아무렇지 않다는 듯 그저 고개를 주억거렸다. 그러자 이번에는 이사장이 다른 쪽 귓가에 속삭여 댔다.

"혹시 무서워서 딴생각하고 있는 거야?"

"영화에 집중하고 있습니다만."

나는 쓸데없이 진지한 이사장의 목소리에 역시나 진지하게 대꾸해 주었다. 그렇게 남자 주인공이 소드마스터를 먹고, 여자 주인공은 남주의 주인인 여왕의 자리에 오르는 것으로 영화는 끝이 났다.

영화가 끝나자, 두 남자가 동시에 안도의 한숨을 내쉬었다. 상영관을 빠져나온 나는 고심한 척 입을 열었다.

"난 그만 가 봐야 할 것 같아요. 여기서 헤어지죠."

내가 선을 딱 긋고 나오자, 한별이 아쉬운 얼굴을 했다.

"나 아직 얘기 다 못했는데."

"학교에서 하자."

나는 한별에게 다음을 기약할 수 있을 거라며 안심시켰다.

"그래, 학생 신분에 해질 때까지 같이 몰려다니는 건 학생 지도 의무가 있는 사람으로서 용납할 수가 없네. 그럼 둘 다 모두 일찍 귀가하도록."

이사장의 다소 고리타분한 발언에 한별은 짜증스러운 얼굴을 했다.

"그럼, 저 먼저 들어가 보겠습니다."

"내가 데려다줄게."

한별이 아쉬운 기색 역력한 목소리로 나를 붙잡았다.

"아냐, 택시 타면 금방이야."

"너 혼자 택시 타고 집에 가는 거 마음에 걸려서 그래. 나랑 같이 타고 가자."

절대 물러서지 않겠다는 듯 끈질기게 구는 한별에게 나는 강수를 두어야겠단 생각이 들었다. 그런데 이사장이 대번에 끼어들었다.

"내 차로 갈까?"

아, 진짜 이 인간들이! 이러다 여기서 날 새우겠네! 나는 한숨을 폭 내쉬며 이사장 얼굴 한 번, 한별이 얼굴 한 번 번갈아 보았다.

"그냥 다 같이 여기서 밤새울까요?"

서슬 퍼런 내 목소리에 두 남자가 당황한 기색이 역력하다.

"저 좀 그냥 보내 주라고요!"

짜증 섞인 말에 한별은 머쓱한 얼굴을 하며 잘 가라고 인사했고, 이사장도 자신이 너무했다 싶었는지 입을 꾹 다물었다.

"뭐, 이사장님이 한별이 데려다주시든지요."

나는 그 자리에서 그대로 돌아섰다. 엉망진창이었다.

학생 둘이 영화 보는데, 이사장이 왜 따라 나와? 그리고 학생이라는 놈이 이사장한테 덤벼? 뭐 이런 거지 같은 경우가 다 있어?

나는 씩씩거리며 극장 앞에서 택시를 잡아탔다. 궁궐같이 휘황찬란한 곳으로 돌아가고 싶지 않았다. 한숨 돌리고 싶은 마음이 간절했다.

나는 택시 기사에게 내가 졸업한 대학교 쪽으로 가자고 했다. 교정 안은 비교적 안전하니까, 나를 뒤따르는 이가 있다고 하더라도 쉽게 해하거나 다가오지는 못할 테니까.

익숙했던 공간을 돌아보며 바람이나 좀 쐴 요량이었다. 요즘 이래저래 너무 시달렸더니 심신이 고단하다 못해 너덜거렸다.

오랜만에 찾은 학교의 모습은 이전과는 많이 달랐다. 교문이 없어지고, 그곳에는 커다란 현판석이 자리해 있었다. 차들이 쌩쌩 달리는 도로를 지척에 두고도 교정 안 잔디밭은 그 시절 기억 속 그대로 한산하고 여유로웠다. 호숫가를 돌아, 시계탑을 지나서, 계단을 오르내리며 잡생각을 떨치고 있을 때였다.

"변유정?"

갑자기 불린 이름에 나는 그 자리에 그대로 멈춰 섰다. 세상에는 치한을 맞닥뜨리는 것만큼이나 끔찍한 경우가 종종 있다. 추억의 장소에서 지나온 삶 어딘가를 더듬고 있는데, 그 시절을 함께했던 구 남친을 만나는 개 같은 경우랄까.

나는 긴 머리가 찰랑거리도록 머리를 뒤채며 여배우 돌아서기를 시전했다.

'내 이름을 부른 그대는 누구요.' 하는 눈빛을 하자, 나무 그림자 속에 숨어 있던 놈이 모습을 드러냈다.

"오랜만이다, 유정아."

일등고 한국사 교사이자, 마타리를 보고 기겁했던, 나의 첫 키스 상대이자, 군대 가서 군화 거꾸로 신은 그놈, 김진철이었다.

"김진철?"

나는 눈을 가늘게 뜨고 가늠하듯 물어보았다.

"어. 잘 지냈어?"

보다시피 나는 아주 잘 지내고 있다. 똥차 가고 벤츠 온다는데, 심히 벤츠스럽지만 어딘지 모르게 악당 같은 남자와, 일곱 살이나 어린 꽃돌이에게 시달리며. 나는 아주 잘 지내고 있다.

"어디 가서 커피나 한잔할까?"

진철이 아련한 눈빛으로 나를 바라보며 물었다.

"그래. 어려울 거 없지."

나는 최대한 도도하게 굴리라 마음먹었다. 여기서 정색하고 '내가 왜 너랑 커피를 마셔?' 하고 물으면 뭔가 애증 어려 보이니까.

학교 앞에는 예전에는 없었던 프랜차이즈 커피 전문점이 즐비했다. 나는 그중에 가장 북적이고, 가장 개방된 곳을 택해서 들어갔다. 일부러 자리도 통유리창 바로 옆자리를 골랐다.

아이스 아메리카노 두 잔이 우리 둘 사이에 놓였다.

"아메리카노 먹네? 곧 죽어도 단 것만 찾더니."

내 물음에 진철은 아련한 눈빛으로 대꾸했다.

"기억하는구나. 네가 좋아했었지. 아메리카노."

"아메리카노 좋아하는 여자 되게 많아. 나도 그중 하나일 뿐이고."

담담하게 내뱉자, 진철이 미간을 찌푸리며 입을 열었다.

"아냐. 너는 특별해. 네가 나한테 정말 특별한 사람이라는 걸 내가 너무 뒤늦게 깨달았어."

이거 기분이 좋은 것도 같고, 나쁜 것도 같고. 암튼 묘했다.

"그래서 말인데, 유정아. 우리 다시."

"너 되게 뻔뻔하다. 그 입에서 다시라는 말이 나와?"

나는 팔짱을 끼며 고압적인 목소리를 냈다. 이 새끼가 감히, 우리 다시?

나는 어금니를 사리물며 평정을 유지하려 애썼다. 마음 같아서는 수년 전 치욕을 갚아 주는 셈 치고 아이스 아메리카노를 끼얹어 버리고 싶었다. 하지만 지성인인 나는 주먹을 꽉 움켜쥐며 간신히 내 파이팅 본능을 가라앉혔다.

그런데.

"유정아, 넌 나한테."

진철이 간절한 목소리로 애원하듯 소리쳤다.

"성녀야!"

얼굴, 뒤통수 할 거 없이 몸 전체가 따끔거리는 기분이었다. 진철의 목소리를 들은 카페 안 사람들이 나를 흘끗거렸다.

"그게 무슨 뜻이야?"

나는 어떻게든 이 상황을 설득력 있게 포장해 보라는 기회를 주었다. 그리고 곧 후회했다.

"역사 속 그 어떤 여자도 너처럼 지덕이 뛰어나진 않았을 거야. 넌 내가 이 세상에서 존경할 수 있는 유일한 여자야."

진철이 이마에 송골송골 맺힌 땀을 닦아 내며 말을 이어 갔다.

"넌 나에게 그런 성스러운 존재야, 유정아."

기가 막혀서 말이 나오질 않았다.

"안 그래도 많이 그리웠는데, 많이 보고 싶었는데, 많이 미안했는데. 얼마 전에 내가 근무하는 학교에서. 아, 나 한국사 교사 됐어. 네가 나한테 그랬잖아. 가르치는 일이 잘 어울린다고. 근데 학교에서 널 닮은 학생을 봤어."

나는 떨떠름한 얼굴로 진철을 바라보았다.

"네 사촌 동생이라고 하더라. 발랄한 모습이 딱 너 대학 때랑 비슷하더라."

그래, 그게 나라고. 멍청아.

「내가 설마 키스한 여자도 못 알아보는 둔탱이로 보이나?」

순간 이사장의 목소리가 귓전을 스쳤다. 김진철, 너는 둔탱이가 맞구나.

너무 한심하다 못해 안타까운 눈빛으로 진철을 바라보고 있는데, 우리가 앉아 있는 테이블에 그림자가 드리웠다. 그리고 누군가 유리창을 똑똑 두드리는 소리가 이어졌다. 나는 슬로모션처럼 아주 천천히 고개를 돌려 유리창 밖을 바라보았다.

하마터면 비명을 지를 뻔했다. 슈트 바지 주머니에 손을 찔러 넣은 채로 위압적인 모습으로 서 있는 남자는 역시나……. 다 같이 외쳐 보자!

이사장이었다!

그는 나를 한 번, 내 앞에 앉아 있는 가엾은 영혼을 한 번 번갈아 보더니 카페 안으로 성큼성큼 걸어 들어왔다. 카페 안에 있는 여자들의 이목이 이사장에게로 자연스레 집중되는 게 느껴졌다.

"여기서 뭐 해? 학교 앞에서 보자더니."

그는 마치 우리가 선약이 있었던 것처럼 굴었다.

"안녕하세요, 이사장님."

진철은 자리에서 일어나 그에게 깍듯이 인사했다.

"아, 김 선생님도 이 학교 나오셨죠?"

그저 출신 학교를 묻는 질문일 뿐인데, 서슬이 퍼렇다.

"네, 그렇습니다만. 두 분은 어떻게……."

진철의 눈동자가 이리저리 헤엄쳤다.

"우리 유정이랑 아는 사이세요?"

이사장은 애정을 담뿍 담은 손길로 내 어깨를 어루만지며 진철을 내려다보았다.

"아, 저 그게."

죽겠다는 얼굴이었다. 차마 상사한테 구 여친이었다는 말은 못하겠나 보다.

진철아, 나 너라는 똥차를 보내고, 벤츠 탔다. 운전자가 다소 악당 같은 면이 있다만.

“분위기를 보니까 두 사람 예전부터 알고 지낸 사이인 것 같은데…….”

그는 근사한 미소를 머금고 있었다. 오렌지빛 석양에 물든 그의 얼굴은 반짝반짝 빛났다. 카페 안에 있는 여자들은 여전히 우리 테이블을, 특히 이사장을 흘끗거렸다.

“이제는 모른 척하시는 게 어떨까요, 김 선생님?”

이어진 물음에 진철이 바짝 긴장하는 게 눈에 들어왔다.

“학교에서 제가 늘 주차하는 자리에 누가 모르고 주차하는 것도, 저 되게 싫어하는 거 아세요?”

진철은 금시초문이라는 듯 고개를 내저었다.

“하다못해 내가 진작부터 찜해 놓은 주차장 자리도 누가 건드리면 기분 나쁜데, 내 여자는 오죽할까?”

나만큼이나 주위 테이블에 앉은 여자들도 감동한 눈치였다. 웬만하면 내 선에서 엿 먹이고 싶었지만, 구 남친 설욕전에 현 남친이 연합군으로 나서 준다면야 마다할 이유가 없다.

그것도 객관적으로 심히 잘난 남자가. 또 공교롭게도 구 남친의 상사께서.

이젠, 안녕. 김진철. 너의 학식과 교수 능력, 교사로서의 자질은 높이 사마. 하지만 이젠 정말 안녕.

나는 구 남친을 내 인생에서 보기 좋게 아웃시키며 카페를 나섰다.

“변유정.”

그의 차가 주차되어 있다는 유료 주차 타워로 향하는 길, 그의 목소리에 불만이 가득했다.

“왜요?”

나는 애교스럽게 되물으며 그의 군센 팔에 팔짱을 끼었다. 뾰로통했던 얼굴에 참지 못할 미소가 어리는 게 눈에 들어왔다.

"어떻게 틈만 나면 곁눈질이지?"

"내가 또 무슨 곁눈질을 했다고 그러실까. 나는 우리 집사님만 바라보는 한 마리 아기 고양이인데."

혀 짧은 소리가 술술 잘도 흘러나왔다. 그러자 그는 기가 막힌다는 듯 웃음을 터뜨리며 내 볼을 살짝 꼬집었다 놓았다.

"한별이가 뭔가 눈치챈 거 맞지?"

한별이만큼이나 이쪽도 눈치가 빨랐다. 조수석에 오른 나는 그가 차에 시동을 걸고 운전대를 움켜잡는 모습을 물끄러미 바라보았다.

"뭘요?"

나는 일단 시치미를 뚝 떼었다.

"변유정, 너 나한테는 그런 거짓말 안 통한다니까?"

그는 출발하지 않고 뜸을 들였다. 한별이와 석기가 방송 부스에서 나눈 태블릿 PC와 관련한 이야기를 섣불리 이사장에게 전할 수가 없었다.

일단 내 선에서 상황을 먼저 파악한 후에 타협점을 찾아야 할 것 같았다. 이사장이 나섰다가는 그를 적대시하는 아이들이 아무 일도 아니라며 숨어 버릴지도 모른다.

"아직 확신할 정도는 아니고요. 좀 지켜봐야 할 것 같아요."

어느 정도 솔직한 대답이었다. 이사장도 이 정도면 만족할 만한 대답을 얻었다고 생각했는지 수긍했다.

"그래. 변유정이 알아서 잘하겠지."

이어진 말에 심장이 왈칵 차올랐다.

"변유정은 어떨지 모르겠지만, 난 너 믿으니까."

내가 그에게 의구심을 완전히 걷어 내지는 않았다는 것을 그 역시 느끼고 있는 듯했다.

"알아. 너 나 완전히 안 믿는 거."

나는 가만히 그가 하는 말을 기다렸다.

"괜찮아. 내가 너 믿으니까. 날 믿지 않는 너를 난 믿으니까. 나만 똑바로 하면 되는 거잖아."

어쩐지 그의 목소리에서 씁쓸함마저 느껴졌다.

"미안해요. 근데 난 사람 쉽게 못 믿어요. 조금만 기다려 줘요."

"아까 그 새끼 때문이야?"

"그럴 리가."

나는 쓴웃음을 머금으며 진한 오렌지빛으로 물들어 가는 서울 도심으로 시선을 돌렸다. 그날처럼 햇볕은 쨍쨍한데, 비가 내리고 있었다. 사람들은 여우가 시집가는 날, 호랑이가 장가가는 날이라고 하지만 나는 세상이 날 우롱했던 날로 기억할 뿐이다.

해가 쨍쨍한데, 비가 내렸다.

아빠, 안 돼. 가지 마. 가지 마! 우리만 두고 이렇게 가면 어떡해. 엄마랑 난 어떻게 살라고. 아빠!

배운 것 없고, 가진 것 없었지만 딸에게 만큼은 무한히도 자상하셨던 나의 아버지. 관 앞에 서서 마지막으로 남편에게 절을 하라는 장례 지도사의 말에 엄마는 차가운 바닥에 이마를 땅에 댄 채로 몸을 일으키지 못하셨다.

"딸이 어머니 좀 일으켜요."

나는 하얀 상복을 입은 엄마를 간신히 일으켜 세웠지만, 엄마는 이내 바닥에 무너져 내렸다.

"아이고, 아이고. 이렇게 허무하게 가려고, 그렇게 힘들게 살았나. 아이고!"

엄마는 땅을 치며 통곡하셨다. 아버지는 공사장에서 막일을 하셨다.

열다섯 살 봄, 나는 학교 앞 공사장을 오가는 아버지의 모습을 발견하고 화들짝 놀라 몸을 숨겼던 적이 있었다. 공부도 제법 했고, 친구들한테 인기도 많았다. 모범적인 학생이라며 선생님들께 칭찬도 많이 받았었다. 그런 나에게 딱 하나 흠이 있다면, 변변치 않은 집안이라고 생각했었다. 나는 막일을 하시는 아버지와 공사장 식당에서 서빙을 하는 어머니를 은근히 무시했었다.

월급날이 정해져 있는 것도 아니었기에, 며칠씩 고된 노동 끝에 임금을 받아 오시는 날이면 아버지는 꼭 치킨 반 마리를 사 들고 오셨다.

"이렇게 돈을 막 쓰니까 우리가 이 모양 이 꼴로 살지. 난 그냥 밥 줘. 밥 먹을래."

후라이드 치킨 반 마리는 조그만 교자상 위에서 아무도 손대지 않은 채로 차갑게 식어 갔다. 머리가 굵어지면 철이 들어야 하는데, 고등학교에 들어가서도 나는 학교에서는 완벽한 학생으로 집 안에서는 철부지 딸로 살아갔다. 나의 모자란 말과 행동을 아버지가 묵묵히 받아 주시며 웃어 주셨다는 사실은 깨닫지 못한 채, 그렇게 하루하루가 흘러갔다.

그러던 어느 날, 다른 애들은 과외니 학원이니 바쁘다는데, 나는 방학 때 좁아터진 집구석에 처박혀서 뭐 하는 거냐며 심통을 부리고 있을 때였다.

— 학생, 옆에 메모지 있어요?

전화를 걸어 온 사람은 경찰이었다.

"네, 있어요."

— 그럼, 잘 받아 적어요. 여의도 ○○병원 응급실. 지금 바로 가요. 알겠죠? 아버지가 위독하셔.

경찰이라 자신의 신분을 밝힌 남자는 내가 당황할까 봐 그랬는지, 메모지에 적으라며 병원 이름부터 알려 주었다. 나는 곧장 엄마가 일하고 있는 기사 식당으로 달려갔다.

"엄마……."

내 이야기를 들은 엄마는 넋이 나간 내 손목을 억세게 움켜잡고 택시를 잡아탔다. 그때 입고 있던 내 반팔 티셔츠는 아버지가 처음으로 사 준 브랜드 옷이었다. 나는 그 브랜드 옷을 그날 이후 단 한 벌도 사지도, 입지도 않았다.

"유정이 아버지가 벽돌을 나르고 있었어. 그쪽 지지대가 계속 이상하긴 했지. 근데 그렇게 무너질 줄 누가 알았겠어."

아버지와 동년배로 보이는 아저씨는 종종 아버지와 소주잔을 기울이던 사이라고 했었다. 딸 자랑을 그렇게 했었다며, 아빠한테 그렇게 살가운 딸이 없다고 입이 마르도록 칭찬을 했었다고.

거짓말. 나는 한 번도 아빠한테 애교다운 애교를 부려 본 적 없는데.

"건축주가 다 보상해 줄 테니까. 걱정 말고, 기다려 봐."

엄마와 나는 지푸라기라도 잡는 심정으로 그 아저씨 말을 믿었었다.

"아니잖아요! 그때 그 지지대가 이상하다고 했었잖아요! 아저씨, 우리 아빠가 술 드셨다고 했죠? 무슨 술 드셨는데요? 얼마나 드셨는데요? 우리 아빠가 얼마나 드셔야 취하는지, 아저씨 아시죠?"

건축주와 시공업체에 매수된 아저씨는 아버지가 음주 상태에서 공사장 일을 하다가 발을 헛디디는 바람에 벽돌이 와르르 쏟아졌고, 지지대가 무너졌다고 거짓 진술을 했다. 그 어떤 서류에도 기록이 남아 있지 않은 일용직 노무자였던 아버지는 보상은커녕 불명예까지 떠안으셨다.

가장의 죽음은 우리 모녀를 바닥까지 끌어내렸다. 시공업체는 손해배상청구를 하지 않는 걸 다행인 줄 알라며 우리 모녀를 협박했다.

"아니야, 우리 아빠가 그랬을 리가 없어. 절대 그랬을 리가 없어. 우리 아빠가. 아니야. 아니야!"

누구도 들어 주지 않았던 엄마와 나의 이야기였다. 돈이 없으면 인품도 바닥일 거라 여기는 세상의 비뚤어진 시선 그리고 아버지에게 세상과 다를 바 없는 시선을 보냈던 철부지 딸이 바로 나였다.

"아니야…… 아니야……."

가슴이 찢어질 듯 아팠다.

"유정아."

"아빠?"

"유정아, 변유정. 정신 차려."

나는 꾹 감았던 눈을 뜨고 어스름한 빛 속에서 헤매었다.

"정신 들어? 무슨 꿈을 꾼 거야?"

눈앞에 그의 얼굴이 있었다. 아빠 장례식장에서는 꾹 참았던 눈물이 자는 동안 터져 나왔나 보다. 젖은 내 뺨을 어루만지며 그는 걱정스러운 눈빛으로 나를 내려다보고 있었다.

'아빠, 이 사람은 믿어도 돼?'

그는 물컵을 내밀며 나를 보듬었다.

"물 좀 마셔 봐."

나는 상체를 일으켜 앉으며 물컵을 받아 들었다. 끈적끈적한 입안으로 들어가는 물은 달콤했다. 물 한 잔을 다 비우고 나서야 겨우 한숨이 나왔다.

"안 좋은 꿈 꿨어?"

나는 아주 살짝 고개를 끄덕거렸다. 그는 더는 묻지 않고 나를 살포시 안아 주었다. 등허리를 쓸어내리는 커다란 손길에 고여 있던 눈물이 뺨을 타고 또르르 흘러내렸다.

잔뜩 긴장했던 몸이 스르륵 풀어지는 게 느껴졌다. 기분 좋은 온기가 가슴을 가득 채웠다.

"다시 잘 수 있겠어?"

나도 모르게 고개를 가로저었다.

"그럼, 내가 옆에 있을까?"

이번에는 확고한 의지를 가지고 고개를 끄덕거렸다. 그는 나를 꼭 끌어안은 채로 침대에 몸을 누였다.

"……따뜻하다."

울음을 많이 삼켰는지 잔뜩 쉰 목소리가 흘러나왔다.

"그래. 나 변유정한테 만큼은 따뜻한 사람이고 싶다."

그의 목소리도 가볍게 떨렸다. 그의 고른 숨소리, 어렴풋이 들리는 심장 고동을 느끼며 나는 다시 잠이 들었다.

아버지가 돌아가시는 꿈을 꾸고 난 뒤, 다시 잠들 수 있었던 밤은 처음이었다.

이튿날, 그는 여전히 걱정스러운 눈빛이었다. 은근한 미소를 머금고는 있었지만 혼자 두기 불안해하는 눈치였다.

"걱정 마요. 가끔 꾸는 꿈이야."

그는 무겁고 침울한 내면 깊숙한 곳을 헤아리는 듯 선불리 묻지 않았다.

"아버지 돌아가시는 날이 꿈에서 되풀이돼요. 나 되게 못된 딸이었거든요."

나는 애써 웃음을 보이려 노력했다. 그는 현관 앞에 서서 나를 꽉 끌어안아 주며 속삭였다.

"고마워, 변유정."

"뭐가요?"

"나한테 이야기해 줘서."

타인에게 아무것도 아닐 나의 악몽 이야기를 그는 고마워했다.

"지난밤에 나도 많이 고마웠어요."

나는 진심 어린 목소리로 감사를 표했다.

"당연한 일 한 거야. 내가 너 아프지 않게 지키는 일."

울컥 울음이 차올랐다. 심장이 묵직하게 울렸다.

"학교에서 봐."

우리는 아쉬운 아침 인사를 나누고 학교로 향했다.

아버지 꿈을 꾼 날, 나는 각별히 언행에 주의했다. 아버지가 살아 계셨을 적에 어리석게 굴었던 것을 만회하려는 의미인지도 몰랐다. 나에게 그 꿈은 이렇게 말하고, 저렇게 행동하면 안 되는 거라며 아버지가 꾸짖는 느낌이었다.

점심 방송 시간, 평소와 같은 방송을 마친 나는 부스 정리를 하고 있었다. 후배들을 내보낸 한별이 부스 안으로 들어섰다.

"얘기 좀 하자."

"점심시간 얼마 안 남았는데, 짧은 시간에 할 수 있는 이야기 맞아?"

나는 호의적인 미소를 머금으며 따뜻한 목소리를 내려 애썼다. 한별은 고민에 빠진 듯 굴었다.

"그날 여기서 나랑 석기랑 했던 이야기, 어디까지 들었어?"

"태블릿 PC까지 들었어."

그럴 줄 알았다는 눈빛이었지만, 한별의 표정을 한층 더 어둡게 가라앉았다.

"석기는 너한테 그 안에 있는 내용을 터뜨리자고 설득하고 있었고, 너는 안 된다고 하는 것 같던데."

한별은 한숨을 한 번 내쉬고는 물었다.

"혹시 경찰이에요?"

높임말에서 거리감이 느껴졌다. 한별의 얼굴은 차갑게 굳어 있었다. 거짓은 언젠가 들통나고, 진실은 반드시 밝혀지게 되어 있다. 아버지가 돌아가시고 수년이 지난 뒤, 내가 대학을 졸업할 무렵이었다.

당시 공사를 맡았던 시공업체는 상가 분양 사기로, 업체를 도운 대가로 정직원이 되었던 아저씨는 사기 혐의로 기소되었다. 그리고 그 과정에서 아버지의 죽음도 일면 억울함을 벗었다.

진실은 밝혀지게 되어 있다. 그러니 나도 지금 이 순간만큼은 앞에 선 아이에게 진실해야 할 것만 같았다.

"아니. 기자야."

내가 기자가 되기로 마음먹은 진짜 이유. 아버지 그리고 우리 모녀처럼 억울한 사람이 없기를 바라는 마음에서였다. 정의의 편에서 그 무엇보다 무서운 펜을 휘두르는 것, 그것이 내가 이 직업을 택한 이유다.

한별은 전혀 예상하지 못했다는 듯 미간을 구겼다.

"그 태블릿 PC에 담겨 있는 게 뭔지, 알려 줄 수 있어?"

나의 조심스러운 물음에 한별의 턱이 굳어졌다.

"증명해 봐요."

나를 바라보는 한별의 눈빛에는 그 어떤 감정도 담겨 있지 않았다.
"내가 믿을 만한 어른이라는 걸?"
한별은 고개를 끄덕이는 것으로 대답을 대신했다. 나는 세상에서 가장 어려운 시험대에 오른 기분이었다. 험한 세상, 내가 믿을 만한 어른이라는 것을 어떻게 증명해야 할까.
"교실에서는 평소와 같이 지낼 거지?"
나는 애써 밝은 미소를 지으며 물었다.
"당연하지."
한별의 표정이 한결 가벼워졌다. 그리고 이어진 심각한 질문에 나는 하마터면 웃음을 터뜨릴 뻔했다.
"근데 몇 살이세요?"
그리 묻는 한별의 눈빛은 진지했다.
"스물넷? 다섯?"
한별이 고개를 갸우뚱 기울이며 내 표정을 살폈다.
"내 나이가 중요해?"
"중요해요. 빨리 말해 봐요."
"스물일곱."
한별이 잠시 할 말을 잃은 듯 입을 쩍 벌렸다가 이내 꾹 다물었다.
"생각했던 것보다 훨씬 많네요."
이 자식이? 스물일곱은 여자 나이에서 가장 아름다운 나이였다는 유명한 광고 카피도 몰라? 아…… 설마 모를 나이인가?
나는 새삼 한별과 나 사이에 존재하는 무언가를 느꼈다. 격세지감. 상전벽해. 세대 차이.
"이사장이랑은 무슨 사이예요?"
"흠, 그게 중요한가?"

한별은 눈을 부릅뜨고 성난 목소리를 냈다.

"중요해요. 빨리 말해요."

"어떻게 중요한데?"

"공적으로나 사적으로나 다 중요해요."

"일종의 전략적 제휴 관계."

아직 정확한 것은 아니지만, 이사장과 한별은 같은 방향을 바라보고 있는 듯했다. 서로를 적군으로 착각하고 있는 매복한 아군이랄까.

"전략적 제휴 관계?"

"이사장님도 뭔가를 알고 있는 것 같은데, 나한테는 선불리 말을 안 해. 너도 무언가를 숨기고 있는데, 나한테는 말을 안 하지. 그 이유가 뭘까? 둘 다 누군가를 보호하려고 하고 있어. 이사장은 이 학교 수장으로서 학생들을, 너는 이 학교 학생으로서 학우들을."

나는 둘의 목적이 같다는 사실만을 주지시키려 했다. 어쨌든 이사장보다 더 큰 열쇠를 가지고 있는 쪽은 한별이었다. 한별이 이사장을 의심하고 있는지는 모르겠지만, 그로 인해 나에게까지 등을 돌리게 해서는 안 된다.

이사장의 뜻을 적당히 전할 필요가 있어 보였다. 딱 여기까지만.

서로 보호하려는 대상이 같다는 것까지만.

"설득력이 부족해요."

한별은 넘어가지 않겠다는 듯 단호하게 굴었다.

"알아, 나도. 설득력이 부족한 거. 딱 여기까지가 내가 알고 있는 사실을 종합했을 때 내릴 수 있는 결론의 최선이니까."

나는 가진 패를 다 보였다는 듯 어깨를 한 번 으쓱해 보였다.

"혹시…… 이사장이랑 사귀는 사이예요?"

"왜 질문이 거기로 튀지?"

"공적인 입장은 충분히 들었으니까, 사적인 관계에 관해서 묻는 건데요?"

"네가 무슨 권리로?"

나는 의문 가득한 시선으로 한별을 바라보았다.

"내 첫사랑이 정의인 척 굴면서 악당과 사랑에 빠진 건 아니길 바라는 마음이랄까요."

너무도 솔직하고 명확한 의견에, 나는 하마터면 크게 소리칠 뻔했다.

그치? 네 눈에도 악당 같지? 근데 되게 섹시하고 잘생긴 악당 같지 않아?

나는 또다시 삼천포로 빠지려는 정신줄을 붙잡고 장난스럽게 대꾸했다.

"그 말은, 이사장님이 네 첫사랑이라는 거야?"

"저 화내요."

"네가 화내는 거 내가 무서워나 할까?"

"태블릿 PC에 뭐 있는지 안 궁금해요?"

이제 좀 무서워지려는 것도 같다. 뭐라 대꾸를 해야 할까, 머리를 굴리고 있는데 5교시 수업을 알리는 예비 종소리가 들려왔다.

"수업 가자."

어차피 짧게 끝낼 사연도 아니고, 쉽게 해결될 사건도 아니었다.

"그럼요."

방송 부스 문고리를 잡은 순간, 한별이 성큼 이쪽으로 다가와 나를 저지했다.

"나랑 사귀면 태블릿 PC 넘길게요."

나는 팔짱을 끼고 한별을 올려다보았다.

"너 그거 쉽게 넘길 것 같지 않은데. 내가 너한테 쉽게 넘어가지 않을 거 알고, 너도 강수 두는 거지?"

한별은 들켰다는 얼굴이었다. 한별아, 내가 세상을 살아도 너보다 7년을 더 살았다.

나는 예끼, 이놈! 하는 표정으로 한별을 나무랐다.

"까불고 있어."

나는 얼른 방송 부스 문을 열어젖혔다.

"그럼 이름은 뭐예요?"

"마타리."

"예명 티 너무 나는 잠입명 말고요. 본명 말이에요."

한별이 애원하듯 물으며 따라왔다.

"솔직히 내가 미성년자한테 반했나 싶어서, 마타리 스무 살 될 때까지 기다리려고 했단 말이야. 근데 이제 안 기다려도 되는 거잖아."

나를 붙잡아 세운 한별이 다짜고짜 들이댔다.

"너 나보다 일곱 살 어려, 알아?"

"둘 다 성인이라는 공통점은 있죠. 잘 생각해 봐요. 이사장님보다 내가 몇 살이나 어릴지. 십 년 후에 이사장님 빌빌거릴 때, 나는 완전 힘쓸걸?"

나는 어이가 없어서 그저 한별을 올려다보기만 했다.

"누가 빌빌거리고, 진한별은 언다가 힘을 쓴다는 걸까?"

방송실 문가에 비스듬히 기대서 있는 이는 역시나, 이번에도 또, 어김없이 이사장이었다! 시도 때도 없이 나타나는 스킬이 홍길동 뺨친다.

저 남자 혹시 사광(師曠)같이 밝은 귀에 텔레포트 능력을 갖춘 초능력자는 아닐까?

나는 다소 난감한 상황에서 얼토당토않은 상상으로 긴장감을 분산시키려 애썼다.

"대답 안 해? 얻다가 힘을 쓰냐고, 진한별."

그는 팔짱을 끼고는 한별의 비위를 살살 긁는 듯한 말투로 물었다.

"이사장님."

한별의 목소리는 그런 이사장의 말투나 태도에 전혀 아랑곳하지 않는다는 듯 진지했다.

"저랑 붙어서 이길 자신 있으세요?"

"뭐?"

이사장은 잘못 들었다는 듯 되물었다.

"저랑 남자 대 남자로 붙어서, 이길 자신 있으시냐고요."

이번에는 한별이 이사장의 비위를 건드리며 빈정거렸다. 나는 차마 뒷목은 잡지 못하고 한숨만 집어삼켰다. 혈압이 치솟는 기분이었다.

이 학교에 1년만 더 있으면 저혈압이 씻은 듯이 낫다 못해, 고혈압이 생길 듯하다. 내내 문가에 기대서 있던 이사장이 벌어진 슈트 재킷을 여미고 단추를 채우며 다가왔다. 그 모습이 마치 전장에 나가며 갑옷을 입는 양 비장했다.

단단하고 예리한 턱선이 유려하게 움직이는가 싶더니.

"덤벼."

묵직하고 진중한 목소리가 흘러나왔다.

"얼마든지 상대해 줄 테니까, 덤벼. 진한별. 대신 지면 결과에 깨끗이 승복해. 알겠어?"

"그건 이사장님도 마찬가지죠."

마주한 두 남자의 눈빛이 허공에서 맞닿아 스파크가 이는 듯했다. 아, 두 사람의 공통된 뜻을 전하고, 그다음 해결 방안을 모색하려고 했더니……. 눈에 불을 켜고 싸우겠단다. 이게 다…… 나 때문인가?

나는 그만 헛웃음을 흘리고 말았다. 그러자 마주하고 있던 두 남자의 시선이 암묵적으로 제물이 된 나에게 향해 왔다.

"웃음이 나와?"

한별의 질문에 이사장이 대꾸했다.

"그러게. 지금 되게 심각한 상황인데."

때마침 수업 시작을 알리는 종이 울렸다. 예비종 치고 겨우 10분 사이에 일어난 일인데, 나는 국지전이라도 거하게 치른 기분이었다.

"그럼 저흰 교실로 가 볼게요. 가자, 타리야."

한별이 보란 듯이 내 손을 잡고 복도를 내달렸다. 심장이 쿵쿵 울렸다. 이번 잠입 취재로 나는 10년을 앞서 사는 것 같은 기분이었다.

늙었다는 뜻이다.

8교시 수업을 마치고 저녁 식사를 위해 급식실로 향하는 길, 은진이 하얗게 질린 얼굴로 나를 붙잡았다.

"저기, 타리야."

"어? 너 얼굴이 왜 이래? 어디 아파?"

"혹시, 생리대 있어?"

"어. 있어, 있어. 기다려 봐."

나는 가방에서 검은색 파우치를 꺼내서 은진에게 건넸다.

"고마워, 타리야."

은진은 잔뜩 미안한 얼굴로 파우치를 받아 들고는 돌아섰다. 나는 안쓰러운 얼굴로 은진의 뒷모습을 가만히 지켜보았다.

여자는 왜 이렇게 고달플까. 신은 왜 여자를 이렇게 만들었을까? 내 의지와 반하는 생리 활동이 끔찍할 때가 한두 번이 아니었다. 예기치 않은 순간 왈칵 쏟아 내는 기분이 들 때면, 짜증을 넘어선 분노가 치밀 때도 있었다.

또 그놈의 생리통은 얼마나 끔찍한지. 할 수만 있다면 허리와 하복부를 도려내고 싶었다. 내가 생리에 관한 짜증을 이어 가고 있을 때였다.

"야, 마타리. 너 은진이한테 생리대 줬냐?"

고까운 목소리로 물은 이는 내 머리채를 잡았던 무리, 하연과 진아였다.

"어. 왜? 너희도 빌려줘?"

"됐거든. 야, 저게 무슨 빌리는 거야? 없으면 보건실 가서 탈 것이지. 구걸이야."

"야, 지도 맨날 보건실 가기는 눈치 보이는 거지."

"구걸?"

나는 아이들의 다소 과격한 언어 선택을 지적했다.

"아, 너 몰랐구나."

본인은 마치 세상 절대자의 지식과 겸양을 갖춘 인간인 양 깔보는 말투로 진아가 읊조렸다.

"재네 집 형편 되게 안 좋다더라."

"야, 엄마는 정신박약이라며?"

"대박. 진짜? 나 그건 몰랐는데."

"누가 봤대. 엄마가 막 횡설수설한다던데?"

마치 반 아이들 전부 들으라는 듯이 둘은 시끄럽게 떠들어 댔다.

"남 얘기라고 너무 함부로 하는 거 아냐?"

차가운 일갈에 화살이 내 쪽으로 돌아왔다.

"아, 마타리도 같은 입장이라 이해하는 거구나. 너 아빠 아프시다며? 엄마는 계속 병원에 계시고. 그럼 너네 집 돈은 누가 벌어?"

두 아이의 께름칙한 시선이 내 몸을 훑어 내려갔다. 이내 아이들은 노골적으로 내 가슴과 다리를 쏘아보았다.

"아저씨들이 되게 좋아하게 생기지 않았냐?"

"어우, 천박해."

근거 없는 소문은, 특히나 누군가를 저격하는 안 좋은 이야기는 빨리 퍼진다. 사람 셋이 모였을 때, 그중 한 명 병신 만드는 일은 너무도 쉽다.

지금처럼.

"악담이나 험담은 칼로 만든 부메랑과 같아. 아무 생각 없이 내뱉은 말이 나중에 독을 묻히고 나한테 되돌아와서 내 목을 자를 수도 있는 거야."

"야, 마타리. 너 지금 우리 생각 없다고 욕했냐?"

나는 인내심의 한계를 느끼며 한숨을 내쉬었다.

"그래. 내가 전국 5%랑 무슨 이야기를 하겠어. 저녁이나 먹어라. 남 욕하는 데 힘쓰느라 배 많이 고프겠다."

나는 밥이나 먹으러 가야겠단 생각으로 돌아섰다.

"이년이!"

또다시 열여덟 여고생에게 머리채가 붙잡혔다.

"야, 대박! 여자애들 싸운다!"

누군가 복도에 소리쳤고, 그 바람에 밥 먹으러 가려던 아이들이 우르르 2학년 3반 교실로 몰려왔다.

"뭐 해, 말리지 않고!"

아이들 사이에서 앙칼진 목소리가 들려왔다. 안고은이었다.

"야, 너네 왜 이래? 타리 머리 안 놔?"

"선배는 빠져요!"

덩치 좋은 하연이 고은을 밀쳤다.

"너 지금 나 쳤냐?"

고은이 소리를 바락바락 지르며 자리에서 일어나 하연에게 돌진했다. 머리채를 붙잡힌 채로 이리저리 흔들리는데, 학내 저녁 시간 방송이 시작되었다. 공교롭게도 교육부에서 학교폭력예방을 위해 만든 캠페인 송이 흘러나왔다.

"뭣들 하는 거야?"

누군가 담임을 불러왔나 보다. 담임의 목소리가 들려오자, 갑자기 하연이 울먹울먹하더니 울음을 빵 터뜨린다. 나는 멍한 시선으로 하연을 바라보았다.

"엄마 부를 거야. 흑흑."

난데없이 피해자 코스프레를 하는 통에 나와 고은은 어안이 벙벙했다.

"넷 다 따라와."

우리는 고개를 푹 숙인 채로 담임의 뒤를 따라 교무실로 향했다. 교실에서 몸싸움을 벌인 죄로 우리는 저녁 식사도 하지 못하고, 야간자율학습이 시작되기 직전까지 교무실에 대기를 해야만 했다.

야간자율학습이 끝날 때까지 세워 둘 것만 같았던 담임이 입을 연 건, 저녁 시간을 마치는 예비종이 울린 직후였다.

"무슨 일이 있었던 거야?"

하연이 울먹이며 억울하다는 목소리를 냈다.

"마타리가 막 저 생각 없이 산다고 욕하잖아요."

나는 너무 어이가 없어서 헛웃음이 나올 것만 같은 것을 가까스로 참아 냈다.

"마타리, 네가 그랬어?"

담임의 의뭉스러운 눈길이 나를 향한 순간이었다.

"우리 하연이 어디 있어?"

"엄마아!"

하연이 엉엉 울며 달려갔다.
“누구야, 대체?”
“어머니 진정하시고.”
담임이 말릴 틈도 없이 하연이 나를 지목했고 하연의 모친이 내 앞으로 성큼 다가왔다.
“너야? 우리 딸 괴롭힌다는 년이?”
찰진 마찰음과 함께 내 고개가 옆으로 꺾였다. 머리가 딩 울렸다. 너무 아파서 눈물이 찔끔 맺힐 정도였다.
나 지금…… 뺨 맞았어?
마타리 엄마는 곁에 없다. 학부모 회장이라는 하연의 엄마는 하연을 감싸 안으며 수선을 떨어 댔다. 내가 만약 진짜 고등학생이었다면, 이 상황이 얼마나 억울했을까?
얼얼한 뺨에서 느껴지는 모욕감이 엄청났다. 어른답지 못한 하연 모친의 언행에 끓어오르는 분노를 삭이려, 나는 직접 겪은 일임에도 마치 내가 겪은 일이 아닌 양 한 발짝 떨어져 생각하려 애썼다.
교무실에 모인 모든 이의 시선이 나에게로 쏠린 게 느껴졌다. 나의 냉정한 태도가 마음에 들지 않는다는 듯 하연 모친은 큰 소리로 떠들어 댔다.
“어디서 근본 없는 게 굴러왔다고 하더니.”
“얘가 근본이 있는지 없는지, 아줌마가 알아요? 아줌마 딸이 얘 머리채 먼저 잡았거든요!”
고은이 나를 두둔하고 나섰다.
“저 무례하기 짝이 없는! 어디서 눈을 부라려, 어른한테? 교장 나오라고 해요.”
하마터면 크게 코웃음을 칠 뻔했다. 어디서든 갑질하는 행동이 몸에

밴 여자 같았다.

"교장 대신 제가 상대해 드려도 되겠습니까?"

올 것이 오고야 말았다. 등 뒤에서 들려오는 익숙한 목소리에 나는 가슴이 저릿했다.

「당연한 일 한 거야. 내가 너 아프지 않게 지키는 일.」

악몽을 꾸었던 밤이 지나고, 그는 나에게 그렇게 말했었다.

"신임 이사장인가? 얼굴 보기 참 힘드네요. 이제야 나타나시고."

하연 모친은 이사장에게까지 고자세로 굴었다.

"어떡할 거예요? 우리 딸이 받은 상처, 어떻게 책임질 거예요?"

"학교 폭력 위원회 열겠습니다."

"당연히 열어야지, 그럼. 저것들 아주 혼꾸멍을 내 줘야 해."

"가해자는 이하연 학생이 될 겁니다."

"뭐, 뭐요?"

"제가 부임하면서 학교 곳곳에 CCTV를 설치했습니다. 2학년 3반 복도 쪽에 설치된 CCTV를 통해, 먼저 폭력을 행사한 쪽은 하연 양이라는 것을 확인했습니다."

"재가 먼저 우리 하연이한테 막말했다잖아요! 요즘 언어폭력도 폭력인 거 몰라요?"

"제가 좀 알아보니, 교실에 여기 있는 네 학생 말고 다른 학생들도 있었던데요. 그리고 CCTV하고는 비교도 안 되는 장면을 보고 말았네요, 제가."

누군가 이사장의 휴대전화로 보낸 영상 메시지였다. 영상에는 하연이 은진을 두고 막말을 하기 시작한 지점부터 녹화되어 있었다.

"이봐요. 내가 이 학교에 기부한 학교 발전 기금이 얼만지 알아? 내가 누군지 알고 이래?"

하연 모친은 끝까지 턱을 치켜들고 소리를 질러 댔다.

"원하신다면 학교 발전 기금으로 기부하신 금액은 전부 돌려 드리겠습니다."

하연 모친은 새빨개진 얼굴로 삿대질을 멈추지 않았다.

"그래, 돌려줘 봐요. 젊은 사람이 영 싸가지가 없네. 아주 학부모를 우습게 봐. 하연아, 우리 이 학교 다니지 말자. 딴 데 가자. 응?"

"원하신다면 지금 당장 전학 처리를 도와 드릴 수도 있습니다."

이사장이 강경하게 나왔다.

"저, 실례합니다."

그때, 교무실에 또 다른 중년 여인의 목소리가 조용히 울려 퍼졌다.

"죄송합니다. 선생님. 저 고은이 엄마예요."

순간 나와 고은의 눈이 마주쳤고, 고은은 이제 됐다며 안심하라는 눈짓을 했다.

"안녕하세요, 고은 어머니. 어떻게……."

내내 사태를 주시하고 있던 고은의 담임이 먼저 고은 모친을 알은척했다.

"퇴근하는 길에 잠시 학교에 들렀다가, 고은이가 소란스러운 일에 휘말렸다고 해서 이렇게 결례인 줄 알지만 연락 없이 왔답니다."

괴물 같은 하연 모친과는 정반대의 교양과 예의를 갖춘 고은 모친이었다.

"안녕하세요? 학부모 회장님, 저희 전에 모임에서 한 번 뵈었었죠?"

"뭐 워낙 모임에 챙길 사람이 많았어서, 제가 잘 기억이 안 나네요."

고은 모친은 핸드백에서 명함 한 장을 꺼내어 하연 모친에게 건넸다.

"제가 애 아빠 사업을 돕고 있다 보니, 가정교육에 좀 소홀했나 봅니다."

그런데 명함을 마주한 하연 모친의 얼굴이 싸늘하게 식어 가는 게 눈에 들어왔다. 그를 확인한 고은 모친의 눈빛도 이채롭게 빛났다. 갑질하며 날뛰는 조무래기를 슈퍼 갑이 잡은 느낌인가?

"이사장님, 지난번 모임에서 한 번 뵈었었는데, 기억하세요? 아버님이신 명예 회장님은 강령하시죠?"

하연 모친의 눈동자가 지진을 일으키는 소리가 들리는 듯했다.

"어머, 제가 괜한 이야기를 했나 보네요. 그룹 윤 회장님 자제분인 거 밝히길 꺼리신다고 들었는데……."

"아닙니다. 아실 만한 분들은 다 아시는걸요."

그 아실 만한 분들 사이에 하연 모친은 없었나 보다. 이사장이 젊고 능력 있는 사람이고, 그룹 윤에서 보냈다는 사실은 알았지만, 명예 회장의 자제인 것은 몰랐나 보다. 그의 복잡한 집안사와 언론에 특별히 공개된 적이 없는 그의 이력을 따지고 보면 그럴 수도 있겠다는 생각도 들었다.

"고은아, 너 어서 이사장님이랑 선생님께 사과드려. 혹시 하연 어머니께 무례를 범했다면 그것도 사과드리고."

고은은 깊이 반성하는 얼굴로 머리 숙여 사과했다.

"죄송합니다."

그러자 하연 모친이 손사래를 쳐 댔다.

"아, 아닙니다. 고은 양은 잘못 없어요. 여기 이 근본 없는 애가."

그러자 고은 어머니의 시선이 대뜸 나를 향해 왔다.

"마타리 양이라고 했지요? 우리 고은이한테 이야기 많이 들었어요. 둘이 자매처럼 각별한 사이라고 하던데. 우리 고은이가 늘 동생 하나 있었으면 좋겠다고 했었죠."

나는 하마터면 박수를 칠 뻔했다. 고은 엄마의 스킬은 타의 추종을 불허했다.

결국 하연 모친은 얼굴에 먹칠을 하고 돌아갔다. 그 먹칠을 더 검게 만든 건 일면 자업자득이기도 했다. 고은 어머니도 끝까지 교양 넘치는 사과의 말을 전하며 학교를 떠나셨다.

그래도 학교에서 소란을 피웠다는 죄로 나와 고은은 상담실에서, 하연과 진아는 교무실에서 반성문을 작성했다.

"마타리, 왜 안 물어봐?"

"뭘요?"

"아까 그게 어떤 상황이었는지 안 궁금해?"

대충 돌아가는 상황으로 파악하기는 했지만, 굳이 알려 주겠다면 들어 줄 용의는 있다.

"어떤 상황이었는데요?"

"우리 엄마가 이사장님 고모야."

나는 눈을 치뜨며 되물었다.

"뭐라고요?"

"나랑 이사장님이랑 사촌이라고."

윤 명예 회장에게는 나이 어린 여동생이 한 명 있었다. 그 여동생이 그룹 윤의 건설회사 쪽 실세였다.

"그리고 하연이네는 내가 알기로 우리 엄빠 회사랑 거래하는 데일걸."

하연이네 집이 협력사인가 보다. 나는 반성문을 쓰던 연필을 내려놓고 더 해 보라는 듯 눈을 반짝거렸다.

"우리 엄마가 그러셨어. 힘은 누군가를 괴롭히기 위해 있는 게 아니라, 보호하기 위해 존재하는 거라고. 울 엄마 진짜 멋졌지?"

고은은 진심으로 어머니를 존경하는 눈치였다.

"아, 나 준재 오빠랑 사촌인 거 비밀이다?"

오빠? 나는 자칫 웃음을 터뜨릴 뻔했다.

"그리고 나 사실 준재 오빠네랑은 안 친해. 뭐 집안사 구구절절 이야기할 필요는 없을 것 같고. 너 반성문 다 썼냐?"

"거의요."

"봐 봐."

고은은 내 앞에 있던 A4용지를 끌어다 보며 감탄했다.

"와, 씨. 마타리 필력 짱이다. 너 언니가 투자할게. 글 쓸래? 남주는 한별이, 여주는 나."

"그거 일종의 팬픽인가요?"

나는 반사적으로 되물었다.

"재미있겠지? 그치? 써라, 엉? 너 완전 잘 쓸 것 같아! 응?"

고은은 까르륵 웃으며 손뼉까지 쳐 댔다. 처음 고은을 맞닥뜨렸을 때, 나는 이 아이에 대해 크게 오해했었다. 소위 말하는 일진. 그 부류 어디쯤 있다고 생각했었다.

새삼 깨달았다. 어른으로서 갖지 말아야 할 것 중 하나가 바로 편견이라는 것을.

편견 속에서는 올바른 정보도 곡해되고, 일그러지기 마련이다. 하마터면 내가 이 아이를 일그러진 시각으로 볼 뻔했다.

"그래서, 마타리 쓸 거야, 말 거야? 엉? 너 신춘문예 할 생각은 없어? 우리 엄마 신문사에도 아는 사람 많아."

저기, 고은아. 언니, 그 신문사에서 일해.

나는 그저 해맑은 웃음을 머금으며, 시간 나면 써 보겠다는 말로 고은을 달래 주었다.

❖

이튿날, 화장실에 갔는데 칸칸마다 휴지 롤 케이스 크기의 생리대 자판기가 설치되어 있었다. 돈을 넣을 필요 없이 레버를 돌리면 생리대가 나오는 구조였다. 이건 또 누구 아이디어일까?

나는 이사장이 부르지도 않았는데, 먼저 그를 찾았다.

[우리 상담실에서 좀 보죠?]

[무슨 일인데?]

[아, 좀 보자면 보십시다.]

중간고사를 3주 앞둔 시점, 방송반 아이들의 학업을 고려해 방송이 휴식기에 들어갔다. 나는 비교적 여유로워진 점심시간을 이용해 상담실을 찾았다. 이사장은 나보다 먼저 상담실에 도착해 있었다.

"무슨 일이야? 학교에서 갑자기 보자고 하고."

"화장실 생리대, 누구 아이디어예요?"

단도직입적인 질문에 그의 목덜미가 빨갛게 달아올랐다. 복제 인간도 만들어 내는 세상인데도 아직 남자 앞에서 생리대를 논하는 것은 어색한 아이러니라니.

"내 생각이야."

역시 바람직한 내 남자다. 어느새 나는 그가 악당 같은 존재일 거라는 가능성을 완전히 배제시켜 버렸다. 저런 천사 같은 배려를 가진 남자가 불의라고?

"어떻게 그런 생각을 했어요?"

"어제 녹화된 영상 보면서, 남녀 공학인 학교에서 여학생들이 생리대 든 파우치 들고 왔다 갔다 하는 것도 불편하겠다는 생각을 했지."

"그리고요?"

뭔가 더 이유가 있어 보였기에 나는 재차 물었다.

"은진이 같은 아이들 많을 거야. 그런데 그걸 입 밖으로 못 낼 뿐이지. 기본적인 생리 작용에 쓰이는 물건조차 구할 수 없는 환경에 놓인 아이들 돕는답시고 나섰다가는 오히려 상처를 줄 수가 있어."

"그래서 보편적 복지를 택하셨다? 사람이 견물생심이라고, 갑자기 생긴 물건에 혹해서 막 집어 가면 어떡해요?"

"그럼 좀 어때."

그는 쿨하고 멋진 대답으로 나를 감동시켰다.

"멋있다."

나도 모르게 내뱉은 말에 그는 빙그레 미소를 머금었다.

"멋있으면 상을 줘."

"상은 집에 가서 줄게요. 근데 이 학교, 수학여행비도 안 내던데요?"

기회가 된 김에 다 물어보자 싶었다. 그간 그의 교육 철학에 대해 물을 만한 기회가 딱히 없었다.

"모든 학생은 교육 앞에 평등할 권리가 있어. 그 권리를 이행시킬 수 있는 지원을 하는 게 재단의 역할이고."

이사장으로서 바람직한 직업 철학을 갖고 있는 남자를 나는 경외심 어린 시선으로 바라보았다.

"변유정."

"음?"

나는 고개를 갸웃 기울이며 완전 반했다는 눈빛으로 그를 바라보았다.

"그 표정 상당히 위험한데?"

"뭐가요?"

정색하며 되물은 말에.

"눈망울은 초롱초롱해서 뺨은 발그레해 갖고, 무의식적으로 입술 축이면서 입맛 다시고 있잖아."

나는 입술을 말아 물고는 웃음을 참았다.

"키스하고 싶게."

그의 목소리에서는 아쉬움이 잔뜩 묻어났다.

"여기선 곤란하죠."

"아니까, 어서 가."

"집에서 봐요, 그럼."

나는 아쉬움에 몸을 비비 꼬며 상담실을 나섰다. 그러다 문득 떠오른 생각에 나는 도로 상담실로 들어갔다.

"저기요, 이사장님."

"왜 준재 씨가 아니고 또 이사장님이실까?"

"저는 여기 학생이 아니라, 잠입 기자잖아요? 학생들이 전혀 눈치 못 챌 만큼 아주 열심히 학교생활을 하고 있고요, 취재도 게을리하지 않고 있고……."

"학교생활은 열심히 하는 것 같은데, 취재는 소득이 있는 거야? 애들 반응은 어때? 혹시 태블릿 PC 누가 갖고 있는지, 이상한 낌새는 없었어?"

나는 돌연 심각한 얼굴을 했다.

"조금만 기다려 줘요. 곧 뭔가 알아낼 수 있을 것 같으니까."

"그래. 섣불리 움직여서 아이들한테 혼란 주는 거, 그런 일만은 없었으면 좋겠어."

"걱정 마요. 나도 그렇게 함부로 움직일 생각 없으니까. 근데요, 내가 하려던 말은 이게 아니고."

"하려던 말이 뭔데?"

"내가 여기 진짜 학생은 아니니까."

"그러니까?"

나는 미간을 좁히며 목을 흠흠 가다듬고는 그 어느 때보다 심각한 목소리로 물었다.

"나 중간고사 빼 주면 안 돼요?"

그는 무슨 소리를 하는 거냐는 듯한 표정이었다.

"아니, 그렇잖아요. 내 성적 나오면 뭐 할 거야? 아, 그리고 나도 명예가 있는데, 성적 거지같이 나오는 꼴은 못 보겠고, 그럼 공부를 해야 하고. 그럼 취재할 시간이 줄어들고. 이거 완전 악순환이라니까요?"

그는 일면 일리가 있는 말이라는 듯 고개를 끄덕였다.

"하는 거 봐서."

앗싸! 쾌재를 부르려는 순간.

"이번 주말, 내 생일에 하는 거 봐서."

음란 자아가 조용히 고개를 치켜들었다.

파티 플래너라도 고용해야 하나 싶었다. 한단아 남편이 이벤트에 능하다던데, 가서 조언이라도 구하고 싶은 심정이었다. 얍삽한 남자 같으니라고.

중간고사 빼 주는 게 어려워? 생일에 어떻게 하는지 보겠다고? 뭘 해 봤어야 알지!

음란 자아가 나를 부르느냐며 음흉하게 웃었다. 까짓거 본능에 충실하면 되는 건가?

순간 뺨이 홧홧 달아오르는 게 느껴졌다. 나는 손등으로 양쪽 뺨을 감싸며 한숨을 내쉬었다.

[뺨 부었네요. 아팠죠?]

야간자율학습 마지막 시간, 한별이 노트 귀퉁이에 적은 메모를 내밀며 걱정스러운 얼굴을 했다.

[어색하게 존대야, 왜.]

[그럼, 예전처럼 말 편하게 해요?]

[어.]

나는 짧게 대꾸한 뒤 집중이라고는 개미 눈곱만큼도 되지 않으면서 확통 문제를 노려보았다.

[그래도 나보다 일곱 살이나 많은데, 어떻게 그냥 말을 놔요?]

갑자기 거리를 두는 한별을 나는 미심쩍은 눈빛으로 바라보았다.

[나랑 사귀면 말 놓기 편할 것 같은데.]

한별이 눈웃음을 머금으며 내 쪽으로 낱개 포장된 비타민 한 개를 내밀었다.

[먹고 힘내요.]

미워할 수 없는 놈 같으니라고. 나는 한별이 건넨 비타민을 집어서 교복 주머니에 넣었다.

"야, 마타리."

등 뒤에서 낮게 깐 목소리가 들려왔다. 목소리의 주인공은 머리채를 부여잡고 싸웠던 무리 중 한 명인 진아였다.

"왜?"

정신 못 차리고 또 시비 거나 싶어서 내 목소리에는 잔뜩 날이 섰다.

"아깐 미안했다고."

나는 한쪽 눈을 치뜨며 진아를 가만히 응시했다.

"아, 미안하다고. 사과 좀 받아라. 사람 민망하게 쳐다보지만 말고."

"그래."

심드렁히 대답한 뒤 고개를 돌리려는데, 이번에는 하연이 입을 열었다.

"마타리."

엄마 따라 집에 간 줄 알았는데, 당장 전학 갈 거 아니면 야간자율학습 빼먹지 말라는 이사장의 말을 들은 걸 보니 전학 갈 생각은 없었나 보다.

"왜?"

"아깐 나도 좀 미안했다."

반 아이들의 시선이 나와 하연이에게 묘하게 집중되었다.

"그래."

나는 또다시 심드렁하게 대꾸했다.

"너 확통 때문에 고생 많다며? 내가 과외 녹화해 놓은 거 보냈다. 그거 보면 도움 많이 될 거야."

"오올, 이하연, 착한 짓을 하고 웬일이냐?"

진웅이 키득거리며 끼어들었다.

"동영상 제대로 갔나 한번 확인해 볼래?"

"지금?"

"어, 제대로 안 갔으면 다시 보내게."

하연이 순진한 미소를 머금으며 채근했다. 아이들의 시선이 일제히 나에게로 넘어왔다. 뭔가 함정 같은 느낌이 강한데, 확인해야 할 것 같은 분위기다. 나는 하연과 진아를 번갈아 보며 재킷 주머니에서 휴대전화를 꺼내 들었다.

하연의 말마따나 동영상 하나가 카톡으로 들어와 있었다.

"어서 확인해 봐."

진아가 계속 채근했다. 나는 미심쩍은 기분을 떨치지 못하고 동영상 플레이 버튼을 눌렀다.

『하응!』

절정의 신음소리가 조용한 교실을 울렸다. 저것들을 믿은 내가 병신이었다.

고개를 홱 돌린 순간, 이것들이 아무 일도 없었다는 양 책에 얼굴을 파묻었다.

"뭐야?"

순간 교실 앞문 쪽에서 서늘한 목소리가 들려왔다.

"방금 무슨 소리야?"

때마침 야간자율학습을 마치는 종소리가 울려 퍼졌고, 담임이 교실로 들어섰다.

"방금 무슨 소리였냐고. 두 번 물었다."

나는 마른침을 꿀꺽 삼켰다.

"마타리, 또 좆 됐네."

진웅이 뒤에서 조용히 욕설을 내뱉는 소리가 들려왔다.

"마타리, 또 너야?"

담임이 미간을 구기며 물었다.

"하연이가 미안하다면서 확통 과외 동영상 보내 줬다고 해서요. 그거 틀었던 건데요."

고자질은 정말 싫지만, 당하고만 있을 수는 없어서 나는 솔직하게 털어놓았다. 담임의 시선이 반 아이들을 한번 훑었다. 이의를 제기하는 아이들은 없었다.

"마타리, 이하연. 휴대전화 들고 앞으로 나와."

잔뜩 쫄아 있을 거라 예상했던 하연이 의외로 당당히 교실 앞으로 향했다.

"둘 다 여기서 동영상 동시에 재생해 봐."

나는 거리낌 없이 좀 전의 동영상을 다시 재생시켰다.

『이번에 풀 문제는 적률생성함수인데…….』

『이번에 풀 문제는…….』

나는 기겁했다. 당연히 엄청난 신음소리가 울려 퍼질 거라 생각했는데, 두 개의 휴대전화에서 동시에 강의가 재생되었다.

"하연인 들어가고, 마타리는 따라와."

오늘만 벌써 두 번째, 담임의 출두 명령이었다. 나는 한숨을 폭 내쉬며 담임을 뒤따랐다. 조용한 복도, 담임의 발걸음은 상담실로 향하고 있었다.

"또 당하셨네."

낮게 읊조린 담임은 휴대전화를 만지작거리며 쿡쿡 웃어 댔다.

"재미없거든요."

"아니, 애들한테 그렇게 속수무책으로 당하면서 여기 계속 있을 수 있겠어요?"

분명 걱정해서 묻는 질문 같은데, 말투가 놀리는 것처럼 느껴지는 건 기분 탓일 거라 생각했다. 그런데 상담실을 들어선 순간 나는 담임의 목을 조르고 싶어졌다.

"어, 형 와 있었네."

이사장이 창가에 기대선 채로 팔짱을 끼고 있었다. 좀 전에 휴대전화를 만지던 게 이 남자한테 보고하는 거였나 보다. 마타리 또 사고 쳤다고.

그의 입은 굳게 다문 채였고, 눈길은 냉랭했다.

"나는 오늘 약속이 있어서 일찍 가 봐야겠는데?"

담임이 손목시계를 들여다보며 거드름을 피웠다.

"이사장님, 우리 타리 너무 혼내지는 마세요. 한창 호기심이 많을 나이잖아요? 뭐 야동 같은 거 볼 수도 있지, 뭐."

나도 모르게 담임에게 눈을 부라리고 말았다. 하지만 담임은 나의 서슬 퍼런 시선에도 아랑곳하지 않고, 입술을 양옆으로 찍 늘리며 얄밉게 웃고는 상담실 밖으로 나가 버렸다.

"하루에 두 건이나 사고를 쳐? 대단해."

이사장이 창가 쪽으로 몸을 비스듬히 돌리며 고개를 내저었다.

"아니, 저기요. 아니라니까요? 분명히!"

"됐고. 학교 다닐 때 공부 잘했나 봐?"

"제법 했죠."

화제를 돌리는 거라 생각했다. 그는 늦은 밤 하교하는 아이들을 내려다보며 진지한 목소리로 덧붙였다.

"그렇게 미리 예습까지 할 필요는 없는데."

"아, 제가 문과 출신이라, 확통은 워낙."

"아니, 확통 말고."

내내 돌아서 있던 그가 재미있으면서도 우려스럽다는 눈빛으로 나를 바라보았다.

"그거, 실제하고는 많이 달라. 설마 그런 걸로 환상 갖고 그러는 건 아니지?"

내 입이 떡 벌어졌다. 이 남자는 심각한 표정, 신뢰감 넘치는 목소리, 진지한 말투로 농담을 하고 있는 거였다.

"아니라니까요!"

빽 소리를 지르고 나자, 그가 유쾌한 웃음을 터뜨렸다.

"저기요, 이사장님. 깜빡이 좀 켜고 들어오시죠?"

그는 다 알아들었지만, 무슨 의미냐는 듯 묻고 싶은 얼굴이었다.

"그런 농담은…… 좀…… 그렇게 훅 들어오면 내가."

나는 작게 한숨을 내쉬며 짜증스럽게 대꾸했다.

"부끄러워?"

또다시 그는 진중한 얼굴로 굉장히 심각하게 물었다. 이거 부끄럽다고 하면 놀림받을 것 같고, 안 부끄럽다고 해도 더 놀림받을 것 같고. 진퇴양난이다. 나는 그나마 이미지가 좀 더 유순해 보이는 쪽을 택하기로 했다.

"부끄러워요."

말을 내뱉자마자 뜨거운 라면 국물을 원샷한 것처럼 가슴 속이 뜨겁게 타올랐다. 그가 성큼 내 앞으로 다가왔다. 나는 물러서지 못한 채 가만히 서 있었다. 마른침이 꿀꺽 넘어갔다. 그의 눈빛은 마치 봄날 오후 아지랑이가 피어오르는 것처럼 아련하고 나른했다.

그가 고개를 비스듬히 기울이며 내 귓가에 속삭였다.

"부끄러운 줄 아니 다행이네."

분명 놀리는 말인데, 말투와 목소리는 입안에 설탕을 가득 물고 있는 것처럼 달콤했다. 이 남자, 정말 놀림받는 짜증나는 상황인데도 미워할 수가 없다. 나는 그저 부끄러워서 말문이 막힌 것처럼 고개를 사선으로 비스듬히 비껴 내렸다.

"집에 가자."

심장이 두근두근거렸다. 조용한 상담실을 울리는 네 음절에 구름 위에 서 있는 기분이었다.

따스한 봄날, 늦은 밤. 나는 그를 따라 교정을 걸었다.

앞서 걷는 그의 뒷모습을 바라보는데, 진정으로 스승을 사모하는 고등학생이 된 듯한 착각마저 일었다. 바닥에는 이미 다 진 벚꽃 잎이 여기저기 떨어져 있었고, 그 사이사이로 노란 민들레가 얼굴을 내밀고 가로등 불빛 아래 수줍게 빛났다.

소녀 감성.

먹고살기 바빠서 잊고 있었던 가슴 설레는 기분이 되살아났다. 듬직해 보이는 너른 등을 바라보는데 괜히 고마웠다. 사랑이라는 건, 내가 알지 못했던 나를, 나조차 잊고 지냈던 나의 마음을 깨우쳐 주는 건가 보다.

나는 가방끈을 그러쥐며 참을 수 없는 미소를 머금었다.

"……!"

우리가 마지막으로 하교하는 거라 생각했다. 그런데 누군가 내 등 뒤에서 가방을 잡아끌었다. 잡아당기는 힘이 그리 억세지 않은 것으로 보아 나를 아는 학생일 거라 생각했다.

"딸, 엄마랑 얼른 집에 가자. 날씨가 참 춥네. 눈이 오려나 봐."

다정한 목소리가 어딘지 모르게 귀에 익었다. 그런데 눈이 온다고?

나는 가만히 고개를 돌려 내 뒤에 서 있는 중년 여인을 바라보았다. 어딘지 귀에 익은 목소리, 낯익은 얼굴. 나는 기억 저편을 더듬으며 이 목소리의 주인공을 상기시키려 애썼다.

그 순간 그가 돌아보았다. 그리고 등 뒤에서 귀에 익은 목소리가 들려왔다.

"엄마!"

다급한 목소리로 엄마를 찾는 이는 분명 은진이었다. 앞서가던 그가 기척을 느끼고 우리 쪽으로 걸어오고 있었다. 그러자 내 입을 틀어막았던 은진의 엄마로 보이는 여자가 황급히 은진의 뒤로 몸을 숨겼다.

뭔지 모를 기시감에 나는 미간을 찌푸렸다.

생각났다, 그 아주머니!

오피스텔로 나를 찾아왔던 여자였다.

"너희 엄마셔?"

은진을 향한 내 의문스러운 물음에 이사장은 아는 얼굴이냐는 듯 묻는 표정이었다.

"미안해. 타리야. 엄마가 나 데리러 오셨다가 교복 입은 뒷모습만 보고 나로 착각하셨나 봐. 미안."

은진은 '엄마, 얼른 집에 가자.' 하더니 여자의 어깨를 감싸 안은 뒤, 교문 쪽으로 황급히 걸음을 옮겼다.

"괜찮아?"

이사장은 자기가 큰 실수라도 한 것 같은 얼굴로 나를 내려다보았다.

"괜찮아요."

"그보다, 아는 얼굴이야?"

단순히 아느냐는 물음이 아니었다. 그 이상의 대답을 기대하는 말에 나는 그저 잠자코 입을 다물었다. 일단 내일 은진에게 자초지종을 들은 뒤 이사장에게 말하는 편이 좋을 것 같았다. 뭔가 저 모녀에게 사연이 있는 게 분명해 보이니까.

"은진이 어머니께서 저를 은진이로 착각하셨나 봐요. 아는 사람은 아니고요. 그냥 놀라서 물어본 거죠."

내 대답에 그는 상당히 곤란하다는 얼굴을 했다. 나는 그의 심각한 표정을 살피며 조심스레 물었다.

"왜요? 표정이 왜 그렇게 어두워요?

"아무리 학부모라지만, 외부인이 학교 안까지 들어올 수 있는 건……. 통제를 더 철저히 해야겠단 생각이 들어서. 늦은 시간엔 특히 더."

그는 외부인의 출입을 엄격하게 규제하지 못한 데서 책임감을 느끼고 있는 듯했다.

"앞으로 더 경계하는 게 좋겠네요."

그는 고개를 끄덕이며 주위를 두리번거리고는 입을 열었다.

"밖에 기사님 와 계실 거야. 나랑 주차장에서 만나서 같이 올라가자."

그의 예민한 태도에 나도 덩달아 온 감각과 신경이 날카롭게 곤두서 버렸다. 교문 앞에서 대기 중이던 차에 올라탄 나는 끊임없이 귓가를 맴도는 오싹한 목소리를 곱씹었다.

「딸, 엄마랑 얼른 집에 가자. 날씨가 참 춥네. 눈이 오려나 봐.」

차는 어느새 주상복합아파트 근처까지 와 있었다.

[정 선배, 부탁이 있어요. 일등고 학생 한 명 조사 좀 해 줘요.]

나는 문자를 적은 뒤 전송 버튼을 누를까, 말까 한참을 고민했다. 미안해하던 은진의 얼굴과 혼이 나간 듯 보였던 은진 엄마의 얼굴이 눈앞에 아른거렸다.

「야, 엄마는 정신박약이라며.」

은진의 모친을 비하했던 하연과 진아의 대화가 불현듯 머릿속을 스쳤다. 나는 정 선배에게 보내려던 문자를 이내 삭제해 버렸다.

늦은 밤, 차가 밀릴 일이 없는 시각인데, 도로가 정체되었다.

"앞에 사고 났나 봐요?"

1차로에 늘어선 차들이 일제히 2차로로 차로 변경을 위해 오른쪽 방향등을 켜고 있었다.

"사고가 크게 났나 본데?"

갑자기 뜻 모를 불길함이 엄습했다. 입안이 바싹 마르고, 호흡이 가빠졌다. 심장이 쿵쿵 울렸다. 앞에 늘어섰던 차들이 하나둘 빠져나가고, 반파된 차의 번호판이 눈에 들어왔다.

그의 차였다.

"기사님, 차 좀 세워 주세요."

목소리가 덜덜 떨렸다.

"그건 안 될 것 같습니다."

제8장 지나치게 낭만적인 고백

나는 얼어붙은 시선으로 운전석에 앉은 사람을 바라보았다.

"무슨 일이 생기거든 반드시 변유정 씨 곁을 지키고 보호하라는 게, 제게 주어진 임무입니다. 저는 맡은 바 소임을 다할 뿐입니다. 일단 아파트로 가겠습니다."

기사님의 말투는 단호했다. 나는 눈앞에서 스쳐 지나가는 그의 차를 속절없이 바라보았다.

"내려 주세요! 저 사람 괜찮은지만 볼게요, 제발!"

나는 문고리를 잡아 흔들며 발악했다. 안타깝게도 잠긴 문은 꿈쩍도 하지 않았다.

"일단 댁까지 모셔다 드리고, 제가 확인해 보겠습니다. 차만 크게 손상되었을 뿐, 아마 크게 다치지는 않으셨을 겁니다."

기사님의 말투는 단호했다. 나는 치미는 화를 참지 못하고 목소리를 높였다.

"그걸 어떻게 아세요! 저 사람이 저 안에서 지금……!"

"이사장님, 아니 도련님 열다섯 살 때부터 곁에 있었습니다."

조용한 목소리에서 믿을 수 없는 힘이 느껴지는 듯했다.

"순발력, 민첩성 전부 뛰어난 분이십니다. 일부러 받은 티가 나는데, 아마 미리 눈치채시고 핸들을 꺾으셨을 겁니다. 충격으로 불편하신 곳이 있을지는 몰라도, 다치지는 않으셨을 겁니다."

우리가 탄 차는 이미 주상복합건물 지하 주차장 진입로를 내려가고 있었다. 심장이 쿵쿵 울렸다.

"도련님, 믿어 보시죠. 아마 사고처리 끝나면 바로 댁으로 들어오실 겁니다."

기사님은 나를 문 앞까지 배웅해 주고는 사고 현장으로 가 보겠다며 돌아섰다. 현관문 안에 들어선 나는 대리석 타일 바닥 위에 그대로 주저앉았다.

일부러 들이받아? 왜? 누가?

피살되었다는 서충원 전 이사장이 떠오른 순간, 나는 정 선배에게 전화를 걸었다.

"선배!"

— 늦은 시간에 무슨 일이야?

"서충원 전 이사장, 피살 확인됐어요?"

— 아니, 아직 공식적으로 들어온 건 없어.

"비공식적인 건요?"

나는 다급한 목소리로 물었다.

— 왜 그래? 무슨 일인데?

"누가 윤준재 이사장 차를 들이받았어요."

순간 울컥해서 목소리가 떨렸다. 휴대전화 너머에서 정 선배가 한숨을 폭 내쉬는 소리가 들려왔다.

— 어디서?

사고가 일어난 근처 도로를 읊자, 정 선배가 또다시 한숨을 내뱉었다.

— 너는 지금 어딘데? 안전한 데 있는 거야?

나는 그가 마련해 준 안식처를 한번 둘러보았다. 여전히 나와는 어울리지 않는 듯 보이는 고급스러운 인테리어, 그가 있었기에 적응할 수 있었던 공간이었다.

"안전한 곳에 있어요."

— 내가 가 볼게. 연락할 테니까 다른 데 통화하지 말고 기다려. 너 거기 가 볼 생각도 하지 말고. 꼼짝 말고 있어, 알겠어?

대꾸도 듣지 않고 정 선배는 전화를 끊어 버렸다. 여기서 섣불리 움직였다가는 화를 자초할지도 모를 일이었다. 하지만 아무것도 할 수 없다는 무력감에 죄의식마저 생기는 듯했다.

나는 초조한 마음에 거실을 서성였다. 어디서든 오는 전화를 받기 위해 변유정 휴대전화를 손에 꼭 쥐었다. 그러고는 노트북을 켜고 그간 모아 두었던 서충원 전 이사장에 관한 정보들을 다시 꼼꼼히 살펴보았다.

어디서 놓치고 있는 걸까. 뭐가 잘못된 걸까.

머리가 지끈거려서 이마를 한 번 쓸어 넘긴 순간, 휴대전화가 울렸다. 그런데 변유정 휴대전화가 아닌, 마타리 휴대전화다.

[진한별]

나는 한별의 이름 석 자를 내려다보며 심호흡을 했다. 망설이는 사이 전화가 끊어졌다. 예전처럼 밤늦게 집에는 잘 들어갔느냐는 둥 하는 시답잖은 전화일 거란 생각에 받을 수가 없었다. 지금은 그럴 기분이 되지 못했다.

[할 얘기 있는데, 바빠요?]

나는 아랫입술을 한 번 꾹 깨물었다. 한별은 왜 하필 지금 이런 순간에 카드를 뒤집으려 하는 것일까. 한별에게 좀 이따가 연락하겠다는 문자를 보내고 있는데, 또다시 전화가 울렸고 엉겁결에 통화가 연결되었다.

"여보세요?"

모르는 휴대전화 번호였다.

— 저기, 타리야. 나야.

휴대전화 너머에서 들려오는 음성은 은진이었다. 심장이 쿵쿵 날뛰었다. 담이 세다고 자부하며 살았었다. 그런데 심장이 오그라들어서 들까부르는 심장 박동이 버거울 지경이었다.

"어, 은진아."

보통의 목소리를 내려 노력했지만 허사였다. 파들파들 떨리는 목소리 때문이었는지, 은진의 사과가 이어졌다.

— 미안해.

"……."

시야가 좁아지고, 사고 능력이 떨어졌다. 나는 어떻게 대답해야 할지 몰라 망설였다.

— 우리 엄마 때문에 많이 놀랐지?

나는 그저 한숨을 집어삼켰다. 어두운 밤, 교복 입은 뒷모습에 착각할 수도 있는 건데, 은진의 목소리가 심각했다.

— 엄마가 좀 몸이 불편하셔. 아니, 마음이 좀 불편하셔. 미안해.

은진의 목소리가 파르르 떨렸다. 나는 일단 은진부터 안심시켜야겠다는 생각에 입을 열었다.

"괜찮아. 별일 없었잖아……. 거기 이사장님도 계셨었고……."

그를 떠올리자 목이 메어 왔다.

— 그래, 그랬지. 암튼 미안. 늦었는데, 푹 쉬어.

"너도."

짧게 대꾸하고 통화를 마치려는데, 은진의 목소리가 이어졌다.

— 있지, 타리야. 오늘 있었던 일…….

아이들에게 소문이 날까 봐 걱정하는 눈치였다.

"걱정 마, 말 안 해."

어색한 침묵이 잠시 이어지는 사이 변유정 휴대전화가 부르르 진동했다.

"은진아, 내일 학교에서 보자. 나 좀 피곤해서. 먼저 끊을게."

말을 하는 동안 발신인을 확인하니 정 선배였다. 은진과의 통화를 마친 나는 얼른 정 선배의 전화를 받았다.

"선배!"

— 어, 유정아.

정 선배의 목소리가 전에 없이 다정했다. 사람을 안심시키려고 드는 목소리처럼 느껴졌다.

"무슨 일…… 있어요?"

— 윤 이사장은 간단한 검사 중이야. 휴대전화도 못 챙겼다고 해서 내가 대신 연락하는 거야. 크게 다치지 않았으니까, 걱정 말고.

"정말 안 다쳤어요?"

— 어, 이래서 좋은 차 타야 한다니까? 차는 반파됐는데, 윤 이사장은 다행히 멀쩡해 보인다. 혹시나 해서 검사하는 거니까 걱정 말고.

한숨이 절로 흘러나왔다.

— 본인이 직접 전화하고 싶어 하는 것 같았는데…… 여기 그룹 윤 병원이라 보는 눈, 듣는 귀가 많아서 그런가 봐. 나한테 연락해 달라고 하더라.

윤 이사장에 대해 이야기하는 정 선배의 목소리가 전에 없이 부드러웠다. 이상한 낌새를 감지한 나는 한 손을 조심스레 심장 위에 가져다 대며 물었다.

"선배, 지금 뭐 나한테 숨기는 거 있죠?"

심장이 쿵쿵 울렸다. 나는 가슴 언저리를 꾹 누르며 한숨을 집어삼켰다.

— 암튼 변유정 눈치는 기가 막혀.

"……그 사람 많이 다쳤어요?"

— 아니, 전혀. 근데…….

정 선배가 무슨 말을 하려는지 뜸을 들였다.

— 그런 척할 거야.

"그런 척할 거라뇨?"

— 많이 다친 것처럼 흘릴 거야. 물론 기사는 아니고. 증권가 찌라시 정도로.

미간이 저절로 좁아졌다.

"사고는 어떻게 난 거예요?"

— 뺑소니야. 들이받고 간 차는 1km 떨어진 곳에서 발견되었고, 도망간 운전자는 경찰에서 추적 중이야.

"누군가 일부러 들이받은 게 맞다는 거네요. 그리고 윤준재 이사장이 무력화되었을 때, 움직이는 쪽이 있는지 지켜보자. 이거죠?"

— 맞아. 일단 찌라시는 내일 풀 거니까. 기다려 보자고.

"그 사람은 어떻게 한대요?"

— 곧 연락 갈 거야. 기다려 봐.

"고마워요, 선배."

— 변유정. 이거 지금 고맙다고 할 상황 아닌데? 너랑 나랑 지금 일하고 있는 거야, 인마.

긴장을 풀어 주려는 요량인지 정 선배가 일부러 엄한 목소리를 냈다.

“어쨌든 알겠어요. 선배도 조심해서 들어가요.”

— 그래, 쉬어라.

통화를 마친 나는 한참 동안 아무것도 할 수가 없었다. 나는 끊임없이 아랫입술을 깨물며 거실을 서성거렸다. 분명 정 선배가 그는 다치지 않았다고 확언해 주었는데도 불안해서 견딜 수가 없었다.

누군가 윤준재 이사장 쪽에서 먼저 움직이길 바라는지도 모를 일이었다. 윤 이사장의 유력한 조력자가 누구인지 알아내려는 의도라면, 절대 먼저 움직여서는 안 되는 상황이 맞다.

머리로는 상황을 이해하려 애썼지만, 가슴은 타들어 갔다. 차가운 머리와 뜨거운 가슴과의 차이는 아득하기만 했다. 그 순간 손에 쥔 휴대전화가 부르르 진동했다.

[변유정 멍청하지 않다는 거 알지만, 그래도 노파심에 하는 말이다. 일단 잠자코 있어.]

마치 나의 마음을 꿰뚫어 보는 듯한 정 선배의 메시지였다.

[선배 고마워요.]

짧게 보낸 메시지의 답은 한참이 지난 후에나 받을 수 있었다.

[윤 이사장에 대한 네 판단이, 그리고 나의 판단이 틀리지 않기를 바란다.]

한숨이 절로 흘러나왔다. 이제껏 확신 없이 반신반의하며 그의 곁에 머물렀었다. 그런데 마침내 이제, 정 선배도 그에 대한 의심을 확신으로 바꾼 듯 보였다.

10분에 한 번, 5분에 한 번, 1분에 한 번, 시계를 확인하는 횟수가 늘어날수록 시간은 더디 흘러갔다. 지독한 스트레스 상황에 머리가 지끈지끈 아파 왔다.

서충원 전 이사장이 피살되었다는 정보도 누군가 일부러 흘린 게 분명해 보였다. 적을 안심시키고 방심하게 만든 뒤 무력화시켜서 주변을 어수선하게 만들려는 전략인가.

새벽 2시에 가까운 시각, 현관문 도어록 해제음이 들려왔다. 심장이 쿵쿵 울렸다. 무릎에 힘이 다 빠져 버려서 휘청거리며 현관 앞으로 향했다.

"누구세요?"

떨리는 목소리로 달려가며 물었다.

"아직 안 잤어?"

나직하게 들려오는 다정한 대꾸에 나는 바닥에 무너지듯 주저앉고 말았다. 그가 차가운 대리석 바닥에 주저앉아 있는 나에게 눈을 맞추며 무릎을 굽혔다.

"왜 안 자고 있었어? 늦었는데."

"……."

나는 아무런 대꾸도 하지 못하고 은은한 미소를 머금고 있는 그의 얼굴을 바라보았다. 다정하게 빛나는 먹색 눈동자, 혼곤해 보이는 잘생긴 얼굴, 아무렇지 않다는 듯 미소를 머금고 있는 입매, 그가 무사히 돌아왔다는 사실에 속절없이 눈물이 흘러내렸다.

"변유정. 너무 자주 우네. 내 앞에서 있는 센 척, 없는 센 척 다 해 놓고. 사회부 기자가 이렇게 마음이 약해서야 쓰겠어?"

"……당신이."

목소리에 힘이 들어가질 않았다. 나는 애써 힘주어 말하려 목소리를 쥐어짜 냈다.

"당신이 이렇게 만들었잖아. 당신 때문에 내가 이렇게 나약해졌잖아. 내가 얼마나 걱정했는데……."

나는 바보처럼 울음을 터뜨렸다. 두 손으로 얼굴을 가린 채로 엉엉 울어 버렸다. 다시는 그런 식으로 사랑하는 사람을 잃고 싶지 않다. 절대 누군가를 갑작스럽게 보내고 싶지 않다.

등허리를 감싸는 다정한 손길이 느껴졌다.

"이제 남 탓까지 하네. 변유정 마음 약해진 게 내 탓이야?"

나는 손등으로 눈물을 닦아 내고 그를 노려보았다. 눈 안 가득 고인 물기 때문에 흐려진 시야 속에 그가 안타까운 미소를 머금고 있었다.

"앞으로 내 허락 없이 다치지 마요. 아프지도 마."

"독재자가 따로 없네."

그는 빙그레 웃으며 모난 내 눈가에 입을 맞춰 주었다.

"이번 한 번만 봐줘라."

그는 내내 슈트 재킷을 걸치고 있던 오른쪽 손을 드러냈다. 집에 들어오기 전 거추장스러운 재킷을 벗어서 팔에 걸친 줄 알았다. 그런데 오른 손목에 붕대가 칭칭 감겨 있었다.

"이거 왜 이래요?"

"오른손으로 핸들 돌리는데, 충돌이 있었어. 인대만 좀 늘어났대."

"정말 여기 말고는 다친 데 없어요? 멀쩡해요? 병원에서 괜찮대요? 이렇게 돌아다녀도?"

정신없이 질문을 쏟아 내자 그가 한숨을 한 번 내쉬고는 빙그레 웃음을 머금었다.

"어, 괜찮아. 들어가자. 여기 주저앉아 있지 말고."

나는 겨우 기운을 차리고 자리에서 일어났다.

"근데 유정아."

거실로 향하던 그가 우뚝 멈춰 서서는 심각한 목소리로 내 이름을 불렀다. 심장이 쿵쿵 울렸다. 사고와 관련한 중요한 이야기일까 싶어서 신경이 잔뜩 곤두섰다. 그는 심각한 이야기를 하려는 듯 미간을 좁힌 채로 머뭇거렸다.

"왜요? 무슨 할 말 있어요?"

"어, 그게……."

"듣고 있어요."

나는 그의 앞에 성큼 다가서서 무슨 이야기든지 들을 준비가 되어 있다는 믿음직한 표정으로 그를 올려다보았다.

"나 손이 이래서. 옷 갈아입는 것 좀 도와줄래?"

심각한 생각을 거듭하고 있던 나는 의외의 말에 그대로 굳어 버리고 말았다.

"셔츠 단추도 못 풀겠어."

그는 손을 들어 보이며 미소를 머금었다. 붕대가 그의 손가락 중간까지 휘감겨 있었다.

"셔츠 단추만 풀어 주면 돼요?"

나는 고개를 비스듬히 내리며 작은 목소리로 되물었다.

"그럼 뭐 더 해 주게?"

다정한 그의 목소리에서 웃음기가 잔뜩 묻어났다. 얼굴이 홧홧 달아오르고, 손끝이 저릿했다.

오늘 밤, 나는 이 남자 때문에 지옥과 천국을 오가는 기분이었다. 대범하기로는 둘째가라면 서러웠었다. 그런데 고등학생으로 잠입하면서 눈치를 보다 보니 일면 소심해지기도 했었다. 그런데 이 남자 앞에서 쪼그라드는 것에 비하면 그건 소심 축에도 못 꼈다.

나는 차마 무릎이 떨려서 서서는 못 풀어 주겠다는 말은 못하겠어서, 거실 소파로 자연스레 그를 이끌었다.

"앉아 봐요. 키가 너무 커서."

그가 잭과 콩 나무에 나오는 거인도 아니고, 목덜미까지 손이 닿지 않을 리 없는데 나는 괜히 쑥스러워서 키 차이를 들먹였다. 그는 한숨을 몰아쉬며 소파에 기대앉았다.

그의 한숨 소리에서 일종의 안도감이 느껴져서, 나도 따라서 숨을 몰아쉬었다. 나는 조심스레 소파에 걸터앉아서는 그의 목 부근에 있는 첫 번째 단추를 풀어냈다. 그러자 그의 목울대가 크게 움직이는 게 눈에 들어왔다.

순간 눈이 마주쳤다. 그윽하고 뜨거운, 확고한 신념을 담은 그의 먹색 눈동자가 나를 바라보고 있었다. 나는 자연스레 드레스 셔츠 두 번째 단추로 시선을 옮겨 갔다.

두 번째 단추를 풀고 나자, 그의 숨결이 이마에서 느껴졌다.

"걱정 많이 했어?"

이마에 닿는 입술의 촉감이 무척 부드러웠다.

"그걸 말이라고."

심장이 콩닥콩닥 울렸다. 보통 셔츠 단추 두 개를 푸는 복장은 평상시의 옷차림에서도 흔히 볼 수 있으니까. 하지만 세 번째 단추는 달랐다.

나는 가빠 오는 숨을 자잘하게 내뱉으려 노력하며 세 번째 단추를 풀어냈다. 그의 따스하고 달콤한 숨결이 콧잔등에서 느껴졌다.

"나 보기보다 훨씬 강해."

굵직한 목소리에는 떨림 하나 없었다.

"누가 보면 아이언맨 슈트라도 입고 다니는 줄 알겠네."

나는 어울리지 않는 앙탈을 부리며 네 번째 단추로 손을 옮겨 갔다. 기분 좋게 웃는 그의 웃음소리가 들려왔다. 이윽고 다섯 번째 단추를 풀어내자, 홧홧 달아오른 뺨 위로 그의 부드러운 입술이 내려앉았다.

여섯 번째 단추, 공교롭게도 벨트 부근에 놓여 있었다. 아, 이거 진짜 못해 먹겠네.

나의 망설임을 느꼈는지 웃음 섞인 그의 목소리가 들려왔다.

"마저 풀지?"

"이 정도면 그냥 벗을 수 있지 않을……!"

뺨 위에 닿았던 입술이 순식간에 내 입술 위로 올라왔다. 붕대를 감지 않은 그의 왼팔이 내 등허리를 바짝 끌어당겨 안았다. 나는 그의 단단한 맨가슴에 손을 얹은 채로 눈을 꼭 감았다.

바짝 긴장했던 심장이 녹아내렸다. 잔뜩 곤두섰던 신경이 다른 의미로 예민해지기 시작했다. 집요하고 진득한 키스를 마친 그는 빙그레 웃으며 나를 바라보았다.

"변유정."

또다시 그의 굵직한 목소리에는 웃음기가 어렸다.

"너 단추 한 손으로 못 풀어?"

순간 머릿속이 멍해졌다. 나는 멍청하게 아무런 대꾸도 하지 못하고 눈만 껌뻑거리며 그를 바라보았다. 사랑 앞에 바보가 된다더니.

"난 사실 한 손으로 단추 잘 풀어."

그는 유쾌하게 웃으며 내 어깨를 확 밀었다. 정신을 차리고 보니 등이 소파 가죽에 닿아 있었다. 그의 왼손이 내 머리 옆을 짚고 있었고, 먹색 눈동자가 나를 내려다보고 있었다.

나는 그의 시선에서 느껴지는 온도가 버거워서 슬쩍 시선을 비껴 내렸다. 그러자 상체를 숙이고 있는 탓에 벌어진 드레스 셔츠 사이로 단단한 흉근과 복근이 보였다. 어디다 눈을 둬야 할지 몰라서 시선을 돌리려는데, 그가 속삭였다.

"눈 감아."

나는 다소곳이 두 눈을 감았다. 그리고 입술 위로 그의 부드러운 입술이 내려앉았다. 나는 조심스레 손을 올려 수염이 까끌까끌하게 돋아난 그의 뺨을 어루만졌다. 새삼 또다시 눈물이 차올랐다.

입술 끝에서 느껴지는 그의 다정함이 고마워서, 손끝에서 느껴지는 그의 존재감이 감사해서.

제발, 내 곁에 이렇게 무사한 모습으로 있어 줘요.

나의 간절함을 알아차렸는지, 입술을 떼어 낸 그가 나지막이 속삭였다.

"걱정 마. 변유정 마음 아프게 하는 일 없을 거야."

"나도 당신 지켜 줄게요."

나는 다짐하듯 덧붙였다.

"그러니까 나한테 그만두라는 말 하지 말아요. 이미 그럴 수 없다는 건 알죠?"

뜻하지 않은 사고가 발생한 상황, 어디에 어떤 위험이 도사리고 있을지 모른다. 그래서 그가 일을 그만두라고 할까 봐 걱정이 앞섰다. 그에게는 내가 필요했다. 꼭 취재 때문이 아니라, 어려움을 겪고 있는 그를 돕고 싶었다.

"미안해. 너 필요하다고 내가 붙잡아서……. 고마워. 계속 곁에 있어 주겠다고 해서."

나는 그의 목을 꼭 끌어안았다. 할 수만 있다면 이 남자를 위해서 나는 그 어떤 위험도 무릅쓸 수 있을 것만 같았다.

"유정아."

"음?"

"자꾸 이러면 나 생일 선물 미리 달라고 한다?"

나는 얼른 그의 목을 감고 있던 팔을 풀어냈다. 그러자 그가 상체를 세우며, 나를 일으켜 앉혀 주었다. 얼굴에 열기가 모이는 게 느껴질 정도였다. 다정한 손길이 흐트러진 머리카락을 귀 뒤로 넘겨 주었다.

"잘 자. 변유정."

"준재 씨도 잘 자요."

"방문 꼭 잠그고 자. 내가 선물 내놓으라고 조를지도 모르니까."

그는 빙긋이 웃으며 먼저 방으로 향했다.

너른 등, 듬직한 어깨 위에 오른 책임감의 무게가 가늠이 되지 않아서 마음이 저릿했다.

이튿날 야간자율학습 시간, 은진은 종일 미안한 얼굴로 나를 어색하게 대했다. 깊은 사연이 있는 듯한 얼굴. 더는 물을 수도, 물어서도 안 될 것 같았다.

"은진아, 나 지난 생물 I 시간에 좀 졸아서…… 노트 좀 빌려줄 수 있어?"

도움을 요청하자 은진이 흔쾌히 고개를 끄덕거렸다.

"검은색 볼펜은 선생님이 적으신 거고, 파란색은 내가 첨가한 거야."

"고마워."

노트를 전해 주는 은진의 표정이 한결 가벼웠다. 어제 야간자율학습 시간에 한바탕 일었던 소란은 금세 잠잠해졌다. 원래 제 일이 아닌 일에는 사람들의 관심이 쉽게 사그라진다. 그래서 정말 기억해야 하는 일에는, 잊지 말자고 다짐하는 경우가 생기는 거다.

"야, 이거 진짜 믿을 만한 거야?"

"그렇다니까."

야간자율학습 시간 시작 직전, 대여섯 명 되는 아이들이 교실 뒤에 모여서 수군거렸다.

"우리 학교에 몇 년 전엔가 자살한 언니가 있는데, 공부를 그렇게 잘했대. 이렇게 하면 시험 때 답을 알려 준대."

아이들은 제 사물함 문에 천 원짜리로 만든 하트를 거꾸로 붙이며 수선을 떨어 댔다.

"야, 너희 뭐 하는 짓이야?"

교실 뒷문으로 들어서던 한별이 사물함에 붙어 있는 천 원짜리를 떼어 내며 버럭 소리를 질렀다. 한별은 자신과 상관없는 일에 절대 먼저 화를 내거나, 시비를 거는 아이가 아니었다. 물론 이사장에게 덤빈 적은 몇 번 있었지만, 지금과 같은 상황은 저 아이에게 절대 일반적인 경우가 아니라는 거다.

"잘 알지도 못하면서, 먼저 간 사람 우습게 만드는 거에 대해서 전혀 죄책감이 없지? 너희랑 한 교실에 앉아 있다는 것 자체가 역겹다."

나직하고 단호한 한별의 음성에 교실이 얼어붙었다. 서슬 퍼런 기색에 아무도 한별에게 뭐라 대꾸하거나, 말을 붙이지 못했다. 야간자율학습 시작종이 울리자, 한별은 낮게 욕설을 내뱉으며 자리로 돌아와 앉았다.

곰곰이 생각해 보니 한별은 오늘 종일 저기압이었다. 틈만 나면 메모를 적어 노트 귀퉁이를 내밀던 아이가 오늘은 이상하게 거리를 두었다. 순간 어제 공황상태에서 한별의 문자를 받았던 게 머릿속을 스쳤다.

[할 얘기 있는데, 바빠요?]

어제 경황이 없었던 터라 한별이 보낸 문자에 답을 보내기는커녕, 오늘 종일 묻지도 않았다. 나는 미안한 얼굴로 한별을 바라보았다.

"왜?"

평소와 다르게 한별이 눈을 부라리며 나를 쏘아보았다.

"어젠 미안. 그럴 만한 사정이 있었어."

한별은 이내 시선을 책으로 옮겨 가더니 관심 없다는 투로 물었다.

"무슨 사정?"

"그게……."

차마 이사장이 사고를 당했다는 말은 할 수 없었다. 내가 망설이는 사이 입을 연 이는 같은 모둠 맞은편에 앉아 있던 은진이었다.

"어제 타리한테 일이 좀 있었어. 아마 나 때문에 정신이 좀 없었을 거야."

한별이 이내 누그러진 목소리로 은진을 향해 되물었다.

"너 때문에?"

은진은 고개를 끄덕이며 작은 목소리로 덧붙였다.

"어제 집에 가는데 우리 엄마가 학교에 잠깐 오셨었거든."

한별이 뭐라 덧붙이려다 말고 입을 꾹 다물었다. 내내 적대적이던 한별의 얼굴에 일면 연민의 기색이 어리는 듯도 했다.

은진이, 은진의 모친, 한별이…….

좀처럼 공통분모를 찾을 수 없는 조합이었다.

"어제 하려던 이야기는 나중에 하자."

한별이 이내 덤덤한 목소리로 속삭였다. 그러고는 은진을 향해 안심하라는 듯 자상한 목소리로 낮게 덧붙였다.

"우리 둘 이야기야. 신경 쓰지 마."

내내 어두웠던 은진의 얼굴이 한결 풀어지는 게 눈에 들어왔다.

"하루라도 그냥 지나가는 일이 없네. 또 무슨 소동이었어? 마타리, 또 너야?"

담임이 교실 앞문으로 들어서며 나를 지목했다. 방금 전 교실에서 일어났던 작은 소동을 누군가 그새 담임에게 전한 듯했다.

"아니에요!"

"잠깐 나와."

담임은 검지를 까딱거리며 나를 불러냈다.

"저 아무 짓도 안 했다니까요."

나는 결백을 주장하며 한별과 은진을 번갈아 보았다. 한별이 뭐라 입을 열려는 찰나, 담임이 웃음을 머금으며 어이없다는 투로 덧붙였다.

"사고를 너무 쳐서 그냥 부르기만 해도 찔려? 진로 상담할 차례야, 나와."

뒤에서 진아와 하연이 키득대는 소리가 들려왔다. 나는 욱하는 성질을 집어넣으며 뒷문으로 향했다. 상담실에 도착하자 담임은 이내 심각한 얼굴로 목소리를 낮춰 물었다.

"어제 무슨 일 있었다면서요?"

나는 그저 고개를 끄덕이는 것으로 대답을 대신했다. 아무리 동생이라지만 어디까지 이야기를 풀어야 할지 감이 오질 않았다. 일단 담임의 이야기를 들어 보는 게 좋을 거란 생각이 들었다.

그는 한숨을 한 번 내쉬고는 한참 동안 머뭇거렸다.

"이 학교, 우리 어머니가 다니셨던 학교예요."

얼마 전 돌아가신 어머니를 떠올리는지, 담임의 얼굴에 안쓰러운 기색이 어렸다.

"그때 형 이야기는 형 입으로 듣고 싶다고 했죠? 그럼 내 이야기는 어때요?"

나는 잠자코 그의 얼굴을 바라보았다. 누군가에게 털어놓고 싶은 이야기가 많은 듯 답답한 눈빛이었다.

"들어 줄래요?"

나는 무겁고 느리게 고개를 한 번 끄덕이는 것으로 대답을 대신했다.

"어머니는 돌아가시기 전까지 이 학교에 관한 이야기를 하셨어요. 꿈도 많았고, 가장 행복했던 시절이었다는 말씀을 입에 달고 사셨죠."

나는 가만히 그의 목소리에 귀를 기울였다.

어느새 머릿속에는 그가 쏟아 내는 이야기들이 하나의 장면이 되어 흘러갔다.

❖

“엄마, 저희 왔어요.”

지은 지 20년이 지난 16평형 임대 아파트, 엘리베이터도 없는 꼭대기 층에 세 식구가 살았다. 여름이면 물기를 머금은 진득진득한 더위와 씨름해야 했고, 겨울이면 코끝이 시린 웃풍을 견뎌 내야 했다.

“왔니? 밥해 놨으니까 챙겨 먹고. 엄마 나간다.”

학교에서 돌아올 즈음 어머니는 고급 룸살롱으로 출근하셨다. 주방일 중에서도 가장 급여가 센 곳이라는 게, 어머니가 두 아들에게 할 수 있는 가장 최선의 설명이었다.

“형.”

호재는 엄마의 뒷모습을 바라보며, 형 준재를 향해 안타까운 목소리를 숨기지 않았다.

“나 고등학교 가지 말까?”

“무슨 소리야?”

“고등학교 학비는 더 비싸질 텐데……. 우리 형편에 둘이나 일등고 가는 게 말이나 돼? 아무리 엄마 꿈이라지만…….”

“기다려 봐. 형이 알아서 할 테니까.”

준재는 아무 걱정 말라는 듯 쌍둥이 동생 호재를 안심시켰다.

결정은 이미 내려진 뒤였다.

어렸을 때, 딱 한 번 와 본 적 있는 동네였다. 지금 살고 있는 아파트 단지와 맞먹는 부지의 커다란 저택의 높다란 벽은, 절대 너 같은 놈은 넘을 수 없다고 비웃는 듯 하늘로 치솟아 있었다.

이미 결정을 내렸으니, 더는 망설일 이유가 없었다. 준재는 떨리는 손을 뻗어 저택의 초인종을 누르고는 주먹을 꽉 움켜쥐었다. 그 누구에게도 자신이 떨고 있다는 사실을 들키고 싶지 않았다.

— 누구세요?

"윤준재입니다."

대답을 내뱉기 무섭게 대문이 덜컥 열렸다. 준재는 서슴지 않고 안으로 들어섰다. 마름질이 잘 되어 있는 대리석 계단을 올라가자 너른 잔디밭이 나타났다. 대문에서 건물까지의 거리는 마치 지금 다니고 있는 일등중학교의 교문에서 건물까지의 거리와 비슷해 보였다.

학교 운동장처럼 너른 잔디밭, 사진으로만 보았던 파리 오페라극장을 닮은 저택이었다.

어마어마한 규모와 분위기에 압도당하지 않으려, 준재는 연신 호흡을 가다듬었다. 멀리서 말끔한 양복을 입은 남자가 품위 있는 걸음으로 다가오는 게 눈에 들어왔다. 그룹 윤의 뜻을 전하러 준재를 찾아왔던 남자였다.

그는 깍듯이 예의를 갖추어 허리 굽혀 인사하고는 입을 열었다.

"어서 오세요, 도련님. 회장님께서 기다리고 계십니다."

스물일고여덟쯤 되어 보이는 어른 남자가 자신에게 존댓말을 하는 게 준재는 영 어색했다.

"들어가시죠."

그는 믿음직한 미소를 지어 보이며 준재를 안내했다. 그를 따라 들어선 집 안은 외관만큼이나 호화로웠다. 윤 회장의 부인, 준재가 큰어머니라 부르는 이는 서양미술을 전공한 화가이자, 대학교수라 했다. 그 손길이 닿은 것인지, 집 안은 고풍스러운 미술품들로 가득했다.

그런 집 안을 왔다 갔다 하는 고용인들만 족히 수십 명은 되어 보였다.

"이쪽으로 오시죠. 2층에서 음악을 감상하고 계십니다."

계단을 오르며 준재는 충분히 단정한 교복 매무새를 한 번 더 고쳤다. 남자는 복도 가장 끝에 위치한 테라스로 준재를 안내했다. 윤 회장은 음악 감상 중이라는 말에 준재는 자신이 상상할 수 있는 최대치를 떠올려 보았었다.

값비싼 오디오 시스템과 진공관 스피커가 자리한 청음실?

그게 준재가 상상할 수 있는 최대치였다. 하지만 예상은 보기 좋게 빗나갔다. 널따란 테라스에는 수려한 외모를 지닌 20대 여성들로 구성된 12인조 미니 오케스트라단이 연주 중에 있었다.

윤 회장은 기다란 크리스털 샴페인 잔을 손에 들고는 카우치 소파에 몸을 기댄 채 지그시 눈을 감고 있었다. 기척을 느꼈는지, 윤 회장은 감은 눈을 뜨지 않고 근엄한 목소리를 냈다.

"오늘같이 기쁜 날 술과 음악이 빠질 수야 없겠지."

그리 말한 윤 회장은 연한 핑크빛이 도는 샴페인을 한 모금 마시고는 슬며시 눈을 떴다.

"내 아들이 내 곁으로 오겠다고 한 날인데…… 내가 아니 기쁠 수 있겠는가. 안 그러오, 조 과장?"

"축하드립니다. 회장님."

준재를 안내해 준 남자가 고개를 숙여 축하 인사를 건넸다.

"술은 할 줄 아나?"

눈길 한 번 오지 않았지만, 자신을 향한 질문인 것을 알아차린 준재는 단호한 목소리를 냈다.

"보시다시피 아직 학생입니다."

윤 회장은 당찬 대답을 내뱉은 준재에게 그제야 눈길을 한 번 주었다.

"배울 게 무척 많아 보이는구나."

"가르쳐 주시면 열심히 배우겠습니다."

"엄마를 많이 닮았구나."

윤 회장의 목소리가 아득히 울리자, 준재는 주먹을 꽉 움켜쥐었다.

"어디 보자, 우리 아들. 아버지 말씀대로 날 많이 닮았나?"

등 뒤에서 중년 여인의 우아한 음성이 들려왔다. 준재는 이제껏 큰어머니라 부르던 강 여사에게 허리 숙여 인사했다.

"아들이 어미한테 이렇게 딱딱하게 인사하는 경우는 없어. 이리 와. 준재 엄마는 나니까, 이 집 안내는 내가 해도 되지, 조 과장?"

"네, 사모님."

두 사람이 테라스를 벗어나려는데 윤 회장이 입을 열었다.

"쌍둥이 동생이 음악을 하다 포기했다지? 제 엄마 따라 피아노를 했나?"

"네."

동생 호재에 관한 물음에 준재는 짧게 대꾸할 뿐이었다.

"제 엄마 못 이룬 꿈을 그 녀석이 이루게 해 줘야겠구나."

"감사합니다."

준재는 한 번도 아버지라 불러 본 적 없는 윤 회장에게 감사 인사를 건넸다.

"아들, 아버지한테 그렇게 깍듯이 인사하는 아들도 없을 거야."

강 여사는 준재의 등을 쓸어내리며 살갑게 굴려고 애썼다.

"죄송합니다."

준재가 나직한 목소리로 강 여사에게 사과 인사를 건넸을 때였다.

"윤준재."

심기가 불편해 보이는 윤 회장의 부름이 테라스를 울렸다. 조 과장이 어서 가까이 가 보라며 준재에게 눈짓을 보냈다. 준재는 윤 회장의 곁으로 조심스레 다가갔다.

윤 회장이 준재를 형형한 눈빛으로 바라보는가 싶더니, 순식간에 뺨을 내려쳤다.

"여보! 지금 이게!"

깜짝 놀란 강 여사가 두 사람 곁으로 다가왔다. 준재는 어금니를 사리물며 평정을 유지하기 위해 애썼다.

"윤준재, 네가 이제 내 아들로 살아가기로 한 이상, 말을 아끼는 법부터 배워. 감사도 사과도 네 위치에는 함부로 하지 못해. 알겠어?"

"알겠습니다."

서슬 퍼런 윤 회장의 기색에 전혀 주눅 들지 않았다는 듯 준재의 목소리에는 흔들림이 없었다. 그리고 아버지라 부르기 역겹기까지 한 남자에게 묻고 싶어졌다.

'사과를 함부로 할 수 없는 위치라 어머니께 그러셨습니까?'

저도 모르게 윤 회장을 노려보다가 준재는 이내 시선을 돌렸다.

"준재야, 나랑 가자"

"네, 어머니."

어머니라는 호칭에 강 여사는 적잖이 놀란 얼굴이었다. 테라스를 벗어나, 강 여사가 준재를 안내한 곳은 회백색 대리석 조각이 가득한 응접실이었다.

"느꼈는지 모르겠지만."

첩의 아들이 본가로 입성하는 날, 본처의 기분이 좋을 리 없을 것이다. 준재는 그 어떤 악담도 다 듣겠다는 각오로 강 여사의 목소리에 귀를 기울였다.

"윤 회장과 나는 사랑해서 맺어진 관계가 아니야. 준재 너의 친모처럼."

준재는 어금니를 사리물며 고개를 푹 숙였다. 어머니의 나이 겨우 열여덟, 그룹 윤 장학재단에서 하는 행사에서 어머니는 우수 장학생으로 무대 위에 오르셨다고 했다.

당시 윤 회장의 나이 서른, 이미 결혼해서 어린 아들까지 둔 시점이었다. 불같이 사랑했다고 했었다. 아버지가 아니면 안 될 것 같다고도 했었다.

결국 어머니는 열아홉이 되던 해, 자신이 자란 보육원에서 준재와 호재를 낳았다. 그리고 윤 회장은 한참 동안이나 세 모자를 외면했었다. 어머니께서 스무 살이 되던 해, 성인이 된 어머니는 보육원을 떠나야만 했고, 두 형제는 남겨졌다.

그때 처음 어머니는 윤 회장을 찾아 사정을 했다고 하셨다. 제발 아들들과 같이 살 수 있게 도와 달라고. 그로부터 일주일 후, 어머니는 임대 아파트에 입주할 수 있었고 세 모자는 그 후로 그곳에 함께 살게 되었다.

하지만 세 사람을 도운 이는 아버지인 윤 회장이 아닌 강 여사였다.

"죄송합니다."

또다시 사과의 말이 불쑥 나왔다.

"아버지는 같은 말 두 번 하는 거 질색하셔. 아까 하신 말씀 들었지? 본인이 저지르지 않은 일에 사과하지 마."

단호한 강 여사의 어투에 준재는 이내 고개를 숙였다.

"아까 하려던 이야기를 하자면, 우린 사랑으로 만난 사이가 아니야. 일종의 비즈니스 관계지. 하지만 난 내 자식에게만큼은 어미 노릇 제대로 하고 싶어."

바닥을 바라보고 있던 준재의 시선이 저절로 강 여사를 향해 움직였다.

너는 내 아들이 아니니 인정할 수 없다. 내 아들이 가져야 하는 것을 적자도 아닌 네가 감히 넘보려고 하지 말아라.

이런 부류의 말들이 쏟아질 거라 예상했다. 그런데 뜻밖의 말이 강 여사의 입에서 흘러나왔다.

"내 온 마음을 다해 너를 내 아들로 받아들일 거고, 진심 어린 애정으로 너를 대할 테니, 너도 나를 어머니로 따를 수 있겠니?"

순간 눈물이 핑 돌 것만 같았다. 목이 메어서 그저 고개를 끄덕이는 것으로 준재는 대답을 대신했다. 강 여사는 첫 아들을 낳은 이후로 아이를 갖지 못했다.

그룹 권력 계승을 위해 아들 하나로는 부족했다. 자신의 아들을 도울 누군가가 필요했다. 등 돌리면 남인 사이가 아닌, 자신에게 절대적인 은혜를 입어 결코 배신할 수 없는 존재여야 했다.

생활권을 보장해 준다고 제안했다. 힘들게 일하는 친모가 편히 살 수 있게 해 주겠다고. 동생이 음악 공부를 이어 갈 수 있게 해 주겠다고.

준재는 명석한 윤 회장을, 호재는 음악적 감각이 뛰어났던 친모를 닮았기에 강 여사의 선택은 당연히 준재였다. 아무리 마음을 넓게 쓰려고 노력한들 내연녀를 닮은 자식을 곁에 두기는 버거웠기 때문이었다. 준재는 힘들게 고민하는 듯 보였다. 자신이 친모를 배신하는 것처럼 보일까 봐 두려워하는 듯했다.

비겁해 보이지만 세 모자를 알게 모르게 압박했다. 더 혹독한 생활고에 시달리도록 괴롭혔다.

그리고 마침내 준재가 제 발로 찾아왔다. 이 집 둘째 아들로 살아가겠다고. 첫째 아들의 조력자가 되겠노라고.

강 여사는 흡족했다. 그리고 준재에게 한 말 역시 일면 진심이었다. 이제 윤준재는 여고생이 낳은 사생아가 아닌 자신의 둘째 아들이었다.

❖

담임은 힘겨운 목소리로 말을 이어 갔다.

"처음엔 형 원망도 많이 했어요. 그렇게 살지 않아도 우리 충분히 잘 살 수 있는데, 하는 생각에……."

나는 가만히 담임을 바라보았다. 그룹 윤에서 자제들의 프라이버시를 위해 언론 공개를 꺼린다고만 생각했었는데, 그 이면에는 말 못할 사정이 숨겨져 있었다.

"내가 고등학교 때 사고 치면 형이 다 뒤집어썼었어요. 내가 사고 치면 학생부에 다 남지만, 형이 사고 쳤다고 하면 그룹 윤에서 나섰으니까. 근데 그 대신 형이 나한테 요구한 게 뭔지 알아요?"

담임은 어이없다는 말투였다.

"나인 척 엄마 보러 가는 거. 그 집에서 다시는 친모를 만나러 가지 말라고 했었나 봐요. 그래서 본인이 사고 친 척하고, 일이 수습되고 나면 내 행세를 하면서 집으로 가곤 했었어요."

가슴이 저릿했다. 겨우 10대 중후반, 집에 두고 온 홀어머니가 그리워 동생인 척 어머니를 찾았을 그가 안쓰러워서 가슴이 미어졌다.

"내가 상처 많다고 했잖아요. 그러니까 우리 형 아프게 하지 마요."

담임의 목소리는 단호했다.

"이 얘기는 절대 안 하려고 했는데……."

"절대 안 하려고 했을 만큼 망설여지는 얘기면 하지 말죠?"

내 물음에 담임은 쓴웃음을 머금으며 고개를 내저었다.

"아니요. 이 말 하려고 지금껏 복잡한 집안사 털어놓은 거나 마찬가진데요."

“그럼 해 봐요.”

담임은 한숨을 한 번 내쉬고는 빙그레 웃음을 머금었다.

“나랑 형은 서로 안 하는 얘기가 거의 없어요. 그렇게 형이 그 집에 들어가고도 우리가 아주 잘 지낼 수 있었던 건 형이 그만큼 희생했기 때문이기도 하지만, 서로 오해할 만한 비밀을 만들지 않기 때문이었죠.”

“우애가 좋네요.”

“근데 작년 겨울부터 올 초까지 형이 무척이나 괴로워했어요.”

나는 미간을 찌푸리며 무슨 일이냐는 듯 묻는 얼굴을 했다.

“본인이 학생한테 첫눈에 반했다는 착각을 하고 있었거든요. 물론 학생이 아닌 게 밝혀졌지만.”

내 입이 저절로 벌어졌다.

“윤 전 회장을…… 아니 아버지를…… 미워했던 만큼, 본인이 아버지와 같은 마음을 품었다는 사실에 자괴감을 많이 느끼는 듯했어요.”

“그 대상이 나라는 말이죠?”

담임은 빙그레 웃으며 고개를 끄덕였다.

“형이 그렇게 심각하게 괴로워하는 건 처음 봤다니까요. 우리 형한테 좀 잘해 주죠?”

나는 미소를 머금은 얼굴로 ‘물론이죠.’ 하고 작게 대꾸했다.

“그리고.”

담임은 이내 심각한 얼굴로 덧붙였다.

“이 학교는 형과 나에게 어머니와 같은 존재예요.”

“어머니와 같은 존재?”

“어머니는 우리를 임신하신 이후, 이 학교를 그만두셔야 했어요. 이 학교 음악실에서 피아노 연습을 하던 시간, 그리고 친구들과 교정을 거닐던 추억을 입버릇처럼 말씀하셨었죠.”

"이 학교를 지키는 일은 어머니와 두 사람의 뿌리를 지키는 일인 거네요?"

내 물음에 담임은 그저 아련한 미소만 머금을 뿐이었다.

"내가 있는 힘을 다해 도울게요. 절대 윤준재 씨한테 상처 입히는 일도 없을 테니 안심해요."

교실로 돌아가는 길, 나는 대외적으로는 출장 목적으로 학교에 나오지 않은 그에게 메시지를 보냈다.

어머니 품을 떠나며 자신을 날카롭게 다듬었을 그의 마음을 헤아리자 가슴이 저몄다. 그리고 체육대회가 있던 날, 자신을 낳아 주신 어머니께서 돌아가셨다며 안타까운 얼굴을 했던 모습이 자꾸만 눈앞에 아른거렸다.

당장에 달려가서 꼭 안아 주고 싶었다.

[보고 싶어요.]

짧은 문자 메시지를 보내고 나니 새삼 깨닫지 못했던 사실 하나가 툭 튀어나왔다.

우린 참 표현을 안 하고 만나고 있었네.

말하지 않아도 아는 사이라 할지라도 꼭 해야 할 말이 있다. 그것이 사랑에 관한 표현이면 더더욱 아끼지 말아야 한다. 나는 뭐라 더 메시지를 더 보낼까 하다가 이내 휴대전화를 재킷 주머니에 집어넣었다.

야간자율학습이 끝나고 교문으로 향하는 길, 나는 그의 목소리라도 듣고 싶은 충동에 또다시 휴대전화를 만지작거렸다. 목소리 듣고 싶다고 문자라도 보내?

"안 하던 짓 하려다 탈 난다, 관두자."

"무슨 안 하던 짓?"

한별이 뒤에서 성큼 다가오며 말을 걸었다.

"잠깐 이야기 좀 하죠?"

한별의 목소리가 낮게 울렸다. 아이들이 왁자지껄하게 떠들며 교문을 향해 달려가는 통에 한별의 존댓말은 자연스럽게 묻혔다.

어제부터 문자로 할 이야기가 있다고 했던 한별이었다.

"어디 가서 이야기할까?"

각 잡고 말을 거는 모습이, 짧게 끝날 이야기 같지 않았다. 나는 한별을 이끌고 24시간 운영되는 프랜차이즈 커피 전문점으로 향했다. 봄이 완연하다 못해 낮에는 반소매 옷을 입어도 될 만큼 날이 좋았지만, 봄밤의 공기는 서늘했다.

나와 한별 사이에 감도는 냉랭한 기운에 날이 더 차갑게 느껴졌다. 김이 모락모락 오르는 로즈메리 티 두 잔만이 온기를 발산하고 있었다.

"무슨 할 말인지, 이제 해 봐."

나는 유리잔을 감싸 쥐며 한별을 바라보았다. 흠흠거리며 목청을 가다듬은 한별은 땀이 배는지 연신 손바닥을 교복 바지에 문질러 댔다.

"무슨 일인데, 진한별답지 않게 이렇게 뜸을 들일까?"

나는 일종의 공황상태에 빠진 듯 보이는 한별의 긴장을 풀어 주기 위해 장난스럽게 물었다.

"으, 이 로즈메리 티 완전 별로다. 무슨 잡초 우려서 마시는 기분이네."

나는 멀쩡한 로즈메리 티를 탓하며 입술을 아래로 쭉 늘리고는 우스꽝스러운 표정을 지어 보였다.

"어제 은진이 엄마랑 무슨 일, 있었어요?"

그렇게 묻는 한별의 안색이 좋지 않았다. 좋지 않은 기억이라도 떠올리는 듯 심각한 얼굴이었다. 나는 대꾸 없이 가만히 한별의 눈동자를 들여다보았다.

"너부터 이야기해 봐."

"뭘요?"

"네가 왜 그런 표정으로 은진이 어머니에 관해 묻는지, 그것부터 말해 봐."

한별이 미간을 찌푸리며 고개를 내저었다.

"말 못해요."

나는 팔짱을 끼며 한별을 노려보았다.

"나도 말 못해."

내가 완고히 고개를 내젓자 한별은 그럴 줄 알았다는 표정을 했다.

"너랑 나, 누구 하나 물러서지 않는 이상 이런 상태가 계속될 거야."

한별은 일면 동의한다는 얼굴이었다.

"그런데 너는 날 신뢰하지 않아. 나도 은진이와 한 약속이 있어서 함부로 이야기하고 싶지 않고. 그러니까 오늘 이야기는 여기서 끝내는 게 좋겠다. 네가 나한테 아무런 조건 없이 털어놓을 준비가 되면, 그때 다시 이야기하자. 그래도 안 늦어."

나는 자리를 파하려 의자에 걸어 두었던 가방을 집어 들었다.

"이사장님은 출장 간 거 맞아요?"

한별의 목소리에 의구심이 가득했다. 나는 일어나려다 말고 한별의 얼굴을 다시 바라봤다.

"맞아. 출장 가신 거."

"혹시 무슨 일이 생긴 건 아니죠?"

의외로 한별의 목소리에서 우려와 걱정이 묻어났다.

"너 지금 이사장님 걱정해?"

한별은 대꾸 대신 '흠흠.' 하고 목을 가다듬었다. 한별의 목덜미부터 귓불까지 새빨갰다.

"대답을 해. 너 이사장님 걱정하냐고."

"아뇨."

"그럼, 왜 그런 반응이야?"

"이사장이 아니라 마타리인 척하는 여자 걱정해요. 윤준재 이사장님한테 무슨 일 생기면 그 여자가 제일 많이 아파할 테니까."

머루같이 까만 한별의 눈동자가 진중한 빛을 냈다. 나는 순간 할 말을 잃어서 한별의 눈동자 속에 비치는 나의 눈부처를 빤히 들여다보았다.

"그런 눈으로 보지 마요. 키스하고 싶으니까."

한별은 내가 뭐라고 대꾸를 하기도 전에 먼저 자리에서 일어섰다.

"가죠. 데려다줄게요."

"그래. 가자, 집에."

자리에서 일어나려는데 한 테이블 건너 대각선 방향에 놓인 스툴에 앉아 있던 남자의 움직임이 눈에 들어왔다.

"한별아, 너 집으로 바로 가? 우리 엄마가 데리러 오신댔는데, 늦었으니까 데려다줄까?"

나는 한쪽 눈썹을 치켜올리며 일부러 저쪽까지 들리도록 큰 소리로 물었다. 한별이 잠시 멍한 표정을 지었다가 이내 눈치를 채고는 내 장단에 맞추어 대답했다.

"그러면 나야 고맙지."

나는 일부러 한별의 옆에 바짝 붙어 서서는 손을 꼭 붙잡았다.

"우리 시험 끝나면 놀이동산 갈래?"

나는 완벽한 10대 커플 코스프레를 위해 애교스럽게 떠들었다. 그러자 한별이 대뜸 내 귓가에 속삭였다.

"나중에 아무 말 한 거라고 핑계 댈 생각하지 마요."

나는 한별의 손을 힘주어 꽉 움켜잡았다. 그러고는 어금니를 사리물고 미소를 머금으며 사이좋은 한 쌍의 어린 연인인 양 사랑스러워 죽겠다는 눈빛으로 한별을 올려다보았다.

"너 꼭 지금 같은 순간에 그래야겠냐?"

한별이 기회는 이때다 싶었는지 내 볼을 귀엽다는 듯이 꼬집었다.

"알아, 네 마음."

나는 다행스럽게도 평정을 유지하며, 웃음을 잃지 않은 얼굴로 카페를 빠져나왔다.

"저기, 한별아."

내가 목소리를 낮추자 한별이 고개를 비스듬히 내리며 내 입가에 귀를 가져다 댔다.

"자연스럽게 뒤 좀 확인해 봐. 그 남자 따라 나왔나."

말이 떨어지기가 무섭게 한별이 내 앞에 우뚝 멈춰 섰다. 그러더니 보란 듯이 주위를 한 번 삥 둘러보았다.

"야, 너는 그렇게 티 나게!"

나는 목소리를 최대한 낮추어 한별을 나무랐다.

"걱정 마, 자연스러울 거야."

비뚜름한 미소를 머금은 한별의 입술이 순식간에 내 입술 위를 스쳤다.

"야!"

화들짝 놀란 나는 나도 모르게 빽 소리를 지르고 말았다.

"가자. 우리 장모님 차는 어디 있지?"

한별이 능청스럽게 웃으며 내 어깨를 감쌌다.

"어우, 요즘 애들 아주……."

옆을 지나쳐 가던 아저씨가 혀를 끌끌 차는 소리가 들려왔다. 나는 가볍게 한별을 노려보았다.

"남자 따라 나왔어요."

한별이 어깨를 감쌌던 팔로 내 머리를 감싸고는 낮게 읊조렸다.

"일단 차로 가자."

차는 카페에서 멀지 않은 곳에 있었다. 나와 한별이 함께 차에 오르자, 기사님이 의아한 얼굴로 뒷좌석을 돌아보았다.

"학교에서부터 누가 쫓아오고 있어요. 일단 출발하시면서 미행하는 차가 있나 살펴 주세요."

눈치 빠른 기사님은 알겠다며 고개를 끄덕이고는 차를 출발시켰다.

"미행은 붙지 않은 듯합니다."

기사의 말마따나 우리가 탄 차 뒤쪽으로 따르는 차는 단 한 대도 없었다.

"일단 이 아이부터 데려다주세요."

기사는 고개를 끄덕이며 한별에게 주소를 물었다. 기사님에게 깍듯한 어투로 주소를 읊은 한별이 씁쓸한 목소리로 나에게 속삭였다.

"……이 아이?"

나는 잠자코 있으란 눈빛으로 한별을 바라봤다.

"애가 아니라는 거 어떻게 알려 줄까요?"

나는 대꾸를 말아야지 싶어서 고개를 창밖으로 돌려 버렸다.

집 앞에 도착하자, 한별은 기사님께만 예의 바른 인사를 건네고는 차에서 내렸다.

"애 맞네, 뭐."

나는 한별이 대문 안으로 들어가는 모습을 바라보며 쓰게 웃었다.

"오늘 일은 이사장님께 보고드리면 안 되는 겁니까?"

기사님이 나를 돌아보며 진중한 목소리로 물었다.

"아뇨. 왜요?"

"아닙니다."

기사님은 도로 앞을 응시하며 입을 다물었다. 주차장에 도착하자, 여느 때와 달리 기사님이 내 뒤를 따르셨다.

"이사장님께서 현관문까지 배웅하라고 하셨습니다."

묻지도 않았는데, 기사님은 조용히 자신의 행동을 대변했다. 마침내 현관문 앞에 도착하자, 심장이 쿵쿵 울렸다. 보고 싶다는 메시지를 보낸 지 불과 1시간밖에 되지 않았다. 한별이 때문에 잠시 잊었던 애틋함이 다시금 가슴을 달궜다. 문이 열리면 그의 모습이 보일 터였다. 아무 말 없이 그냥 꼭 안아 주고 싶은 마음이 간절했다.

현관문을 열고 들어서자 기사님께서 뒤따라 들어오셨다. 나는 의아한 눈빛으로 기사님을 바라봤다. 물론 주차 관제 메시지를 통해 내가 탄 차가 건물 안으로 들어선 것을 알아차리고 현관 앞에서 기다리고 있던 그의 얼굴에도 의문이 어려 있었다.

"특별한 용건이라도 있습니까?"

"오늘 야간자율학습이 끝나고 나오시는데, 변유정 양께서 급우로 보이는 남학생과 함께 카페로 향하셨습니다."

이사장의 시선이 나에게로 한 번 왔다가, 이내 기사님에게로 넘어갔다.

"그래서요?"

"카페에서 머문 시간은 약 15분 정도이고, 이야기를 마치고 나오시는 길에 두 분이 길바닥에서 입을 맞추셨습니다."

나는 너무 놀란 나머지 입으로 '헉.' 하는 소리를 내뱉고 말았다.

"수고하셨습니다. 그만 들어가셔서 쉬세요."

그는 이내 자비로운 미소를 지으며 기사님을 돌려보냈다.

아, 보고하지 말라고 했어야 했나? 그럼, 뭔가 숨기는 거 같고 되게 이상한 그림 같잖아?

기사님! 미행이 붙었었다는 보고를 하셨어야죠! 그런 아무짝에도 쓸모없는 치정을 왜 끌어들이십니까?

기사님이 나가시고 난 뒤, 막장으로 치닫는 현관에 정적이 흘렀다. 그는 아무런 감정도 담지 않은 시선으로 나를 내려다보고 있었다.

"하루 종일 뭐 했어요? 안 심심했어요?"

나는 머릿속에 떠오르는 대로 아무 질문이나 던졌다. 그 순간, 쿵! 하는 소리와 함께 등이 신발장 쪽으로 부딪혔다.

"저, 저기. 이사장님?"

그의 얼굴에 아무 감정도 담겨 있지도 않다고 생각한 건 큰 오산이었다. 그의 눈빛에는 형언할 수 없는 분노가 담겨 있었다. 그는 양손으로 신발장을 짚은 채로 나를 노려보았다. 힘줄이 불거진 팔 안에 갇힌 나는 숨도 제대로 내쉬지 못하고 할 말을 잃어버렸다.

"변유정."

이름을 부르는 목소리가 음산하게 울렸다. 그의 눈동자가 파르르 떨렸다.

"너 나 미치는 꼴 보고 싶어?"

나는 변명이라도 해야겠다 싶어서 재빨리 입을 열었다.

"카페에서 우릴 감시하는 남자가 있었어요. 다행히 멀리 떨어져 앉아 있어서 우리가 하는 대화는 못 들은 듯했어요."

"진한별이야?"

"카페에 같이 간 애요?"

"아니, 너한테 입 맞춘 놈."

나는 머뭇거리며 고개를 끄덕거렸다.

"한별이가 이사장님 걱정하더라고요. 진짜로 출장 가신 거 맞냐고, 혹시 무슨 일 당하신 건 아니냐고."

"말 돌릴 생각 하지 마."

나는 시원하게 한숨을 내뱉지도 못하고 자잘하게 숨을 내뱉으며 대꾸했다.

"카페에서 나오는 길에 혹시 그 남자가 따라오고 있는지 자연스럽게 돌아보라고 했어요."

"그래서?"

"그랬더니 애가 주위 한 번 둘러보고는……. 그냥 단순한 접촉사고 같은 느낌이었달까요? 정말 아무런 감흥 없는."

"벌써 두 번째다."

말문이 턱 막혀 버렸다.

"길바닥에서 진한별이랑 입 맞춘 거, 벌써 두 번째라고."

그가 무서운 목소리로 읊조렸다. 나는 아무런 대꾸 없이 아랫입술을 꾹 깨물었다.

"변유정, 평소엔 눈치 빠르면서 왜 이렇게 무딘 척 구실까? 알아듣기 쉽게 설명해 줘?"

그의 눈가에 어린 분노에 심장이 떨릴 정도였다.

"너 내가 금 선생이랑 길바닥에서 입 맞췄다는 말을 진한별한테 전해 들었다고 생각해 봐. 기분이 어떨 것 같아."

내 이 두 연놈을 그냥! 순간 욱하고 화가 치밀었다.

"그래, 그렇다고. 내 기분이 지금 딱 그렇게 엿 같다고."

나는 '미안해요.' 하고 짧게 읊조렸다.

"한 번은 봐줬는데, 두 번은 못 봐주겠다."

그의 목소리가 어두워졌다.

“각오해, 변유정.”

말이 끝남과 동시에 그의 입술이 내 입술 위로 내려앉았다. 현관 센서등이 어두워졌다가, 격한 움직임에 다시 반짝 불을 밝혔다. 그는 거칠게 굴면서도 딱딱한 신발장 문에 내 뒤통수가 닿을까 싶어서 커다란 손으로 감싸 주었다.

급격히 좁아진 단단한 품 안에 갇힌 나는 손을 올려 그의 목을 끌어안지도 못하고, 그의 허리춤을 겉도는 옷자락을 꽉 붙잡았다.

현관 센서등이 다섯 번쯤 꺼졌다가 다시 켜질 무렵, 입술이 떨어졌다. 나는 눈을 감은 채로 가쁜 숨을 몰아쉬며 호흡을 골랐다. 그의 엄지손가락이 빨갛게 부어오른 나의 입술 끝을 한 번 스치자 저릿한 통증마저 이는 듯했다.

나는 통증처럼 이는 떨림에 어깨를 움찔했다.

“큰일 났네, 변유정.”

그의 목소리가 아까보다 많이 누그러져 있었다.

“이 정도 벌준 거로 쫄아서 대체 이번 주말에는 어떻게 하려고 그래?”

이런 벌이라면 얼마든지 달게 받아야 할까. 심각한 상황이 계속되면서 자신이 등장할 타이밍을 찾고 있던 가슴속 음란 자아가 방긋 웃으며 고개를 들었다.

‘아니, 그래서 주말이 오기는 와? 대체 언제 와? 생일 때 두고 보자고 한 지 지금 몇 페이지짼지 알아?’

음란 자아가 삿대질을 하며 따져 댔다. 나는 한숨을 한 번 몰아쉬며 대꾸했다.

“기대해요. 나는 절대 중간고사 볼 생각 없으니까.”

내려다보는 먹색 눈동자가 은밀하게 빛나는가 싶더니, 그가 낮은 목소리로 내 귓가에 속삭였다.

“난 기대치가 높은 남자야.”

은밀하게 들리는 문장에 숨이 멎어 버릴 것 같았다. 심장 박동이 급해지고 손끝이 떨렸다. 그의 입술 끝에 장난기 어린 미소가 머물렀다. 먼저 돌아선 그는 집 안으로 성큼성큼 걸음을 옮겼고, 나는 홧홧 달아오른 뜨거운 뺨을 손등으로 찍어 내며 그의 뒤를 따랐다.

거실 입구에 다다른 그가 고개를 돌리며 심각한 목소리로 물었다.

“카페 그 남자는 무슨 소리야?”

“원래 그것부터 물었어야 하는 거 아녜요?”

뾰로통한 되물음에 그가 고개를 비스듬히 기울이며 나를 노려보았다.

“일의 우선순위를 따지자는 거야, 지금?”

절대, 맹세코, 결단코 그의 심기를 건드릴 목적이 아닌 그저 단순한 호기심을 담은 질문이었다. 그런데 안타깝게도 그는 기분이 많이 상한 듯했다. 이 남자, 보기보다 많이 소심하고, 보기보다 많이 질투한다.

무서운 얼굴을 마주하고 있는데도 불구하고 그의 질투에 마음이 두둥실 떠올라 버렸다. 전혀 그럴 것 같지 않게 생긴 남자가 귀엽게 애정에 대한 투정을 부릴 때면 마음이 눅진눅진해졌다.

“그렇잖아요. 하굣길에 미행이 붙었는데, 그게 더 심각한 문제 아니에요?”

그는 잠시 머뭇거리며 내 질문에 동요하는 듯 보였다. 표정이 굳어지는 게 눈에 들어왔다. 깊은 먹색 눈동자는 생각에 빠진 듯 골똘했다.

나는 신중하게 대답을 고르고 있는 듯한 그의 얼굴을 가만히 바라보았다. 마른침이 꼴깍 넘어갔다. 긴장감을 유지하는 그의 재주가 엄청난 건지, 아니면 내가 속절없이 이끌려 가는 건지 모르겠다.

“변유정.”

그는 가만히 서 있는 내 주변을 천천히 맴돌았다. 나는 느리고 조심스러운 시선으로 그를 주시했다.

"내 삶 전체를 통틀어서 지금 가장 심각한 문제야."

나는 이해했지만, 설명이 더 필요하다는 얼굴로 그를 바라보았다. 그가 지금 애정표현을 격하게 하려는 듯 보이니까.

"시도 때도 없이 사람 속을 뒤집었다가, 비행기를 태웠다가 어지럽게 만드는……."

지금 사람 어지럽게 만드는 게 누군데? 그는 내 주위를 빙글빙글 돌다 말고 내 앞에 우뚝 멈춰 서서는 덧붙였다.

"……너 말이야."

나는 마치 사랑에 빠진 핑크색 문어가 된 기분이었다. 온몸이 핑크색으로 물들어 미끄덩거리고, 흐물흐물 헤엄치는 연체동물 말이다.

윤준재, 내 이 빨판으로 그대에게 쫙 달라붙어 버리겠다!

그저 상상만 했어야 했는데, 나는 그만 돌아서는 그의 허리를 꽉 끌어안고 말았다. 연체동물이 된 것처럼 팔로 그의 허리를 휘감고, 빨판처럼 온몸을 치밀하게 들이댔다.

"왜 이래?"

그러자 그의 목소리에 노기가 씻기고, 유쾌한 분위기가 느껴졌다.

"내 삶 전체를 통틀어서 가장 달콤한 순간이었어요."

나는 그의 등에 얼굴을 파묻으며 꿈꾸는 목소리로 읊조렸다.

"변유정 감동시키기 참 쉽네."

그는 허리에 감긴 내 손을 다정하게 감싸 주었다. 손등을 쓰다듬는 손길이 따뜻했다. 나는 그의 단단한 등허리에 코를 비비며 가슴 떨리는 냄새를 한참이고 맡았다.

이튿날 아침, 등교 전 누군가의 보고를 받는 이사장의 표정이 심상치 않아 보였다. 통화를 마친 그는 경직된 얼굴로 아침 식사 중인 나를 바라보기만 했다.

무슨 이야기를 하려는지 그는 또 뜸을 들였다. 아니 이제는 버릇처럼 느껴지기도 했다. 그는 요즘 무슨 말을 하기 전에 꼭 내 얼굴을 한참 동안 들여다보았다.

어색한 침묵에 내가 그렇게 이쁘냐는 드립이라도 치고 싶은 순간이었지만, 나는 이성을 챙기며 신중한 목소리로 물었다.

"왜요? 어제 혹시 그 미행 건, 뭔가 알아냈어요?"

"일단 기사님 차가 바뀔 거야. 오늘부터는 딴 데로 새지 말고. 정나미 기자 쪽에서도 주시하고 있다가 특이 사항 있으면 바로 전해 주겠다고 했으니까, 그렇게 알고."

나는 뜨악한 표정으로 그를 바라보았다.

"정 선배랑 벌써 그렇게 친해졌어요?"

그는 진지하게 맞대고 있던 시선을 슬쩍 피하며 대꾸했다.

"일단 학교부터 가."

"와, 어제의 적이 오늘의 동지가 되는 경우가 이런 거구나."

"말은 잘하지, 변유정."

나는 혀를 날름거리며 그를 놀리는 듯한 표정을 지었다.

"한 번만 더 그렇게 해 봐."

그가 돌연 무서운 얼굴을 하더니 낮게 읊조렸다.

"확 집어삼켜 버릴 테니까."

하마터면 입으로 들어간 빵이 코로 나올 뻔했다.

"제발 부탁인데요. 그렇게 정색하고 장난 좀 치지 마요!"

그러자 그가 한쪽 눈썹을 치뜨며 색기 어린 표정을 지었다. 가슴속 음란 자아가 코피라도 빡 터트릴 것 같은 난감한 얼굴을 했다.

"내가 지금 장난하고 있는 걸로 보여?"

이 남자, 오늘따라 진짜 장난 아니게 섹시하다. 나는 아침부터 뇌가 붉게 물들어 버리고 말았다. 이러다 뭔 일 날 것 같으니 학교나 가야겠다.

"저, 그만 나가요."

나는 숟가락을 내려놓고는 식탁 의자에 걸어 두었던 가방을 들쳐 멨다.

"고생해."

"좋겠다. 집에 있어서……."

나는 진심으로 부럽다는 눈빛으로 이사장을 바라보았다.

"좋기는. 걱정돼 죽겠는데. 어린애 학교 보내는 부모 심정이 이런 건가 봐."

그는 내 머리를 쓰다듬으며 이내 안쓰러운 얼굴을 했다. 그 모습에 또다시 마음이 약해진 나는 그의 허리에 또 한 번 핑크 문어처럼 들러붙었다. 친친 감아서 꼭 끌어안아 줘야겠다.

두 팔에 힘을 주어 안자, 그의 나직한 웃음소리가 들려왔다.

"변유정, 학교 가기 어지간히 싫은가 보네? 아침부터 육탄전이야? 학교 안 가고 나랑 뭐 할래?"

글쎄요. 이것도 하고, 저것도 하고 그럴까? 나는 그를 올려다보며 빙그레 웃었다.

"어서 가, 늦겠다."

둘이 있을 때만큼은 공기가 핑크빛이었다. 나는 이번 주말 그의 생일까지만이라도 아무런 사건 사고 없이 이 분위기가 유지되었으면 좋겠다는 생각을 하며 등굣길에 올랐다.

밤사이 비가 내리고 난 뒤, 청명한 햇살이 내리쬐는 대기가 오랜만에 맑았다. 여느 때와 같이 차에서 내려 교문으로 향하는데, 교복 재킷 주머니 속에서 휴대전화가 진동했다.

세상에! 엄마다! 잠입 때문에 정신없이 사느라 엄마한테 연락한 게 언젠지 모르겠다.

"엄마?"

나는 여느 딸이 그러는 것처럼 대수롭지 않은 목소리로 전화를 받았다.

— 유, 유정아…….

수화기 너머에서 기운 없는 엄마의 목소리가 흐릿하게 울려 펴졌다. 심장이 기분 나쁜 박자로 날뛰었다.

"엄마, 목소리가 왜 그래? 무슨 일이야?"

나는 교문 바로 옆 담장 밑에 서서 목소리를 죽이며 물었다.

— 우리 딸, 엄마가 많이 사랑하는 거 알지?

지금 시각 아침 7시 20분, 뜬금없는 엄마의 사랑 고백에 숨이 턱 막히는 것만 같았다. 우리 엄마는 절대 이럴 사람이 아닌데? 엄마한테 무슨 일이 생긴 건지도 모른다는 불안한 상상에 눈앞이 캄캄해졌다.

"엄마! 왜 그래? 어디야, 지금?"

— 엄마가 숨이 막혀.

"엄마!"

엄마를 다급히 부르며 발을 동동 구를 때였다.

— 집 안 꼴이 이게 뭐야. 너 혼자 산다고 환기도 안 하지? 계집애 사는 집이 왜 이렇게 퀴퀴한 냄새가 나? 어머나, 세상에! 쓰레기통에서 바나나 껍데기 다 썩어서 구더기 생겼잖아!

엄마가 빽 하고 소리를 지르고는 빠르게 덧붙이셨다.

— 하도 연락이 없어서, 아침 먹여서 출근시키려고 반찬 들고 왔더니

사는 꼬라지 하고는. 이게 사람 사는 방이야, 돼지우리야?

"엄마 내 오피스텔이야?"

— 그래. 아주 엉망진창이네, 그냥. 왜 옷은 다 꺼내 놓고 정리를 안 해? 서랍마다 죄 난리야, 아주.

심장이 쿵쿵 날뛰었다. 그를 따라 오피스텔을 나오던 날, 집 안 상태는 말끔했었다. 침입 흔적이 있었다던 그의 말이 사실이었나 보다. 그리고 내가 나온 이후로 또 오피스텔에 누군가 다녀간 게 분명했다.

왜? 나를 겁주려고? 근데 엄마는 그 오피스텔에 혼자 계신 거야, 지금?

— 거, 애한테 잔소리 좀 그만해요.

다행스럽게도 휴대전화 너머에서 새아버지의 목소리가 들려왔다. 엄마가 혼자 계신 것은 아니라는 생각에 나는 안도의 한숨을 내쉬었다.

— 바빠도 밥은 챙겨 먹고 다니고. 열무김치랑 겉절이 담근 거 갖고 왔어. 열무는 아직 덜 익었으니까, 이따 퇴근하면 냉장고에 넣고.

"엄마, 나 취재 때문에 요즘 계속 집에 못 가서 그러는데, 드라이브 삼아서 아버지랑 신문사에 좀 갖다 주시면 안 될까?"

엄마 반찬은 먹고 싶으니까. 그만큼 힘나는 음식도 없으니까.

— 너, 내가 딸이 하나여서 갖다 주는 거야. 딸이 둘만 됐어도 이런 반찬 심부름 안 한다.

"엄마, 나 그리고 지방에 와 있어서 정 선배가 받아 줄 거야. 선배도 아침에만 사무실에 있으니까, 빨리 출발해. 엄마."

— 그 정나미 기자?

엄마의 목소리에 묘한 기색이 어렸다. 아니나 다를까.

— 둘이 정말 아무 사이도 아냐?

"사이는 무슨."

— 진짜 아무 사이도 아냐? 손도 한 번 안 잡았어?

"아, 엄마. 제발 좀."

나는 한숨을 폭 내쉬며 그만 물으라는 듯 곤란한 목소리를 냈다.

— 너 소개팅 같은 건 해? 연애는 안 할 거야? 평생 혼자 살래? 아이고. 하나밖에 없는 딸 시집가는 것도 못 보고, 내가 눈이 감기려나.

마치 타령처럼 엄마가 쉴 새 없이 읊어 대셨다.

"아오, 그만 좀. 엄마. 내가 알아서 해."

— 알아서 해? 어떻게 알아서 해? 너 남자 생겼어?

"남자는 무슨!"

누구 있다고 하면 뭐 하는 남자니, 어떻게 생겼니, 데리고 와라. 또 다른 타령 한 곡조를 더 뽑아내실 게 분명했다.

"여기 서서 뭐 해?"

— 어, 어? 이거 남자 목소린데? 어머, 누구니?

남자는 무슨. 애야, 애! 갑자기 휴대전화 너머에서 교양 넘치는 목소리가 들려왔다.

"엄마, 끊어요."

통화를 마치려는 찰나, 한별이 내 휴대전화를 뺏어 들었다

"야!"

내가 버럭 소리를 지르는 것에도 아랑곳하지 않고 한별이 목소리를 냈다.

"안녕하세요? 어머니. 저 요즘 따님과 막역하게 지내고 있는 진한별이라고 합니다……. 네, 어머님. 네……. 하하. 네……. 그럼 조만간 찾아뵙겠습니다. 네."

내가 휴대전화를 빼앗으려 발악했지만 한별은 한 손으로 아주 쉽게 내 두 손을 결박해서 제압하고는 통화를 마쳤다.

"진한별, 미쳤어?"

"그렇게 안 알려 주더니. 이름 예쁘네? 우리 유정이."

한별이 미워할 수 없는 눈웃음을 머금으며 휴대전화를 나에게 건넸다.

"어머니께서 신문사에 반찬 잘 갖다 놓으신다고, 걱정하지 말라고 전해 주래요. 그리고 일을 하는 건지, 어디 연애를 하러 간 건지 모르겠지만 오늘 우리 유정이랑 즐거운 시간 보내라고 하시네?"

내 손에 휴대전화를 쥐여 준 한별은 유유히 교문 안으로 사라졌다.

이놈 진짜 물건이다!

대체 이를 어찌해야 할까? 우리 엄마에게 엄청난 떡밥을 던진 한별이 때문에 나는 눈앞이 컴컴했다.

엄마, 걔 나보다 일곱 살 어려.

이런 변명을 해 봐도 안 통할 게 뻔했다. 엄마도 연하인 새아버지와 재혼하셔서, 꿀 떨어진 신혼생활을 만끽하고 계시니 말이다. 갑자기 유일한 유부녀 친구 민경이 남자를 고르는 기준이라며 떠들어 대던 소리가 귓가를 스쳤다.

남자는 자고로.

영 앤 리치, 빅 앤 핸섬이라고 했던가?

아오, 사특한 계집애.

나는 괜히 죄 없는 친구 욕을 하며 교문 안으로 들어섰다. 엄마에게 어떻게 둘러댈지는 나중에 생각하기로 했다. 다른 쪽으로 생각해 보면 엄마가 앞으로 남자 만나란 폭풍 잔소리는 하지 않을 것 같으니 일면 다행이기도 했다.

아, 진한별한테 고맙다고 해야 하나? 젠장! 제발 이번 주말까지는 조용히 지나가기를.

엄마도, 한별이도, 정체를 드러내지 않은 누군가도. 이번 주말만큼은 조용하기를.

그게 내가 바라는 전부다.

❖

드디어 올 것이 오고야 말았다. 다행스럽게도 더 이상의 미행도 없었고, 이사장이 다쳤다는 찌라시가 퍼진 이후에 특이할 만한 사건이 일어나지도 않았다. 그렇게 태풍의 눈 같은 주중이 지나고, 마침내 주말 아침 해가 떠오른 것이다.

다 같이 떠올려 보자. 토요일은 무슨 날?

그의 생일.

그는 생일 선물로 뭘 달라고 했었지?

"하아, 또 상상해 버리고 말았어."

음란한 생각이 어젯밤부터 시도 때도 없이 머릿속에서 되풀이되었다.

이렇게, 저렇게, 그렇게.

내 목에 리본이라도 묶어야 하나 하는 생각을 하며 나는 앞치마 끈을 허리에 묶었다. 일어나자마자 어제 인터넷 배송으로 미리 준비해 둔 식재료를 다듬기 시작했다. 정 선배는 온갖 욕을 퍼부으며 아파트 현관까지 엄마 반찬을 배달해 주었다.

「여기가 윤 이사장이 마련한 은신처야? 혼자 지내기엔 너무 오버 아냐?」

같이 지내고 있다는 말은 차마 못하겠어서 안은 그리 넓지 않다는 멍청한 핑계를 둘러댔다. 정 선배는 영 미심쩍어하는 듯 보였지만, 더는 묻지 않고 돌아갔다. 미역국을 끓이고, 불고기를 볶고, 엄마가 준 반찬을 식탁 위에 차리고 있을 무렵 인기척이 느껴졌다.

"뭐 하는 거야? 토요일 아침인데, 늦잠도 안 자고?"

"미역국은 먹어야죠. 생일인데."

그는 졸음이 가시지 않은 눈을 비비며 부엌 아일랜드 식탁 앞에 서 있는 나를 물끄러미 바라보았다. 감동한 얼굴이었다. 겨우 이 정도 갖고. 괜히 어깨가 으쓱 솟아올랐다.

"근데 왜 수저가 세 벌이야? 누구 와?"

때마침 초인종 소리가 들려왔다.

"온 것 같은데, 문 좀 열어 줄래요?"

"대체 누구한테 여길 함부로 가르쳐 준 거야?"

"가르쳐 줄 만하니까, 가르쳐 줬어요."

그는 반신반의하는 얼굴을 하고는 현관으로 향했다.

"형 이제 일어났어? 눈곱 좀 떼라. 발등 찍겠다."

그의 동생, 마타리의 담임이 집 안으로 들어서며 형을 나무라는 소리가 들려왔다.

"네가 여기 왜 왔어?"

그의 놀란 목소리가 이어졌다. 나는 앞치마에 젖은 손을 문지르며 종종걸음을 옮겨 형제가 서 있는 거실로 향했다.

"와, 둘이 비밀 없는 사이라고 그렇게 우애 자랑을 하더니, 형이 어디 사는지도 몰랐어요?"

"그러게요."

담임이 능청스럽게 웃으며 배를 문질렀다.

"와, 맛있는 냄새!"

"미리 주의를 주자면, 냄새만 맛있을 수도 있어요!"

나의 장난기 어린 대꾸에 담임이 호쾌한 웃음을 터뜨렸다.

"어떻게 된 거야, 대체? 얘는 왜 불렀어?"

그는 다 눈치챘으면서 겸연쩍은지 동생을 가리키며 물었다.

"윤준재 씨가 오늘 생일이면, 쌍둥이 동생 호재 씨도 생일 아녜요?"

그의 눈가에 한없이 다정한 기색이 어렸다.

"또 감동받는 것 좀 봐. 윤준재 씨 감동 주는 건 참 쉽다니까."

그가 했던 말을 그대로 가져와 너스레를 떨자, 담임이 목을 흠흠 가다듬고는 입을 열었다.

"잠깐 내가 자리 피해 줘, 형? 지금 둘이 뭐 할 것 같은 분위긴데?"

우리는 동시에 '뭘!' 하고 소리쳤다. 담임은 키득키득 아이처럼 웃으며 '둘이 아주 하는 짓이 똑같네!' 라고 놀렸다.

"일단 밥부터 먹죠. 윤준재 씨는 세수부터 하고 와요. 밥 먹기 전에 정신은 차려야죠."

그는 웬일로 고분고분하게 방으로 들어갔다. 그의 모습이 사라지고 나자, 국과 밥을 떠서 식탁 위로 옮기는 나의 모습을 물끄러미 바라보던 담임이 조용한 목소리로 입을 열었다.

"이번 생일에는 미역국 못 먹는 줄 알았는데, 고마워요."

"이 형제는 쌍으로 감동 먹이기가 쉽네."

내가 장난스럽게 대꾸하자, 담임이 더욱 낮춘 목소리로 물었다.

"근데 언제부터 같이 지냈어요?"

"얼마 안 됐어요."

담임은 고개를 한 번 주억거리고는 더 이상은 묻지 않았다. 이윽고 세수를 하러 들어갔던 그가 방에서 나왔고, 우리 셋은 묘하게 감동적인 아침 식사를 함께 했다.

식사를 마친 담임은 집 안 구경을 한답시고 구석구석을 둘러보았다.

"윤준재 씨 방 건너는 내 방이에요. 거긴 들어가지 마요."

나는 과일을 깎는 중이었고, 그는 식기세척기에 그릇을 옮기고 있었다. 어디선가 쿵쿵거리며 빨라지는 발걸음 소리가 들려왔다.

“둘이 각방 써?”

담임이 자신의 형을 향해 여과 없는 질문을 날렸다. 식기세척기 문을 닫은 그는 대수롭지 않게 대꾸했다.

“어, 왜?”

담임은 이해할 수 없다는 얼굴로 나와 그를 번갈아 보았다.

“왜? 왜냐니! 꼭 형수처럼 생일 아침에 불러서 미역국 먹여 놓고!”

“먹여 놓고, 뭐.”

“와. 우리 형 생각보다 훨씬 심각하네. 완전 숙맥이네, 이제 보니까!”

나는 귓불까지 벌겋게 달아올라서 열심히 사과를 깎는 데만 열중했다.

“아니, 변 기자님도 그래요. 와, 나한테 꼭 신혼집 초대하는 것처럼 밥 먹으러 오라고 했으면서! 나 완전 속은 기분이야.”

담임이 뾰로통한 표정을 지으며 팔짱을 꼈다. 그와 쏙 빼닮은 얼굴로 전혀 다른 성격을 보이는 담임이 신기해서 넋 놓고 바라보던 나는 그만 칼에 손을 베이고 말았다.

“아야!”

“조심했어야지. 칼을 들고 왜 한눈을 팔아.”

그가 성큼 내 앞으로 다가와서는 칼에 베인 오른손 엄지를 입으로 가져갔다. 막을 새도 없이 그가 내 손가락을 입에 물었다. 손가락 끝에서 느끼지는 말캉말캉한 촉감에 얼굴이 확확 달아올랐다.

“아…….”

탄식하듯 한숨을 한 번 내뱉은 담임이 음흉하게 속삭였다.

“난 그만 가야겠다. 잘 먹었어요. 형 나 간다.”

“가라.”

그는 내 손가락을 문 채로 대꾸했다.

"섭섭하게 동생 간다는데 붙잡지도 않네."

서운하다 말하는 담임의 목소리는 전혀 그렇지 않게 느껴졌다.

"가세요, 학교에서 봬요."

내가 인사를 건네자, 담임은 잘 먹고 간다는 인사를 마지막으로 현관문을 나섰다. 피는 진작 멈췄을 것 같은데, 내 손가락은 여전히 그의 입안에 있었다.

손가락을 휘감는 선뜻한 감각에 나는 어깨를 움찔 떨었다. 그러자 그가 슬며시 입을 벌렸고, 손을 빼낸 나는 감당 못할 떨림에 주먹을 꽉 움켜쥐었다. 그 주먹을 그의 커다란 손이 감싸 쥐는가 싶더니, 힘주어 끌어당겨 졌다.

나는 속절없이 그의 품에 낭창하게 안겨들었다. 코끝이 맞닿았다. 입술에서 달콤한 그의 숨결이 느껴졌다. 누가 먼저 다가갔는지 모르게 키스가 시작되었다.

나는 한쪽 손은 그의 목을, 그리고 다른 한 손은 그의 허리를 끌어안았다. 그의 뜨겁고 커다란 손이 내 등허리를 성마르게 오르내렸다. 손길이 더해질수록 몸속 열기도 치솟아 올랐다.

그가 무릎을 굽히는가 싶더니, 내 허리를 번쩍 안아 들어서는 아일랜드 식탁 위에 앉혔다. 잠시 입술이 떨어졌다. 우리는 이마를 맞댄 채로 숨을 골랐다. 내가 내뱉은 숨결 위로 그가 자잘하게 입을 맞추며 말했다.

"내 방으로 간다."

그의 음성이 짙은 떨림을 머금고 있었다. 생각해 보니 나는 이 집에 온 이후로 그의 방에 들어가 본 적이 단 한 번도 없었다. 심장이 두방망이질 쳤다. 나는 그의 왼쪽 가슴에 가만히 손을 올렸다.

"왜 이렇게 경건하게 더듬어?"

장난스럽게 묻는 질문에 나는 진심을 담아 대답했다.

"당신 심장도 나처럼 빠르게 뛰나 궁금해서요."

그는 커다란 손으로 내 뺨을 타고 흘러내린 머리카락을 넘겨 주며 속삭였다.

"뛰다 못해 터질 것 같다."

말이 끝나기가 무섭게 입맞춤이 시작되었다.

그는 내 허리를 바짝 안아 들고는 천천히 걸음을 옮겼다. 나는 매달리듯이 그의 목을 끌어안았다. 문이 열리는 소리가 들려왔다. 그와 동시에 가빠진 호흡 사이로 그의 향기가 가득 느껴졌다.

머릿속이 아찔해진 순간, 몸이 기우는 게 느껴졌다. 등 뒤에 푹신한 침대가 느껴졌다. 쿵쿵 뛰는 심장이 버거웠다. 치솟는 열기에 몸이 뒤틀렸다.

성마른 그의 손길이 앞치마를 끌어 내렸다. 뒤이어 면 원피스도 바닥으로 떨어졌다. 드러난 살갗 위로 뜨거운 숨결이 흩어졌다. 그의 입술이 이번에는 내 목덜미에 내려앉았다.

"으음."

목덜미를 깨무는 아릿한 느낌에 나는 숨을, 신음을 집어삼켰다. 그러자 그의 커다란 손이 속옷을 밀어 올리며 말랑말랑한 살덩이를 움켜잡았다. 머릿속이 눅진하게 녹아내리는 듯했지만, 이상하게 정신은 또렷했다.

이 순간을 모두 머릿속에 새겨 넣고, 영원토록 기억하고 싶은 희원이 가슴 깊은 곳에서부터 차올랐다. 그의 입술이 목덜미를 따라 쇄골을 지나 아래로 내려갔다. 예민하게 솟아오른 정점을 그가 입에 물자 나는 참지 못하고 신음을 터뜨렸다.

"흐읏."

그러자 그가 정점을 입에 문 채로 정염 가득한 시선으로 나를 올려다보았다. 그를 내려다보던 나는 눈이 마주치자마자 열기를 이겨내지 못하고 눈을 질끈 감았다. 신음을 내뱉는 게 버거울 만큼 숨이 차올랐다.

그의 입술을 당장에 떼어 내고 싶다는 생각이 들면서도 동시에 본능적으로 그가 수월하게 집어삼킬 수 있도록 등을 들어 올렸다. 그러자 매트리스 사이로 그의 손이 들어왔고, 속옷이 벗겨졌다.

갑작스럽게 압박감에서 해방된 나는 크게 숨을 들이마셨다가 내쉬었다. 그가 얇은 끈을 잡아 내렸고, 침대 아래로 속옷이 떨어졌다. 순식간에 상체에 걸친 옷이 사라져 버렸다. 그러자 그가 입술을 떼 내는가 싶더니 몸을 일으켜 세우고는 상의를 벗어 던졌다.

보기 좋게 자리 잡은 그의 근육이 말랑한 여체를 내리누르듯 몸을 겹쳐왔다. 단단하고 뜨거운 살갗이 닿자 숨이 턱 막혀 왔다. 그는 상체를 밀착하며 나를 내려다보았다. 정염에 젖은 얼굴은 살짝 찌푸린 채였다.

나는 가쁜 숨을 몰아쉬며 그를 올려다보았다. 숨을 들이마시고 내쉴 때마다 가슴이 그의 근육에 짓눌렸다가 떨어졌다. 그는 나를 꿰뚫듯 내려다보며 무릎으로 내 허벅지 사이를 가르고 자리를 잡았다.

허벅지 언저리에서 그의 단단한 존재감이 느껴졌다. 얼굴이 달아오르는 것을 느낀 순간, 그의 손결이 허벅지 안쪽을 더듬기 시작했다. 나는 밀려오는 열감에 두 눈을 지그시 감았다. 입안으로 그의 혀가 왈칵 밀려들었다.

나는 그의 목에 매달리듯 팔을 걸고는 그의 모든 것을 들이마시기 위해 애썼다. 그와 동시에 아랫도리가 허전해졌다.

입술을 떼지 않은 채로 그도 하의를 탈의했다. 자연스레 벌어진 다리 사이로 그가 파고들었다. 나는 두 눈을 질끈 감은 채로 그의 어깨를 와락 끌어안았다. 안쪽으로 그가 단단히 차오르는 게 느껴졌다.

"유정아."

낮게 쉰 그의 목소리가 조용히 울렸다. 나는 대답 대신 꼭 감고 있던 눈을 뜨고는 그를 바라보았다. 여느 때보다도 더 깊은 시선으로 내려다보는 그의 눈빛에 전율이 흘렀다. 그는 아무 말도 하지 않은 채로 나를 그저 내려다보기만 했다. 그 어떤 말도 필요치 않은 순간이었다.

머리카락을 쓰다듬는 다정한 손길에 나는 무거운 눈꺼풀을 겨우 들어올렸다. 깊은 애정을 품은 먹색 눈동자가 나를 바라보고 있었다.

"잘 잤어?"

나는 대답 대신 고개를 끄덕거렸다. 살갗에 닿는 이불의 촉감이 생경했다.

"괜찮아?"

그는 걱정스러운 목소리로 물으며 내 뺨에 가볍게 입을 맞추었다.

"많이 힘들었지? 내가 너무 몰아붙여서."

숨이 턱 차올랐다. 결코 힘들지만은 않았다. 가슴 깊은 곳까지 차지한 그의 존재감에 감동했으니까.

"나는 미치는 줄 알았는데, 너무 좋아서."

진한 애정표현을 쏟아 내는 그의 목소리에 눈물이 핑 돌았다.

"그럼요."

나는 괜히 부끄러워서 말을 돌려 보았다.

"나 중간고사 빼 줄 거예요?"

그가 이내 심각하게 미간을 구기며 대꾸했다.

"한 과목 빼 줄게."

"뭐라고요?"

발끈해서 되물은 말에 그가 사뭇 진지한 표정을 지었다.

"아니, 몇 번을 했는데……. 겨우 한 과목을……."

시계를 보니 밤 9시였다. 우리는 아침을 먹은 이후 거의 12시간 동안 이 방을 벗어나지 않았다.

"내가 다 했잖아."

나는 멍한 시선으로 그를 바라보았다.

"오늘 변유정 생일 아니고 내 생일인데, 내가 다 했잖아. 아니야?"

딱히 반박할 거리가 떠오르질 않아서 나는 이내 입을 꾹 다물었다.

"그럼 내가 뭘 하면 중간고사 빼 줄 건데요?"

"참아, 변유정. 오늘 더 무리하면 너 쓰러진다."

고양이 쥐 생각하는구나. 나는 그리 생각하며 하마터면 콧방귀를 뀔 뻔했다.

"저녁은 내가 할게. 누워 있어."

어둠 속에서 그가 몸을 일으켰다. 어스름한 빛 속에서 그의 실루엣이 보였다. 단단했지만, 뜨거웠던 촉감이 손끝에 남아 있는 듯해서 나는 차가운 이불을 끌어안으며 얼굴을 붉혔다.

"중간고사 이제 한 열흘 남았나?"

나는 일말의 희망을 가지고 침대 위에서 벌떡 상체를 일으켜 앉았다.

"왜요? 빼 주게? 아!"

허리 아래에서 뭉근한 통증이 일었다. 그러자 티셔츠와 트레이닝팬츠를 꿰입은 그가 내게 다가와서는 환자 다루듯 침대에 도로 눕혀 버렸다.

"내일 하는 거 봐서."

그의 목소리에 장난기가 잔뜩 어려 있었다. 다행이다. 놀림을 받아서 뾰로통해져야 하는 상황임에도 불구하고, 그의 생일이 무사히 지나가고 있다는 사실에 나는 안도했다. 나 정말 중증이다. 요즘 이 남자 기분에 따라서 일과의 좋고 나쁨이 결정되는 기분이었다.

“그리고 순서가 잘못됐잖아. 선물은 생일 케이크 먹고 줘야지.”

“케이크 먹을 시간도 안 줬으면서?”

“그럼, 케이크 먹고 다시 시작할까?”

아직 생일 케이크는 구경도 못했는데, 달콤한 크림 덩어리를 입에 물고 있는 것처럼 느껴졌다. 그는 부드러운 손길로 내 얼굴을 쓰다듬었다.

“뺨이 말도 못하게 부드러워. 계속 만지고 싶게.”

그런 그의 손길이 뺨을 타고 내려가 내 어깨를 스쳤다. 분명 뺨이라 했는데, 다른 곳이라 생각되는 것은 내 기분 탓일 것이다.

“저녁 먹고 케이크 먹으면 되지, 뭐.”

나는 어울리지 않는 애교 가득한 목소리로 앙탈을 부렸다. 어두운 밤, 그의 향기 가득한 방 안, 나직하게 울리는 목소리. 그리고 내 뺨을 다시 어루만지는 다정하고 부드러운 손길, 모든 게 좋아서, 나는 한참이고 어둠 속에서 빛나는 그의 눈동자를 바라보았다.

우리의 내일이 오늘처럼 무사하기를.

始發中間考査(시발중간고사)

빌어먹을 중간고사가 시작되었다는 뜻이다. 밤마다 이쪽 방으로 끌고 갔다가, 내 방으로 쳐들어왔다가, 식탁 위에서 먹으라는 밥은 안 먹고, 소파는 앉으라고 있는 건데…….

온갖 데에서 그래 놓고, 그는 나를 끝끝내 중간고사에서 빼 주지 않았다.

애초에 학생을 중간고사에서 제외시켜 줄 거라 생각했던 내 생각이 불순했던 것일까?

나는 그에 상응하는 불순하고 불온한 방법으로 날마다 시달렸다. 이제 중간고사도 시작했겠다. 내가 털끝 하나 건드릴 수 있게 하나 봐라.

가슴속 음란 자아가 휘파람을 불며 고개를 절레절레 내저었다.

너도 좋았잖아, 계집애야.

안타깝게도 그러했다. 늦게 배운 도둑질에 날 새는 줄 모른다고, 요즘 내 머릿속은 시도 때도 없이 지난밤을 더듬으며 붉게 물들었다. 그 덕에 학교에서는 졸음과의 사투를 벌이는 일이 허다했다.

오늘도 끊임없이 졸음이 쏟아졌다.

"시험지 뒤로 넘겨라."

지금 넘어오고 있는 시험지는 한국사다. 한국 사람이 당연히 우리의 역사는 잘 알아야 하지 않겠는가? 나는 한 치의 망설임도 없이 단숨에 문제를 풀어 내려갔다.

나의 구 남친 김진철, 기대해라. 한국사는 내가 만점 받아 주마!

시험이 끝난 뒤 아이들이 삼삼오오 모여서 답을 맞혔다. 우리 때는 공부 잘하는 아이 옆에 몰려서 시험 답안을 맞춰 보곤 했는데, 일등고는 해당 시험이 끝나면 답안과 풀이가 학내 게시판에 공개되었다.

"와, 마타리 한국사 다 맞았어?"

막간을 이용해 채점을 마친 내 시험지를 보고 진웅이 입을 쩍 벌렸다.

"뭐, 이 정도야."

오늘은 중간고사 마지막 날이다. 물론 나는 한국사를 제외한 모든 시험을 다 찍을 수밖에 없었다. 그거 풀어 봐야 무슨 의미가 있다고. 그리고 다음 시험은 마지막 시험인 확률과 통계였다.

이번에도 그냥 찍고 자야겠다 싶었다. 어제도 그는 나를 붙들고 새벽까지 놓아주질 않았다.

생각보다 강하다더니.

정말, 생각보다 강했다.

이윽고 시험 감독관이 들어왔다. 내가 고등학교에 다닐 때는 시험 감독을 맡은 선생님 한 분만이 교실에 들어왔었는데, 요즘에는 학부모 학습 지원단과 행정실 직원까지 해서 최소 두 명이 시험 감독을 했다.

하필 이번 시험 감독관은 학부모 한 분과 1학년 체육 선생님 그리고 이사장이다. 그는 무심한 시선으로 교실을 한 번 훑었다. 안 그래도 어려운 확률과 통계 시험에 이사장까지 들이닥쳐서 아이들은 잔뜩 긴장한 눈치였다.

잠입을 끝내는 시점이 오면, 꼭 전해 줘야겠다.

열의는 좋으나, 제발 아이들 앞에 덜 나타났으면 좋겠다고.

이윽고 시험지와 OMR 카드가 배부되었고, 시험이 시작되었다.

봐도 모르겠고. 풀어도 소용없고. 어차피 틀릴 거 엉뚱하게 찍느니 한 번호로 다 찍어 버리자!

나는 OMR 카드를 1번으로 전부 표시한 뒤 엎드려 버렸다. 어깨가 무너져 내릴 것만 같았다. 피곤해서 계속 눈이 감겼다.

나는 책상 위에 머리를 대자마자 잠이 들었다. 일전에는 늙어서 몸이 잠자리 가린다고, 책상 위에 엎어져서 절대 못 자겠다는 생각을 했었는데, 피곤해 죽을 것 같은 순간이 오자, 자리 가리는 일은 사치였다. 나는 참 잘도 잤다. 조용한 교실을 벗 삼아 그 누구의 방해도 받지 않고 꿈도 꾸었다. 그리고 꿈속에서 나는 커다란 열매를 따 먹는 꿈도 꾸었다.

열매가 얼마나 달고 맛있는지 손에 잡히는 족족 나는 입으로 가져갔다.

너무 달아. 완전 맛있어.

물컹하게 잡히는 느낌이 진짜 같았다. 이렇게 꿈이 생생할 수가 있나 싶었다.

와, 이건 진짜 맛있게 생겼어! 너무 크고 아름답잖아!

나는 길게 손을 뻗어 마지막 하나 남은 열매를 움켜잡았다. 그런데 좀처럼 잡아당겨도 열매가 꿈쩍도 하질 않았다. 이거 왜 이렇게 안 따지지?

나는 힘주어 열매를 움켜잡았다.

"마타리, 미쳤어?"

누군가 변유정이 아닌 마타리의 이름을 불렀다.

아, 이거 내가 교실에서 꾸는 꿈이었지. 슬며시 눈을 뜨고 정신을 차려가면서 나는 그냥 죽고 싶다는 생각을 했다. 내 손 안에 이사장의 물건이 있었다!

"엄마야!"

나는 손을 기괴한 모양으로 일그러뜨리며 기겁했다.

"마타리, 시험 끝나고 이사장실로 와."

그는 무서운 목소리로 읊조렸다. 대체 어떻게 된 거야? 이게 무슨 일이야?

이윽고 시험을 마치는 종소리가 들려왔다.

시험 답안을 채점하고 있는 아이들은 극히 일부였다. 거의 반 아이들 전부가, 내가 확통 시험 시간에 저지른 만행에 대해 떠들어 댔다.

"아니, 나는 마타리가 뒤에 있는 누구랑 수신호 주고받으면서 커닝하는 줄 알았다니까."

"손을 계속 오므렸다 폈다 하더라?"

진웅이 낄낄거리며 끼어들었다.

"하필 그 옆에 이사장이 지나갈 게 뭐냐? 그리고 마타리 손이 딱!"

그렇다. 시험 감독으로 들어온 이사장은 교실을 둘러보다가, 진작부터 엎어져 자고 있는 나를 한심한 눈으로 내려 보고 있었다고 했다. 그런데 내 손이 사특하게 열매를 따 먹듯, 이사장 물건을 따……. 하아.

"야, 이사장 표정 봤어?"

"어, 어! 아니, 어떻게 그런 상황에 표정 변화가 하나도 없어?"

"너무 당황하셔서 표정을 잃어버리신 거지. 세상에 누가 갑자기……. 아오, 끔찍해."

수군거리던 남자애들이 축구 경기에서 프리킥 수비하는 선수처럼 주요 부위를 가리며 킥킥거렸다.

"야."

내내 가만히 있던 한별이 가방을 챙기고 있는 내 곁으로 다가왔다. 중간고사 기간에는 따로 담임의 종례가 없어서 시험이 끝나면 그냥 집으로 가면 되는 거였다. 그런데 나는 이사장실로 가야 하는구나.

나는 슬픈 눈으로 한별을 올려다보았다.

넌 또 왜?

"너 설마 일부러 그런 거 아니지?"

"뭐?"

한별이 내뱉은 질문에 나는 내 귀를 의심했다. 내 고막이 미쳤나 싶었다. 누가 그런 짓을 일부러 마음먹고 할 수 있을까.

"내가 변태야?"

나는 이를 악물고 되물었다. 내 질문에 한별이 뭐라 대꾸도 하기 전에 뒤에서 진아와 하연의 목소리가 들려왔다.

"진한별, 너 저리 비켜 봐."

이 완전체들, 또 무슨 개소리를 지껄이려고 친히 내 곁으로 왕림하시는 건지……. 두 여학생에게 밀린 한별이 뒤로 저만치 물러났다. 하연과 진아가 내 양옆에 서서는 귓속말로 속닥거렸다.

"어땠어?"

나는 '뭐가?' 하고 되묻는 표정으로 양쪽에 선 아이들을 번갈아 보았다.

"아오, 마타리! 왜 이렇게 눈치 없냐? 그러니까! 그!"

이 발라당 까진 것들, 지금 나한테 그 부피감과 질감에 관해 설명하라는 거다.

한껏 골려 주고 싶은 생각이 간절했지만, 나는 시치미를 뚝 뗐다. 아이들 데리고 그런 저질 장난을 할 수는 없으니까. 순식간에 나는 나 스스로를 저질로 단정 지어 버렸다.

"몰라, 기억 안 나."

"야, 그게 어떻게 기억이 안 나?"

"자고 있었으니까 그렇지."

나는 신경질을 내며 가방을 둘러멨다.

"마타리, 대체 무슨 꿈을 꾼 거야?"

내내 조용하던 반장이 입을 열었다.

"열매 따 먹는 꿈."

"야, 그거 태몽 아냐?"

반장이 기겁해서 물었고, 순간 한별과 눈이 마주쳤다. 한별은 무시무시한 눈으로 설마 하는 표정을 지으며 나를 노려보았다.

"야, 마타리가 왜 태몽을 꿔. 열매를 따는 건 결과가 좋다는 의미겠지. 쟤 시험 되게 잘 본 거 아냐?"

아이들이 내 꿈을 가지고 이러쿵저러쿵 떠들어 댔다. 그래, 니들은 떠들어라. 나는 이사장실로 죽으러 간다.

복도를 나와서 걷는데 어깨가 축 늘어져 버렸다. 뭐라고 갈궈 댈지 감히 감이 오질 않았다. 안 그래도 요즘 음란하기 짝이 없는 남자인데, 오늘 일을 가지고 두고두고 놀림받을 것을 생각하니 괜히 억울해졌다. 나보다 더 밝히는 건 본인이면서.

나는 길게 목을 뽑아서 괜히 복도 주위를 한 번 두리번거렸다. 심호흡을 한 뒤, 폭주하려는 아드레날린을 가라앉히며 이사장실 문을 두드렸다.

"네."

"이사장님. 저, 마타리인데요."

잠시 침묵이 흘렀다. 초조해서 미쳐 버릴 것만 같았다.

"들어와."

나는 조심스레 문을 열었다. 자라 보고 놀란 가슴 솥뚜껑 보고 놀란다고, 나는 괜히 쫄아서 어깨를 움찔 떨었다. 그는 벗은 안경을 손수건으로 닦으며 나를 노려보았다.

"문 닫아."

혹시나 문이 열려 있으면 덜 혼나겠지 싶어서 열어 두었었는데, 얕은 수를 알아차린 듯 그가 일갈했다.

"저, 아까는 정말 죄송했습니다."

나는 얼른 사과의 말부터 전했다. 아이들 앞에서 그런 봉변을 당했으니, 이사장 체면이 말이 아닐 게 분명했다.

"그렇게 만지고 싶으면 말을 하지. 애들 있는 데서 뭐 하는 짓이야?"

미간을 잔뜩 찡그린 심각한 얼굴, 웃음기 하나 없는 입가, 경계하는 목소리. 장난인 듯 장난 아닌 것 같은 물음이었다.

대답을 어떻게 해야 하나, 질문과 썸을 타던 나는 그저 입이 열 개라도 할 말 없다는 표정으로 그를 빤히 바라보았다. 그랬더니 가만히 나를 응시하던 그가 돌연 웃음을 터뜨렸다.

"하하, 하하하."

지금 웃긴 상황인 거 맞는…… 거지? 나는 웃고 넘기자며 얼른 태세를 전환했다. 그러자 그가 다시 돌연 심각한 얼굴로 입을 열었다.

"그래도 잘못한 건 잘못한 거고. 애들 이목이 있으니, 벌은 받아야지?"

나는 이제껏 그가 나에게 주었던 벌에 대해 상기해 보았다. 예를 들면 벽치기라든지, 예를 들면 프렌치 키스라든지, 예를 들면 뭐 그런 거, 말이다.

순간 얼굴이 달아오르는 게 느껴졌다. 여기에서 핑크 문어로 변태할 수는 없으니 나는 얼굴을 붉힌 채로 그를 바라보기만 했다.

"수학여행 때, 내 보좌해."

"네?"

나는 무슨 말인지 못 알아듣겠다는 얼굴로 되물었다.

"수학여행 때, 내가 부르면 오고, 가라면 가고. 시키면 하고. 잔심부름 하라고, 옆에서."

아, 이거 수학여행 기간 동안 이사장의 공식적인 셔틀이 되라는 건가?

"애들이 다 보는데, 옆에 붙어 있으라는 거예요?"

"애들이 다 보는데, 그 앞에서 그쪽은 무슨 짓을 하셨습니까?"

고개를 비스듬히 기울이며 묻는 질문에 나는 그저 입을 꾹 다물어 버렸다. 왜 하필 책상 밖으로 손을 뻗고 잤을까.

나는 이마를 한 번 쓸어 넘기며 한숨을 내쉬었다.

"왜, 못하겠어? 다른 벌 줘?"

"다른 벌 뭐요?"

"글쎄. 뭐가 좋을까? 쓰레기 분리수거 도울래? 화장실 청소할래? 복도에 껌 뗄래?"

이사장이 사특한 미소를 머금으며 물었다.

"그냥 수학여행 가서 심부름할게요."

"진작 그럴 것이지. 그리고."

그의 목소리가 갑자기 온도를 달리하는 게 느껴졌다. 마른침이 꿀꺽 넘어갔다. 그는 종종 이렇게 묘한 침묵을 이끈 후에 폭탄을 던지곤 했다. 나는 어떻게 하면 심장에 가해지는 폭발을 최소화할 수 있을까 하는 생각에 심호흡을 한 번 했다.

"자극을 했으면 책임을 져야지."

먹색 눈동자가 말도 못하게 섹시했다. 나는 숨을 멈춘 채로 가만히 이사장을 바라보았다.

"각오해. 가 봐. 집으로 바로 가고. 나도 금방 퇴근할 거니까."

님아, 아직 12시도 안 됐어요. 해가 중천이야! 이래도 되는 거야?

엄마들은 일찍 다니라는 잔소리를 입에 달고 사신다. 하지만 안타깝게도 그 꾸지람에는 어폐가 있다. 밝은 대낮에도 할 짓은 다 하고 다닐 수 있다.

나는 한숨을 몰아쉬며 이사장실을 빠져나왔다. 작렬하는 태양빛이 복도에 내리쬐고 있었다. 그리고 복도 맞은편에서 잔뜩 노기 어린 얼굴을 하고 있는 아이가 서 있었다.

"이사장 뭐래?"

비뚜름한 목소리를 낸 이는 역시나 한별이었다.

"뭘, 뭐래."

나는 곧이곧대로 말할 수는 없으니 대충 얼버무렸다.

"나한테 뱉은 말도 지키지, 마타리?"

"내가 너한테 무슨 말을 했었는데?"

한별을 올려다본 순간, 지난번 카페에서의 일이 떠올랐다.

"내가 분명히 아무 말로 둘러댔다는 핑계 대면서 빠져나갈 생각 하지 말라고 했을 텐데?"

한별이 진득한 눈웃음을 머금으며 덧붙였다.

"놀이동산 가자며, 언제 가?"

이 집요한 자식 같으니, 대체 그게 무슨 소리냐고 시치미를 뗐다가는 길길이 날뛸 게 뻔했다.

"안 가겠다고 하면 너 또 난리 칠 거지?"

"당연한 걸, 알면서 왜 물어."

내 물음이 긍정적인 방향으로 해석된 건지, 한별의 눈웃음이 짙어졌다. 얇게 접히는 눈꺼풀 안에 자리한, 머루처럼 검은 눈동자는 순수한 열정으로 빛났다.

"우리 아직 거래 중인 거 알죠?"

"거래?"

나는 눈을 치뜨며 이채롭게 반짝거리는 눈동자를 바라보았다.

"그렇게 빤히 올려다보지 마요. 또 키스하고 싶으니까."

"이게 정말!"

나는 오른발 끝으로 한별의 정강이를 걷어찼다.

"아야!"

한별이 허리를 숙이며 오른쪽 무릎을 굽히고는 정강이를 문질렀다.

"아……. 내가 학교 왜 쉬었는지, 말 안 했어요? 나 오른쪽 정강이뼈 부러졌었어요. 나 여기 정말 아파……."

"정말? 미안해, 몰랐어. 어디 봐봐. 병원 갈까? 어떡하지?"

나는 인상을 잔뜩 찡그리며 고통스러운 얼굴을 하고 있는 한별을 살폈다.

"용인으로…… 가요."

"용인? 용인에 너 다니던 병원 있어? 택시 부를까?"

"갈 거야, 말 거야!"

"가, 가! 가자. 용인으로 가자!"
돌연 한별이 멀쩡한 얼굴로 구부렸던 허리를 꼿꼿이 펴고는 웃어 보였다.
"분명히 간다고 했어요!"
"너 혹시 방금 그거 쇼한 거야?"
한별이 복도 창가를 내려다보며 말을 돌렸다.
"날씨 좋다. 그죠? 벚꽃 피고 철쭉 핀 게 엊그제 같은데, 이제 학교 담에 장미가 피었네요. 지금쯤 거기 장미축제 할 텐데."
나는 아까 걷어찬 곳을 다시 한 번 걷어차려 발을 뻗었다. 내 움직임을 눈치챈 한별이 보기 좋게 피하며 웃음을 머금었다.
"어설픈 발길질, 한 번은 당해도 두 번은 안 당하지 내가. 나 한 번 쳤으니까, 깽값 물어요."
하도 어이가 없어서 적당한 대꾸조차 생각나질 않았다.
"그 깽값은 용인에 있는, 장미축제가 한창인 놀이동산 가서 무는 거로 하고."
나는 전혀 동조하지 않는단 얼굴로 한별을 노려보았다.
"내가 학교에서 쫓겨났던 이유, 궁금하죠?"
"너 거기 가서도 말해 줄 생각 없잖아."
"다음 주 초가 수학여행이니까, 수학여행 다녀와서 가죠."
한별의 표정이 사뭇 진지했다.
"네가 왜 학교를 그만뒀는지, 내가 알아볼 수도 있어."
"이미 알아봤어도 별 소득 없었다는 거 알아요."
한별은 마치 내 속을 읽은 것처럼 대꾸했다.
"꼭 장미 같은 거 모르죠?"
"뭐가?"

나는 생뚱맞게 튀어나온 장미 비유에 눈을 가늘게 뜨며 되물었다.

"본인이."

하마터면 실소를 터뜨릴 뻔했다.

"시간이 지날수록 더 아름답게 피어서 눈을 못 떼게 만들잖아요. 가시로 위협하는데, 피를 보더라도 갖고 싶게 만들잖아."

지나치게 낭만적인 고백에 나는 잠시 할 말을 잃었다. 한별의 눈동자는 순수한 빛을 띠고 있었다. 허투루 하는 말이 아니라는 듯, 닳고 닳아서 사탕발림에 능숙한 것도 아니라는 듯.

"내가 안 된다는 걸 알면서도, 나 밀어내는 거 아는데도. 멈출 수가 없어요."

"그래서 내가 잘라 내 주길 바라는 거야?"

"그렇게 못할 사람이라는 거 알아요. 정의감 넘치는 기자, 유정 씨는 남한테 상처 주는 말 절대 못해. 그래서 내가 그거 이용하고 있는 거고요."

한별이 씁쓸하게 웃으며 덧붙였다.

"직업 정신이 투철하다는 점도 내가 이용하고 있는 거고."

나는 되레 미안한 생각이 들어서 시선을 창밖으로 돌려 버렸다. 이 아이에게 상처를 주는 짓도 못할 짓이란 생각이 들었지만, 한별을 매몰차게 거절하지 못했던 이유는 한별이 중요한 퍼즐 조각 중 하나였기 때문이다. 이용하는 걸 따지고 들자면, 오히려 내가 한별을 이용하고 있는 게 맞았다. 그런데 한별은 마치 그 마음을 읽기라도 한 것처럼, 자신이 내 마음을 이용하고 있다고 말했다.

미워할 수 없는 아이.

"그 마음 그대로, 수학여행 다녀와서 나 만나요. 그럼 내가 다 알려 줄 테니까."

"왜?"

나는 가만히 물었다.

"계속 평행선만 걸을 것처럼 굴더니 왜 갑자기 네 쪽에서 먼저 털어놓겠다고 하는 건데?"

한별은 잠시 침묵했다. 신중하게 말을 고르는 듯 머뭇거렸다.

"그 거리감이 싫어서."

나는 아무런 말도 할 수 없었다. 마치 쳇바퀴를 도는 것과 같았다. 나는 그 쳇바퀴 안에서 일정한 거리를 유지하며 달렸고, 한별은 맹목적으로 나를 잡기 위해 뒤쫓았다.

나에게 던질 미끼를 손에 든 채로.

"믿을 수 있을 것 같으니까, 이제."

"뭘 봐서?"

"내가 이렇게 달려드는데, 꿈쩍도 안 하잖아요. 나 같으면 내가 원하는 정보 갖고 있는 이성이 이렇게 달려들면 못 이기는 척 넘어가 주고, 원하는 정보 빼낸 다음에 헌신짝 버리듯 할 거야. 근데 못 그러잖아요. 그런 비겁한 짓 못하는 사람이잖아요. 그래서 나한테 상처 주는 말도 못하고!"

한별의 목소리가 격앙되었다.

"그렇게 여리잖아. 지켜 주고 싶게."

"네가 안 지켜도 나 무사하니까 걱정 마. 그만 가자, 집에. 시험도 끝났는데 학교에 남아서 이게 뭐 하는 짓이야."

나는 한별보다 먼저 걸음을 떼었다.

"조심해요, 제발."

한별의 조용한 목소리가 내 등 뒤에서 울렸다.

순수한 걱정을 담은 맑은 시선을 마주하고 싶지 않아서, 나는 돌아보지 않고 계속 걷기만 했다.

❖

집으로 향하는 내내 한별의 걱정스러운 목소리가 내 뒤를 따라오는 듯했다. 계속 신경을 썼더니 극심한 편두통에 머리가 지끈지끈 울렸다.

집에 도착하자마자 한숨 푹 자고 싶었다. 현관문을 들어서자 대리석 타일 바닥 위에 검은색 윙팁 구두가 놓여 있었다. 그가 먼저 집에 도착했나 보다.

"나보다 먼저 왔네요."

"못 들어 주겠더라."

샤워를 마치고 나왔는지, 그가 머리에 있는 물기를 털어 내며 웃었다.

"다 들었어요?"

복도에서 한별이 했던 말을 그가 다 들었나 보다.

"문 열고 나가려는데 목소리가 들려서 그냥 잠자코 있었지, 뭐. 둘이 워낙 조용하게 이야기해서 다는 못 들었고."

두통이 심해졌다. 그는 차가운 손으로 내 뺨을 어루만지며 덧붙였다.

"변유정이 장미 같다는 말은 들었네, 내가."

하필 지독히도 낭만적이었던 고백을 들었단다.

"어딜 봐서?"

그는 기가 막힌다는 표정으로 나를 내려다보았다.

"띠동갑보다 어린 연적이 나한테 장미처럼 아름답다는데, 본인 생각은 다른가 봐요?"

내 물음에 그는 빙그레 웃음을 머금으며 내 이마에 입술을 가져다 댔다.

"이렇게 부드러운데, 가시가 어디 있어?"

그의 입술이 이마를 훑고 뺨으로 내려왔다.

"그럼 뭔데요?"

뾰로통한 목소리가 튀어나왔다. 애정을 갈구하듯 속이 빤히 읽히는 목소리였다.

"어딜 감히 꽃 따위가."

낮게 읊조린 그의 입술이 내 입술로 내려앉았다. 가벼운 입맞춤 몇 번으로 꾹 다물고 있던 입술 사이가 나도 모르게 벌어졌다. 벌어진 공간으로 말캉한 감촉이 빨려 들어왔다. 뜨겁고 단단하게 휘감기는 느낌에 머릿속에서 아지랑이가 피어오르는 듯했다.

다정하고 부드러운 키스가 주는 안온함은 두통약에 비할 바가 아니었다. 나는 가방을 벗어서 등 뒤로 떨어뜨리고는 그의 목을 꼭 끌어안았다. 손가락 사이사이로 물기를 머금은 머리카락이 휘감겼다.

매끄럽고 촉촉한 촉감에 매료된 나는 손가락을 더 깊숙이 찔러 넣으며 그를 끌어안았다. 스커트 자락이 바닥으로 툭 떨어졌다. 카디건과 블라우스도 차례로 벗겨졌다. 그가 슬며시 입술을 떼어 내고는 나를 안아 들었다.

나는 찰나의 여백이 아쉬워 먼저 그의 입술을 찾았다. 그는 나를 안고 곧장 침실로 향했다. 푹신한 매트리스에 등이 닿았고, 그가 상체를 일으키더니 성마르게 옷을 벗어 던졌다. 나는 상체를 일으켜 그의 목을 얼른 끌어안았다. 잠시도 떨어지고 싶지 않은 마음이 가득했다.

"변유정."

낮게 쉰 그의 목소리가 듣기 좋았다. 절정에 오른 순간에 불러 주는 이름만큼이나 뜨거웠다.

"너 열나는 것 같다."

그가 내 살갗을 어루만지며 말했다. 그의 목소리에서 망설임이 느껴졌다.

"상관없어."

"어떻게 상관이 없어?"

그는 나를 내려다보며 무서운 얼굴을 했다.

"이거 하면 나을걸요."

나는 살그머니 미소를 머금으며 그의 얼굴을 올려다보았다.

"어서."

나는 재촉하듯 그의 입가에 입술을 가져다 댔다.

"미치겠네, 진짜."

그는 이내 내 입술을 머금고는 다정하고 간절한 키스를 해 주었다. 여느 때보다 훨씬 더 부드러운 손길, 다정한 몸짓이었다.

그는 내 표정과 목소리, 움직임 하나하나를 살피며 조심스레 나를 안았다. 나는 그의 단단한 어깨를 끌어안으며, 매끄러운 목덜미에 얼굴을 묻었다. 신음을 토해 낼 때마다 그는 내 입가에 가볍게 입을 맞춰 주었다. 그러고는 미간을 잔뜩 찌푸린 채로 내 얼굴을 살폈다.

"준재 씨가, 더, 힘들어 보여."

차오른 숨 때문에 툭툭 말이 끊겼다. 나는 손을 뻗어 굵은 땀방울이 송골송골 맺혀 있는 그의 얼굴을 어루만졌다.

"……유정아."

이름을 불러 주는 목소리에서 억눌린 열망이 느껴졌다. 부드러웠던 움직임이 조금씩 거칠어졌다. 그는 미안한 눈빛으로 나를 내려다보았다. 나는 고개를 내저으며 미소를 머금었다.

이깟 미열 따위, 다정하고 안온한 그를 느낄 수 있다면 아무것도 아니었다. 벅차오른 감동에 나는 눈을 꼭 감고는 그를 더 꽉 끌어안았다.

괜스레 눈물이 고였다. 이내 움직임을 멈춘 그가 가쁜 숨을 고르고는 상체를 슬며시 일으켜 나를 내려다보았다. 그가 멀어진 공간은 불과 한 뼘도 되지 않는데, 그 틈에서 느껴지는 서늘한 공기에 나는 몸을 떨었다. 그래서 다시 간절한 손길로 그의 목덜미를 끌어당겼다.

"오늘따라 왜 이럴까? 어떻게 책임지려고?"

"떨어지기 싫어요."

무한한 초조함, 그에 비례하는 불안감, 분명 옆에 있는데 돌연 사라져 버릴지도 모른다는 조바심이 일었다.

침대 위에서 처음 부려 보는 연인을 향한 투정에, 그의 낮은 웃음소리가 귓가를 울렸다. 이내 옆으로 몸을 굴린 그는 땀으로 젖은 품 안에 나를 꼭 끌어안아 주었다. 그러고는 내 손을 잡아 자신의 가슴 위에 올리고는 나지막이 읊조렸다.

"열심히 뛰지?"

나는 그의 팔을 벤 채로 가만히 고개를 끄덕거렸다.

"지금 내 심장이 뛰는 이유가, 바로 너야."

가슴이 뭉클했다.

"좀 자."

나는 슬며시 눈을 감았다. 그는 내 뺨을 간질이는 머리카락을 다정한 손길로 정리해 주며, 자장가를 불러 주듯 허밍을 시작했다.

잠이 쏟아졌다. 이따 일어나면 무슨 노래인지 제목을 물어봐야겠다.

상반된 매력을 가진 두 남자다. 한 명은 제 속을 다 드러내고 힘차게 나를 향해 돌진해 왔다. 부딪치고 넘어져도 또다시 일어나 달렸다.

다른 한 명은 온몸을 다해 열렬히 사랑을 나누어도 부족할 만큼 애를 태웠다. 가끔 가슴을 울리는 고백을 해 올 때면 눈물이 핑 돌만큼 사람을 녹였다.

공교롭게도 나는 매력 쩌는 두 남자 사이에 껴서 수학여행지로 향하고 있는 중이다.

"진한별, 너 오늘 왜 늦었어?"

"늦잠 잤어요."

수학여행지는 경주였다. 아이들은 전부 버스를 타고 출발했다. 그는 중간고사 때 사고 친 벌로 위장하여 나를 그의 차에 태웠다. 경주까지 드라이브를 즐기자나, 뭐라나.

그런데 그 드라이브에 한별이 끼어들었다. 한별은 지각했고, 2학년 주임 선생님은 따로 출발하는 그에게 한별을 태우고 와 달라 부탁한 것이었다.

"입에 침이나 발라."

그는 실소를 터뜨리며 한별을 나무랐다.

"그러는 이사장님은 얘만 왜 따로 태우고 가요?"

"어제 게시문 못 봤어? 중간고사 때 사고 친 벌로 내 잔심부름해야 한다고?"

이번에는 뒷좌석에 앉은 한별이 운전대를 잡고 있는 그를 향해 실소를 터뜨렸다.

"이사장님이야말로 입에 침이나 바르세요."

그러고는 나를 향해 조용히 읊조렸다.

"유정아, 일 핑계로 사람 갖고 노는 남자, 같은 남자가 볼 때 되게 별로야."

나는 흠칫 놀라 뒷좌석에 앉은 한별을 돌아보았다.

"유정아?"

운전석에서 음산한 목소리가 울렸다.

우리 경주까지 무사히 갈 수 있을까?

제9장 숨겨진 진실

“이게 어디 감히 누나한테!”

나는 그가 뭐라 더 덧붙이기 전에 먼저 선수 쳤다.

“누나라고 부를 생각 없는 거 알 텐데.”

“진한별, 이게 어디서 하극상이야?”

“내가 갖고 싶은 여자한테 누나라고 부르면서 애 취급받고 싶지는 않으니까.”

저게 오늘 미쳐도 단단히 미친 듯 보였다.

“둘이 내려 줄까? 밖에서 싸울래?”

그가 오른쪽 방향지시등을 켜며 물었다.

“아, 우리 이사장님 보기보다 감정적이시네요. 겨우 이 정도로 그렇게 발끈하세요?”

한별이 여유로운 미소를 지으며 깐족거렸다. 그러자 이번에는 그가 한별을 그림자 취급하며 내 손을 움켜잡고는 운전석과 조수석 사이에서 보란 듯이 깍지를 꼈다.

"이게 너와 나의 차이야. 넌 지금 잃을 게 없는 것처럼 굴어서 여유롭지만, 난 이 손을 놓치면 세상 전부를 잃는 거나 마찬가지니까."

심장이 두근두근 울렸다. 둘이 있을 때는 간간이 고백의 말을 털어놓았던 그였다. 그런데 타인 앞에서 듣는 그의 고백은 발끝이 간질간질하고 몸이 두둥실 떠오르는 착각이 일 만큼 더 달콤했다.

"조바심이 나기는 하나 봐요?"

한별이 삐딱하게 물었다.

"천지 분간을 못하고 내 여자한테 덤비는 놈이 있는데, 조바심 안 나는 남자가 어디 있어?"

"그렇게 자신 없어요?"

한별이 겁을 상실한 듯 빈정거렸다. 그는 잠시간 침묵했다. 잡은 손에서 땀이 배어나는 게 느껴졌다. 이 남자도 나만큼 불안하구나. 나만큼 안달이 나는구나.

사랑에 빠지면 시야가 좁아지고, 사고 강박이 오기 마련이다. 그게 나 혼자 겪는 일이라고만 생각했는데, 그도 나와 똑같은 심정이라는 생각에 분위기 파악 못한 입꼬리가 뺨을 타고 오르려 했다.

"진한별."

"왜 그렇게 심각하게 부르세요, 이사장님?"

"넌 철저히 너만 생각하는 거야. 네가 자신 있다고 덤비는 게 사랑은 아냐. 자신 있다고 생기는 게 사랑에 대한 확신도 아니고."

그는 덤덤한 목소리로 말을 이어 갔다.

"나 자신은 확고해. 내가 불안한 건, 남의 부탁 거절하지 못하는 내 여자의 여린 마음. 불의를 참지 못하는 내 여자의 정의로움. 남에게 상처 주지 못하는 내 여자의 다정함……. 그것 때문에 내 여자가 상처받을까 봐,

그게 불안한 거야."

어색한 침묵이 흘렀다.

"그럼 유정이가 다른 남자가 더 좋다고 간다고 하면, 보내 줄 수도 있다는 거네요? 이사장님은 본인보다 유정이 행복이 더 중요한 사람이니까?"

한별의 질문에 그의 턱이 굳어지는 게 눈에 들어왔다. 그는 나를 한 번 흘끗 바라보더니 의미를 알 수 없는 웃음을 지었다. 그 웃음에 나는 돌연 불안해졌다.

그런데 이내 침착한 그의 목소리가 이어졌다.

"포기해, 진한별. 절대 그럴 일 없어."

깍지 낀 손에 은근한 악력이 더해졌다. 심장이 두근두근 울렸다. 뒷좌석에 있는 한별이 어떤 얼굴을 하고 있을지 미안하기도 하고, 확고한 애정을 과시한 그에게 고맙기도 했다.

휴게소 두 군데를 들러서 경주에 도착하기까지 끈질긴 침묵이 자리했다. 호텔에 도착하자, 여학생들은 나를 아주 고깝고 재수 없다는 시선으로 쏘아보았고, 은진만이 나를 반겨 주었다.

"타리야, 많이 불편했지?"

"조금."

걱정스러운 얼굴을 하고 있는 은진에게 나는 눈을 찡긋하며 웃어 보였다.

"우리 방 같이 쓰더라. 카드키 내가 받아 놨어. 가서 짐 풀고 내려오자. 5시까지 자유시간이고, 6시부터 1층 연회장에서 행사 시작한대."

은진이 들뜬 목소리로 재잘거렸다.

"시험 끝나고 수학여행 오니까 너무 좋다. 우리 방에서 보문호 보이거든? 가슴이 뻥 뚫리는 것 같아."

은진의 뺨이 발그레했다.

"어우, 촌스럽게 겨우 경주 와서 저렇게 호들갑이야? 외국도 아니고."

등 뒤에서 진아가 고깝게 떠들어 댔다. 은진이 어깨를 흠칫 떨며 움츠러드는 게 눈에 들어왔다.

"와, 나 경주 처음 와 봐. 여기 벚꽃 필 때 되게 예쁘다며?"

내 물음에 이번에는 하연이 내 어깨를 치고 지나갔다.

"야."

나는 일부러 치고 간 게 분명한 하연을 불러 세웠다.

"부딪쳤으면 사과를 해."

더 이상 저것들이 착한 은진을 괴롭히는 꼴은 못 보겠다. 어른인 내가 참아야지, 하는 다짐도 임계치를 벗어난 지 오래였다.

"지랄."

"뭐, 지랄?"

"참아, 타리야."

내 목소리가 심상치 않게 치솟자 은진이 내 팔을 잡아당기며 말렸다.

"진짜 촌스러워서 같이 못 다니겠네. 어떻게 경주를 처음 와? 그러니까 그렇게 속 터지게 생겼지. 세상 두루두루 보고 견문을 넓혀야 하지 않겠니?"

나는 기가 막혀서 실소를 터뜨렸다. 갑자기 유치하게 하연의 콧대를 납작하게 눌러 주고 싶은 오기가 발동했다.

"미안. 내가 경주는 처음이라 너무 호들갑을 떨었네? 내가 한국 오기 전에 살던 곳에서는 뉴욕보다 경주가 더 멀었거든."

나는 마타리의 잠입 설정을 십분 활용하기로 했다.

"뉴욕?"

"아, 몰랐구나? 내가 태어나자마자 부모님 따라서 돌아다니느라, 총

몇 개국에서 살았더라……. 한 20개국? 견문 많이 넓힌 것처럼 보이는 너는 최장 외국 체류 기간이 얼마나 돼?"

나는 순수한 호기심을 담은 것 같은 목소리로 물었다. 하연은 당황한 듯하더니 되레 화를 냈다.

"야, 너 지금 그게 자랑이냐? 너 그러니까 한국 학교에 적응을 못하는 거야."

"아까는 견문 넓히는 게 중요하다며?"

내 되물음에 하연은 더욱 목소리를 높였다. 목소리만 크면 다 이기는 줄 아는 못된 행동은 대체 어디서 배웠을까? 교무실에서 내 뺨을 때리며 갑질하던 하연의 모친을 떠올리자 의문은 쉽게 풀렸다.

"학교 정규 교육이 얼마나 중요한지 알아?"

"넌 그럼 나하고 달리 정규 교육도 다 받은 애가 왜 그래?"

"내가 뭘?"

"못 배운 티 내고 있잖아. 뒤에서 욕하는 거, 가만히 있는 사람한테 시비 걸듯 치고 지나가는 거, 말도 안 되는 논리로 사람 깔보면서 무시하는 거. 넌 인간이 갖춰야 할 가장 기본적인 예의도 배우지 못했어."

하연이 씩씩거리며 얼굴을 붉혔다.

"야!"

"소리 지르고 우기면 이긴다고 배웠니? 그러고 돌아서서 이겼다고 자위하는 거, 우습다."

나는 진정으로 한심하다는 표정을 지어 보이고는 하연을 가볍게 지나쳐 갔다.

"야! 너 그런 식으로 살지 마! 어디서 어른스러운 척, 가르치려 들어? 너 전혀 어른 같지 않거든!"

"내가 언제 어른이랬어? 말도 안 되는 억지도 부리지 말고, 본인이 내린 결론이 다 맞다는 생각도 하지 말고, 사람 깎아내리면서 네 자존감 추켜올리지도 말고. 이 자존감 뱀파이어야."

"뭔 뱀파이어?"

"자존감 그리고 에너지 뱀파이어. 남의 자존감이랑 남의 에너지 빼먹고 지가 잘났다고 떠드는 너 같은 부류들 말이야."

나는 멀찍이 서 있는 진아에게 시선을 돌렸다.

"너, 재랑 같이 애들 욕 많이 했지? 근데 그거 알아? 너 없을 땐 재 애들한테 네 욕 한다?"

진아가 부글부글 끓어오르는 얼굴로 하연을 노려보았다. 한심한 것들, 그럼 서로 욕 안 할 거라 생각했나 봐? 나는 둘의 아둔함에 실소를 터뜨렸다.

"이제 알았으면, 지금부터라도 정신 차리고 살아."

나는 뒤에서 빽 소리를 지르며 발악하는 둘을 뒤로하고 유유히 호텔 방으로 향했다.

"타리야, 나 심장 떨려 죽는 줄 알았어."

"입만 센 또라이들 별거 아냐. 재들한테 괜히 기죽지 마. 너는 학교 모델도 하고, 도슨트도 하고, 재들보다 훨씬 공부도 잘하고. 주눅 들 필요 없어."

은진이 빙그레 미소를 머금었다.

"저런 애들은 옆에서 사람 신경 건드리고 깔아뭉개면서 지들이 우월하다고 생각해. 그냥 상대하지 마."

아이들을 바라볼 때 절대 편견을 갖지 않기로 마음먹은 지 불과 한 달이었다. 그런데도 진아와 하연은 그냥 보고 넘길 수 없었다. 이렇게까지 말했는데도 저 둘이 변하지 않는다면, 신의 뜻에 맡기는 수밖에.

"타리야."

"응?"

"넌 정말 좋은 친구야."

가슴이 찌르르 아파 왔다. 취재를 마치고 나면 이 학교를 떠나야 할 텐데, 그 전까지 은진이 많이 단단해졌으면 좋겠다.

저녁 6시, 방에서 짐을 풀고 옷을 갈아입은 뒤 은진과 수다를 떨던 나는 정해진 일정에 따라 연회장으로 향했다. 하필 나와 은진이 앉는 테이블에 하연과 진아도 배석되어 있었다.

원수는 외나무다리에서 만난다더니, 연회장 한 테이블에서 만날 게 뭐란 말인가. 여전히 둘의 괘씸한 태도에 속이 부글부글 끓었지만, 나는 대수롭지 않은 태도로 여유를 가장했다. 그게 저 아이들 약을 올리는 방법일 터였다.

이윽고 행사가 시작되었고, 이사장이 단상 위에 섰다.

"와, 존나 멋져."

어느새 진아는 넋을 놓고 이사장을 바라보고 있었다. 그는 진남색 슈트에 진회색과 옅은 핑크색이 섞인 사선 스트라이트 타이를 맨 차림이었다. 진아의 말마따나 그는 멋졌다.

"타리야, 이사장님이 차에서 별말씀 안 하셨어?"

하연이 살가운 목소리로 입을 열었다. 원하는 게 있으면 돌연 태도를 바꾸는 모습에 기가 찼다. 못되고, 못 배운 게 아니라 그냥 어린애구나, 싶었다. 떼쓰고, 투정 부리고, 본인이 하고 싶은 대로만 하고……. 부디 이 아이들이 자신의 부모와 같은 모습으로 자라지 않기를 바랄 뿐이다.

나는 노기를 걷어 내고 대꾸했다.

"별말씀 없으셨어. 근데……."

내가 뜸을 들이자 하연과 진아가 돌연 눈을 반짝거리며 나에게 영혼이라도 팔 것 같은 표정을 했다.

"운전 되게 잘하시더라. 커피는 카푸치노만 드신대. 거품 많이. 그리고 군것질 별로 안 좋아하시는데, 휴게소에서 파는 통감자구이랑 문어바는 좋아하신댔어."

"대박! 또?"

진아가 호들갑을 떨며 묻는 순간, 이사장의 목소리가 울려 퍼지기 시작했다.

"국어학자이자 시인이셨던 양주동 선생은 계절 '봄'의 어원이 '보다'에서 왔다고 했습니다. 만물이 태동하는 봄, 일등고 2학년 학생들도 많은 것을 보고, 느끼는 수학여행이 되었으면 합니다."

그는 아주 짤막하게 말하고는 단상에서 내려왔다. 그러고는 선생님들이 모여 있는 테이블로 향했다. 안전 담당인 금 선생이 수학여행에 동행했고, 마치 당연하다는 듯 그의 옆자리를 차지했다.

이가 바득 갈렸다.

"어오, 짜증나. 둘이 결혼 안 한다던데, 금 선생은 왜 저렇게 이사장한테 들러붙어?"

그러게나 말이다. 나는 한숨을 집어삼키며, 차례로 서빙되는 코스 요리에 집중하기 위해 노력했다. 전채 요리가 끝나고 메인 요리인 스테이크가 서빙될 무렵이었다.

"그래서 지난번에 천 원짜리 갖고 난리 친 애들 시험 잘 봤대?"

하연의 물음에 진아가 고개를 절레절레 내저으며 말했다.

"잘 봤을 리가. 또 모르지. 천 원짜리 붙이는 초보 짓 말고, 진짜 그거 한 애들은 잘 봤을지도."

"진짜 그거?"

한 테이블에 앉아 있던 다른 반 여자애가 호기심 가득한 목소리로 물었다. 그러자 진아가 의미심장한 얼굴로 답했다.

"그 자살했다는 언니하고 일종의 거래를 하는 거래. 시험 잘 보게 해 주는 대신, 잠깐 자기 몸을 빌려줄 테니 하고 싶은 걸 하라고."

"미쳤어! 그런 무서운 짓을 왜 해?"

질문을 했던 아이는 얼굴이 하얗게 질려서는 몸서리를 쳐 댔다. 그러더니 이내 호기심을 거두지 못하고 또다시 질문을 꺼내 들었다.

"그 언니, 공부를 그렇게 잘했다며?"

"소문은 그런데, 뭐 확인할 길이 있나?"

"근데 또 다른 소문에는 몸 팔다가 임신해서 그런 거라던데?"

"어오, 끔찍해!"

"그거 그냥 괴담 아냐? 진짜 자살한 선배가 있긴 해?"

테이블에는 여자아이들만 10명이 앉아 있었고 저마다 끔찍하다는 둥, 무섭다는 둥, 괴담이라는 둥 한마디씩 해 댔다. 오직 은진만이 입을 꾹 다문 채로 묵묵히 식사할 뿐이었다.

연회장에서의 행사가 끝난 뒤에도 은진은 전혀 입을 떼지 않았다. 방에 도착한 나는 어색한 침묵을 깨고 선불리 말을 걸 수도, 그렇다고 모른 척할 수도 없어서 난감했다.

"타리야."

다행히도 은진이 먼저 입을 열었다. 그런데 나를 부르는 목소리에서 평소와는 다른 분위기가 느껴졌다.

"너는 달라, 그렇지?"

나는 순간 당황해서 뭐라고 대꾸해야 할지 몰라 굳어 버렸다. 설마 얘도 내가 학생이 아니란 걸 눈치챈 걸까?

"내가 뭐가 달라?"

나는 빙그레 웃음을 머금으며 멋쩍다는 듯 물었다.

“너는 다른 애들하고 달라. 내가 숨기고 싶은 일을 절대 먼저 캐내려고 하지 않아.”

은진은 눈물을 참고 있는 것처럼 보였다. 새빨개진 얼굴로 이를 앙다물더니 이내 한숨을 내쉬는 모습이 불안해 보였다. 나는 은진이 걸터앉은 침대 쪽으로 다가갔다. 그리고는 은진의 옆에 엉덩이를 붙이고 앉았다.

마른 등을 천천히 쓸어내려 주자, 눈 안 가득 고였던 눈물방울이 또르르 흘러내렸다.

“그거.”

은진이 힘겹게 입을 열었다.

“그거 우리 언니야.”

뭐가, 하고 되물으려던 나는 이내 입을 꾹 다물었다. 아이들이 괴담처럼 떠들어 대던 이야기가 은진의 언니 이야기라는 거였다.

“우리 언니, 공부 되게 잘했다? 맨날 1등만 했어. 선생님들도 되게 많이 예뻐했대. 얼굴도 나보다 백 배쯤 더 예뻐서 인기도 많았어.”

은진은 뺨 위로 흘러내리는 눈물을 닦아 내고는 덧붙였다.

“학교 모델도 언니가 먼저 했었고, 도슨트도 언니가 먼저 했었어. 근데 나는 언니만큼은 못하는 것 같아.”

나는 아무런 위로의 말도 전할 수 없어서 그저 잠자코 듣기만 했다.

“나는 아무리 언니를 따라가려고 해도 안 되더라고. 엄마가 언니 죽고 많이 힘들어하셨어. 그래서 가끔 온전치 못한 상태가 되곤 하셔.”

은진의 뺨이 흐르는 눈물로 온통 다 젖었다.

“기분 나쁘게 듣지 마, 타리야. 그날 운동장에서 아무래도 널 언니로 착각하신 것 같았어.”

말을 이으려던 은진이 이내 입을 꾹 다물고는 이내 호흡을 한 번 골랐다.

"우리 언니도 너처럼 밝았어. 너처럼 선생님들이 예뻐하셨다고 들었어. 너처럼 이사장님 같은 높은 사람들도 다 알 정도였대."

은진의 말투에서 언니에 대한 애정이 묻어났다.

"나 언니랑 되게 많이 싸웠다? 옷 갖고 맨날 싸우고, 밥 먹으면서는 반찬 갖고 싸우고. 엄마가 눈만 뜨면 싸운다고 지겹다고 할 정도였어."

은진이 한숨을 몰아쉬며 버겁게 말을 이었다.

"그날 눈이 많이 왔는데, 언니가 나한테 잔소리를 했어. 눈 많이 오니까 조심해서 다녀라. 수업 시간에 딴짓하지 말고 집중해라. 엄마한테 대들지 마라."

눈물방울이 은진이 입고 있는 면 반바지 위로 떨어져 얼룩을 만들었다.

"그게 작별인사였던 거야. 난 그것도 모르고 또 잘난 체한다고 짜증냈어."

나는 그저 은진의 등을 가만히 쓸어내려 주는 것 외에는 아무것도 할 수가 없었다.

"자꾸 애들이 언니 이야기를 입에 올릴 때마다 미칠 것 같아. 그게 아닌데, 아니라고 말하고 싶은데."

가슴이 먹먹했다. 그리고 불현듯 잃어버렸던 퍼즐 조각 하나가 나타난 듯했다. 은진이, 은진이 모친, 그리고 한별이…….

"언니가 살아 있었으면 몇 살이었어?"

"스물한 살."

한별과 나이가 같지는 않았다.

"그렇구나."

나는 이내 입을 꾹 다물었다.

"일찍 잘래? 많이 피곤해 보여."

은진은 고개를 끄덕거리며 미소 지었다. 나는 은진을 침대에 눕히고 가만히 등을 토닥거려 주었다. 나도 모르게 그가 며칠 전 그랬던 것처럼 허밍을 시작했다.

"그거 무슨 노래야?"

혼곤한 기색이 가득한 목소리로 은진이 물었다.

"나도 잘 몰라."

"근데 어떻게 알아?"

은진의 목소리에 그제야 웃음기가 아주 조금 어리는 듯했다.

"그냥 어디서 들었어."

나는 실없이 대꾸하며 은진의 어깨까지 이불을 끌어 올려 주었다. 은진이 잠든 것을 확인한 나는 바로 이사장에게 메시지를 보냈다.

[우리 좀 만났으면 하는데.]

신문사 정 선배나 태블릿 PC를 손에 쥐고 있는 패기 가득한 한별이 아니라, 학교 내부 인사의 도움이 필요했다.

[1616호. 건물 3층쯤에 내려가서 오른쪽 끝에 있는 엘리베이터 이용하면 안 들키고 올라올 수 있을 거야.]

머뭇거릴 여유가 없었다. 나는 서슴지 않고 방문을 열어젖혔다. 호텔의 구조와 학생과 교직원에게 허락된 동선을 정확히 알고 있는 그였기에 나는 누구에게도 들키지 않고 1616호에 도착할 수 있었다.

객실 초인종을 누르자마자, 방문이 열렸다. 나는 얼른 방 안으로 몸을 숨겼다.

"……!"

그는 내가 말을 꺼낼 틈을 주지 않았다. 거칠게 입술을 덮치는 통에 나는 일단 폭주하는 남자부터 진정시켜야겠다고 생각했다. 머릿속은 복잡했지만, 그의 키스는 여느 때처럼 달콤했다.

객실 현관에서 시작된 키스는 침대까지 이어졌다. 절대 이러려고 온 게 아닌데……. 입술이 슬쩍 떨어진 순간, 나는 밭은 숨을 몰아쉬며 말했다.

“이사장님, 여기서 이러시면 곤란한데요.”

“뭐가, 곤란해?”

흐트러진 그의 호흡은 가슴이 저릿할 만큼 섹시했다. 부드러운 입술이 뺨을 배회했다. 내 숨소리가 거칠어지는 게 느껴졌다. 나는 그의 단단한 어깨를 꽉 부여잡았다. 연인 혼자 있는 방에 은밀하게 들어왔으면서, 이런 일이 벌어질 거라고 생각 못한 내가 바보다.

“나 금방 방으로 가야 해요. 은진이가 의심할 거야.”

“걱정 마. 금방 보내 줄게. 그러니까 잠자코 있어.”

그는 뭐라 대꾸하려는 내 입술을 막아 버렸다. 커다란 손이 턱관절을 지그시 눌렀다. 그 때문에 입이 더 크게 벌어졌다. 벌어진 틈 사이로 그의 끈질긴 키스가 이어졌다. 그의 어깨를 잡은 내 손에 힘이 들어갔다.

입술을 잠시 떼어 낸 그는 타는 듯한 시선으로 나를 내려다보았다.

“나한테, 확신을 줘.”

그의 눈빛이 불안하게 흔들렸다.

“내가 당신 초조하게 해요?”

내 질문에 그는 쓴웃음을 머금었다.

“어, 많이.”

“한별이 때문에 그래요?”

그는 고개를 절레절레 내저었다.

“그런 것 같은데?”

“아냐.”

“그럼?”

"모르겠어."

그는 한숨을 내쉬며 내 콧잔등에 날카로운 콧대를 비벼 댔다. 뜨거운 숨결이 섞였다. 나는 지그시 눈을 감으며 대꾸했다.

"여기까지 와서 몰래 방에 숨어들었는데, 이것보다 어떻게 더 확신을 줘야 할까요?"

내 물음에 그의 웃음이 짙어지는 게 느껴졌다. 새가 모이를 먹듯 가벼운 버드 키스가 이어졌다. 애태우듯 짧은 키스에 발끝이 오므라드는 기분이었다.

삐이—

분위기가 고조될 무렵 누군가 초인종을 누르는 소리가 들려왔다.

"하아……."

그는 한숨을 한 번 내쉬고는 몸을 일으켰다.

"어서 나가 봐요, 누군지."

헝클어진 머리카락을 손으로 빗어서 쓱쓱 넘긴 그는 현관 앞에서 나지막이 물었다.

"누구세요?"

"오빠, 나야."

문밖에서 들려오는 목소리는 금 선생이었다. 그는 당황한 듯 잠시 멈칫했다. 나는 상체를 일으켜 앉아 팔짱을 끼고는 그의 뒷모습을 노려보았다.

누구는 방까지 다른 여자가 찾아오면서, 나한테 확신을 달라느니 할 처지가 아닌 것 같은데?

"무슨 일이야?"

"잠깐 문 좀 열어 주면 안 돼? 나 할 얘기 있는데."

"나중에 해. 피곤해."

"애들 얘긴데…… 애들 사이에서 이상한 소문 도는 거 못 들었어? 그것 때문에 분위기 흉흉해. 아무도 오빠한테 말 안 하는 것 같아서 왔어."

그는 침대 위에 앉아 있는 나에게 시선을 옮겨 왔다. 허락을 구하는 의미였다. 나는 어쩔 수 없다는 듯 고개를 끄덕였다.

"나, 테라스에 나가 있을게요."

나는 최대한 목소리를 죽여서 말하고는 테라스 문을 열고 나왔다. 무슨 대화를 하는지 듣기 위해 유리문을 살짝 열어 둔 채 커튼으로 가리는 것도 잊지 않았다.

이윽고 현관문이 열리는 소리가 들려왔다.

"와, 오빠 방은 다를 줄 알았는데, 여기 완전 애들 방하고 똑같은 크기네?"

"하려던 말이나 계속해 봐."

이사장은 이내 차가운 목소리를 냈다.

"지난 중간고사 때부터 계속 돌던 소문이야. 자살한 여학생 이야기인데, 혹시 들어 본 적 있어?"

그는 잠시 뜸을 들이고는 대꾸했다.

"자살한 여학생?"

"어, 나도 그런 얘기는 처음 듣는데…… 그런 소문이 그냥 퍼질 리는 없잖아. 그래서 학교 기록을 살펴봤는데, 이렇다 할 기록이 없어. 상황이 상황인 만큼 좀 더 알아봤으면 좋겠어. 뭔가 감이 좋지가 않아."

평소 애교스러웠던 목소리와 달리 금 선생의 목소리는 덤덤하고 담백했다.

"알았어. 네가 알아본 바에 의하면 그런 사건은 없었는데, 이상하다 이거잖아?"

"어."

정말 이상했다. 분명 은진의 언니가 일등고에 다녔고, 그 언니가 죽었다고 했는데? 아이들이 떠드는 사람도 자신의 언니가 분명하다고 은진이 그랬었다. 그런데 기록이 없어?

"일단 알아볼 테니까, 이상한 소문이든 뭐든 다 알려 줘."

"오빠."

금 선생이 안타까운 목소리로 그를 불렀다.

"얼굴이 왜 그래? 열나?"

그는 목청을 흠흠 가다듬으며 대꾸했다.

"그냥 좀 피곤해서 그래."

"몸 좀 챙겨 가면서 해. 경재 오빠도 알게 모르게 오빠 걱정 많이 하더라."

금 선생의 입에서 그의 이복형이자 현 '그룹 윤' 회장인 윤경재에 관한 이야기가 흘러나왔다. 심장이 두근두근 울렸다. 아무리 목적이 같은 이야기라도 엿듣고 있는 게 영 께름칙했는데, 그에게 연정을 품은 다른 여자가 늘어놓는 내가 모르는 그의 사생활을 듣고 있자니 기분이 묘했다.

"알아."

다행히 이복형과의 관계는 나쁘지 않은 듯 들렸다.

"그만 애써. 서충원 전 이사장 잡으려는 거, 경재 오빠한테 해가 되는 거 없애 주려고 하는 거잖아."

금 선생의 목소리에 안타까움이 가득했다. 이 학교가 어머니, 그 자체라 했다. 그런데 다른 속내도 있었나 보다.

"권력은 부자간에도 나누는 게 아니라고 했어. 아무리 경재 오빠가 오빠 아낀다고 해도, 여기까지야. 이렇게 애쓸 필요 없잖아? 그냥 조용히 좋은 학교 만들기 위해서 노력해도 되는 거잖아. 서충원 잡고 공이라도 세워서 그룹 들어가려는 거면……."

"금주아."

그의 입에서 서늘한 목소리로 다른 여자의 이름이 울리자, 내 심장이 얼어붙는 기분이었다.

"응, 오빠. 말해."

"주제넘은 말 들어 주는 것도 한계가 있어. 너야말로 아이들 좋아서 선생님 됐다며, 우리 학교 오고 싶다고 해 놓고. 그러면서 좋은 학교 만들기 위해서 나 돕겠다고 나서 놓고."

이사장은 한숨을 내쉬며 짧게 덧붙였다.

"가라."

"미안. 쉬어."

언쟁이 더 있을 거라 예상했는데, 금 선생은 의외로 쉽게 방을 나섰다. 객실 현관문이 닫히는 소리가 들려오고 난 뒤, 나는 커튼을 젖히고 고개를 내밀었다.

"나 인제 들어가도 돼요?"

내 물음에 그가 피식 웃음을 터뜨렸다.

"들어와, 어서."

그는 침대에 걸터앉은 채로 안쓰러운 얼굴을 하고 있었다. 나는 그의 곁으로 바짝 다가서서 그의 얼굴을 품에 안았다. 그는 아무것도 묻지 말아 달라는 얼굴을 했다.

그룹 윤의 서자. 적자의 그룹 계승을 위한 희생양.

가슴이 아렸다. 그들의 둘째 아들로 살아가기 위해 그 집에 걸어 들어간 순간부터, 이 남자는 자신의 동생과 친모를 위해 고군분투하며 윤경재 들러리 역할을 충실히 했을 것이다.

부족할 것 없어 보이는 재벌가 재자인 그가, 속으로 많이 곪았을지도 모른다는 생각이 들었다. 할 수만 있다면 나는 그의 가슴에 입을 대고 그

고름을 다 빨아내 주고 싶은 심정이었다. 나는 웃음기 어린 목소리로 장난스럽게 물었다.

"금 선생, 마냥 애 같은 줄 알았는데, 제법인데요. 소문 빠르네요?"

"혹시 뭐 들은 거 있어?"

그가 내 품에 묻었던 얼굴을 들고 눈을 치뜨며 물었다.

"안 그래도 그것 때문에 올라왔어요."

그는 돌연 심각한 눈빛을 했다.

"은진이 알죠? 나랑 같은 2학년 3반. 학내 도슨트 하는 아이."

그는 살며시 고개를 끄덕거렸다.

"은진이 언니가 일등고 학생이었대요. 살아 있었으면 지금 스물한 살이고. 자살한 여학생이 없다는 이야기는, 재학 중인 학생이 아니었다는 뜻일 수 있죠."

그의 미간이 미세하게 좁아졌다.

"은진이 언니, 특이할 만한 사항은 없었는지 알아봐 줘요."

그는 알겠다며 고개를 끄덕거렸다. 그리고는 이내 다시 내 가슴에 얼굴을 묻었다.

"변유정."

"왜 이렇게 다정하게 부를까, 또."

"딱 30분만 더 있다가 가면 안 될까?"

나른하게 반짝거리는 먹색 눈동자가 나를 올려다보고 있었다. 좀 전의 키스로 달아오른 그의 입술은 석류처럼 붉었다. 나는 말끄러미 그를 내려다보며 미소 지었다.

"30분 갖고 충분하겠어요?"

"아니."

그는 내 가슴에 이마를 기대며, 고개를 절레절레 내저었다.

“……부족하지.”

낮게 쉰 음성이 듣기 좋아서 계속 말해 보라고 하고 싶을 정도였다. 그는 군센 팔로 내 등허리를 꼭 끌어안은 채로 또다시 물었다.

“30분만 더 있다가 가라니까?”

조바심 가득한 목소리, 어린아이처럼 보채는 모습이 나도 모르게 웃음이 났다.

“……음?”

그는 나를 올려다보며 간절한 눈빛으로 다시금 재촉했다.

“알았어요.”

대답이 떨어지기가 무섭게 침대에 앉아 있던 그는 몸을 홱 돌려 나를 침대에 눕혔다.

“깜짝이야.”

놀랄 틈도 없이 티셔츠 밑으로 그의 손이 들어왔고, 키스가 시작되었다. 시간을 정해 놓은 은밀한 애정행각은 그 어느 때보다도 농밀했고, 몸을 달뜨게 했다. 그는 ‘후우.’ 하고 한숨을 한 번 내쉬고는 입고 있던 티셔츠와 트레이닝팬츠를 단숨에 벗어 던졌다.

그 모습을 바라보던 나는 숨이 막혀 버릴 것만 같았다. 몇 번을 보아 온 모습임에도 불구하고, 정염 어린 눈빛으로 성마르게 움직이는 그를 볼 때면 심장이 버거울 정도로 달아올랐다. 그는 내 위에 포개듯 엎드리며 말했다.

“밖에선 처음이네.”

나는 빙긋이 미소 지으며 노골적인 그의 말을 나무라듯 눈을 가늘게 떴다. 그러자 그 역시 빙긋이 미소 지으며 나를 내려다보았다. 미소를 머금은 입술이 내려앉았다. 언제나처럼 부드럽고 다정한 몸짓으로 그는 나를 뜨거운 화염에 휩싸이게 만들었다.

가쁜 숨소리가 호텔 방 안을 울렸다. 나는 돌아누운 채로 그의 품에 안겨 눈을 감았다. 졸음이 쏟아졌다.

“큰일이다.”

“뭐가요?”

나는 내 어깨를 끌어안고 있는 굳센 팔뚝에 돋아난 힘줄 위를 어루만지며 물었다.

“이제 나 변유정 없으면 못 자.”

어린아이처럼 투정을 부리는 말투에 나는 또다시 웃음이 났다.

“난 또 뭐라고.”

부끄러운 나머지 뾰로통한 목소리가 튀어나왔다. 따사로이 등을 감싸 안아 주고, 이따금씩 목덜미에 입술을 묻고……. 그리고 새벽녘 기척이 들려올 때 눈을 뜨면 순식간에 나를 꿈보다 더 꿈결 같은 순간으로 이끄는 남자.

나도 이 남자가 없으면 이제 잠자리가 허전할 정도였다.

“나 이제 내려가야 할 것 같아요.”

“그래.”

대답은 그렇게 하면서 그는 나를 더 꼭 끌어안았다.

“가야 한다니까요.”

“그래, 가라고. 누가 못 가게 해?”

내 어깨에 두른 팔에 힘이 들어갔다.

“이러지 말죠?”

그는 한숨을 폭 내쉬고는 혼잣말을 하듯 읊조렸다.

“죽겠네, 진짜.”

나는 주인 잃은 강아지 같은 눈빛을 하고 있는 그의 뺨을 한 번 어루만져 주고는 그의 방을 나섰다. 복도로 나오자, 새삼 이곳이 어디인지 상기

되어 몸에 가시라도 돋아나는 듯 따끔거리는 기분이었다. 마치 누군가의 시선이 느껴지는 것만 같은 착각도 일었다.

나는 텅 빈 복도를 두리번거렸다. 소름이 돋아날 만큼 조용했고, 인기척 하나 느껴지지 않았다. 기분 탓일 거다. 일하러 와서 임과 뒹굴었으니 지레 찔리는 거다.

나는 빨갛게 달아오른 두 뺨을 손등으로 찍어 내며 엘리베이터에 올랐다. 이곳에 왔을 때처럼 3층으로 가서 다시 나와 은진이 쓰는 방이 있는 7층으로 향할 예정이었다. 그런데 3층에서 바꿔 타려던 엘리베이터 문이 열리는 순간, 나는 호흡을 삼켜야만 했다.

"여기서 뭐 해요?"

한별이 홀로 엘리베이터에 올라 있었다.

"어, 잠이 안 와서 산책 나왔다가 길을 잃었어."

엘리베이터 벽에 비스듬히 기댄 채로 서 있던 한별이 문밖으로 고개를 빠끔히 내밀며 복도를 두리번거렸다. 그러고는 내 손을 잡고 엘리베이터 안으로 잡아당겼다. 나는 순식간에 빨려 들어가듯 엘리베이터 안에 몸을 실었다.

"아무도 없는 데서 무섭지도 않아요?"

"무섭기는, 뭐가."

나는 대수롭지 않은 일이라 목덜미를 긁적였다.

"근데 너는 어디 갔다 와?"

"사다리 타기 해서 졌어요. 지하에 있는 편의점 다녀와요."

"아……."

나는 고개를 끄덕거리며 한별이 흔들어 대는 편의점 봉투를 내려다보았다.

"근데 너 이 학교 다녔었던 거, 다른 애들은 몰라?"

"아는 애들도 있고, 모르는 애들도 있고. 뭐 굳이 내가 나서서 말하지 않으면 모르는 거죠, 뭐."

이상하게 한별에게서 거리감이 느껴졌다. 아까 마주친 이후로 한별은 내 시선을 철저히 피하고 있었다. 단 한 번도 눈이 마주치지 않았다는 뜻이었다. 한별의 객실이 있는 6층 문이 열리자 나는 평소처럼 인사를 건넸다.

"그래, 그럼. 재미있게 놀아."

문이 열렸는데도 한별은 꿈쩍도 하지 않았다. 나는 무표정한 얼굴로 허공 어딘가를 응시하고 있는 한별의 팔을 한 번 툭 쳤다.

"무슨 생각해? 다 왔어. 안 내려?"

"처음인 것 같네요."

한별의 목소리에 쓸쓸한 기운이 맴돌았다.

"뭐가 처음이라는 거야?"

나는 조심스레 되물었다.

"뭔가 목적이 있는 게 아니라, 나에 대해 물은 거."

"설마."

나는 그럴 리 없다며 손을 내저었다.

"내가 너한테 물어본 게 어디 한두 개야?"

일부러 밝은 목소리를 내어 보아도 한별은 조개처럼 입을 꾹 다문 채로 가만히 서 있었다. 엘리베이터 문이 닫혔고, 7층으로 올라갔다. 6층에서 7층 사이, 몇 초 되지 않는 시간이 억겁처럼 느껴질 만큼 어색했다.

한별이 나한테 이렇게 어색하게 군 적이 있었던가?

"진한별, 너 오늘 무슨 일 있었어?"

나는 걱정스러운 목소리로 물었다. 내내 허공을 바라보던 시선이 그제야 나와 마주쳤다.

"왜요? 나한테 무슨 일 있었을까 봐 걱정돼요?"

나는 슬며시 고개를 끄덕거리며 대꾸했다.

"걱정 안 된다고 하면 거짓말이지. 왜? 무슨 일인데?"

나는 어색하게 굳어 있는 한별의 얼굴을 올려다보며 물었다.

"잘 자요. 내일부터 끌려다니려면 힘들 텐데."

한별은 내 질문에는 대답하지 않은 채 작별을 고했다.

"그래, 너도 잘 자. 내일 보자."

나는 찝찝한 기분으로 엘리베이터에서 내렸다. 엘리베이터 문이 닫히려는 순간, 한별의 목소리가 들려왔다.

"저기."

"어?"

나는 돌아보며 대꾸했다. 한별은 무언가 심각하게 할 말이 있는 것처럼 엘리베이터 밖으로 고개를 빼끔히 내밀더니 7층 복도를 두리번거렸다.

"왜? 무슨 할 말 있어?"

질문을 내뱉은 순간, 내 이마에 한별의 입술이 닿았다.

"야!"

내가 목소리를 최대한 낮추어 나무라며, 혹시 누구 본 사람 없나 싶은 생각에 주변을 두리번거렸다.

"잘 자요."

한별은 여느 때처럼 환한 눈웃음으로 무장한 채 엘리베이터 버튼을 눌렀다. 이윽고 엘리베이터 문이 닫혔다.

방심한 순간, 또 당했구나.

이튿날 오전 일정은 불국사였다.

절에 다니는 것은 아니었지만, 나는 이번 잠입 취재에서 그 누구도 상처받지 않고 끝났으면 좋겠다는 바람을 속으로 되뇌며 탑 주위를 돌았다.

어디서 들은 건 있으니까, 탑 주위를 돌며 소원을 빌면 이루어진다고 했으니까.

가만히 탑 주변을 돌고 있는데, 익숙한 기운이 느껴졌다. 어느새 내 옆으로 성큼 다가와 함께 탑 주변을 돌고 있는 이는 한별이었다.

“무슨 생각 하면서 이러고 있는 거야?”

주위 학생들의 시선을 의식했는지 한별의 말 짧았다.

“무념무상.”

나는 허공을 바라보며 꿈꾸는 목소리로 대꾸했다.

“웃기네. 지금 비는 소원 안 들어주면 부처님하고 맞짱 뜰 분위긴데?”

“내 표정이 그렇게 심각했어?”

“어.”

한별은 미간을 잔뜩 찌푸리며 입술을 삐죽 내밀고는, ‘너 지금 이러고 있다.’ 고 말했다. 우스꽝스러운 한별의 얼굴에 나는 그만 크게 웃음을 터뜨리고 말았다.

아, 여기 절인데……. 맑고 경쾌한 내 웃음소리가 절 안을 울리자마자, 나직한 음성이 들려왔다.

“마타리, 절에서 정숙해야 한다는 거 몰라?”

이쯤 되면 등장해 주셔야 하는, 다시 한 번 외쳐 보는 그 이름! 윤준재 이사장이었다!

그는 나와 한별을 번갈아 보며 물었다.

“죄송합니다.”

나는 다른 아이들 시선을 의식해 최대한 공손히 사과했다.

"마타리는 나 좀 따라와."

"왜요? 마타리는 왜 이사장님을 따라가요?"

한별이 정말 순수하게 궁금해서 물어본다는 말투로 물었다.

"내 심부름해야 하니까. 잊었어? 마타리 벌받는 거?"

그러자 한별은 수긍하듯 고개를 한 번 끄덕이고는 또다시 물었다.

"근데 이사장님은 왜 수학여행까지 따라오세요?"

학교를 향한 애정이 듬뿍 묻어나는 그의 행보를 한별이 모르는 바는 아닐 거다. 학생들 전부 우리 이사장은 학교에 대해 모르는 게 없다 할 정도로 그는 어디서든 나타나서 물심양면으로 학교와 학생을 돌보았다.

"따지고 보자면 나는 이 학교에서 최고 관리자야. 내 책임과 의무를 다하기 위해 동행하는 건 당연한 일이고, 여기서 생기는 모든 일에 대한 책임은 나한테 있는 거나 마찬가지야."

"그 책임을 다하기 위해 여기 오셔서 학생들을 직접 돌보신다, 이거죠?"

"맞아."

한별은 고개를 끄덕거리며 이사장을 바라보았다.

"이사장님 같은 분 처음 봐요. 보통 그런 자리에 있으면 다들 책임 회피하기 바쁜데."

웬일로 한별이 이사장을 칭찬하고 나섰다. 나는 의아한 얼굴로 한별을 올려다보았다. 그랬더니 한별이 고개를 기울이고는 내 귀에 대고 속삭였다.

"왜요? 내가 이사장 좋게 평가해서 이상해요?"

"아, 아니. 그게 아니라."

내가 당황한 얼굴로 얼버무리자, 멀찍이 서 있던 이사장이 성큼성큼

이쪽으로 다가왔다.

"마타리, 내 말 못 들었나?"

"아뇨, 가요. 이사장님!"

그는 무서운 눈으로 한별을 한 번 노려보았다. 대체 한별은 무슨 꿍꿍이인 건지, 이사장을 칭송했다가 자극했다가, 아주 들었다 놨다 했다. 이쯤 되면 한별과 이사장의 치정에 내가 눈치 없이 끼어든 건 아닌가 하는 착각이 들 정도다.

불국사를 빠져나온 그는 주차장으로 빠르게 걸음을 옮겼다.

"왜요? 어디 가요?"

"일단 차로 가자. 애들 없는 데서 이야기해야 할 것 같아."

차 안에 이르자, 그가 돌연 심각한 목소리를 냈다.

"자, 어제 말했던 자료."

그는 급하게 프린트한 듯 보이는 A4용지 뭉치를 나에게 건넸다. 나는 그가 건넨 서류를 빠르게 훑어보았다. 심장이 쿵쿵 울렸다. 이름 석 자가 눈에 제일 먼저 들어왔다.

"은진이 언니 이름이⋯⋯ 신은영?"

"왜 아는 이름이야?"

나는 일단 고개를 절레절레 내저었다.

「그건 은영이 두 번 죽이는 거야.」

그렇게 말했던 한별의 목소리가 귓가를 스쳤다. 은영의 학생기록부에서는 특이점이 없었다. 그저 성실하고 모범적인 학생이었다는 것 정도.

그런데.

"학교를 그만뒀네요?"

"어, 고3, 3월 중순쯤에 자퇴서를 냈어."

"이렇게 성실한 모범생이었던 학생이 자퇴를 했다?"

나는 혼잣말처럼 되물었다. 은진이 말했던 은영에 대한 기억 역시 학생기록부와 다를 바 없었다. 서류를 한 장 더 넘기니 은영의 사망과 관련한 기록이 있었다.

"학교를 그만두고 일주일 정도 있다가 스스로 목숨을 끊었네요."

모범생이 학업 스트레스 때문에 스스로 목숨을 끊었다? 그런데 그런 것치고는…….

"꼭 훗날을 고려한 누군가 개입해서 아이에 관한 기록을 세탁한 느낌이에요. 자살을 결심한 애가 굳이 학교에 자퇴서까지 낼 이유가 있었을까요? 마치 재학 중에 일어난 사고가 아니라는 것처럼 보이게 하려고……."

나는 이내 말끝을 흐렸다. 그도 내 생각에 동의하는 듯 보였다.

"아이들 사이에서 이상한 소문이 돈다며? 어디까지 진짜인지 모르겠지만, 그 소문 속에 뭔가 있을지도 몰라. 나한테도 좀 알려 주고."

"알겠어요."

나는 고개를 끄덕거리고는 당장 한별을 찾아야겠단 생각을 했다. 석기가 갖고 있던 태블릿 PC가 간절한 순간이다.

아이들이 밝히고 싶어 하면서도 꼭꼭 숨기고 있는 게 대체 뭘까?

"나한테 시간을 좀 줘요."

이사장이 나를 꿰뚫듯 바라보았다.

"뭔가 알고 있는 게 있구나."

그는 신중한 목소리로 대꾸했다.

"아직, 정확하지는 않아요. 그러니까 내가 확인할 때까지 나한테 시간을 줘요."

서충원 전 이사장의 비리 기록이 고스란히 남아 있는 태블릿 PC. 한별이 그 태블릿 PC를 필사적으로 지키려고 하는 데는 분명 이유가 있을 터였다.

일단 한발 물러나 앞으로 일어날 사건을 주시해야 할까? 아니면 내가 도와줄 테니, 나를 믿어 보라고 아이들을 설득해야 할까?

섣불리 다가가서는 안 되었다. 발뺌을 하고 숨어 버리면 절대 밝힐 수 없는 일이 되어 버릴 것이다. 하지만 언제까지고 지켜볼 수만은 없는 노릇이었다. 그들 선에서 해결할 수 없는 문제이리라.

그렇게 결론을 내리고 나자, 나는 내가 조력자가 될 수 있다는 사실을 주지시켜야 한다는 생각이 들었다. 그리고 은진을 지켜 달라고 했던 정구의 얼굴이 불현듯 눈앞을 스쳤다.

그래, 정구가 은진이랑 은진이 언니를 잘 안다고 했었지? 미간이 저절로 구겨지는 게 느껴졌다.

"성급하게 생각하지 마. 우리 쪽에서도 서충원 전 이사장에 관한 자료는 계속 확보하고 있으니까."

"얼마나요?"

"횡령과 배임 행위에 관한 정황은 분명한데, 결정적인 증거가 없어. 서충원은 자신이 지시한 적 없다고 하면 그만인 거야."

"근데 왜 도피 중인 거죠?"

"직접 조사는 피할 요량인 거지."

"평소 서충원 성격은 어땠어요?"

내 물음에 그는 잠시 침묵했다. 침묵하는 그의 턱이 굳어졌고, 불쾌한 일을 떠올리는 듯 표정이 어두워졌다.

"교활한 인간이었어. 절대 본인이 직접 손을 대서 일을 처리하는 법이 없었어. 그래서 그를 따르는 수행원들이 대부분의 혐의를 뒤집어쓴 상태야."

"하나같이 다?"

"그래, 하나같이 다."

"교활한 인간 밑에 충성도 높은 직원이 있을 리는 없고. 돈으로 뭉친 관계는 돈으로 끝나지만, 여전히 충성하고 있는 걸 보면 그보다 더 악랄한 게 존재한다는 거네요?"

"가족 협박부터 납치 계획까지, 인간으로서 저지를 수 있는 가장 나쁜 짓을 도모했다고 볼 수 있지. 그런데 그것 역시도 서충원이 했다는 증거가 없어."

그는 답답한 듯 한숨을 몰아쉬었다.

"아직 쓸 돈이 있다는 거예요. 그러니까 서충원을 비호하면서 따르는 무리가 있는 거고. 재단 기금 횡령해서 지금 그걸로 도피 중인 거죠? 이미 횡령죄를 뒤집어쓴 서충원 수하도 있고."

그는 고개를 끄덕거렸다.

"재단을 통해서 그룹 윤의 투자금을 횡령했고, 그 돈을 이용해 생긴 얄팍한 권력으로 경영권도 노리려고 했을 거야."

"지금 그룹 윤에도 혹시 서충원 수하로 보이는 사람이 남아 있어요?"

"어. 그 수하가 남아서 꼬리를 계속 끊어 내고 있는 것 같아. 그러니 서충원이 쉽게 잡히지 않는 게 확실하고."

잠시 침묵이 흘렀다.

"물어볼 게 있어요."

"이 상황에서 얼마나 더 심각한 질문을 하려고 물어볼 게 있다는 말로 무장을 하지?"

그는 이내 흐릿한 미소를 머금으며 나를 깊게 바라보았다. 깊어진 그의 시선에 불안한 박자로 쿵쿵거리던 심장이 다른 의미로 두근거렸다.

"그런 걸 뻔히 다 알면서 이 학교 이사장으로 취임한 진짜 이유가 뭐예요?"

뜻밖의 질문이라는 듯 그는 조수석을 바라보던 시선을 옮겨 앞 유리창을 바라보았다.

"내가 할 수 있는 최선이니까."

"어떤 면에서?"

"어머니를 기억하는 것과 그리고 나와 내 동생, 그리고 어머니를 살게 해 준 다른 어머니께 보답하는 일."

더는 물을 수도, 알은체를 할 수도 없었다.

그를 향한 연민, 미안함, 애정…… 말로 설명하기 복잡한 감정에 가슴이 잠식당했다.

아직도 자기 자신을 위한 인생이 아닌, 남을 위한 인생을 살고 있는 듯 보이는 남자에 대한 연민. 이렇게 넓고 푸근한 마음을 가진 남자를 서충원과 같은 패일지도 모른다며 의심했던 일에 대한 미안함. 그리고 이런 복잡한 상황임에도 불구하고 그를 향해 가고 있는 나의 무한한 애정.

"내가 했던 말 기억해요?"

"어떤 말?"

차에 시동이 걸려 있는 것도 아닌데, 그는 버릇처럼 핸들을 움켜잡았다. 불안하고 초조해서 그러는 것처럼 보였다.

"당신 학교, 내가 지켜 주겠다는 말."

내내 굳어 있던 그의 얼굴에 근사한 미소가 떠올랐다. 이내 그의 시선이 조수석을 향해 왔다.

"오늘 밤에는 30분보다 더 쓸 수 있나?"

그의 먹색 눈동자에 정염이 어렸다.

"글쎄요. 우리 내일이 수학여행 마지막 날인데, 오늘 밤에는 나도 반

애들이랑 좀 놀아야 하지 않을까요?"

내 질문에 그는 웃음을 터뜨렸다.

"당신 학교 지켜 주겠다고 내가 그랬는데…… 근데……."

목소리 끝이 파르르 떨렸다. 그 떨림을 감지한 그의 얼굴이 이내 걱정스럽게 굳었다.

"나 이제는 학교보다 당신을 지켜 주고 싶은 마음이 더 간절해요."

그는 잠시 할 말을 잃은 사람처럼 멍한 얼굴로 나를 바라보았다. 찰나의 정적, 말하지 않아도 느껴지는 애정이 깊다. 손을 뻗어서 그의 뺨을 어루만지고 품 안 가득 안아 줄 수 없는 상황이 안타까웠다.

"너는 꼭."

그는 나무라는 목소리로 입을 열었다.

"안아 줄 수도 없는 상황에 그런 고백을 해. 사람 미치게."

나는 빙그레 웃음을 머금으며 그를 바라보았다. 진득한 시선이 얽혔다. 이러다 이성을 잃고 달려들어 그의 목에 매달려 농밀한 키스를 나누고 싶어질 것만 같아서, 나는 이내 앞 유리창으로 시선을 옮겨 갔다.

"우리 이 일 다 끝나면 같이 여행 가요."

신록이 눈부신 5월의 한가운데 앉아서, 나는 훗날을 기약하며 꿈꾸는 목소리로 덧붙였다.

"어디가 좋을까. 나 그러고 보니까, 휴양지로 여행을 한 번도 안 가 봤어요. 더운 나라였으면 좋겠어요. 땀 흠뻑 났을 때, 수영장에 풍덩 빠질 수 있는. 난 바다는 그냥 보는 것만 좋더라."

"그럼 멋진 바다가 보이는 수영장이 있는 곳이면 되는 거네."

"정답!"

나는 오른손 검지를 세우며 웃음을 터뜨렸다. 그가 조심스레 내 뺨을 간질이는 머리카락을 귀 뒤로 넘겨 주었다. 손가락 두어 개가 내 뺨을 스쳤을 뿐인데, 불이라도 붙인 것처럼 목덜미까지 훅 열이 올랐다.

"마음 같아서는 빨리 끝내 버리고 싶어요."

나는 수줍은 시선으로 그를 마주했다. 복잡한 일은 전부 던져두고, 그와 달콤한 연애만 할 수 있는 날이 왔으면 좋겠다는 생각이 들었다.

하지만 현실적으로 당장에는, 그건 너무 어려운 일이었다.

"근데 내가 학교에 잠입이라도 해 있으니까, 이렇게 얼굴 맞대고 있지. 봐요. 나는 이제 신문사로 돌아가면 너무 바쁠 거예요. 그리고 당신은 야자시간까지 학교에 남아 있을 정도로 학교에 올인하고. 우리 얼굴 볼 시간이나 있을까요?"

내가 심각한 표정으로 묻자, 그가 이내 웃음을 터뜨렸다.

"왜 웃어요? 나 지금 되게 심각한데? 장난하는 거 아녜요."

그는 나른하게 날숨을 내뱉고는 애정 가득한 시선으로 나를 바라보았다.

"나와 함께 미래를 꿈꾸는 네가 너무 예뻐서."

"뭐, 거창하게 미래라고 할 것까지야."

그래, 거창한 미래. 내가 연애만을 생각했던 데는 이유가 있었다.

그는 어쨌든 재벌가의 재자이고, 나는 한낱 기자일 뿐인데. 소심하게 움츠러들 것만 같아서 잊고자 했던 사실이었다.

"갑자기 표정이 왜 그래?"

"아녜요. 그냥……."

"변유정, 너 내 앞에서는 뭐 숨기려고 하지 마. 다 티나."

한없이 여려지고 싶다. 누가 나 괴롭힌다고 이르고 싶고, 고자질하고 싶다. 그럼 이 남자는 당장에 달려가 그 무리를 혼내 주고 나를 아이처럼 다독여 줄 것이다.

아이러니하게도 지켜 주고 싶은데, 한없이 의지하고 싶은 남자다.

"일단 저는 아이들한테 합류할게요."
"은진이랑 같은 방 쓰는 거지?"
나는 그저 고개만 끄덕거렸다.
"어렵겠지만, 수고해 줘."
"준재 씨도 고생해요."
"보상은 저녁으로 미루고. 키스하고 싶어 미치겠네."
"키스만?"
내가 과장된 표정으로 놀랐다는 듯 바라보자 그가 웃음을 터뜨렸다.
"네가 있어서 웃는다, 내가."
"그래, 맞아. 요즘 준재 씨 잘 웃어요. 예전에는 진짜 딱딱한 얼굴로 학교에 돌아다녔는데, 이제는 잘 웃더라고요."
"너 때문이야."
나는 고개를 갸우뚱 기울이며 그를 바라보았다.
"웃는 거?"
"웃는 것도, 웃지 않았던 것도."
그가 학생한테 첫눈에 반한 줄 알고 괴로워했다던 담임의 말이 떠올랐다. 이럴 때 심술궂은 장난기가 발동하지 않으면 변유정이 아니다. 나는 시치미를 뚝 떼고 모르는 척 물었다.
"왜요? 나 때문에 왜 안 웃었는데?"
"뭘 그렇게 깊이 알려고 들어."
"와! 완전 치사해요. 세상에서 제일 치사한 게 떡밥 던지고 회수 안 하는 거거든요!"
"떡밥? 회수?"
그는 어이없다는 듯 유쾌한 웃음을 터뜨렸다.
"변유정, 도서관 자주 갔었지?"

"도서관에 학교 기록물이 있으니까, 자주 갔죠. 전자기록은 얼마 되지 않았고 해서."

"거기서 처음 봤어."

그의 목소리가 아련하게 울렸다.

"누구요, 나를? 도서관에서?"

참을 수 없을 정도로 가슴이 간질거렸다. 그는 대답 대신 가만히 고개를 끄덕거렸다.

"그날 어머니 수술이 있는 날이었어."

생각해 보니 나는 그의 어머니가 어떻게 돌아가셨는지도 몰랐다.

"췌장암이셨어."

왜 병원에 가지 않고 학교 도서관에 있었는지 물을 수 없었다. 아마 못 갔을 것이다. 더 이상 그분의 아들로 살고 있지 못한 상황이었으니 말이다.

"아직 학교에 본격적으로 출근하기 전이었고, 마음이 복잡해서 주의를 끌 만한 새로운 공간이 필요했어."

그는 과거의 어느 시점에 가 있기라도 한 듯 아득한 눈빛이었다.

"그런데 거기서 주의를 끄는 사람을 보게 됐지. 처음엔 내 학교가 될 곳에 앉아 있는 학생을 처음 봐서 자꾸 눈길이 가는 거라 생각했어."

"내가 학교에 와서 본 첫 학생이었어요?"

"어, 공교롭게도. 하지만 넌 학생이 아니었지. 나중에 안 거지만."

"어땠어요? 훔쳐본 감상이?"

그는 복잡한 심경이 된 듯 머뭇거렸다.

"자괴감이 들었지."

"자괴감?"

"학생이었던 어머니와 그런 일을 벌였던 건, 전적으로 아버지의 잘못이라고 생각해."

그는 잠시 뜸을 들이고는 입을 열었다. 내가 학생이었던 어머니와 무슨 일이 있었던 거냐고 묻지 않은 탓인지, 그는 알고 있었느냐는 눈빛으로 나를 바라보았다.

"호재 씨가 자기 이야기라면서 말해 줬어요."

"그놈은 참 쓸데없는 데서 오지랖을 부려서 탈이야."

"걱정 마요. 나는 탈 안 났으니까."

나는 찡긋 웃으며 더 이야기해 보라고 그를 바라보았다.

"그런데 내가 아버지의 그런 면을 빼다 박은 건가, 하는 자괴감이었지."

그는 빙그레 웃으며 덧붙였다.

"일부러 신경 끄려고 했어. 너에 대해 알아볼 생각은 추호도 하지 말자고 생각했지."

"그럼 나에 대해 언제부터 알아보기 시작했는데요?"

"'언니, 놀다 가요.' 때부터."

나는 눈을 가늘게 뜨고 그를 나무라듯 바라보았다.

"그런 건 좀 잊어요."

"그걸 어떻게 잊어? 애써 신경 끄려고 했던 열여덟 여자애가 그런 걸 갖고 있는데? 내가 그때 무슨 생각까지 했는지 알아?"

"무슨 생각?"

"너랑 논 새끼 죽여 버린다고."

그와 전혀 어울리지 않는 과격한 언사에 나는 웃음을 터뜨렸다.

"남은 속 타 죽겠는데, 또 남자는 왜 그렇게 많아? 물론 내가 차지하기는 했지만."

그는 어깨를 으쓱하며 우월감을 드러냈다.

"나 또 물어볼 게 있는데."

"뭐?"

"윤준재 씨 여자 많았죠? 여자 기분 좋게 해 주는 방법을 너무 잘 아는데?"

"여자는 호재가 많았지."

"와, 어떻게 아무 상관 없는 동생을 막 끌어와요?"

"그 자식은 내가 말하지 말라고 한 것도 다 말하고 다니는데, 뭐 이 정도 갖고. 변유정, 친구들이랑 같이 호텔 루프 탑 바에서는 재미있게 놀았어?"

"허? 그것도 말했어요? 와, 사람 못 쓰겠네!"

내가 호들갑을 떨어 대자, 그가 귀엽다는 듯 웃음을 터뜨렸다.

"일 끝나고 봐요. 윤호재 씨 혼내 줄 거야."

"이미 나한테 많이 혼났어."

아주 짧은 시간의 대화였다. 차 안에서 나눈 겨우 30분간의 밀회였을 뿐인데, 나는 그곳에서 마치 그의 전부를 얻은 것만 같은 착각이 일었다.

나를 처음 본 순간에 대한 고백도, 그의 어머니에 대한 고백도.

그와 함께 그려 본 핑크빛 앞날도.

모든 일을 무사히 마치고, 그와 함께 바다가 보이는 수영장에 몸을 풍덩 빠뜨릴 수 있기를…….

다음 이동 장소는 곰 인형들이 가득한 테디베어 박물관이었다. 곰 인형들이 신라시대 복장을 하고 있는 모습이 무척이나 귀여웠다.

"하나 살래?"

상점에서 인형들을 구경하고 있는데, 한별이 다가왔다.

"이걸 뭐 하러."

"기다려 봐."

한별은 작은 곰 인형 하나를 집어서 계산대로 향했다.

"야, 너 뭐 해?"

"누가 너 준대?"

상큼한 눈웃음을 한 번 머금은 녀석이 순식간에 곰 인형 하나를 사 버렸다. 아니나 다를까, 한별이 나에게 방금 계산한 곰 인형을 내밀었다.

"뭐 하는 거야? 나 안 준다며?"

"안 준다고 해서 삐졌어?"

"아니, 그게 아니라."

뭔가 대화를 할수록 말리는 기분이었다.

"잘 간직해. 나라고 생각하고 자주 쓰다듬어 주고, 예뻐해 주고, 더러워지면 빨아도 주고."

꼭 다시는 안 볼 사람이 이별 선물로 주는 것처럼, 한별은 스산한 말투였다.

"진한별."

"음?"

나는 이전과는 뭔가 분위기가 묘하게 다른 한별을 이끌고 연못이 있는 박물관 뒷마당으로 향했다.

"나 태어나서 곰 인형이 이렇게 많은 건 처음 본다?"

나는 빙그레 웃으며 연못 한가운데 놓인 북극곰 모형을 바라봤다.

"돌려 말하지 말고, 묻고 싶은 게 있으면 그냥 물어봐."

한별의 경계심이 한 꺼풀 걷힌 듯했다. 내가 머뭇거리고 있는 게 느껴졌나 보다. 이제껏 자신이 가진 정보를 감추려고 급급했던 아이가 지금은 뭐든 물어보라며 다가왔다.

"은진이 언니에 관한 거지? 그 태블릿 PC에 있는 거?"

내 질문에 잠시 입을 꾹 다물었다. 그리고는 이내 짧게 대꾸했다.

"맞아."

"은영이가 어떻게 죽었는지, 너는 알고 있는 거지?"

한별은 한숨을 한 번 몰아쉬고는 말을 이었다.

"그것도 맞아."

나 역시도 한숨을 한 번 몰아쉬고는 다음 질문을 이어 갔다.

"그 정도 자료면 서충원 전 이사장을 잡기에 충분한데, 그게 공개되면 은영이가 사람들 입에 오르내리는 게 두려워서 공개를 꺼리고 있고……."

"그리고?"

내 추측이 얼추 들어맞는 듯, 한별은 더 해 보라며 나는 부추겼다.

"너는 그 일에 책임을 느끼고 있어. 왜 그러는지는 모르겠지만. 그래서 그렇게 학교로 다시 돌아올 만큼 필사적인 거야. 맞아?"

내 물음에 한별은 긍정도 부정도 하지 않은 채, 연둣빛 잎들이 떨어져 있는 연못을 물끄러미 바라볼 뿐이었다.

"나랑 은영이는 1학년 때부터 쭉 같은 반이었어."

"너보다 은영이가 한 살 많던데?"

"내가 학교를 빨리 들어왔으니까. 나이는 내가 한 살 어려도, 학년은 같았지."

나는 '아.' 하는 입모양을 하고는 고개를 끄덕거렸다. 한별의 표정이 아득했다.

"나랑 줄곧 1, 2등을 다투는 사이였어. 나는 방송반에서 아나운서로 활동했고, 은영이는 학교 모델이자, 도슨트로 활동했고."

"은진이도 너 알아, 그럼?"

"아는 것 같은데, 딱히 알은체는 안 하더라. 더 미안하게."

"미안하게?"

한별은 가만히 고개를 끄덕거렸다.

"은진이처럼 착했어. 마음이 여려서 남한테 싫은 소리 한 마디도 못했고. 선생님이건, 부모님이건 어른 말씀 거역하는 일 없는 모범적인 애였고."

"은영이 많이 좋아했구나?"

조심스레 물은 질문에 한별이 미간을 찌푸렸다.

"미안한데, 잘못 짚었어."

그러더니 한숨을 훅 내쉬었다.

고3 교실은 긴장의 연속이었다. 모두 잠이 부족한 탓에 예민했고, 하루씩 시간이 줄어 가는 것에 대해 불안해했다.

충분히 꿈꿀 수 있는 나이.

대학 입시에 찌든 머리와 답답한 가슴은 네모난 교실 안에 갇혀 기지개조차 켜지 못했다. 한별은 그중에서도 대학 입시가 수월한 편에 속했다.

"진한별, 담임이 교무실로 오래."

"어."

점심시간, 반장이 전해 준 말에 한별은 담임에게 향했다.

"한국대 언론 전공은 충분히 가겠다. 수시로 갈 거지? 방송반 반장 경력도 있고. 좋네."

입시 상담도 수월했다.

"어머니는 법대 갔으면 하시던데."

어제 어머니께서 학교에 다녀가셨다고 들었다. 또 어떤 말씀을 하신 건지, 담임이 법대 카드를 집어 들었다.

"조부께서 지방법원장까지 지내셨고, 돌아가신 한별이 아버님도 그쪽에 계셨었으니까."

담임이 목소리를 낮추며 말했다.

"네."

"어머니께서 그 길 따라갔으면 하시더라. 결정은 네가 하는 거지만."

"썩을 대로 썩은 집단에 끼고 싶은 생각 없어서요."

한별의 단호한 대답에 담임은 실소를 터뜨렸다.

"그래서 정의로운 펜을 드시겠다?"

"멋지잖아요. 기자."

"그래, 퍽 멋지다, 기자. 가 봐."

점수 보고 고민할 필요도 없는 아주 간단한 진로상담이었다. 상담을 마치고 교실로 향하는 길, 누군가 한별을 불러 세웠다.

"진한별 군?"

한별을 부른 이는 일등 재단의 서충원 이사장이었다.

"안녕하세요, 이사장님."

꾸벅 인사를 건네자, 이사장이 억지웃음을 지으며 다가왔다.

"같은 반에 신은영 학생이라고 있지?"

"네, 있어요."

이 학교에서 은영을 모르는 이는 아마 없을 것이다. 우수한 성적, 예쁜 얼굴, 성실한 태도로 모든 이의 귀감이 되는 학생이었다. 성가시게 자꾸만 한별의 1등 자리를 차지하려고 해서 문제긴 하다.

"지금 교실에 가서 보거든 이사장실로 좀 오라고 해요."

"네, 알겠습니다."

한별은 인사를 꾸벅하고 곧장 교실로 향했다. 여느 때처럼 이어폰을 귀에 꽂은 은영은 모의고사 문제집을 풀고 있는 듯했다. 한별은 은영의 책상을 똑똑 두드렸다.

은영이 왜 그러느냐며 한쪽 이어폰을 빼고는 고개를 치켜들었다.

"무슨 일이야?"

단정한 음성은 듣기 좋은 편에 속했다. 만약 고등학교를 졸업하고 대학에 들어가 이성 친구를 사귄다면, 은영이 정도면 좋을 것 같다는 생각이 불현듯 머릿속을 스쳤다.

그렇다고 거창하게 첫사랑이라 부를 만큼 한별이 은영을 마음에 두고 있었던 것은 아니었다. 그저 괜찮은 친구 정도랄까.

"이사장님이 부르셔. 이사장실로 오래."

순간 은영의 얼굴이 하얗게 질렸다.

"이사장님이……?"

"어. 얼른 가 봐."

은영은 샤프펜슬을 내려놓고는 한참을 꾸물거렸다.

"이사장님이 내가 말 안 전했다고 생각하시겠다. 얼른 가."

한별은 자리에 앉으며 은영을 채근했다.

"어? 어. 미안. 갈게."

은영의 뒷모습이 어딘지 모르게 축 처져 있었다. 늘 밝고 환한 친구였는데, 갑자기 먹구름이라도 머금은 것처럼 무겁고 어두워 보였다.

이사장이 부른 게 저렇게 겁먹을 일인가?

한별은 그리 대수롭지 않은 일이라는 듯 생각을 접었다. 이사장실로 불려 간 은영은 5교시가 지나도록 돌아오지 않았다. 남 이야기 이러쿵

저러쿵 떠들기 좋아하는 여자애들이 은영의 빈자리를 두고 수군거렸다.

"은영이 아빠가 그룹 윤에서 높은 사람이라며?"

"진짜? 아닐걸. 나 재네 아빠가 경비일 하신다고 들은 것 같은데?"

그러자 은영과 친하게 지내는 여자애가 끼어들었다.

"은영이 아빠 그룹 윤 회장님 경호실에 계시다고 들었어. 너네 입조심해. 경호원이 얼마나 무서운지 알아? 게다가 회장 경호면 무술도 뛰어나야 하지만, 스펙도 어마어마하시단 뜻이야."

한별은 아이들이 떠드는 말 역시도 대수롭지 않게 넘겼다. 6교시 수업 중간 무렵, 수업에 늦어서 죄송하다는 사과를 하며 교실에 들어섰다. 축 처진 어깨, 어딘지 모르게 불안해 보이는 모습의 은영이었다.

그저 수업 시간에 늦어서 민망해하는 모습이라 여겼다.

그런데 다음 날 아침, 은영은 학교에 나오지 않았다. 그리고 일주일 후, 꽃샘추위가 기승을 부리고 흰 눈이 펑펑 오던 날, 은영은 싸늘한 주검으로 발견되었다.

"은영이 은근 스트레스가 심했나 봐. 걔 학교 안 나오기 시작한 날, 그때 이미 자퇴서 낸 후였대."

같은 반 친구가 하는 말에 한별이 되물었다.

"학교 빠지기 시작한 날이 이미 자퇴한 이후라고?"

"어, 그렇다던데?"

부족할 것 하나 없는 신은영이 자퇴를 해? 학교의 얼굴이나 마찬가지인 학생이 자퇴를 결심해서 이사장이 부른 건가? 설득하려고? 그래서 그날 은영의 표정이 그렇게 좋지 않았나?

한별은 좀처럼 께름칙한 기분을 떨칠 수가 없었다.

자퇴할 애가 공부는 왜 그렇게 열심히 했을까? 대학은 검정고시 봐서 갈 생각이었나?

그렇게 불길한 생각을 이어 가던 어느 날이었다.

"진한별 군, 2학년에 안고은 양이라고 있어. 내가 찾는다고 전해 주겠나?"

"네, 그러겠습니다."

나는 2학년 교실을 찾아 안고은이라는 아이를 불러냈다.

"안고은, 이사장님이 찾아."

"이사장님이?"

"어. 가 봐, 한번."

고은은 고개를 갸우뚱 기울이며 이사장실로 향했고, 그 아이의 뒷모습을 지켜보던 한별은 고은과 같은 반인 아이를 붙들고 물었다. 왜 그런 질문이 튀어나왔는지 모르겠지만, 본능적인 의문이었다.

"야, 혹시 안고은 부모님 그룹 윤하고 관련된 일 하셔?"

"아마 그럴걸요."

"고은이네 되게 부자랬어요. 윤 건설? 거기 사장 딸일걸요?"

누군가 자신이 알고 있는 정보를 자랑하듯 떠벌렸다. 뭐야 대체 이거? 한별은 곧장 이사장실로 향했다.

심장이 불길하게 쿵쾅거렸다. 이사장에 대해 딱히 나쁜 생각을 갖고 있는 건 아니었다. 그렇다고 좋은 이미지도 아닌 사람이었다. 어딘지 모르게 음흉해 보이는 눈빛은 사람을 오싹하게 만들곤 했다.

이사장실 앞은 고요했다. 수업 시작을 알리는 종소리가 울려 퍼졌다. 2층 복도에는 지나다니는 사람이 아무도 없었다.

"흑."

어디선가 흐느끼는 소리가 들려왔다.

"이러지 마세요!"

여자애의 희미한 울부짖음에 한별은 거침없이 이사장실 문고리를 잡아당겼다. 그런데 문이 열리질 않았다. 안에서 잠가 버린 듯했다. 한별은 있는 힘을 다해 이사장실 문을 걷어찼다.

쾅 하는 소리와 함께 문이 안쪽으로 넘어갔다. 고은을 세워 놓고 이사장이 희롱하는 모습이 눈에 들어왔다.

"이 새끼가 미쳤나?"

거친 욕설을 퍼부으며 이사장실에 들어선 한별은 고은의 손을 잡고 이사장실을 빠져나왔다. 고은은 벌어진 블라우스 앞섶을 여미며 훌쩍였다.

"더 크게 소리를 질렀어야지!"

화딱지가 나서 아무런 잘못 없는 고은에게 소리를 치고 말았다.

"소리치면, 우리 엄마 아빠가 잘못된다고 했어요."

고은이 울먹이며 대꾸했다.

미친 새끼.

은영이는……. 내가 불러다 준 은영이는…….

온몸에 소름이 끼쳤다.

이튿날, 한별과 고은은 학교에서 소란을 피웠단 이유로 무려 퇴학을 당했다. 무슨 일이 벌어졌었는지 고은은 밝히기를 꺼렸다. 그걸 한별이 제 입으로 떠들 수는 없는 노릇이었다.

어머니는 대체 무슨 일이냐고 다시 학교로 돌아갈 수 있게 해 주겠다며 나서셨지만, 한별은 절대 학교로 돌아가고 싶지 않았다.

무섭게 방황하는 한별을 어머니는 가만히 지켜보기만 하셨다. 학교를 그만두고 세상에 오만 정이 다 떨어져 버렸다. 아무것도 하지 않고 방에만 틀어박혀서 인터넷 신문 기사만 뒤적였다.

제발 서충원이 죽었다는 기사를 접했으면 좋겠다는 생각을 했다. 그러던 어느 날, 방송반 후배였던 석기로부터 연락이 왔다.

— 선배, 잘 지내시죠?

"잘 지내긴."

— 우리 이사장 바뀌었어요. 혹시 아세요?

한별은 찬물을 끼얹은 것처럼 정신이 번쩍 드는 듯했다.

"어떻게?"

— 무슨 사고 치고 도망간 것 같아요. 젊은 이사장이 왔는데, 학교 분위기도 많이 달라졌고……. 그리고.

"그리고?"

— 그때, 그 안고은 선배도 우리 학년으로 복학했어요.

"고은이가?"

— 네, 신임 이사장이 고은이 사촌이라는 소문도 있기는 한데.

그럼 어차피 서충원 이사장과 같은 그룹 윤 사람이라는 건데.

"그래서?"

— 형도 학교 다시 와요. 나 형한테 보여 줄 거 있어요. 이거 나 혼자서는 감당 못해요.

"뭔데 감당을 못해?"

학교 소각장에서 발견된 태블릿 PC라 했다. 그런데 그곳에 기가 막히게도 은영에 관한 영상들이 있었다.

그날, 제가 은영을 이사장실에 보냈던 날과 그로부터 일주일 전 영상이 하나 더 존재했다.

"개새끼."

이가 갈렸다. 어디 있는지 알면 쫓아가서 죽여 버리고 싶었다.

❖

"너 근데 왜 3학년이 아니고 2학년이야?"

"고3은 이래저래 활동에 제약이 있어서."

내 질문에 한별은 웃으며 너스레를 떨었다. 한별이 털어놓은 이야기는 생각보다 훨씬 무거웠다.

"서충원을 혼내 주고는 싶은데, 은영이 일을 밝힐 수가 없어요."

나는 무슨 뜻인지 알겠다며 고개를 끄덕이며 조심스레 물었다.

"그 태블릿 PC…… 나한테 줄 수 있어?"

한별의 머루처럼 검은 눈동자가 잠시 흔들리는 게 눈에 들어왔다. 나는 가만히 아이의 눈동자를 들여다보았다.

"날 믿어 봐."

한별은 나와 마주하고 있던 시선을 돌려 허공 어딘가를 응시했다. 길지 않은 시간이었다. 한별은 가만히 속삭이듯 말했다.

"어머니한테 말씀드려서 예전에 아버지 동료였던 분들이나, 할아버지 밑에서 일하셨던 분들…… 그러니까 집안 인맥 동원하면 충분히 내가 해결할 수도 있는 문제라고 생각했어요."

"그런데 그렇게 하지 않은 이유는?"

"그렇게 밝히면 가장 피해받는 사람은 지금 일등고에 다니고 있는 학생들이에요."

이사장과 똑같은 말을 하는 한별이었다.

"그리고 솔직히 윤준재 이사장님에 대한 판단이 서질 않았었어요. 저 사람이 정말 좋은 사람인 건지, 아니면 서충원 전 이사장의 연장선인 건지."

"나도 충분히 고민했던 바야."

그러자 한별이 실소를 터뜨렸다.

"그러면서 그런 남자를 만나요, 변 기자님은?"

나는 괜히 겸연쩍어서 눈살을 찌푸리며 내리쬐는 봄 햇살을 타박했다.

"오늘 날씨 정말 좋다."

"쉴 때 변 기자님 기사 자주 봤어요."

"그랬어?"

나는 흐릿하게 미소를 머금으며 옆에 선 한별을 올려다보았다.

"근데 옆에 숨어 있을 줄은 몰랐죠."

한숨을 한 번 몰아쉰 한별은 잠시 무언가를 생각하는 듯싶더니, 조심스레 물어왔다.

"현 이사장님은 전 이사장님의 반대 세력인 거죠? 그룹 윤에서?"

"맞아."

"그럼, 그쪽에서도 서 이사장을 쫓고 있겠네요?"

나는 그것도 맞다며 고개를 끄덕거렸다.

"서울 가면…… 드릴게요."

한별의 목소리는 결연했다. 그리고 그 목소리에서 나를 향한 무한한 믿음이 느껴졌다.

"절대 너희들 아프게 하는 일 만들지 않을게."

한별은 대꾸 없이 가만히 고개를 끄덕거렸다.

이미 상처가 많은 아이들. 절대 이 아이들에게 더 이상의 상처는 주고 싶지 않았다.

대기를 스치는 봄 햇살이 너무 맑아서, 그 눈부심에 눈물이 핑 돌 것 같은 날이었다.

수학여행에서 돌아온 다음 날 야간자율학습 시간, 한별은 방송실로 나를 따로 불러내서는 석기가 갖고 있던 태블릿 PC를 건네주었다. 심장이 쿵쿵 뛰었다.

"애들한테 보이지 않게 조심해요."

"당연하지, 걱정 마."

나는 한별을 안심시키고 먼저 방송실을 빠져나왔다. 방송실을 나서는 길, 때마침 그곳을 찾은 석기와 마주쳤다. 석기는 내 손에 들린 태블릿 PC를 보고는 망설이는 듯하다가 이내 미소를 머금었다.

"야, 마타리. 너 방송제 기획안 만들고 있어?"

"아, 선배. 저희 수학여행에서 어제 돌아왔어요. 좀 봐주세요."

"봐줘? 이게 빠져서. 난 아무리 내 여자라고 해도 안 봐준다고 했을 텐데?"

내가 실소를 터뜨리자 석기도 똑같이 웃어 보였다. 그러고는 아주 낮은 목소리로 속삭이듯 말했다.

"잘 부탁해요."

"걱정 마."

나는 석기를 안심시키는 눈짓을 하고는 교실로 향했다. 이사장에게 아직 태블릿 PC가 내 손에 있다는 말은 하지 않았다. 그리고 한별과 은영, 고은에 관한 이야기도 함구한 상태였다.

이 안에 있는 자료 중 그가 필요로 하는 배임과 횡령에 관한 기록부터 찾아볼 생각이었다. 야간자율학습이 끝난 직후, 정 선배로부터 전화가 왔다.

"어, 선배. 안 그래도 내가 연락하려고 했는데."

— 학교 앞에 있으니까, 나와.

정 선배의 목소리가 전에 없이 심각했다.

"지금요? 학교 앞에 있다고요?"

— 어, 이제 야자 끝날 시간 아냐?

"맞아요. 학교 앞에서 봐요."

하필 기가 막힌 타이밍에 정 선배가 학교로 찾아왔다. 나는 이사장에게 정 선배가 찾아와서 잠시 이야기를 나누고 들어가겠다는 메시지를 남겼다. 교문 앞에 도착하자, 정차 중인 정 선배의 차가 눈에 들어왔다.

"오랜만이다. 바쁜 고등학생."

"오랜만이네요. 선배."

통화할 때 목소리와 달리 정 선배는 서글서글한 미소를 머금고 있었다.

"배 안 고파? 이 시간까지 교실에 앉아서 공부하는 척 있으려면 그것도 고역이겠다."

"배고파요. 맛있는 거 사 주시게요?"

"그러지, 뭐."

나는 의아한 얼굴로 정 선배를 바라보았다.

"저 지금 교복 입고 있어요. 술은 못하는 거 아시죠?"

"알지."

정 선배는 피식 웃으며 고개를 끄덕거렸다.

"어? 선배 오늘 이상한데? 혹시 막 회사에 사표 던지고 온 거 아니죠?"

"설마. 내가 내 밥줄 그렇게 쉽게 끊을 인간으로 보이냐?"

"그건 아니고요."

나는 운전대를 잡은 정 선배를 물끄러미 바라보았다. 헛소리를 한 적도 있기는 했지만, 정 선배가 이렇게 살갑게 대하는 건 또 처음인 듯했다.

이 사람이 해탈을 했나? 아님 어디가 아픈가? 또 고백이니, 어쩌니 헛소리를 늘어놓으려고 하나?

정 선배가 나를 데리고 간 곳은 패스트푸드점이었다. 아무래도 교복을 입고 있는 나를 배려한 장소인 듯했다.

"무슨 일로 학교 앞까지 오셨어요? 얼굴 보고 말해야 할 만큼 심각한 얘기예요?"

"어."

돌려 말하지 않겠다는 듯 정 선배의 얼굴은 단호했다.

"무슨 일인데요?"

"너 그 일 그만해야겠다."

순간 내가 잘못 들었나 싶었다.

"뭘 그만해야 한다는 말씀이세요?"

나는 알면서도 되묻는 멍청한 짓을 했다. 정 선배도 그걸 알면서 왜 다시 묻느냐는 얼굴로 말했다.

"학교 그만두라고. 내일 자로 전학 처리 할 테니까. 그렇게 알아."

"선배! 이러는 법이 어디 있어요? 취재 아직 안 끝났어요. 거의 다 왔단 말이에요."

"그만두라면, 그만둬."

"왜요? 누가 그만두라고 하는 건데요? 신문사에 서충원 끄나풀이라도 있대요?"

"입조심해."

무시무시한 표정을 지으며 일갈하는 정 선배에게 나는 할 말을 잃어버렸다.

"선배, 나 교복 입고 학교 가서 6개월 넘게 고생했어요."

"우리가 고생고생해서 취재하다가 엎어지는 게 어디 한두 번이야?"

"이대로는 못 물러나요, 저."

"못 물러나면 어쩔 건데? 네가 기사 쓰면 누가 내보내 주기나 한데? 아니면 찌라시라도 만들래?"

허탈한 기분을 이루 말할 수 없었다.

"선배, 선배가 위에 잘 이야기 좀 해 봐요. 이런 법이 어디 있어요? 제가 여길 어떻게 들어왔는데, 이걸 제가 어떻게……."

"암튼 내일 전학 처리 할 거니까, 애들한테 말하는 건 네가 알아서 하고."

"선배 하루만 더 시간 주면."

"됐다. 끝난 이야기 더 하지 말자."

정 선배는 한심하다는 말투로 그리 일갈하며 자리에서 일어났다.

"뭐 해? 안 가?"

나는 의자에 망연히 앉아 있기만 했다. 움직일 수도, 무언가 생각할 겨를도 없었다.

"무슨 생각 하는데? 어디 제보라도 할 생각이면, 그만둬. 아마 받아 주는 데 없을 거야."

나는 한숨을 몰아쉬며 머리를 헝클어 넘겼다. 그럼 악랄한 서충원을 잡아 가둘 수 있도록 그에게 자료를 넘기면 된다. 원래 그것부터 할 생각이었다. 그리고 그가 원하는 보도가 있으면, 기사를 내보낼 생각이었다. 그가 원하는 보도에 대해서는 도울 방법이 없어져 버렸지만, 일단 그에게 가장 필요한 정보는 넘길 수 있게 되었으니 다행이라 생각하자.

나는 그렇게 정리하며, 입을 열었다.

"알겠어요. 잠입은 여기까지로 할게요."

"허튼짓할 생각하지 말고, 모레부터는 사무실로 복귀해. 아마 인사이동 있을 거야."

"인사이동이요?"

"아예 모르는 상태에서 발표 나면 황당할 테니까, 미리 말해 주는 거야. 문화부로 다시 가게 될 것 같아."

"선배!"

나는 그만 소리를 버럭 지르고 말았다.

"선배, 저 보내실 거예요? 이 정도는 사수 선에서 막아 주실 수도 있는 거였잖아요. 선배는요? 사회부에 남아요? 그리고 저는 취재 중이던 기사도 그만두고, 유배 가요?"

정신없이 따져 묻는 말에도 정 선배는 마치 자기와는 전혀 상관없는 일이라는 듯 무감한 얼굴이었다.

"선배 이렇게 비겁한 사람이었어요?"

"위에서 하는 일을 내가 어떻게 막아?"

차가운 일갈에 나는 입을 꾹 다물었다. 더 이상은 말이 통하지 않을 것 같은 분위기였다. 그야말로 최악의 상황을 맞이한 거다.

"데려다줄게, 가자."

"됐어요."

나는 손사래를 쳤다.

"먼저 가세요."

"늦었으니까, 데려다주겠다고."

"싫다고요."

"그럼, 윤준재 이사장을 부르든지."

나는 한숨을 몰아쉬었다.

"제 걱정 되게 해 주시네요."

"어서 불러. 내가 불러 줘?"

"아마 기사님 이 근처에 와 계실 거예요. 내가 알아서 갈게요."

"같이 나가, 그럼."

정 선배가 오늘따라 고집을 부렸다.

"혼자 가겠다고요."

"나도 기분이 언짢고, 신경 쓰여서 그런다고. 이런 말 전하는 내 기분은 엿 같지 않을 것 같아?"

정 선배는 욕설을 내뱉으며 한숨을 몰아쉬었다.

"가요, 가."

나는 자리에서 일어나며 기사님께 전화를 걸었다. 역시나 예상대로 기사님은 패스트푸드점 앞에서 대기 중이셨다.

"잘 부탁드립니다."

정 선배는 기사님께 정중한 인사를 건네고는 뒷좌석 문을 닫아 주었다. 이윽고 차가 출발했다. 유리창 너머로 얼핏 스친 정 선배의 얼굴에 묘한 기색이 어렸다.

잘못 봤나? 마치 계획대로 됐다는 듯 뿌듯한 얼굴이었는데?

나는 허탈한 심정으로 그가 있을 아파트로 향했다.

아파트 현관을 들어서자, 달콤한 초콜릿 향이 집 안에 가득했다.

"왔어?"

"뭐 해요?"

"그냥, 간식."

"그냥 간식치고는 너무 호화로운데요?"

거실 소파 앞 테이블에는 초콜릿 코팅을 입힌 잘 익은 딸기와 스파클링 와인, 크리스털 잔 두 개가 놓여 있었다.

"씻고 나와. 영화나 한 편 보자."

나는 의아한 얼굴로 그를 바라보았다.

"계속 정신없었잖아. 오늘은 아무 생각하지 말고 쉬는 거야. 학교와 관련된 이야기는 한마디도 하지 않기."

그는 강요하듯 말했다. 할 이야기가 산더미인데…….

나는 한숨을 폭 내쉬었다.

"나 할 얘기 많은데요?"

"어떤 이야기?"

집 안에 들어설 때부터 부드럽기만 했던 그의 얼굴이 조금 굳는 게 눈에 들어왔다.

"나 이제 취재 못해요."

"그게 무슨 소리야?"

"위에서 그렇게 결정이 내려졌대요."

내가 한숨을 한 번 몰아쉬자, 그가 내 곁으로 성큼 다가섰다.

"그럼 오늘 더더욱 한잔해야겠네."

"보도 관련해서는 이제 내가 도울 길이 없어요. 미안해요."

그는 가만히 고개를 끄덕거렸다.

"대신 전해 줄 게 있어요."

"뭔데?"

"이거요."

나는 백팩 안에 넣어 두었던 태블릿 PC를 그에게 건네주었다.

"이게…… 혹시?"

그의 눈동자가 이채롭게 빛났다.

"이걸 전해 준 아이들의 부탁이 있었어요. 은영이와 관련한 영상은 그 누구도 보지 않았으면 좋겠다고. 그래도 수사는 해야겠죠?"

그는 심각하게 고개를 끄덕거렸다.

"고마워, 애써 줘서."

"뭐 할 일 한 건데요."

"씻고 나와. 영화 보지 말고, 그냥 쉬자. 오늘은."

나는 고개를 끄덕이며 방으로 향했다. 샤워를 하는 내내 머릿속이 복잡했다. 그와 나는 이제껏 사건으로 연결되던 관계였다. 그런데 그 일이 하루아침에 내 손을 떠나 버렸다. 언제까지고 이 집에 있을 수도 없는 노릇이었다.

해결하고 정리해야 할 일들이 한두 가지가 아니었다. 어디서부터 어떻게 정리를 하는 게 좋을까.

눅진한 연애에 푹 빠져 있으면서도, 이제껏 그와 공유했던 가장 큰 사건 하나를 잃고 나니 괜히 불안해졌다. 혹시 이 남자가 나를 이용했던 건 아닐까, 하는 불안함.

피곤한 탓이다. 뜻하지 않게 일이 어그러진 탓이다.

나는 자꾸만 부정적인 방향으로 뻗어 가는 생각을 다잡으려 노력했다. 샤워를 마친 뒤, 방 밖으로 나가자 거실은 어둑어둑했다. 소파 테이블 위에 놓인 여러 개의 초와 벽에 달린 무드 등만이 빛을 밝히고 있었다.

"이리 앉아."

나는 다정히 손짓하는 그의 곁으로 다가갔다. 그는 반짝반짝 빛나는 크리스털 와인 잔에 핑크 모스카토를 따라서 나에게 건넸다. 나는 단숨에 와인 한 잔을 비워 버렸다.

"술 많이 먹일 생각은 없는데."

"나도 많이 마시고 싶은 생각은 없어요."

그는 초콜릿이 묻어 있는 딸기 하나를 내 입안에 넣어 주었다. 상큼하고 달콤한 과육이 입안 가득 퍼졌다.

"유정아."

그는 그윽한 시선으로 나를 바라보며 다정히 내 이름을 불러 주었다.

"걱정하지 마. 내가 잘 알아서 할 테니까."

나는 고개를 끄덕거리며, 미소를 머금으려 애썼다. 그는 안쓰러운 듯한 시선으로 나를 바라보며 다정한 손길로 뺨을 어루만졌다.

이윽고 달콤한 숨결이 다가왔다.

그의 입안에서도 달콤하고 쌉싸름한 로제 와인 맛이 느껴졌다. 입안을 감도는 아찔한 촉감에 나는 눈을 질끈 감으며 그의 팔뚝을 움켜잡았다. 그가 자세를 바꾸는 게 느껴지는가 싶더니 몸이 허공으로 붕 떠올랐다.

여전히 입술은 서로를 탐하고 있었다. 방 안으로 들어선 그는 나를 침대 위에 살포시 내려놓았다. 그는 평소보다 더 섬세하고 부드러운 손길로 나를 대했다. 나를 내려다보는 정염 어린 눈빛 또한 상냥했다.

나는 손을 뻗어 그의 매끄러운 뺨을 어루만졌다. 내 손길에 그가 지그시 눈을 감으며 속삭였다.

"사 준 속옷 중에 아래 서랍에 있는 건 아예 건들지도 않네?"

나는 수줍게 얼굴을 붉히고 말았다.

"그걸 어떻게 입고 다녀요."

"누가 입고 어딜 다니래? 내 앞에서만 입으라는 거지."

달콤하게 속살거리는 목소리가 목덜미에 내려앉았다. 크게 숨을 들이마시는 그의 호흡이 느껴지자, 나는 숨을 멈추었다.

"변유정 냄새 맡으면 힘이 나."

"냄새가 뭐야, 향기라고 좀 해 주지."

나는 그를 타박하며 입술을 삐죽 내밀었다.

"그래, 향기."

그는 코끝으로 목덜미를 간질였다. 간질거리는 감촉을 견디지 못하고 턱을 내려서 그의 얼굴을 밀어내자, 그의 입술이 턱 주변을 맴돌다가 이내 입술 위로 올라왔다. 진득한 입맞춤이 계속되었다.

내일 학교에서 전학 수속을 밟고 그 이후에는 뭘 해야 할까, 하는 생각에 머릿속이 또다시 복잡해졌다.

한창 키스에 열중하던 그가 입술을 떼어 내고 물었다.

"변유정, 무슨 생각해?"

"아무 생각 안 했는데요."

"나한테 거짓말하지 말라고 했을 텐데, 다 안다고."

그는 내 입술에 가만히 입을 맞추며 속삭였다.

"나한테만 집중해, 이제부터."

지금도 충분히 집중하고 있다고 대꾸하려 벌어진 입술 사이를 그가 차지했다. 깊숙이 빨아들였다가, 부드럽게 얼렀다가.

그의 뜨거운 키스와 따뜻한 품이 주는 위안은 대단했다. 진심 어린 위로를 받는 기분이랄까. 나는 손을 뻗어 그의 티셔츠 자락을 끌어 올렸다. 어서 그와 심장을 맞대고 싶은 욕망이 간절해졌다.

맞닿은 입술에 미소가 어리는 게 느껴졌다.

"알았어, 빨리할게."

내가 뭐라고 하지도 않았는데도, 그는 알아들었다는 옅게 웃었다. 목소리도 다정한 웃음기가 가득했다. 나를 어루만지는 따뜻한 손길은 성마르지만 상냥했고, 구석구석에 닿는 입술은 뜨거웠다.

그의 턱 끝에 매달려 있던 굵은 땀방울이 가슴 위로 떨어졌다. 뜻하지 않은 작은 파동에 나는 어깨를 잘게 떨었다. 그의 굳센 팔이 내 등허리와 매트리스 사이를 가로지르고 들어왔다.

한 치의 틈도 허락하지 않겠다는 듯 밀착한 채로 움직임이 가해졌다.

마치 뜨겁고 달콤한 밀크티 위로 피어오르는 김처럼 몸이 대기 중으로 흩어지는 듯했다. 순식간에 잠식당했다가 아득하게 사라지는 쾌락의 기운은 무서울 만큼 아찔했다.

나는 그의 단단한 등허리를 꼭 끌어안은 채로 가쁘게 차오른 숨을 잠시 멈추었다. 이윽고 그도 움직임을 멈추며 밭은 숨을 내쉬었다. 귓가에서 느껴지는 그의 거친 숨소리에 심장이 쿵쿵 울렸다.

눈물이 또르르 귓바퀴를 타고 흘러내렸다. 작은 떨림을 느꼈는지 그가 고개를 들고 나를 내려다보았다.

"왜 울어?"

"고마워서요."

"뭐가?"

낯이 간지러워서 이렇다, 저렇다, 전부 이야기를 꺼낼 수가 없었다.

이런 밤, 혼자 있었다면 술에 의지하려 소주잔을 기울였을지도 모른다. 아니면 혼자 신세 한탄을 하며 멍하니 앉아 있었겠지. 이 남자의 존재가 나에게 얼마나 큰 힘이 되는지, 아마 모를 거다.

나는 입술이 간질간질하고, 낯이 뜨거웠지만 조심스레 다시 입을 열었다.

"고마워요. 나 위로해 주려고 노력해서. 나 정말 힘나."

뜻하지 않게 울먹이는 목소리가 튀어나왔다. 사람 울리고, 감동시키고, 안 하던 낯간지러운 짓 하게 만들고. 이 남자 재주도 참 좋다.

그는 빙긋이 웃으며 내 이마에 가볍게 입을 맞춰 주고는 옆으로 누웠다. 내 등에 몸을 포개며 단단한 품 안으로 나를 끌어당긴 그가 조용히 속삭였다.

"변유정."

"음."

나는 잠에 취해 겨우 대꾸했다. 아무런 이유도 모른 채 억울하게 일이 어그러졌는데도 잠이 온다. 그의 품 안은 마치 마약처럼 같았다. 달콤하고 포근한 꿈을 선물해 주는 마약처럼 그렇게 중독되어 갔다.

나는 돌아누워 그의 품을 파고들며 물었다.

"불렀으면 말을 해요."

그는 크게 숨을 한 번 들이마셨다가 내쉬고는 나직한 목소리로 말했다.

"상처받는 일이 있더라도, 조금만 아파하고 얼른 털어 버려. 네가 아프면, 나도 힘드니까."

가슴이 뭉클했다. 심장이 왈칵 하는 기분에 나는 어깨를 좁히며 그의 가슴에 얼굴을 맞대었다. 그리고는 살며시 고개를 끄덕거렸다. 정말 어떤 상처를 받더라도 극복할 수 있을 것만 같은 착각마저 일었다.

그 어떤 상처도.

나를 절대.

아프게 할 수는 없을 것만 같았다. 정말 그럴 거라 생각했다.

적어도 그의 품 안에 있을 때만 해도.

웬일인지 아침마다 토스트에 커피라도 함께했던 그가 먼저 출근길에 올랐다. 식탁 위에는 그가 남기고 간 메모지가 한 장 있었다.

[메시지 남기면 깰까 봐, 메모 남기고 가. 전학 처리 요청한다는 연락 정나미 기자한테 받았어. 아쉽겠지만, 아이들하고 작별인사 잘 하고.]

짧은 메시지에서도 그의 깊은 배려가 느껴졌다. 나는 여느 때처럼 교복을 입고, 가방을 메고, 기사님의 차에 올랐다.

마지막 등교다. 처음 학교에 잠입했을 때, 빨리 특종을 잡아서 그만두고 싶은 마음이 간절했었다. 20대 후반을 향해 가는 나이에 고등학생들과 어울린다는 건 말도 안 된다는 생각을 했었다. 그런데 어느샌가 나는 아이들 속에 녹아들었고, 진짜 어른에 대해 고민하게 되었고, 거창하게는 이 나라의 미래인 아이들을 위해 어른인 내가 무엇을 할 수 있을까 고뇌하게 되었다.

결코 짧지만은 않았던 취재기를 상기하는 동안, 차는 교문 앞에 도착했다.

"기사님, 그동안 고생 많으셨어요. 감사합니다."

"다시 안 볼 것처럼 말씀하시네요. 계속 제가 모실 텐데요."

기사님은 사람 좋은 미소를 지으며 나를 돌아보셨다.

"아녜요. 이제 사무실로 출근해야 하고, 그러면 이동하는 시간 들쭉날쭉해서 이렇게 등하교 때처럼은 못하실 거예요. 감사합니다, 정말."

정중히 인사를 하는데, 기사님의 눈동자에 연민의 기색이 어리는 듯했다.

"오늘도 수고하세요. 마음 불편한 일 생겨도 대수롭지 않게 넘기시고."

기사님의 말에 나는 고개를 끄덕이며 빙긋이 미소 짓고는 차에서 내렸다. 어떻게 윤준재 이사장 주변에 있는 사람들은 하나같이 다정하고, 상냥한지 모르겠다.

교실에 들어서자 아이들이 왁자지껄하게 떠들고 있었다. 학교 게시판에 수학여행 사진이 올라왔다며, 서로들 더 이상한 굴욕샷을 찾아내느라 혈안이 되어 있었다.

"타리야, 아침 먹었어? 이거 울 엄마가 만드신 건데."

은진이 투명한 플라스틱 병에 담긴 주스를 내밀었다.

"이게 뭐야?"

"딸기 생과일주스. 딸기하고 꿀만 넣고 간 거라, 걸쭉한데 되게 달고 맛있어."

"너는 마셨어?"

"어!"

은진이 나에게 건넨 똑같이 생긴 물병 하나를 흔들며 배시시 웃었다.

"고마워서."

낮게 덧붙인 말에 나는 눈물이 핑 돌 뻔했다.

은진아, 이제 나 네 곁에 있을 수가 없어. 너한테 막말하는 아이들 막아 줄 수도 없어.

"이제 좀 괜찮아?"

은진은 고개를 끄덕거리고는 어깨를 귀밑까지 끌어올렸다가 내렸다가 미소를 머금었다.

"너 그날 되게 멋있었어. 나 인제 그런 에너지 뱀파이어들한테 안 당해. 네 덕분에 어떻게 상대해야 하는지 알겠어. 고마워."

나는 진심 어린 미소를 머금었다.

"다행이다."

이제 혼자 둬도 안심할 수 있겠다. 은진을 마주하며 미소를 나누고 있는데, 어디선가 욕설을 내뱉는 소리가 들려왔다.

"이런 씹! 이게 뭐야? 이거 우리 학교 이야기 아냐?"

크게 소리를 친 이는 진웅이었다.

"왜?"

"야, 지금 실검 1위가 학교 재단 비리야. 근데 우리 학교 얘기 같아!"

다른 쪽에서 남학생 하나가 심각한 목소리로 덧붙였다. 나는 서둘러 휴대전화를 꺼내서 인터넷 익스플로러 아이콘을 눌렀다.

사학 재단 비리, 이사장 도피, 그룹 윤 차남……. 대략 실시간 인기 검색어의 나열이 그러했다. 사학 재단 비리를 검색하자, 가장 먼저 이 일을 보도했다는 언론사가 눈에 들어왔다.

순간 현기증이 일어나는 듯했다.

[모 사학 재단 비리와 모 그룹 차남과의 관계]

기사 제목은 그러했다. 그리고 기사를 올린 이의 소속과 이름을 확인한 순간 현기증이 일었다.

[데스패치, 정나미 기자]

손끝이 바들바들 떨렸다. 기사의 전반적인 내용은 전 이사장이 비리를 저지르고, 도피 중에 있으며 그 비리를 덮기 위해 같은 그룹 출신이자, 모 그룹 명예회장의 차남인 신임 이사장이 동분서주하고 있다는 내용이었다.

어떻게……. 선배가 어떻게.

나는 교실을 박차고 나와 정 선배에게 전화를 걸었다. 휴대전화, 회사 직선 전화 모두 먹통이었다.

어떻게, 선배가. 어떻게 나한테.

분노가 치밀었다. 진실은 절대 그렇지 않다는 것을 알면서도 정 선배가 이런 기사를 터뜨렸다는 게 믿기지 않았다.

뜨거워진 가슴은 노기로 가득했고, 머릿속은 제멋대로 뒤엉켰다. 내가 직접 보고 느낀 이사장은 그런 사람이 아니었다. 그리고 내가 직접 눈으로 확인한 것들에는 결코 윤준재 이사장이 연루된 일이 없었다.

아니면……? 내가 잘못 알고 있는 거라면?

그가 나를 꼬여서 눈과 귀를 막고, 제대로 보고 듣지 못하게 한 거라면……. 그래서 정 선배가 아무 이유 없이 취재에서 빠지라고 한 걸까? 그 모든 걸 다 알고 있어서? 나를 보호하려고?

어제 그에게 건네준 태블릿 PC가 마음에 걸렸다.

아니야, 아닐 거야.

어젯밤 나와 온기를 나누었던 남자는 진심이었다.

나는 바보같이, 멍청하게도 그렇게 확신했다. 당장에 그의 얼굴을 보고 이야기를 나눠야겠다는 생각이 들었다. 내가 알지 못하는 것들을 그가 설명해 줄 것이라 생각했다.

이사장실 문을 두드리자, 안에서 노기 어린 목소리가 들려왔다.

"누구야?"

"저, 마타리인데요."

내 목소리는 불안감에 떨렸다. 덜컥 하는 소리와 함께 문이 열렸다. 그는 복도를 한 번 두리번거리고는 나를 이사장실 안으로 집어넣었다. 내 손목을 잡아채서 끌어들이는 손길은 거칠었다.

나는 빨간 손자국이 난 손목을 비비며 입을 열었다.

"기사 혹시 봤어요?"

그는 화가 많이 난 듯 보였다.

"나도 어떻게 된 일인지 모르겠어. 정 선배랑 계속 연락했죠? 언제까지 연락했어요? 정 선배 지금 전화도 안 받고."

허공을 향해 한숨을 한 번 내쉰 그가 매서운 시선으로 나를 바라보았다.

"그래서 내가 어떤 꼬라지를 하고 있나 구경하러 왔어?"

그의 목소리와 말투가 마치 다른 사람을 대하는 듯했다. 비아냥거리는 말투는 고까웠다.

"준재 씨……."

나는 할 말을 잃고 그의 이름을 불렀다. 이사장실에 오기까지 나도 그를 의심하지 않았다고 할 수 없다. 하지만 그의 목소리와 시선은 나를 의심하다 못해 경멸하고 있었다.

"아니야, 준재 씨! 내가 그랬을 리 없다는 거 알잖아요. 나 믿는다며?"

그는 기가 막힌다는 듯이 헛웃음을 내뱉었다. 아예 내 말은 들을 생각이 없는 사람처럼 보였다. 어젯밤에 이어 오늘 아침, 나는 마치 악몽을 꾸고 있는 기분이었다.

"나가."

"준재 씨, 내 말 좀 들어 봐요. 뭔가 오해가……."

"무슨 오해?"

문제는 이 일이 어디서부터 어떻게 잘못되었는지, 나도 아직은 확실한 정보를 갖고 있지 않다는 것이었다.

"내가 알아볼게요. 무슨 일인지 알아볼게. 내가 전부 다……."

다 해결하겠다는 말을 하려고 한 순간, 다 포기했다는 듯 망연자실한 그의 목소리가 울렸다.

"다 끝났어."

그는 무서운 목소리로 일갈하며 나를 노려보았다.

"모르겠어? 다 끝났다고. 꼴도 보기 싫으니까 제발 내 눈앞에서 꺼지라고, 이제."

그의 한 마디, 한 마디가 비수가 되어 가슴에 박혔다. 그의 입에서 나를 향해 나온 말이라 믿기 힘들 만큼 날카로웠다. 나는 황망한 얼굴로 그를 바라보았다.

"모르겠어요? 내가 이런 얼굴인데도 모르겠어? 내가 거짓말하면 다 티 난다며? 다 알겠다며?"

"네가 대체 어떤 얼굴을 가진 여잔지……. 난 이제 모르겠는데?"

눈가에 물기가 고였다. 눈앞에서 내 모습은 제대로 보려 하지도 않고, 화만 내고 있는 남자의 모습이 자꾸만 흐려졌다. 그는 나의 존재 자체를 부정하고 있었다.

말문이 턱 막힌 채로 그를 바라보고 있는데, 등 뒤에서 노크 소리가 들려왔다.

"들어와."

"어머. 타리도 있었네. 오늘 전학 간다며? 아쉽다."

금 선생이 나를 먼저 알은체했다.

"마타리는 그만 나가 봐."

나는 움직이지 않고 그 자리에 붙박인 듯 서서 그를 바라보았다.

"아이고, 우리 타리도 이사장님 많이 좋아했나 보다. 전학 가는 발걸음이 안 떨어지나 보네."

금 선생이 다가와서는 살갑게 내 등을 쓸어내렸다. 지금 내 등을 쓸어내려 주었으면 하는 남자는 나를 외면한 채로 무서운 얼굴을 할 뿐이었다.

"그래도 교실에 가서 애들하고 인사해야지, 타리야. 응? 선생님이 이사장님이랑 할 이야기도 있고. 자리 좀 비켜 줄래?"

이제 네가 있어야 할 곳은 여기가 아니라는 듯이 금 선생이 나를 설득했다. 그리고 이사장이 차갑게 덧붙였다.

"마타리, 금 선생이 하는 말 못 들었어? 그만 교실로 돌아가. 앞으로 보는 일 없겠구나."

그는 작별인사를 돌려 하는 듯했다. 나는 마냥 버티고 서 있을 수만은 없어서 일단 돌아섰다. 어떻게든 방법을 찾아낼 생각이었다.

그런데 돌아서는 발걸음이 무거웠다. 지금 돌아서면 다시는 볼 수 없을 것 같은 두려운 생각마저 들었다.

"오빠, 기사 봤어? 어떻게 된 거야?"

문을 닫기 전 걱정 가득한 금 선생의 목소리가 들려왔다. 지금 그의 노기를 가라앉힐 수 있는 사람은 내가 아닌 걸까? 지금 그를 걱정하고 위로 할 수 있는 사람도 내가 아니기는 마찬가지인 듯했다.

망연한 얼굴로 복도에 서 있는데, 저 멀리서 한별이 성큼성큼 다가오는 게 보였다.

제10장 제발 거기 있어 줘

어깻숨을 고르는 한별은 이사장처럼 무섭게 화가 난 모습이었다.

"어떻게 된 건지 말해 봐요."

나는 가만히 고개를 내저었다. 완벽한 공황 상태였다. 무언가를 생각해 내려 할수록 미궁 속에 빠지는 기분이었다. 물먹은 솜을 목에 끼우고 있는 것처럼 짧은 대답조차 나오질 않았다.

"어떡할 거냐고요, 이제!"

한별이 버럭 소리를 질렀다.

"정나미 기자가 누구예요? 혹시 아는 사이야? 그 기자한테 자료 다 넘겼어? 말을 하라고!"

한별의 목소리가 복도를 쩌렁쩌렁 울리자마자 등 뒤에서 이사장실 문이 열렸다.

"복도에서 이게 무슨 소란이야?"

등줄기가 오싹하게 느껴질 만큼 그의 목소리는 차가웠다.

“어우, 오빠, 애들한테 좀 상냥하게 좀 해.”

금 선생이 거드는 목소리에 나는 어금니를 사리물며 돌아섰다.

“죄송합니다.”

“마타리는 전학 수속 끝났다고 들었는데, 그만 가라.”

주위를 꽁꽁 얼려 버릴 듯 차갑고 위압적인 목소리에 숨이 막혀 왔다. 입김이 이는 착각이 들 만큼 그는 냉랭했다. 그는 더 이상 마주하고 싶지 않다는 듯 내 옆을 무심히도 스치고 지나갔다.

“오빠, 경재 오빠 화 많이 났지? 어떡해. 큰일이다. 내가 가서 잘 이야기해 볼게. 경재 오빠 그래도 내 말은 좀 듣잖아, 응?”

그의 곁에 선 금 선생이 애교스러운 목소리로 호들갑을 떨어 댔다.

“아마 경재 오빠가 막아 줄 거야. 학교 무사할 거야. 응? 그러니까 오빠 표정 좀 풀어.”

교태 어린 목소리로 몸을 비비 꼬던 금 선생이 급기야 이사장의 팔을 붙들고 살랑살랑 흔들어 댔다. 그는 그 팔을 뿌리치지도, 그렇다고 나와 한별이 앞에서 가벼운 언행을 하는 것도 나무라지 않았다.

나는 아무것도 하지 못하고 가만히 서서 둘의 뒷모습을 지켜보았다. 내 얼굴을 보고 심상치 않다 느낀 건지, 한별이 목소리를 낮추며 물었다.

“이건 또 무슨 소리예요? 전학이라니?”

숨쉬기조차 버거웠다. 현기증이 일었다. 내가 순진하게 착각하고 그를 너무 믿고 있었던 건지, 아니면 일이 꼬여서 그가 나를 믿지 않는 건지. 나에게 변명할 여지조차, 반박할 기회조차 주지 않고, 그는 무참히 돌아서 버렸다.

이것밖에 안 되는 사이였나. 모래를 잔뜩 물고 있는 것처럼 입안이 껄끄러운 기분이었다. 그의 모습이 시야에서 완전히 사라질 때까지 나는 아무것도 할 수 없었다.

"대체 무슨 일인 건데!"

한별이 버럭 소리를 지르고 난 직후였다.

"둘 다, 교실로 안 가?"

담임의 성난 목소리가 복도를 울렸다.

"따라와, 두 사람."

우리는 앞서가는 담임의 뒤를 따라 교실로 향했다.

"한별이는 자리로 가고."

1교시는 이사장의 진로 탐구 시간이었다. 이사장의 부재로 담임이 교실에 들어온 듯했다.

"타리는 애들하고 인사하고."

담임의 말에 아이들이 어리둥절한 얼굴을 했다.

"타리가 이번에 다시 외국으로 이사를 가게 됐다. 오늘이 마지막이다."

오늘이 마지막이다.

오늘이 마지막이다.

오늘이 마지막이다.

심장이 벌컥 치솟아 올랐다. 모든 게 마지막인 순간인 거였다. 기자 변유정의 잠입 취재도, 인간 변유정의 사랑도.

"그동안 고마웠어."

나는 더 이상 말을 잇지 못하고 입을 꾹 다물었다. 흔들리는 목소리를 내고 싶지 않았다.

"이제 가야지. 밖에서 어머니 기다리시는 것 같던데."

완벽한 시나리오 안에 들어와 있는 기분이었다. 하지만 주인공인 나는 전혀 모르는 당황스러운 이야기 속 말이다. 나는 천천히 내 자리로 걸음을 옮겼다. 한별이 나를 복잡다단한 시선으로 바라봤다.

원망하는 것도 같고, 안쓰러워하는 것도 같고, 의문스러워하는 것도 같고, 당신은 대체 누구냐고 묻는 것도 같았다. 나는 당장에 아무런 대답을 해 줄 수 없어서 한별의 시선을 피해 버렸다.

가방을 챙겨서 나오는데 살갗이 따끔거렸다. 교실을 나서고 나자, 완전히 끝났다는 생각에 허망했다. 현관으로 향하는 내 뒤를 혹시 누군가 따라오지는 않을까 싶어서 돌아보았지만, 아무도 없었다.

나는 쓸쓸히 홀로 학교를 빠져나왔다. 절대 이렇게 물러설 수는 없었다. 나는 운동장 한쪽에 있는 벤치에 앉아서 정 선배에게 전화를 걸었다. 여전히 먹통이다. 이번에는 윤준재 이사장에게 전화를 걸어 보았다.

짧은 신호음 뒤에 그가 전화를 받았다.

"여보세요?"

나는 기다리지 못하고 먼저 목소리를 냈다.

— 왜?

억울한 마음을 가눌 길이 없었지만, 그가 전화를 받았다는 사실에 감사한 마음이 들 정도로 그의 목소리를 냉랭했다.

"들어 줘요. 부탁이야. 나는 모르는 일이예요, 정말. 대체 무슨 일이 일어난 건지 내가 알아볼 때까지, 조금만 시간을 줘요. 응?"

수화기 너머에서 잠시 정적이 일었다. 나는 애원하듯 읊조렸다.

"제발, 나도 억울하기는 마찬가지라고요."

그런데 그는 내 상황은 전혀 개의치 않는다는 듯이 물었다.

— 아직 학교 안인가? 무슨 권리로?

그의 목소리는 더할 나위 없이 딱딱하기만 했다. 그리고 이어진 말도 차갑기는 마찬가지였다. 무슨 일이 있어도 변유정은 믿는다고 말했던 그와 전혀 다른 사람이 떠들고 있는 것 같았다.

— 당신 사수가 누구야? 당신이 내 학교에 잠입한 걸 보고받던 사람이 누구지? 데스패치에서 정나미 기자랑 동고동락한 기자가 누굴까?

나에 대한 그의 믿음은 이토록 얕았던 것일까? 나는 억울하다는 듯이 대꾸했다.

“어제 정 선배가 나한테 이 일에서 손 떼라고 했던 거 기억해요?”

— 그렇게 내뺄 생각이었어?

그는 어이가 없다는 듯이 헛웃음을 흘렸다.

“내가 하는 말, 무슨 뜻인지 모르겠어요? 그렇게 내뺄 생각이었으면 내가 당신한테 변명을 왜 해?”

— 나한테 더 얻어 낼 게 있다고 생각하나 보지. 왜, 그룹 윤에서 이 상황을 어떻게 처리할지 궁금한가? 그것도 특종으로 잡아서, 이번에는 변유정 씨 이름으로 기사 낼 생각이야?

“아니라는 거, 알잖아요.”

그는 내 대답을 들을 생각이 없어 보였다.

— 어제 넘긴 태블릿 PC는 연막이었나? 거기 있는 자료는 벌써 다 카피해 뒀을 테고.

“안 했어요, 안 했어. 내가 당신 학교 지켜 주겠다고 했잖아요. 나 진심이었어. 당신 지키겠다는 말도.”

갑자기 울컥 물기가 올라왔다. 모든 진심이 무참히 부정당했다고 생각하니, 가슴이 찢길 듯했다.

— 변유정.

이름을 부르는 목소리가 칼로 벼린 듯 날카로워서 심장이 저릿했다.

— 그쪽 뭔가 단단히 착각하고 있나 본데, 사고 쳐 놓고 징징거리지 마.

휴대전화 너머에서 들려오는 목소리가 그의 것이 맞나 싶을 정도로 냉랭했다.

— 이런 연락받아 주는 것도 이번이 마지막이야.

일방적으로 전화가 끊어져 버렸다. 나는 망연하게 운동장 바닥을 내려다보았다. 내일 신문사에서는 인사이동이 있을 거라고 했다.

대체 어디서부터 잘못된 걸까?

나는 어디로 가야 할지 감을 잡지 못하고 한참을 벤치에 앉아 있었다. 정 선배부터 찾아야 하는데, 신문사 전화도 먹통이었다. 기사 터뜨리고 분명 어디론가 숨어 버린 듯했다.

정나미 기자를 찾을 방법을 생각하고 있는데, 누군가 이쪽으로 달려오는 게 보였다.

"은진이?"

나는 눈물을 훔치며 달려오는 은진을 향해 일어섰다.

"은진아!"

"어, 타리야……."

은진의 뺨이 눈물로 젖어 있었다. 정신이 나간 듯 눈동자가 멍해 보였다.

"은진아, 무슨 일이야?"

"우리 엄마가, 엄마가 교통사고를 당하셨는데……."

"너희 어머니께서?"

언니인 은영이 죽고 난 뒤, 아버지도 돌아가셨다고 했다. 은진은 홀어머니를 모시고 사는 거나 마찬가지였다.

"어딘데? 병원이 어디야?"

"몰라. 내가 너무 당황해서 그랬는지, 구급대원 아저씨가 택시 보내 준다고 하셨어. 그 택시 타고 병원으로 오라고. 기사님한테 말해 둔다고."

은진이 울음을 토해 내며 주저앉을 듯 괴로워했다.

"타리야, 미안한데. 나 병원까지만 같이 가 줄래? 정말 미안해."

당장에 내 코가 석 자였지만, 은진을 홀로 내버려 둘 수는 없었다.

"그래, 같이 갈게."

나는 은진과 함께 교문 앞에 대기 중인 택시에 올라탔다.

"학생 한 명이라고 들었는데?"

"친구예요. 너무 당황스러워해서 제가 같이 왔어요."

택시 기사가 룸미러로 나와 은진의 얼굴을 번갈아 보았다.

"같은 반 학생인가?"

"네, 같은 반이요."

기사는 이내 고개를 끄덕거리더니 차를 출발시켰다. 강남 시내를 빠져나온 택시는 그룹 윤이 운영하는 병원 앞에 멈춰 섰다.

"학생, 지금 연락 온 거 보니까, 3층 24호실로 가면 된다고 하네."

"감사합니다."

나는 경황없는 은진을 대신해 인사를 건네고는 요금을 지불하고 택시에서 내렸다. 택시 기사의 말대로 3층 24호로 향하는 길, 3층 복도로 들어서자 사위가 어둑어둑했다. 일반 병실이 있다고는 생각하기 어려울 만큼 스산한 분위기였다.

자세히 보니 3층은 세미나실과 자료실이 있는 곳이었다. 복도에는 불도 하나 들어와 있지 않았다.

"타리야, 분명히 3층이라고 하셨지? 우리 잘못 들은 거 아니지?"

은진의 목소리가 파르르 떨렸다.

"어, 맞아."

고개를 슬쩍 끄덕인 순간 검은 그림자가 눈앞에 나타났다. 또각또각 구둣발 소리를 내며 키가 작은 남자가 이쪽으로 걸어왔다. 혼자일 거라 생각했는데, 남자의 등 뒤로 예닐곱 명쯤 되어 보이는 검은 그림자가 따라붙었다.

나는 얼른 고개를 돌려 뒤를 확인했다. 뒤도 마찬가지였다. 검은 옷을 입은 무리가 성큼성큼 다가오고 있었다.

"이여, 이거 뜻하지 않은 수확인데? 왜 하나가 아니라, 둘일까."

그렇게 운을 뗀 남자가 얼굴을 확인할 수 있을 정도로 가까이 다가온 순간, 나는 숨을 멈추었다.

"서충원?"

"일등고 학생 주제에 어디 내 이름을 함부로 입에 올리실까?"

함정이었다. 은진을 꾀어내기 위한 함정에 나도 걸려든 것이다.

"우리 은진이, 언니를 많이 닮았네. 언니가 했던 건 다 따라 했다며?"

은진이 슬며시 고개를 끄덕거리며 물었다.

"저희 언니를 아세요?"

"알다마다. 나만큼 언니를 잘 아는 사람이 또 있으려고. 어때? 언니가 나랑 같이했던 거, 이번에는 우리 은진이가 같이 해 볼까?"

"웃기지 마! 누구랑 뭘 하겠다는 거야?"

나는 은진을 가로막고 섰다. 물리적으로 내가 절대 이길 수 없는 무리였다. 그런데도 은진을 보호해야겠다는 생각이 막연하게 들었다.

"오호. 이 대찬 학생은 누굴까? 얘는 치워 버려."

서충원이 일갈하자, 뒤에서 다가온 남자가 서충원의 귀에 뭐라고 속삭였다.

"언니랑 똑같이 생긴 년이 있다고 해서 재미 좀 보려고 했더니, 더 흥미로운 년을 새끼 쳐 왔네?"

소름 끼치는 얼굴에 극악한 미소가 번져 갔다.

"변유정 기자?"

나는 숨을 헉 들이마셨다. 은진이 놀란 눈으로 나를 바라보는 시선이 느껴졌다.

"내가 더 쓸모 있다는 생각이 들면, 얘는 보내 주시죠."

"그렇게는 못하지."

서충원이 비겁하게 손가락을 까딱 움직이자, 뒤에 서 있던 남자들이 내 입에 두꺼운 밧줄을 물려 머리 뒤로 동여매고는 검은색 천을 뒤집어씌웠다. 눈앞이 캄캄해졌다. 완벽하게 결박당한 채로 나와 은진은 어디론가 끌려갔다.

건물 밖인지 지하인지 구분이 되지 않았다. 차 소리가 들려왔다. 차체가 높게 느껴진다. 내내 뒤로 묶인 내 손을 잡고 있던 남자가 나를 차 안으로 던지듯 집어넣었다.

눈앞이 캄캄하고, 손이 묶인 탓에 나는 균형을 잡지 못하고 시트 위에 고꾸라졌다. 재킷 속 휴대전화가 울렸다. 누군가 내 주머니에서 휴대전화를 빼냈고 벨소리도 멈췄다. 이윽고 차가 출발하는 소리가 들여왔다.

"은즈느."

은진이가 있는지 확인하고 싶었다.

"으으."

다행인지 불행인지 은진도 같은 차를 탔는지 대꾸가 들려왔다.

"둘이 아주 친했나 봐? 변유정 기자님?"

스커트 아래로 이상한 기운이 느껴졌다. 사람 손인지 아니면 다른 물체인지 모를 기분 나쁜 형체가 내 허벅지 사이를 기어 다녔다.

나는 있는 힘껏 두 다리를 모았다.

"이러면 재미없지."

강제로 다리가 벌려졌다.

"윽!"

허벅지 사이를 오가는 형체의 움직임이 노골적으로 변해 갔다.

"우리 변유정 기자님은 남자를 좀 알겠네, 그렇지?"

온몸이 끔찍하게 떨려 왔다. 가슴 깊은 곳에서부터 모멸감과 수치심이 잃었다. 다정하게 내 몸을 안아 주던 손길과는 비교도 되지 않는, 악마의 촉수 같은 움직임에 이가 악물렸다.

은진이한테 손만 대 봐, 이 개새끼야! 내가 너 진짜 찢어 죽일 거야!

비참한 기분을 간신히 삼키려는데, 허벅지를 기어 다니던 형체가 사라졌다.

"나머지는 가서 즐겨 보실까?"

차는 대략 1시간 반을 달린 듯했다. 차 문이 열렸고, 나는 끌려가듯 어디론가 발걸음을 옮겨 갔다. 은진도 곁에 있는지 궁금해서 나는 또다시 목소리를 냈다.

"은즈느."

"으."

옆에서 대답하는 소리가 들려왔다.

"조용히 못해?"

귓가에 오스스 소름이 끼치는 악랄한 음성이 들려온 순간, 무릎이 꺾였다. 누군가 내 뒤에서 무릎 뒤를 세게 걷어찬 것이다.

"윽."

극심한 통증이 밀려왔다. 마치 다리가 부러진 듯한 착각이 일 정도였다. 오른쪽 다리를 질질 끌면서 걷는데, 발밑에 문턱이 걸리는가 싶더니 드러난 살갗에 닿는 대기의 밀도가 달라졌다. 어딘가 실내로 들어온 듯했다.

순간 누군가의 손에 의해 거칠게 복면이 벗겨졌다. 입에 물고 있던 밧줄도 스르륵 풀려 버렸다. 눈앞에는 각종 변태 고문 도구와 함께 의료용 침대가 하나 놓여 있었다. 그리고 그 침대 앞에 카메라가 설치되어 있었다.

빨간 불빛이 반짝이는 걸로 보아 이미 녹화 중인 듯했다.

"자, 이제 시작해 볼까?"

서충원이 악마 같은 미소를 지으며 나와 은진을 번갈아 보았다. 은진은 잔뜩 겁에 질려 파들파들 떨고 있었다.

"은진이는 보내 줘요."

"나는 말이야. 그때 은영이가 날 정말 사랑한다고 생각했어."

미친 새끼라며 욕설을 내뱉고 싶은 것을 꾹 참았다.

"내가 정말 많이 아껴 줬거든. 아니 얘네 아버지가 나한테 그렇게 반항을 했는데도, 나는 그 딸을 아껴 줬지, 뭐야. 나 엄청 착한 사람 아냐?"

은진의 아버지가 윤 회장의 경호 팀에 있었다고 했다. 분명 윤 회장에게 위해를 가하라는 협박을 했을 것이다. 그걸 듣지 않으니 딸을 이용해 겁박했을 것이다.

그리고 고은도 마찬가지였다. 고은의 부모인 윤 건설 쪽에서 자신의 편을 들어주지 않는다는 이유로 고은을 겁박했을 것이다.

그리고 이제 궁지에 몰린 그가 독을 품고 증오하는 이는 누굴까?

"엄청 착하시니까 은진이는 보내 줘요. 나랑 이야기해요."

"내가 사랑했던 은영이를 쏙 빼닮은 애를 내가 어떻게 보내 줘."

서슬 퍼런 안광, 광기 어린 시선이 은진을 훑었다.

"내가 더 잘 상대해 줄 수 있으니까, 은진이 보내 줘요."

"아, 우리 은진이가 그런 거 잘 모를까 봐 그런 거야? 그래서 내가 준비해 뒀지."

그의 수하 중 하나가 리모컨을 누르자, 서충원 이사장의 뒤쪽 벽에 끔찍한 영상이 투영되었다.

『이러지 마세요. 제발요!』

끔찍한 상황 속에서 울부짖는 목소리의 주인공은 은영이었다.

"은진아, 눈 감아."

나는 나를 붙들고 있던 남자의 손을 뿌리치고 은진에게 다가가 그 앞을 가로막아 섰다. 은진이 소리 없이 눈물만 뚝뚝 흘리고 있었다.

"아……. 안 돼."

힘없는 흐느낌이 은진의 입에서 튀어나왔다.

"어때? 언니가 했던 거 그대로 할 수 있겠어?"

나는 참지 못하고 소리쳤다. 서충원의 이목이 나에게 집중되기를 바랐다.

"야, 이 미친 새끼야! 정신 차려. 언제까지 본인이 갖고 있는 권력을 부릴 수 있을 거라고 생각해? 돈 떨어지면 여기 있는 놈들이 당신 거들떠나 볼 것 같아?"

"돈이야 안 떨어지게 만들면 되는 거지."

서충원이 수하가 건네는 전화기를 집어 들었다.

"어이, 윤준재."

심장이 왈칵 뒤집어졌다. 이제 내가 뭐라고 한들 신경 쓰지 않을 사람의 이름이었다.

"그래, 그래. 나야 잘 지냈지. 근데 혹시 변유정이라고 알아?"

순간 휴대전화 수화음이 스피커로 크게 울려 퍼졌다.

— 모릅니다.

가슴이 찢어지는 듯했다.

"아, 몰라? 정말? 얼마 전까지 같이 살지 않았나? 학교에도 들여 주고 말이야."

— 모릅니다.

그의 목소리는 시리도록 냉랭하기만 했다.

"그래? 이래도 모른다고 할 텐가?"

퍽 하는 소리와 함께 둔기가 내 등허리를 내리쳤다. 나는 악 소리도 내지 못하고 바닥에 무릎을 꿇었다.

"일등고, 내가 없는 동안 더 좋아졌데? 일등고 방송실에서 송출하는 화면, 홈페이지에 중계된다지 아마?"

눈앞에 있는 카메라가 그것과 연결되어 있나 보다.

— 무슨 짓을 벌이고 있는 겁니까?

그의 목소리가 차분하게 울렸다.

"나한테 넘어와, 윤 이사장. 일등고 재단은 자네가 갖고, 윤경재 자리 나한테 넘기고."

— 저한테 그럴 재간 없습니다.

"없긴. 형이 회장 자리에 오르는 데, 동생이 일등 공신 아니었어? 마침 변유정 기자가 넘긴 내 자료도 다 갖고 있을 거라고 하던데. 그것만 윤 회장한테 덮어씌워."

— …….

짙은 한숨 소리만이 들려왔다.

"못하겠나 보네?"

눈앞에서 각목을 든 남자가 내게로 걸어오고 있었다. 나는 마른침을 한 번 삼켰다. 내장 깊숙한 곳까지 얼어붙는 듯했다. 둔탁한 소리와 함께 등허리에 한 번 더 충격이 가해졌다. 나는 그만 바닥으로 고꾸라지고 말았다. 다시 몸을 일으키려 안간힘을 쓰자, 또다시 충격이 이어졌다.

— 지금 뭐 하시는 겁니까?

"시키는 대로 하겠다고 말해. 그럼 숨은 붙여 놓을게."

더 이상 그의 목소리가 이어지지 않았다. 아니, 내 정신이 몽롱해지고 있었다.

안 돼, 내가 이렇게 되면 은진이는……. 안 돼!

"벌써 이렇게 처지면 재미없지?"

얼굴 위로 찬물이 쏟아졌다. 정신이 번쩍 든 나는 얼굴을 타고 흐르는 물줄기 사이로 서충원을 힘겹게 노려보았다. 그가 고갯짓을 까딱하자, 거친 발길질이 이어졌다. 등허리에서 현실이라고는 도저히 믿기 힘든 통증이 계속되었다.

다리가 저릿해지는가 싶더니, 이내 감각이 사라지는 듯한 착각이 일었다. 팔은 경련하듯 떨렸다. 점점 정신이 아득해졌다. 등허리에 가해지던 충격이 이번엔 머리 위로 떨어졌다.

나는 둔탁한 소리와 함께 눈을 감았다.

심장이 곤두박질쳤다. 서충원 이사장이 유정을 데려갔다는 사실을 깨달은 순간, 준재는 세상이 멈춰 버린 듯했다. 준재에게 서충원 전 이사장이 연락을 해 온 것은 어제 아침이었다.

모르는 번호로 걸려 온 전화를 준재는 아무런 의심도 하지 않고 받아들었다.

— 어이, 윤준재. 오랜만이야. 살 만하신가?

안부를 묻는 그의 목소리는 뻔뻔하기 그지없었다.

— 형을 회장으로 만들었는데, 내 자리 하나 만들어 줘야지.

"어디십니까?"

— 왜, 어딘지 알면 신고라도 해서 나 잡아넣게?

"아닙니다."

준재의 목소리가 아무런 감정을 담지 않은 채 건조하게 울렸다.

— 아니긴 뭐가 아니야. 언론사하고 손잡고 내 뒤 캐고 있다는 소문이

파다해. 근데 캐서 뭐 좀 나왔어? 그거 나도 궁금하네. 뭐가 나오나, 안 나오나.

악랄한 서충원의 웃음소리가 휴대전화 너머에서 들려왔다.

— 그런 걸 뭐라고 부르더라? 언더커버 요원 같은 건가? 본인이 어디 첩보 영화에 나오는 여자 주인공이라도 된 줄 알고 날뛰는 여자가 한 명 있다던데.

심장이 쿵 내려앉았다. 가슴이 서늘해지고, 등줄기에 소름이 돋았다. 서충원이 유정의 존재를 알고 있는 듯했다.

"무슨 말씀 하시는 겁니까?"

— 내가 무슨 말을 하는 건지, 본인이 모르면 안 되지. 그 기자도 학교에서 꽤 유명하던걸? 방송반도 하시고, 애들한테 인기도 좋다며? 또 연락할게.

일방적으로 통화가 뚝 끊겼다. 준재는 고민할 틈도 없이 유정의 사수라는 정나미 기자에게 전화를 걸었다.

— 이사장님, 무슨 일이십니까?

"정 기자님, 저 좀 도와주셔야겠습니다."

악마 같은 서충원이 절대 이대로 물러날 리 없다. 유정에게 마수를 뻗치려 들 게 분명했다. 유정은 서충원과 관련한 조사를 하면서 준재와 모든 내용을 공유하지는 않았다. 본인이 판단하기에 확실한 것, 그리고 그것이 학생들에게 위해가 되지 않을 것에 한해서 준재와 공유했었다.

그건 신문사 정나미 기자에게도 마찬가지였다. 소신 있는 언론인, 하지만 그렇게 되면 그녀가 어떤 일에 어떻게 말려드는지를 준재 입장에서는 일일이 알 수 없는 노릇이었다.

— 유정이를 지키기 위해서, 서충원이 함정을 파기 전에 먼저 함정을 파자. 이겁니까?

정나미 기자의 목소리가 낮게 울렸다.

"내가 서충원과 한패로 의심된다는 듯한 기사를 내일 아침 터뜨립시다."

— 유정이는요?

"정 기자님께서 이번 일에서 손 떼게 만들어 주십시오. 위험해서 그만두란다고 그만둘 성격 아닌 거 아시지 않습니까?"

— 그렇죠.

잠시 침묵이 흘렀다.

— 취재 관련한 이야기는 내가 알아서 할게요. 윤 이사장님은 이제 어떻게 하실 계획이십니까?

"서충원, 잡아야죠."

모든 게 계획된 일이었다. 야간자율학습이 끝난 후, 유정은 정나미 기자를 만났다. 자신이 이번 일에서 제외되었다는 이야기를 듣고 그녀는 망연한 얼굴로 집에 들어왔다. 축 처진 어깨가 안쓰러웠다.

안쓰러움은 잠시다. 유정이 위험에 빠지는 것보다, 이 편이 훨씬 낫다고 생각했다.

때마침 유정이 아이들에게서 받았다며 태블릿 PC를 준재에게 건네주었다.

준재는 이번만큼은 서충원을 꼭 잡아넣고야 말겠다고 생각했다. 그러기 위해서는 내일 모진 말로 그녀를 쳐 내야 했다. 상처받는 순간은 찰나일 것이다.

가슴이 아렸다. 거짓일지라도 그녀에게 상처를 줘야 한다는 것 자체가 무척이나 괴로웠다.

마치 그녀의 기억에, 몸에 자신의 전부를 새기려는 듯 준재는 유정을 그 어느 때보다 다정히 안아 주며 속삭였다.

"상처받는 일이 있더라도, 조금만 아파하고 얼른 털어 버려. 네가 아프면, 나도 힘드니까."

그녀는 세상에서 가장 안온한 곳에 있는 사람처럼 안심하는 얼굴로 고개를 끄덕거렸다. 가슴이 시렸다. 심장이 찢기는 듯했다.

미안하다, 유정아.

이튿날, 기사가 뜨자마자 포털 사이트 실검에 오르내렸다. 그리고 예상했던 것처럼 유정이 이사장실을 찾았다. 유정은 절대 자기는 아니라는 듯 망연하고 미안한 얼굴로 준재를 바라보았다. 준재는 모멸감에 가득 찬 눈빛을 가장하고 이를 악물며 모진 말을 쏟아 냈다.

꼴도 보기 싫으니 꺼지라는 말에 그녀는 예상했던 것보다 훨씬 더 크게 상처받은 얼굴이었다. 준재의 심장이 박동을 멈추고 굳어 갔다.

변유정, 차갑게 돌아서. 상처 입은 얼굴 그대로 나한테서 돌아서.

서충원의 수하로 짐작되었던 교직원들을 전부 내보냈다고 생각했는데……. 대체 누가 그녀의 존재를 알아차린 것일까.

유정의 학교생활을 알고 있는 걸 보면, 아직 내부에 누가 있는 게 분명했다. 그녀의 눈가에 눈물이 가득 고였다. 눈물은 커다란 눈가에 고여 있기만 할 뿐, 길을 잃은 그녀처럼 흘러내리지 못했다.

그녀는 돌아서지 못하고 머뭇거렸다. 하필 이럴 때 주아가 이사장실을 찾았다. 평소보다 훨씬 더 교태 어린 목소리를 내며 다가오는 주아에게 유정의 시선이 잠시 머물렀다. 자신의 존재를 부정적인 방법으로 확인하는 듯한 시선이었다.

하마터면 준재는 손을 뻗어 안쓰럽게 떨고 있는 유정의 어깨를 끌어안을 뻔했다. 준재는 제멋대로 뻗어 나갈 것만 같은 주먹을 꽉 움켜쥐었다.

"마타리는 그만 나가 봐."

그녀를 외면하며 냉랭하게 일갈했다. 그녀가 돌아섰다. 어깨가 떨리는 모습이 눈에 들어왔다. 그 떨림이 준재의 발밑을 흔들고 어지럽게 했다.

곁으로 다가온 주아의 향수 냄새가 메스꺼웠다.

"오빠, 기사 봤어? 어떻게 된 거야?"

지금은 주아를 상대하고 싶은 생각조차 들지 않았다. 이윽고 복도에서 누군가 큰 소리를 내는 게 들렸다. 이사장실 문을 열고 나서니 한별이 유정을 다그치고 있었다. 그녀는 하얗게 질린 얼굴로 아무런 대꾸도 하지 못했다.

진한별, 네가 뭔데 감히 그 여자한테 화를 내.

벌컥 치솟는 분노를 억누르며 준재는 매몰차게 그들을 스쳐 지나갔다. 당장 돌아보고 절대 그런 게 아니라며 끌어안고 싶은 충동마저 일 만큼 그녀는 절망한 모습이었다.

심장이 저몄다. 그녀가 학교를 나서면 정나미 기자가 그녀를 접촉할 것이다. 그리고 자초지종을 설명하고, 일이 해결될 때까지만 몸을 숨길 곳으로 데려갈 것이다. 이로써 대외적으로 변유정은 이 학교와 전혀 상관없는 사람이 되는 것이다.

그리고 윤준재와도.

나중에 어떤 말로 사과를 해야 할까. 지금 준 상처를 어떻게 만회해야 할까.

아파하던 그녀의 모습이 망막에 박힌 듯 어른거렸다.

"오빠, 경재 오빠는 요즘 어때? 오빠가 이런 일 당한 줄 알면 되게 화 많이 내겠다, 그치?"

주아가 옆에서 나긋한 목소리로 속삭였다.

"지금 경재 오빠한테 바로 갈 거야? 나는 진짜 경재 오빠 가끔 되게 별로더라. 솔직히 거기 앉을 능력 되는 사람은 오빠 아냐? 이깟 학교에 사람 집어넣어 놓고, 오빠 찍어 누르려는 거야."

이깟 학교?

준재는 아무런 감정을 담지 않은 시선으로 주아를 내려다보았다.

"예전 이사장이 그냥 여기 있었으면, 오빠는 지금쯤 아마 그룹에서 한 자리 차지하고 있었을걸. 전략기획실 같은 데 있지 않았을까? 거기가 핵심이지?"

질문이 더해질수록 기분이 묘했다.

금주아, 너였어? 고작 욕망을 채우려고, 서충원과 손잡고 우리를 궁지로 몰아넣은 게 너야?

꼭지가 돌아 버릴 것만 같은 순간, 유정에게서 전화가 걸려 왔다. 그리고 저 멀리 운동장 한편에 놓인 벤치에 앉아 있는 그녀의 모습이 눈에 들어왔다.

받지 말았어야 했다. 그런데 그녀가 지금 어떤 목소리를 할지 궁금해서 미쳐 버릴 것만 같았다. 그녀의 목소리가 듣고 싶어서 죽을 것만 같았다.

"왜?"

그녀는 자신에게 시간을 달라며 애원했다.

— 나 진심이었어. 당신 지키겠다는 말도.

순간 그녀의 목소리에 물기가 어렸다. 울먹이는 목소리를 들려주고 싶지 않은 듯 그녀는 말을 멈추었다. 준재는 어금니를 사리물고는 읊조렸다.

"그쪽 뭔가 단단히 착각하고 있나 본데, 사고 쳐 놓고 징징거리지 마."

휴대전화 너머에서 침묵이 흘렀다. 벤치에 앉은 그녀의 모습이 굳어 가는 게 눈에 들어왔다.

조금만 기다려, 변유정.

내가 다 설명해 줄게.

내가 다 사과할게. 네가 나한테 변명할 필요 없어.

그렇게 매달리듯 애원할 필요도 없어.

준재가 한숨을 몰아쉬며 통화를 마치자, 한 발짝 떨어져 서 있던 주아가 다가왔다.

"오빠, 있잖아."

준재는 복잡한 감정을 담은 표정을 급히 달리하며 주아를 바라보았다.

"만약에 말이야, 만약에 서충원 이사장이 돌아오면, 오빠 그래도 학교에 남을 거야?"

머리가 빙글빙글 도는 듯했다. 이렇게 가까이에 있었는데, 이제껏 단 한 번도 의심하지 못한 자신이 바보처럼 느껴졌다.

"금주아."

준재의 목소리가 냉랭하게 울렸다. 재벌가 재원으로 곱게 자란 티가 나는 여자였다. 세상 물정 모르고 순진한 얼굴을 했지만, 본인이 원하는 것을 손에 넣기 위해서는 수단과 방법을 가리지 않는 여자이기도 했다.

수단과 방법을 가리지 않는 걸 당연하다고 여기는 부류. 자신이 원하는 것은 응당 손에 넣어야 한다고 여기는 부류. 끔찍했다.

형인 경재를 찾아가 자신을 일등고에서 일하게 해 달라고 조른 것도, 결국 학교에 들어와서 한자리 차지한 것도 주아는 당연하다는 듯 굴었다. 주아의 그런 당연함은 하루 이틀 일이 아니었다.

주아는 처음부터 준재에게 이상할 만큼 집착했다. 마치 새로운 장난감을 손에 넣지 못해 안달복달하는 아이처럼 굴었다.

주아가 바짝 긴장한 눈으로 준재를 올려다보았다.

"수업 준비 안 해? 얼른 들어가 봐."

"나 수업 바로 없어. 오빠는 어디 가? 경재 오빠한테 가? 나도 같이 갈까? 경재 오빠가 내 말은 잘 들어주잖아."

"학교에서 그 오빠라는 호칭도 그만 쓰고."

감정 없이 건조한 말투에 주아가 상처받은 얼굴을 했다.

겨우 이 정도 가지고 상처받은 얼굴을 하다니……. 그 여자는 그럼 얼마나 큰 상처를 받았을까.

준재는 주아를 차갑게 내려다보던 시선이 저절로 운동장으로 옮겨 갔다. 주아의 시선이 준재의 시선을 따라 움직였다.

"쟤는 타리 같은데? 옆에 있는 애는 누구지?"

불길한 예감이 들었다.

"들어가."

준재가 운동장 쪽으로 걸음을 떼려는데, 주아가 슈트 자락을 붙잡았다.

"나, 오래 기다렸어. 오빠."

누가 기다리라고 시킨 것도 아닌데, 주아는 당연하다는 듯 보상을 요구했다. 그룹 윤과 밀접한 관계를 맺고 있는 그룹 골든라인의 차녀였다.

"알아. 나 그렇게 좋아하지 않는 거. 근데 오빠도 알잖아. 우리 위치에서는 호불호와 상관없이 해야 하는 일들도 있다는 거. 오빠랑 나, 이미 어릴 때부터 정해진 사이 아니었어? 그나마 한쪽에서 애정을 갖고 있다는 거, 다행이라고 생각하지 않아?"

숨이 꽉 막혀 왔다. 그때, 교복을 입은 여학생이 돌아섰다. 생김새가 2학년 3반 신은진처럼 보였다. 쟤가 왜 이 시간에 교실에 안 있고……?

준재는 주아에게 시선도 두지 않고 떠들었다.

"금주아."

"그렇게 차갑게 부르지 마. 나 상처받아."

"네가 말했던 것처럼 우리는 호불호와 상관없이 해야 하는 일들이 있어. 달리 말하자면, 그런 관계에서 굳이 감정을 내세울 필요도 없다는 이야기야. 필요에 의해 맺어진 전략적 관계, 그 이상도 그 이하도 아닌 거지. 그래서 난 네가 상처받는 것에 관심 없어. 그리고 경고하는데."

준재의 목소리가 낮게 울렸다. 뜻 모를 확신이 생겨났다.

금주아가 변유정의 정보 제공자였을지도 모른다는 의심이 확신으로 변해 갔다.

"본인이 저지른 일에 대해서는 책임질 준비, 단단히 해야 할 거야."

그렇게 일갈하고 발걸음을 떼려는데, 뒤에서 차가운 울부짖음이 들려왔다.

"그래 봤자 소용없어. 오빠는 어떻게든 내 옆에 있게 될 거니까. 그깟 기자 나부랭이가 감히!"

주아가 성큼 다가오는 게 느껴졌다.

"오빠, 그 여자가 전략적으로 접근한 거야. 취재도 다 핑계일걸? 도와주겠다고 접근해서 오빠 망가뜨리려는 계획일 거야. 경재 오빠가 보낸 거 아닐까? 오빠가 치고 올라올까 봐."

준재는 고개를 돌려 얼토당토않은 말을 쏟아 내는 주아를 노려보았다. 주아의 눈에 광기가 어려 있었다.

"서충원 이사장님이 돕는댔어. 오빠가 자리 잡을 수 있게 도와준댔어."

뱀 같은 남자가 제안을 했을 테지. 자신이 돌아가면 윤준재의 자리가 더 굳건해질 거라고. 그런 남자를 가질 수 있게 돕겠다고.

"들어가. 더는 너랑 할 말 없어."

준재는 끈질기게 따라붙는 주아를 뒤로하고 운동장으로 다시 시선을 돌렸다. 이제껏 학교에 누가 숨어 있는지 몰라서 서충원 귀에 들어가도록 보란 듯이 쇼를 했다.

그런데 어처구니없게도, 아니 당연하다는 듯이 주아가 제 속을 드러냈다.

미지의 존재라 생각했을 때는 숨기고 감추고 연막을 씌우려 했지만, 이제 그럴 필요가 없어졌다. 준재는 교문 쪽으로 멀어지는 유정을 향해 달리기 시작했다. 교문 앞에는 정나미 기자가 그녀를 기다리고 있을 터였다.

며칠 시일을 두고 그녀를 만나러 갈 생각이었지만, 계획을 바꾸었다. 이렇게 된 이상 유정을 외따로 둘 필요가 없어졌다. 교문 앞에 다다랐을 무렵, 유정과 은진이 택시에 올라타는 게 보였다.

준재는 급히 휴대전화를 집어 들었다.

"어딥니까, 정나미 기자?"

— 갑자기 학생이 나타나서 섣불리 접근할 수가 없었습니다. 지금 이사장님 바로 뒤에 있습니다.

준재는 비상등을 깜빡이는 차를 향해 달려갔다.

"따라갑시다."

서충원이 연락을 해 온 시점부터 있었던 일들을 차례대로 곱씹는 준재의 얼굴은 딱딱하게 굳어 갔다. 택시는 미행을 눈치챘는지 곡예운전을 해댔다.

택시 안에 유정과 은진 외에 다른 누군가가 타고 있을지도 몰라서 섣불리 전화를 걸 수도 없었다.

— 애들이 그러는데, 무슨 사고를 당했다는 전화를 받고 교실에서 뛰쳐나갔대.

은진이 갑자기 학교 밖으로 나온 이유를, 호재가 알려 왔다. 그리고 호재와의 전화 통화를 마치자마자, 모르는 휴대전화 번호로 전화가 왔다.

— 이사장님, 지금 어디세요? 그 태블릿 PC 이사장님이 갖고 계신 거 맞죠?

휴대전화 너머에서 들려오는 목소리가 다급했다.

"진한별?"

— 은진이, 서충원이 꾀어낸 거예요! 그 태블릿 PC 넘기지 않으면…….

머릿속이 아득해졌다.

"넌 그걸 어떻게 알았어?"

— 내가 학교로 돌아온 이유를 캐고 있었나 봐요. 생각보다 훨씬 더 치밀하게 사람 뒷조사를 한 것 같았어요. 서 이사장이 직접 나한테 연락을 해 왔어요.

"그래서 뭐라고 했어?"

— 모르는 이야기라고 했어요. 아마 다시 연락 올 거예요. 은진이부터 빨리 찾아야 해요. 좀 전에 학교에서 나갔으니까 멀리 못 갔을 거예요.

"지금 뒤쫓고 있어."

— 지금 은진이 뒤를 쫓고 있다고요? 설마 변유정 씨도 은진이랑 같이 있는 건 아니죠? 대체 어떻게 된 거예요? 기사 일부러 뿌린 거예요? 서충원 착각하라고?

준재는 잠시 입을 다물었다.

— 변유정 씨는 어디 있냐고요!

"지금, 은진이랑 같은 택시에 타고 있어."

휴대전화 너머에서 탄식 어린 한숨 소리가 들려왔다.

— 태블릿 PC 이사장님이 갖고 계시죠? 은진이랑, 변유정 씨만 무사히 데려오면 아무 문제 없는 거잖아요, 그렇죠?

한별이 애써 침착한 목소리로 정리했다.

— 꼭 무사히 데려오셔야 해요, 꼭이요!

통화를 마치려는 순간, 교통신호가 아슬아슬하게 끊겨 버렸다. 차는 사거리 중간에서 애매하게 멈춰 섰다. 사거리를 가로지르는 차들이 두 사람이 탄 차를 향해 경적을 울려 댔다.

택시가 눈앞에서 멀어졌다.

"경찰에 연락했어요. 금방 찾을 수 있으니까, 걱정 마요."

운전대를 잡은 정나미 기자도 준재가 통화를 하는 동안 어딘가로 부산스레 전화를 걸어 댔었다. 이윽고 신호가 바뀌자마자, 차가 출발했다.

"이 앞에서 좌회전하는 것까지 봤는데."

저 멀리 그룹 윤이 운영하는 병원 진입로에서 은진과 유정이 탔던 택시가 빠져나오는 게 눈에 들어왔다.

병원? 은진이 모친이 사고를 당했다는 게 사실인가?

짧은 시간에 직접 확인해야 할 문제들이 너무 많았다. 학교나 병원이나 다를 게 없었다. 이 병원에도 그룹 내에서 서충원을 지지했던 수하들이 숨어 있을 게 분명했다.

준재는 정나미 기자와 함께 곧장 병원 건물 관리실로 향했다.

"CCTV 좀 봅시다."

약 10분 전 입구 화면부터 검색을 시작했다. 일등고 교복을 입은 두 여학생이 본관 입구로 들어서는가 싶더니 엘리베이터에 올랐다. 3층에서 두 사람이 내리는 듯 보였다.

"어? 지금 3층 폐쇄 중인데? 자료 이동 때문에."

등잔 밑이 어두운 법이다. 서충원은 그룹 윤의 마당 안에서 교란하려는 듯했다. 어두컴컴한 복도에 두 사람의 모습이 나타났다. 그리고 이윽고 검은 그림자들이 그들을 에워싸는 게 눈에 들어왔다.

제발 거기 있어 줘.

시간을 확인하니 약 5분 전에 일어난 일이었다.

"정 기자, 여기 남아서 혹시 병원 내 다른 CCTV에 잡힌 영상 없는지 찾아봐 줘요."

말이 끝나기가 무섭게 준재는 3층으로 달려갔다. 유정에게 전화를 걸어 보았다. 휴대전화는 신호가 울리다 말고 끊겨 버렸다. 안타깝게도 3층은 텅 비어 있었다.

그들의 흔적이 온데간데없이 사라졌다. 때마침 손에 쥔 휴대전화가 부르르 진동했다.

— 이사장님, 아까 제 차 주차해 둔 곳으로 오세요. 빨리!

다급히 외치는 목소리의 주인공은 정나미 기자였다. 병원 지하 주차장 CCTV에 아슬아슬하게 차 한 대가 잡혔다고 했다.

조수석에 올라타는 얼굴이 서충원의 수하 중 하나였음을 확인한 정나미는 해당 차량을 쫓아 달라고 경찰에 협조를 요청했다. 그곳으로 향하는 동안 서충원에게서 전화가 걸려 왔다.

학교 방송실까지 접근할 수 있었다니, 금주아의 끔찍한 재능에 치가 떨렸다.

"콘솔 안에 제가 쓰는 태블릿 PC 있어요. 그걸로 보죠. 대체 무슨 짓을 벌이고 있는지."

정나미 기자의 태블릿 PC 화면 가득 끔찍한 장면이 재생되었다. 카메라를 똑바로 응시하고 있는 유정의 눈동자는 텅 비어 있었다. 각목으로 보이는 물건이 그녀의 몸을 내리칠 때마다 숨이 막혀 왔다.

심장이 멎은 듯했다. 가슴이 반으로 쪼개지고 갈라졌다. 그와 동시에 극한의 분노가 차올랐다.

준재는 급히 한별에게 전화를 걸었다.

— 이사장님! 두 사람 찾았어요?

"지금 당장 방송실로 가서 학교 홈페이지에 중계 중인 영상 송출 중단해."

— 영상 송출이라니요? 그게 무슨 말씀이세요?

"어서! 아니 중단하지 말고 관리자만 볼 수 있게 비공개로 바꿔!"

전화를 끊은 뒤 3분여가 지나갈 무렵, 홈페이지에 전체 영상 공개는 중단되었다. 준재는 관리자 모드로 여전히 방송되고 있는 영상을 지켜보았다. 유정은 정신을 잃은 듯 보였다. 눈을 꼭 감고 있는 모습에 심장이 썰려 나가는 기분이었다.

그녀의 얼굴 위로 찬물이 끼얹어졌다. 간신히 눈을 뜬 그녀는 상체를 일으키려 안간힘을 쓰는 듯했다.

제발, 유정아…….

"아직 멀었습니까?"

"거의 다 왔어요."

작은 키, 부서질 것 같은 몸을 하고도 강단 있게 사회부 기자 생활을 한 그녀였다. 이제는 정말 그녀의 몸이 부서질 것 같았다. 가녀린 몸에 장정들이 발길질을 해 댔다. 차마 두 눈 뜨고 볼 수 없는 장면이 이어졌다.

그런데 눈을 감을 수 없었다. 고통스럽게 일그러지는 얼굴에서 시선을 뗄 수가 없었다.

『윤준재, 보고 있나?』

내내 화면 밖에 있던 서충원이 등장했다. 엎드린 채로 너부러진 그녀를 서충원이 발로 차며 뒤집어 놓았다. 하얀 팔이 축 늘어졌다.

『내가 이런 닳고 닳은 여자한테는 취미가 없는데 말이야. 특별히 윤준재 이사장이 아끼던 여자라고 하니까. 한번 맛이나 볼까?』

서충원이 유정의 발목을 잡고 벌리더니 사악한 웃음을 지었다.

화면이 뚝 끊겨 버렸다. 그와 동시에 차가 경기도 화성 궁평항 근처에 있는 창고 앞에 멈춰 섰다. 창고 앞에는 이미 서충원의 수하들이 지키고 서 있었다.

경찰이 그들을 제압하는 사이, 준재는 창고 안으로 뛰어 들어갔다.

"이사장님!"

은진이 울부짖는 소리가 귀에 왕왕 울렸다. 창고 벽 한쪽에는 서충원이 악랄한 짓을 하고 있는 장면이 선연했다.

"유정아!"

축 늘어진 채로 블라우스 앞섶이 풀어 헤쳐져 있었다. 법의 심판이고 뭐고, 당장에 서충원을 죽여 버리고 싶은 충동이 일었다.

햇살이 창가에 머무는 오후, 준재는 깊은 잠에 빠진 유정의 얼굴을 가만히 내려다보았다. 다행이라고 해야 하는 건지. 처참한 몰골로 쓰러져 있는 그녀에게 서충원이 더 극악한 짓을 하기 전에 그곳에 도착할 수 있었다.

의식을 잃은 그녀는 간신히 호흡을 이어 가고 있었다.

유정아, 제발.

병원에 도착하자마자 검사와 함께 응급 수술이 이어졌다. 척추와 흉추 골절, 그로 인한 내장파열, 턱뼈 골절. 골절만 열 군데가 넘었다. 각목으로 맞은 뒤통수 아랫부분이 찢어졌고, 치료를 위해 탐스러운 머리칼이 다 잘려 나갔다.

차라리 내 살을 깎아 내지.

그랬으면 좀 덜 아팠을까.

「당신 학교, 내가 지켜 줄게요.」

그렇게 모진 말을 내뱉고 돌아섰는데도 불구하고, 그녀는 은진을 지키기 위해 애썼다.

제발, 일어나, 유정아. 제발. 그 눈 뜨고 나한테 화를 내. 당신처럼 못되고 나쁜 남자 질색이라고 화를 내!

사건 이후, 서충원의 비리와 악행이 낱낱이 밝혀졌다. 배임, 횡령, 뇌물 수수, 사학 재단 비리, 공갈협박, 살인교사 등 죄목도 다양했다. 그녀가 그토록 지키려고 했던 은진과 은영에 관한 것은 외부로 새어 나가지 않도록 철저히 막았다.

그리고 기자 변유정의 활약이 정 기자의 도움으로 데스패치 1면에 특집 기사로 실렸다.

일어나서 봐야지. 큰 건 하나 했다고 나한테 자랑도 하고.

그녀는 미동도 없이 가만히 누워 있었다. 마치 기자 생활 하면서 부족했던 수면을 보충하는 듯 깊은 잠에서 깨어나지 않았다.

여전히 퉁퉁 부어 피멍이 선연한 그녀의 얼굴을 바라보고 있는데, 병실 문을 조심스레 두드리는 소리가 들려왔다. 동생 호재가 딱딱하게 굳은 얼굴로 병실로 들어섰다.

"공문 내보냈어?"

호재는 고개를 끄덕이며 되물었다.

"좀 어때."

"한결같아. 본인 성격처럼."

그날 홈페이지에서 유정이 처참하게 폭행당하는 영상을 본 학생들이 몇 명 있었다. 소문은 무섭게 퍼져 나갔다. 준재가 지키려던 학교였다. 그리고 그녀가 목숨 걸고 지켜 낸 학생이 다니는 학교였다.

학교로 직접 출근을 하지는 않았지만, 어수선한 분위기가 가라앉도록 일을 수습하는 데 전력을 기울였다.

"금방 깨어날 거야."

호재의 조용한 음성에 준재는 가만히 고개만 끄덕거렸다.

그럼, 깨어나야지. 깨어날 거야. 변유정, 어떤 모습이어도 좋으니 깨어나기만 해……. 제발.

의사는 유정이 아예 눈을 뜨지 못할 수도 있다고 했다. 제 목숨과 바꿔도 좋으니 신이 있으면 제발 그녀가 일어날 수 있게 해 달라고, 준재는 간절히 기도했다.

어디선가 윙윙거리는 기계음이 들려왔다. 눈꺼풀이 너무 무거웠다. 훅훅 내쉬는 숨소리가 어색하게 울렸다.

여긴 어딜까? 여전히 그 창고 안일까?

슬며시 눈꺼풀을 들어 올려 보았다. 시야가 뿌옇게 물들어 있었다. 나는 천천히 두 눈을 깜빡거려 보았다. 내 앞에 누군가 앉아 있었다.

제발 서충원만 아니기를. 그리 기도하며 확인한 얼굴은 모르는 이였다. 가만 보니 여자인 듯했다.

"변유정 씨, 정신이 들어요?"

여자가 물었다. 나는 다시 까무룩 눈을 감았다.

두 번째로 눈을 떴을 때, 블라인드를 걷어 놓은 탓에 환한 햇살이 실내로 들어왔다. 그 여자가 또 눈앞에 있었다. 흰 가운을 입은 그녀는 의사인 듯 보였다.

"유정 씨, 여기 어딘지 알겠어요? 알겠으면 눈을 한 번 깜빡거리고, 모르겠으면 눈을 두 번 깜빡거려 봐요."

나는 눈을 느리게 한 번 깜빡거렸다. 이곳은 병원인 게 분명했다.

은진이는 무사할까? 그리 생각하면서 다시 또 눈이 감겼다. 눈을 감으면서 문득 그런 의문이 들었다. 내가 몸을 움직일 수 없게 되었나?

깊이 생각할 겨를도 없이 잠이 쏟아졌다. 졸음을 도저히 이겨 낼 수 없었다.

세 번째 깨어났을 때, 코끝에서 알싸한 소독약 냄새가 느껴졌다. 눈앞에 흰 가운을 입은 여자가 아닌 낯익은 남자가 앉아 있었다. 그는 그저 가만히 나를 바라보기만 했다. 내가 눈을 떴는데도 반기지도 않았고, 말을 걸지도 않았다.

나를 물끄러미 바라보던 그는 자리에서 천천히 몸을 일으켜 내 뺨을 어루만졌다.

연민인가? 내가 이렇게 된 게 불쌍하다 느끼는 걸까?

그의 손이 닿는 면적이 넓지 않았다. 머리에 붕대가 휘감겨 있는 듯했다. 그러고 보니 뺨을 간질이는 머리카락도 느껴지질 않았다. 머리에 외상이라도 입어서 잘랐나 보다. 내가 그 머리를 어떻게 길렀는데.

갑자기 억울한 생각이 들어서 눈물이 핑 고였다. 그는 말없이 내 눈가를 훔쳐 주었다.

나는 이제 제법 오랫동안 눈을 뜨고 있었다. 그는 이따금 자리를 비우기는 했지만, 언제나 내 시선이 닿는 의자에 앉아 있었다. 오늘따라 병실 밖이 소란스러웠다.

나는 내 마음대로 고개로 돌릴 수 있는 처지가 아니었다. 이윽고 누군가 병실 안으로 들어오는 기척이 느껴졌다.

"나 왔어요."

오랜만에 들어 보는, 내가 아는 목소리였다. 나를 책망했던 아이, 한별이.

그는 한별의 어깨를 한 번 토닥이고는 자리를 비켜 주었다.

"이게, 뭐야. 누나."

이제껏 단 한 번도 누나라는 호칭을 써 본 적 없던 녀석이 나를 살갑게 누나라고 불렀다. 자식, 그새 철들었나 보다.

"나랑 같이 놀이동산 가기로 했잖아요. 나랑 같이 재미있게 놀기로 했잖아. 근데 여기 이렇게 누워 있으면 어떡해."

한별의 안타까운 목소리에 눈물이 묻어났다. 놀이동산 가자고 징징거리는 거 보니 아직 철은 안 들었나 보다.

그러게, 나 지금 여기 누워서 뭐 하고 있는 걸까?

묻고 싶은 게 많은데, 아무것도 물을 수가 없었다. 듣고 싶은 것도 많은데, 의사는 이 방에 들어올 때마다 환자가 절대 안정을 취해야 한다며 말을 삼가라고 했다. 그러면서 대꾸라도 잘못했다가는 이어 놓은 턱뼈가 잘못될 수도 있으니 그저 가만히 곁에 있어 주기만 하라고 했다.

이어 놓은 턱뼈?

나는 손을 들어 내 턱을 만져 보고 싶은 충동이 강하게 일었지만, 손에 힘이 전혀 들어가질 않았다.

잠에서 깨어났다가, 다시 잠들고. 1년 열두 달을 뛰어다니고, 하루 24시간을 쪼개어 살던 변유정에게 퍽 어울리지 않는 삶이었다. 얼마나 시간이 지났을까, 내가 누운 침대가 방사선 촬영실을 왔다 갔다 하던 어느 날, 턱과 머리를 받치고 있던 지지대가 사라졌다.

"잘 자리 잡았어요. 붕대는 좀 있다가 푸는 걸로 하죠."

여의사가 그리 말하자, 그는 그저 고개를 끄덕거리기만 했다. 약이 꽤

독한 듯했다. 잠이 들락 말락 할 무렵, 또다시 귀에 익은 또 다른 이의 목소리가 들려왔다.

"변유정, 이제 좀 괜찮아?"

나는 나른하게 눈꺼풀을 들어 올려 상체를 숙이고 있는 남자를 바라봤다. 할 수만 있다면 손을 뻗어 티슈갑을 집어 얼굴에 날려 버리고 싶었다.

정 선배였다.

"변유정, 나 원망 많이 했지? 어쩔 수 없었어. 서충원이 미리 알고 접근해서 너 먼저 빼내려고 그런 거였어."

몸을 움직일 수 없는 나는 눈동자만 파르르 떨었다. 눈꺼풀이 빠르게 움직였다.

더 얘기해 봐요, 더. 이대로 갈 생각하지 말고, 다 말해 봐. 저 남자 답답하게 날 쳐다보고만 있어. 아무 말도 안 해!

"근데 이렇게 돼서 미안하다. 내가 먼저 너 발견하고 차에 태웠어야 했는데, 서충원이 그런 식으로 은진이를 불러낼 줄은 몰랐어."

은진이는, 선배 은진이는 어떤데? 괜찮아? 무사해? 내가 정신 잃은 동안 무슨 일 당한 건 아니지?

마치 내 물음이 들리기라도 하는 듯 정 선배가 대답해 주었다.

"은진이 무사해. 걱정 마. 아무 일도 없었어. 좀 충격을 받아서 힘들어하기는 했는데, 괜찮아. 너 많이 보고 싶어 해. 날마다 너는 괜찮으냐고 물어봐. 그러니까 얼른 힘내서 일어나."

선배, 정말 일어나고 싶어. 빨리 일어나고 싶어. 흐느끼는 목소리가 목울대에서 울렸다. 입을 벌리지 못하도록 얼굴선을 따라 위아래로 붕대를 친친 감아 놓은 탓에 '음음.' 하고 목소리를 내는 게 전부였다.

"얘 이렇게 소린 낸 적 있어요?"

정 선배가 뒤에 서 있는 그에게 물었다. 그는 그저 가만히 고개를 내저었다.

“아이고, 우리 말 많은 변유정. 말 못해서 병나겠네.”

내가 다 낫기만 해 봐, 꼭 티슈갑으로 선배 머리를 날려 버릴 거야!

나는 그를 노려보기 위해 노력했다.

“노려보기까지 하네? 그래, 잘했어. 변유정. 얼른 일어나. 사회부에 네 자리 아직 남아 있으니까 맘껏 노려보고 다녀. 너 그럴 만한 자격 있어!”

눈물이 핑 돌았다. 돌아갈 자리가 있다는 사실에 새삼 안심이 되었다.

“나 간다. 또 올게.”

정 선배의 시선이 따뜻했다. 뒤에 선 남자는 여전히 무감한 얼굴이었다.

선배, 저 남자 얼굴 좀 어떻게 해 줘. 한 대 때리든지, 간지럼을 태우든지. 저 무심한 표정 좀 집어치우라고 해!

내가 애원하는 눈길로 바라보자, 선배가 조용히 입을 열었다.

“집에는 신문사에서 일이 생겨서 급히 외국에 나갔다고 했어. 어머님 카톡으로 내가 열심히 사진 합성해서 보내 드리고 있다? 사회부에 새로 들어온 사진기자가 합성을 기가 막히게 하더라.”

엄마……. 엄마를 떠올리자 눈물방울이 또르르 흘러내렸다.

“다 알아듣나 보네. 울지 마. 네가 일어나면 되는 거야.”

고개라도 끄덕거리고 싶었지만 여의치 않았다. 정 선배가 다녀가고 난 뒤 뭔가 속이 후련했다.

결국 서충원 때문에 먼저 움직일 수밖에 없었다는 건데……. 그럼 다른 방법도 있었잖아! 나한테 알려 줘도 되는 거였잖아!

내가 철저하게 배신당한 것처럼 보이게 하려고 그랬나. 나는 당신한테 아무것도 아닌 것처럼…… 우리가 아무 사이도 아니었던 것처럼 보이게 하려고?

원망 어린 시선으로 그를 노려보았다. 그는 항상 나에 대해 잘 안다고 말했었다.

너무 잘 알아서 탈이었던 거야. 그렇게 말하면 내가 따로 움직이겠다고 할까 봐 걱정했어? 아니면 정말 끝내려고 한 거야? 대체 진심이 뭐야?

답답해서 소리라도 지르고 싶었다. 몸부림이라도 치려고 했지만, 할 수 없었다. 그는 여전히 아무런 감정도 느껴지지 않는 얼굴로 나를 바라보기만 했다.

숨 막혀. 아무것도 없이 텅 비어 버린 것 같은 저 눈빛, 못 견디겠어.

나는 눈을 질끈 감아 버렸다.

"변 기자님."

많이 들어 본 목소리였지만, 친숙하지 않았다.

"고마워요."

정구가 검은 모자를 푹 눌러 쓰고 앉아 있었다.

깜짝 놀랐잖아, 이 자식아! 요즘은 저승사자가 힙합 복장하고 나타나는 줄 알았잖아!

나는 버럭 소리치고 싶었지만 할 수 없었다.

"은진이 지켜 준 거, 고마워요. 은진이가 같이 오고 싶다고 했는데, 걔 성격 알잖아요. 자기 때문에 이렇게 됐다고 울고불고 난리 칠 것 같아서 안 데리고 왔어요. 나중에 같이 올게요."

그렇게 방문객이 이어졌다. 신문사에서 다녀갔고, 담임이었던 호재가 다녀갔다. 그럴 때마다 그는 묵묵히 침묵을 지키며 무감한 표정을 유지할 뿐이었다.

"변유정 씨, 아— 해 봐요."

"어."

나는 입을 벌리고 천천히 소리를 내뱉었다. 이제 나는 목을 가눌 수 있었고, 팔을 움직일 수 있는 정도가 되었다.

"아직 빠르게 말하거나, 입에 힘을 주거나 하면 안 돼요. 턱에 무리가 가면 곤란하니까."

"에."

의사가 나가고 난 뒤, 그가 들어왔다. 그는 눈물 나도록 다정한 손길로 내 뺨을 쓸어내려 주었다. 여전히 얼굴에서는 그 어떤 감정도 읽히질 않았다.

너무 복잡해서 감정 따위 다 치워 버리기로 했나? 그런데 왜 이렇게 다정한 손길로 어루만지는 건데? 나는 속으로 생각하는 것을 멈추고 입을 열었다.

"내가 어떤 꼬라지를 하고 있나 구경하려고 그러고 있는 거예요?"

그가 나에게 이사장실에서 던졌던 질문을 그대로 돌려주었다. 여기저기 발음은 샜지만, 그는 무슨 뜻인지 분명히 알아들었을 것이다. 그는 아무 말도 하지 않고, 그저 내 뺨을 어루만졌다.

텅 비어 있던 그의 눈동자가 파르르 떨렸다. 눈 안 가득 눈물이 차오르고 있었다.

"우리 유정이, 살아났네."

그토록 듣고 싶었던 나직한 목소리에 물기가 어렸다. 그토록 간절히 보고 싶었던 그의 미소에 애틋함이 서렸다.

손을 뻗어 그의 얼굴을 어루만져 보았다. 그의 눈꺼풀이 파르르 떨리며 내려앉았다. 가만히 눈을 감은 채로 내 손길을 느끼던 그는 커다란 손으로 내 작은 손을 감쌌다.

숨이 찼다. 눈가가 따끔거리며 시야가 흐려졌다. 그의 속눈썹도 까맣게 젖었다. 그는 내 손을 꼭 잡아서는 고개를 비스듬히 기울여 손바닥에 부드럽게 입을 맞추었다.

"보고 싶었어."

가만히 감고 있던 눈을 뜨는 그의 눈동자가 짙게 젖어 있었다.

"계속 보고 있었으면서."

무심한 눈으로, 무감한 얼굴로.

"이렇게 말하는 거, 나한테 화내고 나무라는 거."

그의 목소리가 낮게 가라앉았다. 그제야 미안한 얼굴을 했다. 괴로운 눈빛이었고, 주름진 미간에는 슬픔이 가득했다.

"나한테 미안해하지 말아요. 나는 내 일에 최선을 다했을 뿐이고, 당신은 나를 구해 주려고 했을 뿐이야. 중간에 그렇게 일이 틀어진 건 당신 잘못이 아니야."

나는 한숨을 한 번 몰아쉬고는 다시 말을 이어 갔다.

"서……."

이름을 내뱉으려는 순간 고통이 밀려왔다. 끔찍한 괴물을 떠올리는 것처럼 오스스 소름이 돋아났다.

"전 이사장은 어떻게 됐어요?"

그는 대꾸를 하지 못하고 가만히 나를 바라보았다.

"내가 몸이 이래서 그렇지, 정신은 온전하니까 말해 봐요."

"죽었어."

의외의 답을 들은 나는 눈살을 찌푸리며 물었다.

"당신이 죽인 거 아니죠?"

"설마."

그의 얼굴은 더 딱딱하게 굳어 갔다.

"웃으라고 한 말이에요. 표정 좀 풀어요."

나는 살가운 미소를 지으며 그를 바라보았다.

"도망치다가 교통사고로. 사실 그렇게 안 죽었으면, 내가 진짜 죽여 버리려고 했어."

나는 분노에 찬 그의 얼굴을 부드럽게 어루만졌다.

"……다 봤어요?"

그는 대답 없이 슬픈 눈을 하고 나를 바라보았다.

"봤구나, 다. 그걸 왜 보고 있었어요. 보란다고 그걸 봤어, 바보같이?"

나는 빙긋이 웃으며 그를 나무랐다. 그는 한숨을 한 번 몰아쉬더니 자리에서 일어나 나를 꼭 끌어안아 주었다. 환우용 매트리스와 등 사이를 파고드는 굳센 팔이 주는 위안에 웃음이 났다.

"준재 씨, 진짜 못되게 말 잘하더라. 애처럼 징징거리지 말라고 하고, 꼴도 보기 싫다고 하고."

"다 잊어."

"나 태어나서 그렇게 심한 말 처음 들어 봤는데? 그것도 사귀는 남자한테? 어떻게 잊어?"

내가 뾰로통한 목소리로 대꾸하자, 목덜미에 얼굴을 묻고 있던 그가 고개를 들어 나를 내려다보았다.

"잊을 수 있게 해 줄게."

붙박은 시선은 확고한 신념으로 가득했다. 나는 그의 안온한 눈빛 아래서 이제 더 이상 아무것도 거리낄 게 없다고 생각했다.

우리는 함께 그의 학교를, 아이들을 지켜 냈고.

나도 이제 이만큼 회복했으니까.

❖

회복은 생각보다 더디게 진행되었다.

"자, 일어나 볼게요. 하나, 둘! 읏차!"

나는 안간힘을 다해 바를 잡으며 몸을 일으키려 애썼다.

"아직 허리에 힘이 안 들어가서 그래요. 꾸준히 하다 보면 좋아질 거예요."

재활치료사는 잘하고 있다며, 곧 혼자 걸을 수 있을 거라고 나를 격려했다. 하지만 여전히 허리 아래의 감각은 지독히도 무뎠다.

"한 번만 더 해 볼까요?"

"저 혼자 해 봐도 될까요?"

조심스러운 물음에 재활치료사가 방긋 웃으며 고개를 끄덕거렸다. 나는 두 손에 힘을 주고 양쪽에 있는 바를 움켜잡았다. 의자에서 몸을 일으키려 온몸에 힘을 주어 보았다.

두 팔이 바들바들 떨렸다. 바를 쥔 손이 하얗게 불거졌다.

"돼, 됐다!"

재활치료사의 도움 없이 바를 잡고 일어선 순간이었다. 손에서 속절없이 힘이 풀려 버렸고, 그 바람에 상체가 앞으로 고꾸라져버렸다. 바에 쿵하고 얼굴을 부딪쳤다.

민망하고, 부끄러웠다. 희망을 갖자고 다짐했지만, 스스로 몸을 일으킬 수조차 없는 사실이 불현듯 상기될 때마다 불쾌한 기분을 감출 수가 없었다.

이대로 못 걸으면. 이대로 앉아만 있어야 한다면.

나는 한숨을 훅 몰아쉬며 간병인과 함께 재활치료실을 나섰다. 얼굴이 부어오르는지 얼얼했다.

"넘어지셨어요?"

"네, 혼자 해 보려다가."

"원래 걸음마 뗄 때는 그렇게 자주 넘어지고, 깨져야 제대로 걷는 법을 배울 수 있답니다."

나보다 열댓 살은 많아 보이는 간병인은 위트가 넘치는 사람이었다. 무거운 분위기를 유머로 넘기며 위로하는 법을 알았다.

"걷는 법을 깨우치고 나면, 금방 뛰게 되죠. 몸을 이리저리 움직여 스텝도 밟을 수 있고. 유정 씨 춤추는 거 좋아해요?"

"아뇨."

"나는 춤 잘 추는 사람이 그렇게 멋지더라."

불안감이 옅어지고 있었다.

"얼굴에 멍들겠어요. 애인이 속상해하겠네."

아니나 다를까, 병실 앞에서 나를 기다리고 있던 그가 대번에 미간을 찌푸렸다.

"어떻게 된 거야? 뺨이 왜 이래?"

나는 대꾸 없이 고개를 숙였다.

"그러게, 재활치료는 나랑 같이 가자니까. 기다리지 않고."

그는 평일에는 점심시간을 할애해 병원을 찾았고, 주말에는 거의 내내 내 곁을 지켰다.

"준재 씨, 점심은 먹었어요?"

"대충 들어가면서 먹을 거야."

나는 한숨을 폭 내쉬었다.

"두 분이 산책이라도 하실래요? 침대 시트 갈아야 할 것 같은데."

간병인이 살갑게 웃으며 산책을 권했다.

"그러죠."

그는 내가 앉아 있는 휠체어 손잡이를 얼른 잡았다.

"어디 갈까?"

가는 곳은 뻔했다. 병원 앞 정원, 뒷정원 혹은 스카이 정원, 1층 카페, 지하 베이커리, 2층 도서관.

"스카이 정원."

"그래."

하늘과 가까운 곳에 가고 싶었다. 땅을 내딛고 설 수 없는 설움에 하늘이라도 가까웠으면 좋겠다는 생각이 들었다.

스카이 정원은 산책 나온 환자들과 방문객, 그리고 의료진들로 북적였다. 서울 시내가 내려다보이는 전망 좋은 자리에 휠체어가 세워졌다. 가로수는 울긋불긋한 단풍으로 물들었고, 가을 하늘은 청명했다.

이맘때쯤이면 신문사에서는 워크숍으로 가을 산행을 가곤 했었다. 말 많은 임원진이 있는 무리에 끼지 않으려고, 눈치싸움을 하며 산을 오르던 때가 있었다. 안 그래도 체력 달리는데, 산행이 웬 말이냐며 투덜거리며 정상까지 오르곤 했었다.

그때 정상을 향해 오르던 순간처럼 숨이 턱턱 막혀 왔다. 그래도 산은 반드시 정상이 있기 마련이다. 하지만 이 지독한 싸움은 끝이 있는지 모르겠다.

"무슨 생각해?"

"등산."

나는 가벼운 목소리로 대꾸했다. 그가 휠체어 앞에 무릎을 구부리고 앉으며 내 얼굴을 말끄러미 들여다보았다.

"얼굴 안 아파?"

그의 부드러운 손길이 뺨을 살짝 건드렸다. 갑작스런 감각에 나는 인상을 찌푸렸다.

"아파."

"그러니까 내일부터는 나랑 같이 가."

"준재 씨, 그렇게 한가한 사람이야?"

내 목소리가 날카롭게 튀어 올랐다. 재단일 뿐 아니라, 그룹 윤에서 경영전략과 관련한 업무도 맡았다고 했다. 일이 많아 밤잠을 설친 안쓰러운 얼굴을 하고 있으면서, 병원에 하루도 거르지 않고 오는 그였다.

그러면서 끼니도 거르고. 갑자기 열불이 터졌다.

윤준재 씨, 당신 바보야? 그러다 당신이 쓰러질 것 같아!

"한가하지 않아도 내 여자 얼굴은 보고 살아야지."

가슴이 왈칵거렸다. 그는 이전보다 훨씬 진한 애정으로 나를 대했다.

"준재 씨 몸도 좀 챙겨. 푹 자고. 여기 오느라 끼니 대충 때우지 말고. 영양가 있는 음식 먹으란 말이야. 왜 그렇게 사람이 미련하게 굴어? 융통성 있게 해. 여기 매일 안 와도 돼."

나는 듣기 싫은 잔소리를 잔뜩 늘어놓았다.

"알았어. 잠도 잘 자고, 영양가 있는 음식 먹을게. 미련하게 안 굴고, 융통성 있게 할게. 대신 여기 매일 오는 건 봐줘."

"준재 씨, 난."

"하루라도 안 보면 나 불안해서 미칠 것 같아."

그가 미간을 구기며 애원하듯 나를 바라보았다. 나는 잔소리를 더 하려다 이내 멈추었다. 한숨을 푹 내쉬며 고개를 내린 순간 흠뻑 젖은 환자복이 눈에 들어왔다. 휠체어 아래로 물기가 흥건했다. 홀로서기 연습을 하면서 소변 줄을 제거했다.

나는 어린애처럼 걸음마를 배우고, 배변 연습까지 해야 했다. 그런데 조금 전까지 아무런 감각도 느껴지지 않았었다. 환자복이 젖은 것을 발견하기 전까지는 절대 깨닫지 못했을 것이다.

비참함이 몰려왔다. 나는 숨도 제대로 내쉬지 못하고 고개를 숙인 채로 굳어 버렸다.

"이제 들어갈까? 바람이 차다."

그가 자연스레 자리에서 일어나 휠체어를 밀기 시작했다. 풀썩 그의 슈트 재킷이 내 다리 위에 놓였다.

"추워 보여. 카디건이라도 들고나올 걸 그랬다."

그도 본 게 분명했다. 흠뻑 젖은 나의 환자복을 본 게 분명해 보였다. 병실에 들어서자 눈치 빠른 간병인이 나를 데리고 욕실 안으로 들어섰다. 젖은 옷이 벗겨지고 몸이 씻겼다.

흐르는 물이 비참함마저 씻어 내 주길 바랐건만, 엿 같은 기분은 그대로였다.

제발, 일이 바쁜 그가 돌아갔기를 바랐다. 욕실 문밖에 그가 없었으면 했다. 욕실 문이 열린 순간, 내 바람은 무참히 무너졌다. 그가 나를 한없이 따뜻한 눈으로 바라보고 있었다.

"가요, 나 피곤해."

정 선배 말마따나 내가 복에 겨워서 이러나 보다. 이따금씩 그의 무지근한 애정에 숨이 막히는 듯했다.

"잠드는 거 보고 갈게."

"가라고요, 좀!"

나도 모르게 신경질을 내고 말았다. 신경질을 내 놓고, 눈물이 왈칵 치솟았다. 그의 눈동자에 이내 당황스러운 기색이 어리는가 싶더니 금세 사라졌다. 분위기가 묘한 것을 눈치챈 간병인이 빨랫거리를 들고 병실 밖으로 나갔다.

"답답해."

"창문 좀 열까?"

"아니, 당신이 답답해. 윤준재, 당신이 나 답답하게 만들어."

답답하고…… 초라하게 만든다. 사회부 기자로 활약하고 있을 때도 범

접할 수 없는 위치에 있는 그였지만, 요즘에는 더더욱 그 거리감이 확고해 보였다. 그는 더 높은 곳으로 도약할 준비를 하고 있었다. 아마도 5년 후쯤이면 그는 그룹 윤의 미래가 되어 있을 것이다.

5년 후에 나는…… 그때도 이런 모습이면…….

나약해지지 말자고 다짐했지만, 하루쯤은 한없이 무너져 내려서 땅굴 파고 싶을 때도 있었다. 그럴 때면 제발 나를 혼자 내버려 뒀으면 좋겠는데, 이 남자는 절대 그럴 리 없다는 확고한 신념 어린 눈빛으로 나를 바라보았다.

"숨 막혀."

한숨 쉬듯 내뱉은 말에 그는 아무 말 없이 자리에서 일어났다.

"쉬어, 내일 올게."

"오지 마요."

그가 걸음을 옮기다가 우뚝 멈춰 섰다.

"제발, 부탁이야. 당분간 오지 마요. 나 진짜…… 숨 막혀."

허공을 향했던 시선을 옮겨 그를 바라보았다. 그의 눈동자가 텅 비어 있었다. 침대를 차지하고 누워서 입조차 떼지 못했던 그때 그 눈빛이었다.

애써 아무런 감정도 담아 내지 않으려 노력하고 있을 것이다. 감정 한 자락으로 내가 상처받을 수도 있다는 생각에 그는 감정을 지워 버리는 방법을 택했을 것이다. 저렇게 완벽하게 나를 배려하는 것조차, 숨이 막혔다.

나는 너무 완벽하지 못한데, 나는 지금 걸음조차 떼지 못하는 처지인데.

"쉬어, 그럼."

그의 목소리도 무미건조했다. 혹시나 애정이 연민으로 비춰질까, 걱정이 참견으로 들릴까 고민하고 겨우 내뱉은 목소리일 것이다. 그가 병실을 떠나고 난 뒤, 왈칵 눈물이 쏟아졌다.

너무 서러워서 소리 내 엉엉 울고 싶어졌다. 눈물을 주체할 수가 없었다. 꾹 다문 잇새로 차가운 울음이 터져 나왔다.

이런 내가 너무 못나서. 그의 온전한 사랑도 제대로 받아 내지 못하는 내가 너무 못마땅해서, 눈물조차 뜨겁지가 않았다.

눈물이 콸콸 쏟아졌다. 그 순간, 쿵 하는 소리와 함께 병실 문이 열렸다. 나는 고개를 돌려 병실 문 쪽을 바라보았다. 그가 무서운 얼굴로 성큼성큼 다가오더니 내 어깨를 끌어당겨 품에 안았다.

그의 굳센 팔이 등허리를 꽉 끌어안았다. 드레스셔츠가 눈물로 얼룩졌다.

"유정아, 내가 어떻게 할까? 내가 어떻게 하면 좋을까? 말해 봐. 네가 하라는 대로 다 할게. 응?"

그의 목소리는 애원에 가까웠다.

"……오지 마……."

그가 내 몸을 떼어 내며 얼굴을 마주했다. 먹색 눈동자가 이리저리 흔들리며 나를 살폈다. 그게 무슨 뜻이냐 묻는 얼굴이었다.

"다시는 오지 마요."

그는 간절한 시선으로 나를 바라보았다. 그의 눈이 붉게 물들었다. 나는 절레절레 고개를 내저었다. 더 이상은, 내가 못 버티겠어.

"유정아."

공허한 목소리에 가슴이 아려 견딜 수가 없었다.

"내 이름도 부르지 마요. 다시는."

나는 울음을 삼키며 말했다. 다분히 충동적이었지만, 지금껏 수천, 수만 번 고민했던 일이기도 했다.

"그 입으로 내 이름 말고 다른 여자 이름 불러요. 애먼 데 신경 쏟지 말고, 정말 당신을 챙겨 줄 수 있고, 보듬어 줄 수 있고, 당신 위치에 힘이 되어 줄 수 있는 여자 만나요."

나는 숨을 한 번 고르고는 그가 입을 뗄 틈도 없이 말을 이었다. 그는 있을 수 없는 일이라는 듯 고개를 내저었다.

"나도 그럴 거야."

그의 눈동자에 슬픈 기색이 가득했다.

"나는 내가 덜 사랑하는 남자 만날 거야. 내가 더 사랑하는 남자보다, 내가 덜 사랑하는 남자. 그래서 다시는 그런 무모한 일에 뛰어들지 않을 수 있는, 그래도 되지 않는 그런 남자."

속절없는 눈물이 하염없이 흘러내렸다.

"나 당신 위해서라면 또 그럴 것 같아. 그래서 싫어. 세상에 몸 불편한 사람 많아요. 그럼에도 불구하고 행복한 사람 많다는 거 알아. 근데 지금 이 모습 그대로 내가 당신 곁에 있으면 내가 불행해질 것 같아. 내가 아무것도 할 수 있는 게 없으니까! 내가 당신 위해서 아무것도 못하니까!"

잠자코 있던 그가 안타까운 얼굴로 말했다.

"아무것도 안 해도 돼."

"입장 바꿔 놓고 생각해 봐요. 당신이 나고, 내가 당신이야. 근데 당신이 이러고 병원에 누워 있어. 어떨 것 같아?"

그는 말문이 막힌 듯했다. 입을 떼었다가 이내 굳게 다물었다. 그 모습에 가슴이 욱신거렸다.

"그래도 나 붙잡아 둘 수 있어요? 아마 당신은 더했을 거야. 진작 나 못 오게 했을 거야. 당신 그렇게 나만 생각하니까. 나밖에 모르니까. 더 그랬을 거야. 가서 행복하라고 그랬을걸? 아냐?"

설움이 복받쳤다. 나는 왜 이 모양 이 꼴이 되어 이러고 있는 걸까.

자존감이 바닥났다. 아니, 그 앞에만 서면 게이지를 꽉꽉 채우던 자존감이 사라졌다.

"그만해요, 우리. 나 그만하고 싶어. 안 해. 당신이랑 그 무엇도 안 해."

그는 가만히 내 뺨을 쓸어 주었다. 이렇게 퍼부었는데도 불구하고 손길이 너무 다정해서 심장이 녹아내렸다.

"변유정, 너 나 때문에……."

"그래서 연민이야? 당신 때문에 이렇게 됐다는 죄책감 때문에 이러는 거야? 아니! 착각하지 마. 나 당신 때문에 이렇게 된 거 아냐."

나는 또다시 차오르는 노기를 억누르지 못하고 성질을 부렸다.

"내가 남자가 하라면 하고, 말라면 마는 그런 여자로 보였어? 착각하셨네요. 나, 내게 주어진 일에 최선을 다한 거야. 내가 어른으로서 은진이 보호하다가 그런 거야. 당신 때문에 그런 거 아니라고!"

아까는 이 남자를 위해서 해 줄 수 있는 게 없어서 힘들다고 했다가, 지금은 이 남자 때문에 이렇게 된 게 아니라고 부정을 하고 있었다. 앞뒤가 맞지 않는 말인데도 불구하고 버럭 소리를 치고 나자 가슴이 뻥 뚫리는 듯했다. 그런데 뻥 뚫린 가슴 사이로 스산한 바람이 불었다. 구멍에서 피가 철철 흘렀다. 그 위에 소금이라도 뿌린 듯 쓰라렸다.

"나에 대한 죄책감도, 책임감도, 연민도, 사랑도…… 다 버려요."

나는 모진 말로 그를 다그쳤다. 그는 왼쪽 손목에 감긴 시계를 한 번 확인하더니, 침대 위에 앉아 있던 몸을 일으켜 세웠다. 슈트 매무새를 만지는 그의 표정은 무감했다.

그는 아무 말 없이 돌아섰다. 느리지도 빠르지도 않은 걸음으로 열린 병실 문으로 나간 그는 돌아오지 않았다.

첫째 날, 그가 오지 않았다는 사실에 안도했다.

둘째 날, 너무 모진 말로 그를 몰아세운 것 같아 미안했다.

셋째 날, 그래도 잘한 거라 생각하며 스스로 다독였다.

넷째 날, 간병인이 잠시 개인 용무 때문에 자리를 비운 틈을 타 엉엉 울었다.

다섯째 날, 그냥 그런 하루였다.

여섯째 날, 또 그냥 그런 하루였다.

무지근한 애정과 감당할 수 없는 열기와 온도를 가늠할 수 없는 사랑과 포근한 희망이 가득했던 나의 하루는 그렇게 그냥 그런 하루가 되어갔다.

"차인 것 같지?"

"그런가 봐."

"여기 병원하고 관계된 높은 사람이랬지?"

"야, 여기 병원은 무슨, 그룹 윤 차남이었어."

"진짜? 대박."

내가 바로 뒤에 있는 줄도 모르고, 앞서가는 간호조무사들이 떠들어 댔다.

아무렴 어때. 찼거나, 차였거나. 너희 그런 남자 만나 봤어?

잘생겼지. 몸 좋지. 돈 많지. 낮에 하는 일도 잘하고, 밤에 하는 일도 잘하지. 자기 여자밖에 모르고. 다정하지. 위트도 있고. 자상하고……. 나는 그런 남자를 만났었다고.

눈물이 핑 돌았다. 나는 20대 초반으로 보이는 간호조무사들의 뒷모습을 바라보며 멍하니 휠체어에 앉아 있었다.

"왜 그렇게 멍하니 있어?"

등 뒤에서 귀에 익은 목소리가 들려왔다. 이 목소리가 지금 들리면 안 되는데. 나직하고 근사한 음성에 앞서가던 간호조무사들이 돌아서서 나와 그를 번갈아 보았다. 나는 능숙하게 휠체어 바퀴를 돌려 그를 마주했다.

고개를 갸우뚱 기울이자, 그가 빙긋이 미소를 머금었다. 뭐 하자는 거야, 지금? 그는 성큼 휠체어 뒤에 자리를 잡고는 물었다.

"산책 나왔어? 어디로 가?"

대략 한 달 만에 들어 보는 그의 목소리였다.

"뒷정원."

"거짓말. 눈 많이 왔어. 거긴 못 가. 산책 나온 거 아니었어?"

"편의점."

"편의점은 왜?"

"맥주 한 캔 사러."

"거짓말."

"그래, 나 당신한테 거짓말밖에 못해. 그러니까 가."

"그럼, 나한테 거짓말밖에 못하니까, 가라는 말도 거짓말이네?"

그는 휠체어를 밀며 웃음을 터뜨렸다. 나는 고개를 홱 돌려 웃고 있는 그를 올려다보았다.

아니, 노려봤다는 게 맞는 표현이다.

"왜 노려봐?"

"지금 이 상황이 웃겨?"

"그럼, 안 웃겨?"

나는 실소를 터뜨렸다.

"그래, 웃자. 잘생긴 구 남친이 와서 휠체어도 밀어 주는데, 웃어야지."

"나 인제 구 남친이야? 현 남친 벌써 생겼어?"

"어."

나는 무심하게 대답했다.

"진짜?"

"어."

"정말?"

정말이냐 그의 목소리는 무서울 만큼 냉랭했다.

"어."

"거짓말."

낮게 으르렁거리는 목소리로 대꾸한 그는 내 휠체어를 병실 쪽을 향해 밀었다. 병실 안에 들어서자마자, 그는 자신을 마주 보도록 휠체어를 홱 돌려 버렸다. 심장이 우뚝 멈춰 섰다.

"변유정. 다시 말해 봐. 남자 생겼어?"

그의 먹색 눈동자가 푸른빛을 내는 착각이 일 정도였다. 이 바보야, 이 상태에서 남자가 어떻게 생겨!

"의사야, 환자야?"

나는 미소를 머금으며 대꾸했다.

"의사야."

그의 얼굴이 파리하게 굳어 갔다. 이 남자, 이걸 지금 진심으로 받아들이고 있는 거야? 앞뒤 꽉 막혀서, 이렇게 융통성이 없으니 내가 그렇게 답답했지!

나는 뾰로통한 표정으로 그를 노려보았다. 우리는 유치한 기 싸움을 했다. 그가 깊게 숨을 들이마시는가 싶더니 얼굴이 성큼 다가왔다. 정신을 차린 순간 입술이 먹혀 들어갔다. 저절로 입술 사이가 벌어졌고, 그 안을 파고드는 움직임은 집요했다.

그는 나를 휠체어에서 번쩍 안아 들고는 침대로 향했다. 발버둥을 치고 싶었지만, 그럴 수 없었다. 아직 내 다리는 그런 움직임을 허용치 않는 범위에 있었다.

등 뒤에 매트리스가 닿았다. 입맞춤이 더해질수록 열기가 치솟았다. 커다란 손이 목덜미를 받쳤다. 그러면서 더 깊고 집요하게 얽혀 들었다. 서로를 향한 갈증을 한 번에 해결하려는 듯, 오래도록 서로를 탐닉했다.

입술이 떨어지면서 밭은 숨이 흘러나왔다.

"이율배반적인 변유정. 나는 싫고, 키스는 좋은가 봐?"

비꼬는 말투였지만, 그의 눈빛엔 애정이 가득했다. 나는 어느새 그의 목에 팔을 감은 채 매달리는 모양새였고, 그는 그게 꽤 마음에 든다는 듯한 표정이었다.

"흠."

나는 괜히 목청을 가다듬으며 딴청을 부렸다.

"귀엽기는."

자꾸 비꼬는 듯한 말투에 나는 그에게 눈을 한 번 흘겼다.

"가."

"가지 말라고 해도 갈 거야."

"다신 오지 마."

"고집 좀 그만 부려."

한숨이 흘러나왔다. 그를 잊고자 노력했던 한 달의 시간이 헛되이 느껴질 만큼 그는 아무렇지 않은 모습이었다.

"뭐 하는 짓이에요, 지금?"

나는 눈을 치뜨고 그를 노려보았다.

"내가 너무 답답하게 군다며. 이제 답답하게 안 해. 징징거리면 혼날 줄 알아."

“허.”

나는 어이가 없어서 실소를 터뜨렸다.

“그리고 당분간은 와 달라고 해도 못 와.”

“왜?”

너무 속 보이는 질문이 스스럼없이 튀어나왔다.

“미국 지사에 잠깐 가. 6개월 정도 있다가 올 거야.”

“학교는?”

“학교는 이제 자리 잡혀서, 내가 잠깐 자리 비워도 잘 돌아가.”

“6개월이 잠깐이야?”

이 질문도 하지 말았어야 했다.

“변유정.”

“왜?”

“오늘도 길길이 날뛰고 화낼 줄 알았더니, 왜 이러실까? 사람 헷갈리게. 나 너랑 친구하려고 온 건데?”

다분히 장난기 가득한 목소리로 놀리는 투였다.

“아, 윤준재 씨는 친구랑 막 그렇게 딥 키스 하시고 그러시나 봐요? 그리고 저는요, 저보다 나이 많은 사람이랑은 친구 안 해요.”

“친구 안 하면 뭐 할래, 나랑?”

그 질문에 나는 입을 꾹 다물었다.

“질척거리는 구 남친?”

“웃기는 소리 하고 있네.”

그는 혀를 끌끌 차며 나를 노려보았다.

“변유정.”

“이름 닳겠다.”

“너 나랑 내기할래?”

"무슨 내기?"

"할래, 말래?"

"무슨 내기를 들어 보지도 않고 해요?"

"원래 그런 내기가 재미있는 거야. 6개월 후에 내가 돌아왔을 때, 네가 혼자 걸을 수 있으면, 내 소원 들어줘."

"내가 못 걸으면?"

"그땐 내가 네 소원 들어줄게. 어떤 소원이든 다 들어줄게."

심장이 쿵 울렸다.

"뭔가 내가 손해 보는 거 같은데?"

"왜 손해를 봐? 걷게 되면 얼마나 기쁜 일이야? 내 소원 하나 못 들어줘? 그리고 못 걸으면 내가 소원 들어준다니까? 할 거야, 말 거야?"

도발적인 목소리에 나도 모르게 두 음절이 툭 튀어나왔다.

"해요."

그렇게 우리의 내기가 시작되었다.

나는 재활치료를 받을 때마다 그가 내기를 제안했던 순간을 떠올렸다. 그가 기약한 6개월, 여름의 초입일 것이다.

나한테 무슨 소원을 빌려고 하는 걸까?

나는 만약에 그때까지 걷지 못하면 무슨 소원을 빌어야 할까. 전자보다 후자가 훨씬 절망적이라 느껴지는 건 기분 탓일까.

시간이 지날수록 내 바람은 전자에 가까워졌다.

걸을 수 있었으면 좋겠다. 그의 소원을 들어줄 수 있었으면 좋겠다.

바람은 점점 커졌다.

그는 6개월 동안 나에게 단 한 번도 연락을 해 오지 않았다. 그게 내기의 긴장감을 높이는 방법이라나, 뭐라나.

결국 여름이 시작되었다. 나는 의료용 목발에 의지해 걸음을 옮길 수 있는 정도가 되었다. 목발 없이는 한 열 걸음 정도 뗄 수 있는 게 전부였다.

"야, 그거 들었어?"

나는 천천히 복도를 오가며 걸음을 연습 중이었다. 푹신한 신발을 신고 있었고, 복도 바를 붙잡은 채로 걷는 움직임은 느렸기에 너스스테이션에 앉은 간호사들은 내 존재를 발견하지 못한 듯했다.

"그 있잖아. 그룹 윤 차남. 예전에 2132호 환자 계속 찾아오던 남자."

"그 남자가 왜?"

"결혼한대."

심장이 쿵 바닥으로 떨어졌다. 간호사들이 부산스레 움직이는 게 느껴졌다. 이제 점심용 약을 나눠 줄 시간이었다. 나는 느릿한 동작으로 움직였다.

한 걸음, 두 걸음.

일단 방으로 가자. 6개월 전에 그와 했던 내기가 머릿속을 스쳤다. 걷게 된다면, 그의 소원을 들어주기로 했었는데……. 어차피 지금은 스스로 잘 걷지도 못한다.

만약 그가 지금 날 찾아온다면, 그는 나의 어떤 소원을 들어줄까?

결혼하지 말라고 매달려?

실소가 터져 나왔다. 그럼 내가 걸을 수 있으면…… 그는 나에게 어떤 소원을 들어 달라고 할까? 결혼하니까, 자신을 그만 놔 달라고……?

가슴이 무겁게 가라앉았다.

"변유정."

등 뒤에서 나직한 부름이 들려왔다. 나는 복도 벽에 붙은 바를 짚으며 천천히 돌아섰다.

"왔네? 6개월 만에."

"온다고 했잖아. 6개월 있다가."

그는 심각한 얼굴로 나를 바라보았다.

왜 그렇게 심각한 얼굴인 건데. 소원은 못 들어주겠어? 아님 빌 소원이 그렇게 심각한 표정을 지어야 할 정도인 거야?

"여기까지 걸어와 봐."

나는 거리를 가늠해 보았다. 대략 열 걸음이면 닿을 수 있는 거리였다. 나는 바에서 손을 떼고 천천히 걸음을 옮기기 시작했다.

한 걸음, 두 걸음. 그에게 향하는 길, 심장이 두근두근 차올랐다.

마침내 열 걸음, 그의 앞에 무사히 도착했다.

색색 숨을 몰아쉬고 있는데 그의 목소리가 낮게 울려 퍼졌다.

"결혼해, 나랑."

이 남자는 항상 이런 식이다. 연애하자고 꼬시는 거지, 고백은 아니라고 우기면서 사람 심장 떨리게 하더니. 이제는 겨우 열 걸음 뗐다고 결혼을 하잔다.

나 참 어이가 없어서. 나는 고개를 절레절레 내젓고는 벽을 짚으며 병실 안으로 걸음을 옮겼다.

좀 무드 있게 하면 안 돼? 무슨 남자가 저렇게 성질이 급해? 6개월 만에 만났는데, 잘 지냈냐는 인사도 안 해?

나는 속으로 잔뜩 욕을 퍼부었다. 그러다 문득 정신을 차렸다.

저 남자 지금 다른 여자랑 결혼한다는 게 아니라, 나랑 한다는 거야?

나는 우뚝 멈춰 선 채로 그가 좀 전에 내 눈앞에 나타났던 순간부터, 나에게 '결혼해, 나랑.' 하고 내뱉었던 순간까지 천천히 곱씹어 보았다. 그는 검은색 실크 슈트에 연한 핑크색 실크 넥타이를 하고 있었다.

핑크가 저렇게 잘 받는 남자가 또 있을까?

심각한 얼굴을 한 그는 나의 발끝으로 조심스레 시선을 옮겨 가며 말했었다.

「여기까지 걸어와 봐.」

그의 목소리가 살짝 떨렸던 것도 같다. 아니, 확실히 떨렸다. 긴장감 가득한 얼굴은 초조해 보였다. 그리고 나는 그에게 스스로 걸을 수 있는 모습을 보여 주려고 어금니를 사리물고 걸음을 옮겼었다.

한 걸음, 두 걸음.

그에게 가까워질 때마다, 심각했던 그의 얼굴에 근사한 미소가 번져 갔었다. 그리고는 내가 그의 코앞에 섰을 때, 나지막하고 진중한 목소리가 귓속 솜털이 다 일어날 만큼 근사하게 울려 퍼졌다.

「결혼해, 나랑.」

그의 먹색 눈동자는 찬란하게 빛났다. 나를 바라보는 눈빛에는 한없는 사랑이 흘러넘쳤다. 그러고는 내가 어떻게 했더라?

고개를 절레절레 저으며 그를 등지고 병실로 들어왔다.

변유정, 너 미쳤냐?

나는 단숨에 병실 문을 향해 돌아섰다. 내 운동능력을 고려하지 않고 너무 급히 움직이는 바람에 몸이 휘청 기울었다. 등허리에 굳센 팔이 감겼다.

"해! 할래! 할 거야!"

나는 단단한 그의 가슴에 안겨 더는 튕겨 볼 생각도 하지 못하고 잔뜩 상기된 얼굴로 크게 소리쳤다. 나를 내려다보던 그가 실소를 터뜨렸다.

"놀랐잖아. 그렇게 무시하고 들어가서."

나를 나무라는 그의 목소리에는 애정이 가득했다. 와락 나를 끌어안는 그의 품 안은 눈물이 핑 돌 만큼 안온했다.

"유정아."

"응."

"유정아."

"으응."

그저 이름을 부르고 대답을 하는 것만으로 기분이 날아갈 듯했다. 그는 내 목덜미에 얼굴을 묻고는 웃었다. 가슴이 두근거리다 못해 욱신거릴 정도다. 나는 벅차오르는 울음을 삼키며 미소를 머금었다.

"왜 참아?"

"뭘?"

"이런 순간엔 감동의 눈물도 흘리고 그래야지."

"무드 없게 걸어 보라고 하고, 반지도 안 주고, 무릎도 안 꿇고."

투정을 부려 보았다. 죽도록 아팠던 순간에는 동정받는 게 싫어서, 그로 인해 그의 마음을 더 아프게 할까 봐 일부러 더 씩씩하게 굴려고 노력했었다. 그런데 지금은 마구 어리광을 부리고, 골을 부리고, 투정을 부리고 싶어졌다.

나를 꼭 끌어안고 있던 그가 내 어깨를 붙잡고는 거리를 넓혔다. 그러고는 나를 물끄러미 내려다보았다. 따사로운 미소를 머금은 얼굴이 도통 무슨 의미인지 모르겠어서 나는 입술을 샐쭉 내밀었다.

그러자 그가 천천히 내 앞에 한쪽 무릎을 꿇으며 앉았다. 그러고는 재킷 안주머니 쪽으로 손을 집어넣더니 짙은 와인색 실크에 금테가 빙 둘러진 상자를 꺼냈다.

심장이 쿵쿵 빠르게 뛰었다. 두근두근 울리는 박자에 맞춰, 심장의 부피도 커지는 듯했다. 가슴이 벅차올랐다. 그가 작은 상자의 뚜껑을 들어 올리고는 나를 향해 내밀었다.

하얀 쿠션 안에 자리한 반지가 영롱한 빛을 냈다.

“이제 혼자 걷지 마. 나랑 같이 걷자, 유정아.”

나는 마치 영화 속 프러포즈의 주인공이라도 된 양 오른손을 들어 입을 가리며, 고개를 끄덕거렸다. 어느새 눈가에 차오른 눈물이 뺨을 타고 주르륵 흘러내렸다.

그가 얌전히 허벅지 옆에 붙어 있던 내 왼손을 끌어다가 네 번째 손가락에 반지를 끼워 주었다.

“잘 맞네.”

흡족한 목소리로 속삭인 그는 반지가 끼워진 내 손가락 위에 가만히 입을 맞추었다. 손끝에 찌릿찌릿 전기가 오르는 기분이었다. 무릎을 꿇었던 그가 천천히 몸을 일으켜 세우며 내 눈을 들여다보았다.

깊게 들여다보는 시선에는 불꽃같은 정염이 가득했다.

“프러포즈의 마지막은?”

그는 빙그레 웃으며 나를 내려다보았다. 심장이 터져 버릴 것처럼 빠르게 뛰었다. 그가 천천히 입술을 내렸다. 긴장감에 바싹 말라 있던 입안이 그로 인해 젖어 들었다. 다시는 그를 못 볼지도 모른다는 생각을 했었다. 애써 태연한 척했지만, 날마다 기적을 바라고 또 바랐다.

그리고 기적이 일어났다. 그가 변함없는 애정을 과시하며 내 앞에 있었고, 내 곁에 있겠다고 말했다. 나는 아찔한 그의 키스에 다리를 휘청거렸다. 그의 팔이 내 허리를 감싸 안으며 단단한 품으로 끌어당겼다.

천천히 입술이 떨어졌다.
"힘들어?"
"조금요."
"침대로 가자."
그가 나를 번쩍 안아 들고는 침대를 향해 성큼성큼 걸어갔다.
이곳은 병원이다.
여기는 병실이다.
언제 간호사가 문을 열고 들이닥칠지 모른다. 이 남자를 말려야 한다. 머릿속으로는 그리 되뇌고 있었지만 가슴은 다른 말을 했다.
그를 힘껏 안으라고, 그의 품에 열렬히 안기라고.
나는 수줍게 얼굴을 붉히며 그를 올려다보았다.
"변유정, 무슨 생각해?"
"착한 생각은 아냐."
빙그레 미소를 머금자, 그가 웃음을 터뜨렸다.
"너 아직 안 돼."
"이래도?"
나는 그의 목에 팔을 휘감으며 어울리지 않게 교태 어린 목소리를 냈다.
"너 나 여기서 감당 못해."
낮게 쉰 목소리에 나는 아랫배가 얼얼하도록 열기가 오르는 것 같았다. 다시 느껴지는 감각에 나는 기분이 좋아졌다.
"괜찮은데……."
뾰로통한 목소리를 낸 순간, 입술이 내려앉았다. 그는 커다란 손으로 내 턱을 움켜쥐고는 입안을 넓고 깊게 휘저었다. 나는 그의 목을 꽉 끌어안으며 목울대에서 울리는 야릇한 소리를 그의 입안으로 흘렸다.

턱을 움켜잡았던 손이 어깨선을 따라 내려가는가 싶더니 등허리 아래를 가로지르고 들어갔다. 환자복 아래가 들춰졌다. 그의 손은 분명 부드럽고 따듯한데, 살갗에 오스스 소름이 돋아났다.

나는 허리를 뒤틀며 몸을 뒤챘다. 그러자 살갗을 어루만지던 손길이 쑥 빠져나가는 게 느껴졌다. 입술이 떨어졌다. 아쉬워서 몸서리가 쳐졌다.

"변유정."

"……."

나는 대꾸 없이 감았던 눈꺼풀을 살포시 들어 올리며 그를 올려다보았다.

"병원에서 환자복 입고 남자를 이렇게 몰아붙이는 법이 어디 있어? 어떻게 할 수도 없는데. 나도 참는 데 한계가 있어."

그 한계 지금 무너뜨리면 안 될까요?

감각이 되살아나면서 나는 다시 태어난 기분이었다. 느껴지는 모든 촉감이 새로웠고, 모든 자극이 놀라웠다. 그럼, 그의 촉감과 자극은…….

더 예민하게 느껴질까, 더 놀랍다 여겨질까?

머릿속이 음란한 호기심에 물들어 갔다.

"지금 안 해. 결혼식 날까지 아껴 둘 거야."

"얼마나 아껴 둘 건데?"

나는 피시식 바람 빠지는 소리를 입으로 내며 그의 목을 끌어안고 있던 팔을 매몰차게 풀어 내렸다.

"이번 주말까지."

나는 머리를 한 대 얻어맞은 표정으로 그를 올려다보았다. 얼토당토않은 말로 연애하자고 꼬셨을 때보다, 겨우 열 걸음 뗐다고 결혼하자고 했을 때보다.

그 어느 때보다 더, 나는 당황하고 말았다.

❖

“이 자리에 내가 서도 되나 모르겠네.”

아버지께서 겸연쩍은 얼굴로 미안한 목소리를 내셨다.

“유정이, 아빠 보고 싶지? 아빠가 보셨으면 정말 기뻐하셨겠다. 오늘 정말 예쁘다. 저렇게 듬직한 사위도 보셨는데.”

다 큰 성인이 되어 맞은 새아버지는 나에게 늘 거리를 두며 어려워하셨다. 버진 로드 끝에 서 있는 지금도 마찬가지였다.

“엄마 잘 부탁드려요.”

나는 차오르는 울음을 간신히 삼키고는 덧붙였다.

“……아빠.”

생각해 보니 나도 ‘아버지, 아버지.’ 하고 거리를 뒀었다.

아빠, 보고 있어? 나 시집가. 근데 아빠 손은 못 잡았네. 대신 여기 계신 아빠 손 잡았어.

나 오늘 예뻐? 아빠 사위 될 사람이 제멋대로 드레스도 다 정해 놨지 뭐야.

드레스가 무거우면 내가 걷는 데 힘들 거라고, 레이스로 된 긴 원피스 같은 드레스 골랐대.

내 생각엔, 나쁘지는 않은 것 같아. 아니, 예쁜 것 같아. 내 단발머리 위에 놓인 반짝이는 티아라도 예쁘고, 짧은 면사포도 귀엽고.

아빠, 나 예쁘지? 예쁜 것 맞지?

나 잘 살게. 이제 내 걱정 하지 마요.

은진을 구하러 갔던 날, 머리를 둔기로 얻어맞고 눈을 감는 순간 아빠의 얼굴이 아른거렸었다. 정신 차리라고, 일어나라고 나를 다그치던 아빠의 목소리가 귀를 왕왕 울리는 듯했다.

걱정 가득했던 아빠의 얼굴…….

미안해, 아빠. 엄마는 몰라, 나 아팠던 거.

나중에, 나중에 우리 만나도, 비밀이다?

안녕, 아빠.

나는 간신히 곁에 선 새아버지 옆얼굴을 바라보았다.

이윽고 신부입장곡이 흘러나왔다. 나는 근사한 미소를 머금은 세상에서 가장 멋진 내 남편이 서 있는 곳으로 발걸음을 내디뎠다.

마침내 그와 마주 보고 섰을 때, 그는 웃음을 참지 못하겠다는 듯 아랫입술을 꾹 깨물며 사랑 가득한 눈빛으로 나를 바라보았다. 그의 팔에 손을 얹고 주례석을 향해 돌아서는 순간, 그가 나지막이 속삭였다.

"사랑한다."

입술이 뺨을 타고 올랐다.

"나도."

짧게 대꾸한 나는 수줍은 미소를 머금었다. 주례사가 하나도 귀에 들어오지 않았다. 내 귓가에는 그가 내뱉은 네 음절만이 무한히도 반복되었다.

사랑한다.

사랑한다.

사랑한다.

식이 끝난 뒤, 당연한 순서처럼 피로연 파티가 진행되었다. 그는 입이 떡 벌어질 만큼 성대한 결혼식과 그에 걸맞은 파티를 준비해 두었다. 그룹 윤에서 운영하는 호텔의 그랜드볼룸에는 양가 가족을 비롯한 친구, 그룹 윤 관계자들과 데스패치 관계자, 정재계 인사들 그리고 일등고 교직원과 일부 학생들이 자리했다.

"재벌인 거 티 내는 거예요?"

우리는 하객들이 지켜보는 가운데 파티장 한가운데 서서 서로를 바라보며 살며시 안은 채로 춤을 추었다.

"아니."

"그럼, 이게 뭐야? 꼭 무슨 동화 속 공주 결혼식 같잖아요. 이거 주눅 들어서 살겠어?"

뾰로통한 목소리로 묻자, 그가 근사한 미소를 머금으며 내 귓가에 입술을 가져다 대고 속삭였다.

"자랑하고 싶었다. 마음 같아서는 내 전 재산 털어서 나라 전체에 우리 결혼식이라고 파티 열고 싶었어. 아니 영혼을 팔아서라도 범세계적 파티를 열어서, 변유정이 내 여자다! 하고."

"그만해요."

나는 주먹을 말아 쥐고 아프지 않게 그의 가슴을 툭 내려쳤다.

"진짜야."

그는 진지한 목소리를 냈다.

"내가 아는 모든 사람한테 알리고 싶었어."

심장이 두근거렸다. 이 남자가 또 어떤 말로 나를 감동시킬까 하는 기대감에 가슴이 부풀어 올랐다.

"내 아내는 여러분이 보고 있듯이 눈이 부시도록 아름답습니다. 아름다운 외모만큼이나, 내 아내는 내면도 아름다운 여자랍니다. 순수한 정의를 품은 가슴은 태양보다 뜨겁고."

"그만하라고요, 진짜."

나는 수줍게 시선을 내리며 얼굴을 붉혔다.

"안 되겠다."

"응?"

갑자기 뭐가 안 된다는 건지 모르겠다. 그는 고개를 비스듬히 내리더니 내 귓가에 입술을 가져다 댔다. 나는 귓바퀴에서 느껴지는 뜨거운 숨결을 느끼며 숨을 흡 들이마셨다. 그저 가만히 숨소리에 귀를 기울이는 것만으로도 심장이 멎을 듯했다.

"올라가자."

그리 말한 그는 내 손을 잡고 사람들에게 양해를 구하며 파티장을 빠져나왔다.

"제 아내 컨디션이 안 좋은 것 같네요. 좀 쉬어야 할 것 같습니다. 그럼 이만."

'아내' 라 말하는 그의 목소리는 이 세상 것이 아니라 느껴질 만큼 따사로웠다. 하객들은 자리를 먼저 뜨는 신랑, 신부에게 상냥한 인사와 무한한 축복을 건네주었다.

그는 내 보폭에 맞추어 천천히 걸었다. 그를 따라 도착한 곳은 호텔 꼭대기 층에 있는 코너 스위트룸이었다. 그는 나를 단번에 안아 들고는 침실로 걸음을 옮겼다.

성큼성큼 긴 다리가 움직일 때마다, 가슴은 두근두근 울렸다. 바로크풍으로 장식된 웅장한 응접실을 지나 마침내 침실에 도착하자, 그는 나를 커다랗고 푹신한 침대 위에 눕혔다.

그의 손이 나의 등 뒤로 향했다. 레이스업 되어 있는 리본을 풀어내는 그의 손길은 성마르게 움직였다.

"드레스 잘 만드는 디자이너라더니, 순 뻥이잖아."

그는 짜증을 내며 읊조렸다.

"왜요? 예쁘기만 한데?"

오늘 내가 입은 웨딩 본식 드레스와 파티 드레스는 모두 친구 단아의 남편인 디자이너 최강이 만든 것이었다.

"벗기기가 너무 어렵잖아."

"세상에 벗기기 쉬운 드레스가 어디 있어요?"

"벗기기 쉬운 걸로 만들어 달라고 했단 말이야."

나는 정색을 하며 되물었다.

"정말?"

"어."

"농담 아니고?"

"어!"

리본을 다 풀어낸 그가 신경질을 부렸다. 겉보기엔 얼음같이 차가운 두 남자가 만나 웨딩드레스에 대해 의논하는 상상만으로도 기가 막혔다.

'어떻게 만들어 드릴까요?'

'벗기기 쉬운 디자인으로 만들어 주십시오.'

'그렇죠? 드레스는 역시 벗기는 맛이 있어야…….'

엉뚱한 상상에 나는 웃음을 빵 터뜨리고 말았다. 오랜만에 그의 품에 안긴다는 긴장감에서 벗어나려고 상상력이 발동한 탓이었다.

"웃어?"

그가 드레스를 단번에 끌어 내리며 물었다.

"웃긴 게 생각나서요."

"어? 딴생각도 해? 지금?"

나는 키득키득 웃으며 그를 올려다보았다.

"나한테만 집중해, 이제부터. 아니 죽을 때까지. 앞으로 영원히. 알겠어?"

나는 고개를 끄덕거리며 환한 미소를 지었다. 따스하고 달콤한 숨결이 입술 위로 내려앉았다. 그의 입술은 마치 결혼식 내내 꿀을 머금고 있었던 것처럼 달콤했다. 나는 병실에서 프러포즈를 했던 날 이후로 처음 맛보는 그의 입술에 취해 정신없이 탐했다.

그는 아껴 주겠노라 단언했던 것처럼 프러포즈 이후로는 나를 한없이 아껴 주었다. 그리고 정신없이 결혼식이 준비되었던 통에 그에게 욕구 불만과 관련한 불평을 쏟아 낼 겨를조차 없었다.

그의 입술이 턱선을 따라 내려가는가 싶더니, 목덜미를 가볍게 머금고는 곧장 하얀색 레이스 속옷 위로 향했다. 평소보다 화려한 장식으로 된 첫날밤용 속옷을 마주한 그는 한숨을 훅 몰아쉬었다.

호크가 앞에 달린 브래지어를 풀어내는 그의 손끝이 파르르 떨렸다. 호크가 하나씩 풀려 내려갈 때마다 고조되는 긴장감에 아랫배가 한껏 조여 왔다. 그도 나와 같은 긴장 속에 있는 건지 숨결이 점점 거칠어졌다.

나는 미간을 살짝 찌푸리고 있는 그의 잘생긴 얼굴을 올려다보았다.

"아직 안 믿겨."

그의 얼굴을 바라보며 나는 조용히 읊조렸다.

"뭐가 안 믿겨?"

브래지어 호크를 풀어낸 그는 가슴을 부드럽게 움켜잡으며 물었고, 나는 숨을 한 번 고르고는 간신히 신음을 집어삼키며 대꾸했다.

"준재 씨가 내 남편이 된 게 아직 안 믿겨."

아버지의 손을 잡고 버진 로드를 걸어 들어갔고, 그의 손을 잡은 채로 성혼 선언문이 낭독되는 것을 들었다. 그리고 눈물을 훔치는 친정엄마를 향해 인사를 했던 장면도 또렷했다. 그런데도 뜨거운 눈으로 나를 내려다보고 있는 남자가 남편이 되었다는 사실이 믿기지 않았다.

"평생 내가 변유정을 사랑하는 남편이라는 걸 증명하면서 살게."

어디서 이런 바람직한 말만 배워 왔는지 모르겠다.

"나는 그럼 평생 준재 씨가 날 사랑하는 걸 느끼면서 살겠네."

입가에 저절로 미소가 번져갔다. 당연한 소리를 한다는 듯이 그가 고개를 끄덕였다. 그러고는 그의 묵직한 기운이 몸 안으로 파고들었다. 나는 밭은 신음을 뱉어 내며 그의 어깨를 끌어안았다.

오랜만이어서 그런 건지, 아니면 몸이 고됐던 탓인지 미약한 통증이 일어서 미간을 찌푸리자, 그가 걱정스러운 목소리로 물었다.

"괜찮겠어?"

나는 대답 대신 고개를 끄덕거렸다.

"천천히 할게."

그리 말하는 그의 목소리는 낮게 쉬어 있었다. 역시나 오랜만에 듣는 그의 낮게 쉰 음성이 듣기 좋아서 무릎 뒤까지 간질거리는 기분이었다.

"나, 정말, 행복해."

토막 난 숨결 사이로 내뱉은 말에 그의 얼굴에도 그제야 미소가 드리웠다. 나는 있는 힘을 다해 그를 끌어안았다. 너무 행복해서, 모든 일이 꿈처럼 느껴졌다. 그의 품에 안겼다가, 잠을 자고 일어나면 잠입을 시작하기 전 상황으로 돌아가는 것은 아닐까 하는 엉뚱한 걱정이 들 정도로, 현실감이 없는 행복이 깃들었다.

그는 마치 나의 불안을 꿰뚫어 보듯이 말했다.

"이제 이런 상황에 익숙해져야 할걸."

거칠어진 숨결 사이로 그가 덧붙였다.

"앞으로는 우리 행복에 집중해서 살자."

이어진 그의 말에 눈물이 핑 돌았다. 딴 데 보지 말고 자신에게만 집중해 달라고 말했던 그의 예전 모습이 떠올랐다. 그런데 이제 평생의 반려가 된 그가 앞으로는 우리의 행복에 집중하며 살자고 말하고 있었다.

그래, 인생은 행복에만 집중하며 살기에도 짧다.

에필로그 그것은, 기적이었다

"무슨 결혼을 번갯불에 콩 볶아 먹듯이 이렇게 후루룩 해 버려. 뭐 좀 준비해 주려고 해도. 아이고."

엄마는 지금 입에 모터를 달았다. 오랜만에 보는 딸 얼굴이 격하게 반갑다는 뜻이었다.

"윤 서방, 이것도 좀 먹고. 남자가 그렇게 먹어서 쓰겠어? 푹푹 퍼먹어."

"네, 장모님. 푹푹 많이 먹겠습니다."

엄마는 오늘로 사위 윤준재의 얼굴을 네 번째 보는 거라 했다.

첫 번째 만남, 그가 변유정을 책임지겠다며 엄마를 찾아갔던 날.

「우리 딸이, 누가 책임진다고 책임져질 스케일이 아냐.」

「그럼, 따님께 저를 책임지라고 하겠습니다. 저 따님 없으면 못 삽니다.」

두 사람의 대화는 그러했다고 한다.
두 번째 만남, 양가 부모님의 상견례 날.

「우리 딸이 외국으로 취재를 가 있네요. 바빠서 상견례도 못 오고.」

엄마는 상견례가 끝나고, 그들이 우리나라에서 제일 잘나가는 회사의 전 회장 내외라는 것을 아셨다고 했다.

「자네 부모님은 뭐 하시나?」

첫 번째 만남에서 엄마가 던진 물음에 그는.

「퇴직하시고 난 뒤에 소일거리로 텃밭 일구시고, 가끔 봉사활동도 하십니다.」

거짓말은 아니었다고 했다. 그 소일거리 텃밭이 제주도 귤 농장이었고, 가끔 하시는 봉사 활동이 그룹 윤에서 만든 사회복지재단이어서 그렇지.
세 번째 만남, 엄마는 딸의 결혼식에서 둘이 나란히 서 있는 모습을 처음 보았다.
물론 딸인 나의 얼굴도 근 1년 만에 보시는 거였다.

「유정아, 너……!」

내 엉성한 걸음걸이를 보고 엄마는 얼굴이 하얗게 질리셨다. 그러고는 나한테는 차마 묻지 못하시고, 사위를 찾아 넌지시 물으셨다고 했다.

「윤 서방, 우리 유정이 왜 그래? 혹시…… 애 뱄나?」

엄마는 우리가 속도위반을 해서 혼수를 마련하는 바람에 결혼을 서둘렀다고 착각하셨다고 했다.

위트 있는 나의 남편은 속도위반을 하기는 했지만, 혼수는 없다고 대답하려다가 결혼식 날 장모에게 귀싸대기 얻어맞는 이벤트를 당하고 싶지는 않아서 그저 아니라고 고개를 내저었다고 했다.

그리고 네 번째 만남, 바로 오늘이다.

"우리 유정이 속 한 번 안 썩이고 컸어."

"장모님, 유정이가 제 속은 많이 썩였습니다."

그는 진심이라는 듯 미간을 찌푸리며 한숨을 내쉬었다.

"왜? 우리 유정이가 왜?"

엄마는 내심 뿌듯한 눈빛으로 사위 얼굴을 바라보셨다.

"저를 손바닥 위에 올려놓고 쥐락펴락하더라고요. 속 타서 혼났습니다."

그는 장모 앞에서 뻔뻔하게 애정을 과시했다.

"술은 좀 하나?"

애교 많은 사위와 그런 사위가 예뻐서 죽으려고 하는 장모 사이에 끼어든 사람은 아버지였다.

"네, 합니다."

"소주 같은 것도 마시나?"

딸에게 미쳐 있는 것 같은 사위에게 득의양양한 표정을 지으시는 부모님이셨지만, 그래도 재벌가 사위는 부담스러우신 듯했다.

“없어서 못 마십니다.”

그가 빙그레 웃으며 대꾸하자, 아버지는 고개를 끄덕거리시며 ‘밥 먹고 남자들끼리 나가지.’ 하셨다. 저녁 식사를 마치고, 그는 아버지를 모시고 집을 나섰다.

“유정아.”

“응?”

“연애는 얼마나 했어?”

“한 1년 몇 개월?”

“너 근 1년 동안 외국 나갔었잖아. 그럼 겨우 몇 개월 만난 거야?”

“그런가.”

나는 가만히 그를 만났던 날들을 떠올려 보았다.

그러네. 그렇게 오래, 자주 만난 것도 아니네. 우리.

“근데 왜 결혼했어? 혹시 너…….”

“임신 아니라니까.”

나는 소파에 등받이에 등을 바싹 붙여 앉으며 손바닥을 쫙 펴서 배를 문질러 보았다.

“이 안에 엄마가 해 준 밥밖에 안 들어 있어.”

그러자 엄마가 음모 어린 눈빛으로 다시 물었다.

“근데 왜 결혼했어?”

“엄마는 왜 두 번이나 결혼했어?”

내 질문에 엄마는 황당하다는 표정을 했다. 그러더니 이내 아! 하고 입을 벌리고는 무언가 크게 깨달은 표정을 지으셨다.

“그래, 그런 거지?”

“뭐가, 또?”

엄마는 입을 떼지 못하고 머뭇거리셨다.

"혹시 윤 서방 흠 있니? 게이야? 남자 구실 못해?"

"엄마!"

나는 버럭 소리를 지르고 말았다.

"그럼 재벌가 아들이 왜 그렇게 결혼을 서둘러? 그것도 너랑?"

나는 기가 막혀서 아무런 말도 나오지 않았다.

"엄마, 나 혹시 주워 왔어?"

엄마가 검지로 내 머리를 밀며 '이게 무슨 헛소리야!' 하고 구박했다.

"엄마, 헛소리는 엄마가 하고 계시잖아. 아니, 왜 재벌가 남자가 나한테 미쳐서 혼자 다 준비해 갖고 공주 모셔 가듯이 결혼하면 안 돼? 이상해?"

"혹시 계약 결혼 그런 거야? 너는 내 잔소리 피하려고 결혼에 동의한 거고, 윤 서방은 치명적인 결함이 있어서 그런 거지, 맞지?"

엄마는 두 눈을 반짝이시며 '내 그럴 줄 알았다!' 하고 확신하듯 덧붙이셨다.

"엄마."

"어?"

"요즘 인터넷으로 소설 보는 게 취미시라고?"

"응."

"현실은 소설과 달라."

"그래! 현실은 소설과 다른데, 내 딸이 꼭 소설처럼 결혼했잖아."

나는 할 말을 잃고 입을 꾹 다물었다.

"딸."

"응?"

"이왕 이렇게 된 거 최선을 다해. 너한테 홀딱 반하게 만들어. 막 2년 후쯤 계약 기간 끝났다고 이혼하자고 하지 말고. 일단."

"일단?"

엄마는 차마 다음 말을 내뱉지 못하고 머뭇거리시는 듯했다.

"뭐 애부터 가지라고?"

"그렇지, 그렇지!"

엄마는 손뼉까지 쳐 대며 호들갑을 떨어 대셨다.

"엄마."

신혼여행에서 돌아온 딸한테 덕담은 못해 줄망정.

잠시 신혼여행 이야기를 하자면, 그는 나를 데리고 5대양 6대주를 돌 생각이었다고 했다. 나는 미쳐도 어떻게 그렇게 미치냐며 그를 다그쳤다. 그러자 5대양 6대주 도는 대신 휴양지에 두 달을 박혀 있자고 했다.

재활치료는 거의 끝나 갔고, 약물치료는 끝난 지 3개월이 지났다. 결혼과 함께 퇴원을 한 나는 그를 따라 비행기에 올랐다. 언젠가 했던 약속처럼, 바다가 보이는 수영장이 있는 풀 빌라에서 우리는 두 달을 꼬박 보내고 왔다.

아무튼 본론으로 돌아와서 신혼여행을 마치고 온 딸에게 엄마가 입에 올리신 단어는 '계약 결혼, 이혼, 임신' 이었다!

아이고, 머리야.

"내가 아무래도 이상했다니까. 어떻게 아무런 조건 없이 그런 성대한 결혼식을 올려? 우리 집이 뭐 볼 게 있다고 재벌가 아들이 장가를 와?"

"우리 집에 볼 게 있다잖아."

"뭐, 뭐? 혹시 네 아버지 나 몰래 숨겨 둔 재산 많은 독지가래?"

"와, 딸은 그렇게 깎아내리면서, 아버지한테는 판타지야?"

"네가 지금 이렇게 결혼한 게 판타지잖아. 그래서 우리 집에 볼 게 뭐가 있는데?"

"나."

"뭐?"

"나, 엄마 딸. 변유정. 나 하나 보고 결혼한 거잖아."

엄마는 콧방귀를 뀌시더니 TV 리모컨을 집어 드셨다.

"요즘 드라마가 재미가 없네."

"왜? 뉴스가 재미있어서?"

"아니. 우리 딸이 재벌이랑 결혼하는 리얼리티 드라마 찍고 있어서."

나는 천장을 한 번 올려다보며 한숨을 내쉬었다.

"엄마."

"어."

"그냥 그렇다 칩시다. 윤 서방 흠 있고, 딸이 잔소리 듣기 싫어서, 까짓 계약 결혼 했다 칩시다."

무심히 TV를 바라보고 계시던 엄마는 내 뺨을 한 번 쓸어내리셨다.

"잘 살아라."

짧은 문장에 엄마의 온 마음이 다 담겨 있었다. 드라마에서나 있을 수 있는 일이라고 생각하셨나 보다. 재벌가로 시집간 딸이 막장 드라마처럼 험한 일은 겪지 않을까 걱정하셨나 보다. 그걸 엄마 나름의 방법으로 나에게 표현하신 거라, 나는 그렇게 생각했다.

밤 12시가 넘은 시각, 현관문 초인종을 누르는 소리가 들려왔다.

"누구세요?"

엄마가 현관으로 달려가며 묻는 소리에 그의 목소리가 들려왔다.

"접니다, 장모님. 하나밖에 없는 사위요."

술이 거나한 그의 말투가 비비 꼬였다.

"아이고, 왜 이렇게 술을 많이 마셨어?"

현관문을 열며 엄마가 잔소리를 퍼부었다. 아버지도, 그도 코가 삐뚤

어지도록 술을 마신 듯했다.

"어서 들어와요."

두 사람은 몸을 비틀거리며 현관 안으로 들어섰다.

"이거 봐요, 장인어른. 제 와이프가 더 예쁘잖아요."

"자네, 무슨 그런 섭섭한 소리를 하나? 유정이는 우리 안사람보다 한 세대나 어릴세. 그에 비하면 이 사람이 훨씬 곱지."

"장인어른, 그런 말이 있습니다."

"어떤 말?"

"나이가 깡패다."

그가 잔뜩 혀 꼬인 소리로 읊조리자, 두 사람은 뭐가 그리 재미있는지 키득키득 웃어 댔다.

"엄마, 우리 갈게요. 이 사람 많이 취했다."

"가긴 어딜 가? 자고 가."

엄마가 아버지를 먼저 부축해서 안방으로 들어가셨다. 나는 한숨을 폭 내쉬며 신발장에 기대어 있는 그를 올려다보았다.

"우리 마누라 예쁜 눈이 세모꼴이 됐네. 내가 취했나? 얘가 삐졌나?"

"둘 다. 들어가요."

"아무리 봐도 우리 유정이가 더 예쁜데. 자꾸 장인어른이 장모님이 더 곱다고 우기시더라."

그는 피곤한지 눈을 지그시 감은 채로 읊조렸다.

"우리 변유정이 얼마나 예쁜데. 여기도 예쁘고, 여기도 예쁘고, 여기도 예쁘고."

그는 손가락으로 내 얼굴, 가슴, 그리고…….

"어우, 진짜. 저질."

내가 그의 가슴을 찰싹 내리치자 그가 큭큭거리며 웃었다.

"유정아."

"응?"

"장모님께 우리 집에 간다고 하자."

"왜? 자고 가라니까, 넙죽 대답했으면서."

"나 오늘 짐승처럼 우리 유정이 잡아먹고 싶은데, 여기 있으면 그렇게 못하잖아."

그는 이내 시무룩한 표정을 지었다가 갑자기 '어흥.' 하고 울음소리를 냈다.

"혼자 보기 아깝네. 엄마 부를까?"

"아니, 대리를 불러."

그가 애절한 눈빛으로 나를 내려다보았다.

"윤 서방, 자네도 얼른 들어가 씻고, 쉬게나. 유정이가 다녀갈 때마다 쓰던 방 정리해 놨네."

"네, 장모님! 그러겠습니다!"

그는 술기운이 버거운지 한숨을 폭 내쉬고는 목소리를 낮췄다.

"장모님, 무셔. 이쁜 건 변유정이 더 이쁘고, 무서운 건 장모님이 더 무셔."

혀 짧은 소리까지 해 대며 고개를 절레절레 내젓는 남편이 무척이나 귀여웠다. 나는 얼른 그의 뺨에 쪽 하고 입을 맞추었다.

"아니, 안 들어오고 뭐 해?"

그의 입술이 내 목덜미를 더듬으며, 커다란 손이 티셔츠 안으로 불쑥 들어오는 순간, 엄마가 현관으로 나오셨다.

"에그머니나."

엄마는 얼른 홱 돌아서시더니 목청을 흠흠 가다듬으시고는 '그럼, 쉬게.' 하시며 상체를 꼿꼿이 세운 어색한 자세로 방 안으로 들어가셨다.

"나 어디서 씻어?"

"여기 욕실 써요."

나는 현관 옆에 있는 욕실 문을 열어 주었다. 그는 또다시 어흥! 하는 소리를 한 번 내더니 욕실 안으로 사라졌다. 꿀물이라도 타야겠다 싶어 부엌으로 갔더니, 엄마도 부엌으로 나오셨다.

"뭐 찾아?"

"꿀."

"기다려 봐. 헛개 달여 놓은 거 있어. 그거 줄게."

"응."

엄마가 냉장고에서 헛개 달인 물이 담긴 병을 꺼내시고 계셨다. 어디선가 향긋한 비누 냄새가 느껴졌다. 아버지께서 부엌으로 나오셔서 어머니 곁에 섰다.

"윤 서방, 참 바르게 컸나 봐. 고얀 술버릇이 하나도 없네. 술 취했다고 거칠어지는 거 아닌가 걱정했는데, 사람이 참 좋네."

"그래요?"

엄마는 대답인 듯 흐뭇하게 덧붙이고는 헛개 우린 물이 담긴 컵을 쟁반 위에 올려서 나에게 건네셨다.

"들어가. 쉬어라."

"응."

엄마는 나와 눈도 마주치지 못하셨다. 엉뚱한 상상을 늘어놓으신 게 부끄러우신가 보다.

나는 쟁반을 받아 들고 방으로 향했다. 방 안은 깨끗하게 정리되어 있었다. 딸 내외가 온다고 엄마가 평소보다 더 신경 써서 정리하신 듯했다.

테이블 위에 쟁반을 올려놓는데, 그가 방문을 열고 들어왔다. 샤워를 마친 그는 엄마가 미리 욕실에 준비해 놓으셨다는 트레이닝복을 입고 있었다.

“이거 장모님이 사 놓으신 거래. 장모님 무셔. 내 사이즈 정확히 아셔. 아이, 무셔.”

그는 어깨를 잘게 떨더니 나를 꼭 끌어안았다.

“우리 유정이는 예쁘고.”

향긋한 샴푸 향이 코끝을 간질였다. 막 씻고 나와서 물기에 부드러워진 그의 입술이 내 입술을 머금었다. 갈라진 틈 사이로 익숙하게, 혀가 미끄러져 들어오더니 아찔하게 넘나들었다. 그러다 그는 갑자기 입술을 떼어 내고 물었다.

“술 냄새 많이 나?”

“조금.”

“그럼, 키스는 하지 말까?”

“아니.”

이번에는 내가 먼저 그의 입술을 머금었다.

“음.”

신음성이 저절로 울렸다. 내가 그의 목을 꼭 끌어안자, 그가 입술을 붙인 채로 뒷걸음질해서 손을 뻗어 방 불을 껐다. 불이 꺼지자마자, 그가 나의 허리를 꽉 끌어안고는 단단한 몸에 밀착시켰다.

숨이 훅 차올랐다. 몇 걸음 옮겨가자, 매트리스에 등이 닿았다. 그는 뭐가 그리 급한지 방금 입고 나온 트레이닝복을 급하게 벗어 던졌다.

“문 잠가야겠지?”

“왜? 무서운 우리 엄마가 문 벌컥 열고 들어오실까 봐?”

“어.”

그는 진지하게 대꾸하더니 방문 가로 가서 문을 잠그고는 다시 침대로 왔다. 또다시 입술이 겹쳐졌다. 그는 성마른 손길로 연노란색 원피스를 벗겨 냈다.

"하아. 하아."

나는 밭은 숨을 몰아쉬며 그의 목덜미에 팔을 감았다. 한숨을 몰아쉬던 그가 낮게 읊조렸다.

"미치겠네, 진짜."

나는 그의 뺨을 어루만지며 물었다.

"왜?"

"술 마셔서 조절 안 될까 봐 걱정돼. 너 아직 힘들잖아."

아랫배가 뭉근하게 달아올랐다. 그는 이전보다 훨씬 부드럽게 나를 안아 주었었다. 그런데 지금은 그게 되지 않을 것 같다며 자책부터 했다.

"해 봐요. 해 보자. 나 견딜 수 있어."

그의 손길이 애틋하게 내 뺨을 쓸어내렸다. 그는 '후우.' 하고 한숨을 내쉬고는 속삭였다.

"견디기 힘들면 말해."

확실히 평소보다 거칠었다. 이곳이 친정집만 아니었어도 나는 비명을 질렀을지도 모른다.

너무 아찔해서. 너무 깊어서. 너무 감각적이어서.

한꺼번에 밀려드는 쾌락에 두 눈이 절로 감겼다. 등줄기가 빼근하고 목덜미에 소름이 오스스 돋아나며 감긴 눈꺼풀이 파르르 떨릴 만큼 좋았다.

내가 숨도 제대로 내쉬지 못하고 그의 어깨를 꽉 움켜쥐자, 그가 숨을 헐떡이며 물었다.

"힘들어?"

나는 고개를 절레절레 저었다. 고통 따위 그 어느 곳에서도 느껴지지 않았다. 오직 그를 더 느끼고 싶고, 더 가까워지고 싶은 바람만이 간절해졌다. 이보다 더 붙어 있을 수는 없었다. 이보다 더 서로를 원할 수도 없었다.

그런데 더 붙들고 싶었고, 더 원했다. 온 마음을 다해서 사랑한다고 말해도 부족했고, 그와 함께하는 시간은 그냥 멈춰 있었으면 싶을 만큼 아쉬웠다.

"사랑해."

귓가에 그의 목소리가 울려 퍼졌다. 나는 그의 목을 꽉 끌어안으며 목을 뒤로 젖혔다. 기분이 묘했다. 감동이 그 어느 때보다 진했다. 여운이 길게 남았다. 그 여운 끝에 무언가 있었으면 좋겠다는 바람이 생길 만큼, 가슴이 아련하게 차올랐다.

"변유정 씨, 임신입니다."

어쩐지 하루 종일 졸음이 쏟아진다 했다. 나는 반짝거리는 초음파 영상을 바라보며 그날 밤을 상기했다. 무언가 있었으면, 하고 바랐던 바로 그날.

그날 왔니?

나는 겨우 콩알만 한 아기에게 인사를 건넸다.

안녕, 내가 네 엄마야.

순간 눈물이 핑 돌았다. 사고 이후, 담당의를 통해 들었던 말이 머릿속을 떠다녔다.

「임신도 어려울 수 있습니다.」

나는 그때 절망하지도, 신에게 기적을 바라지도 않았었다. 하지만 그와 결혼한 이후 기적을 바라고 또 바랐다.

「평생 우리 둘이 살면 어떨 것 같아?」

내 질문에 그는 자상한 미소를 머금으며 내 머리카락을 다정히 쓸어내려 주었었다.

「우리 둘이 평생 살면 좋지.」

그러고는 걱정이 어려 있는 내 눈가에 입을 쪽 맞춰도 주었었다.

그런데 어쩌지, 우리 둘만 평생 사는 건 무리가 있겠는데?

나는 빙그레 미소를 머금었다.

"자연분만이 어려울 수도 있어요. 아시죠?"

나는 고개를 끄덕거렸다.

"수술로는 세 명까지 낳을 수 있는 거 맞죠?"

내 질문에 의사는 고개를 끄덕이며 미소 지었다. 겨우 콩알만 한 게 내 배 속에 들어왔는데, 나는 그걸 세 명으로 불려 놓는 엄청난 상상을 했다. 정기검진차 들른 병원이라, 감격스러운 순간을 혼자 맞았다는 사실이 그저 안타까울 따름이었다.

나는 오랜만에 학교로 향했다. 마타리와 함께 학교를 다니던 아이들은 이제 고3이 되어 있었다. 이사장실로 향하는 길, 아이들이 이따금 눈인사를 건네 왔다. 데스패치의 대대적인 보도 덕분에 나는 일등고의 영웅이 되었고, 그다음엔 이사장의 사모가 되었다.

아이들은 친구였다가, 사모가 된 나를 어색해했다.

"어, 마타! 아, 맞다……. 안녕하세요?"

필터링 없는 진웅은 여전히 정신이 없다.

"공부 열심히 해라, 장진웅."

석기는 올해 한국대 언론학부에 입학했다고 했다.

"어? 언니!"

복도 저편에서 은진이 꺄륵꺄륵 소리치며 달려왔다.

"언니, 좀 어때요? 괜찮아요?"

외동으로 자란 나는 은진을 동생 삼았고, 언니를 잃은 은진은 나를 언니로 삼았다.

"많이 좋아졌어."

"근데 왜 오셨어요? 이사장님 만나러 오셨어요?"

나는 고개를 끄덕이며 웃었다.

"언니, 준스엔젤 요즘 낯빛이 흙빛이에요."

"아이고, 걔들은 언제 정신 차리려나."

"그러게 말이에요. 언니, 참 이것 좀 보세요."

은진이 제 손목을 보이며 빙그레 웃었다. 손목에는 데이지 꽃잎을 본떠 만든 것 같은 은팔찌가 채워져 있었다.

"예쁜 팔찌네. 데이지 꽃인가?"

은진이 고개를 끄덕이며 얼굴을 붉혔다.

"정구 오빠가 줬어요. 꽃말이 순수한 마음이래요."

아이고, 예쁜 것들. 나는 흐뭇한 미소를 지으며 수줍게 웃고 있는 은진을 놀리려 짓궂게 말했다.

"너 근데 이거 팬들한테 걸리면 백만 안티 생기는 거 아냐?"

"와, 그럼 백만 명이나 저 아는 거네요!"

이전보다 훨씬 밝아진 은진의 모습에 뿌듯함이 차올랐다. 그래, 나는 이 아이의 이런 모습이 보고 싶어서 그렇게 노력했던 거였다. 은진은 내 기대와 노력에 부응이라고 하듯 밝았고, 예뻤고, 건강했다.

은진은 나를 이사장실 앞까지 데려다주고는 고개를 숙여 인사하기 시작했다. 얘, 또 시작이다.

"감사합니다. 존경합니다."

"어우, 진짜. 그만 좀 하라니까."

"앞으로 평생 언니 만날 때마다 할 거예요. 계속, 계속할 거예요. 그럼 저 수업 가요!"

은진이 손을 흔들며 멀어져 갔다. 좋을 때다. 은진의 뒷모습이 모퉁이를 돌아 사라진 후에야, 나는 이사장실 문을 향해 돌아섰다.

노크를 하자, 그의 낮은 목소리가 들려왔다.

"네."

새삼 여기서 다시 목소리를 들으니 감회가 새롭다. 나는 문을 빠끔히 열고 안으로 들어갔다. 그런데 그는 혼자가 아니었다.

"아버님, 어머님."

나는 그와 마주 앉아 있는 시부모를 향해 얼른 고개를 숙여 인사를 드렸다.

"새아가 왔니?"

어머님께서 인자한 미소를 지으시며 다가오셨다.

"네, 어머님."

"이리 와, 앉아라."

나는 얌전하게 걸어가 아버님께서 가리키신 소파에 조심스레 앉았다. 어쩐지 몸가짐이 이전보다 훨씬 조심스러워졌다.

"연락 없이 어쩐 일이야?"

그가 무심히도 물었다.

와, 이 사람아. 어머님, 아버님도 계신데, 내가 연락 없이 왔다는 걸 말하면 어떡해. 나 얼마나 철없어 보여!

"얘는 딱딱하게 말하는 것 좀 봐. 너 보고 싶어서 왔겠지."

어머님께서 그를 나무라시고는 나를 향해 시선을 옮겨 오셨다.

"새아기, 얼굴이 더 좋아졌네. 몸은 괜찮고?"

"거, 왜 부담스럽게."

어머님의 질문에 아버님은 괜한 걸 묻는다며 미간을 찌푸리셨다. 그에게 들었을 때는 정말 무섭고 차가운 분들이신 줄 알았는데, 두 분은 다정히도 나를 아껴 주셨다.

"점심은 먹었니?"

"아뇨, 아직."

"넷이 간단하게 점심 같이 하면 되겠네, 그럼."

어머니의 제안에 반박하는 이는 없었다.

어머님께서 분명 '간단하게'라고 말씀하신 것 같은데, 식사는 그룹 윤 소속 호텔 한정식당에서 이뤄졌다. 메뉴에도 없는 산해진미들이 서빙되었고, 나는 테이블 위에 있는 음식에 압도되어 새가 모이 먹듯이 했다.

"먹는 게 영 시원찮네. 새아기, 여기 음식이 입에 안 맞니?"

"아뇨, 잘 맞아요. 어머님."

아버님께서 '흐음.' 하고 헛기침을 한 번 하셨다. 더 이상 참견하지 말라는 신호인 듯했다.

"셰프 특선 보리 굴비입니다."

서버의 멘트와 함께 접시가 오른 순간, 나는 메스꺼움을 참지 못하고 입을 틀어막았다. 테이블 앞에 앉은 세 사람의 시선이 나에게 몰렸다. 서

버가 당황한 듯 손을 파르르 떨며 나를 바라보았다. 뒤에서 레스토랑 총지배인이 다가왔다.

"어디 불편하십니까? 다시 올리겠습니다."

"아, 아녜요! 제가 임신을 해서!"

안쓰러운 손 떨림 때문이었을까, 끔찍한 비린내를 풍기는 음식을 다시 내온다는 말 때문이었을까, 지배인의 엄중한 말투 때문이었을까.

그에게 먼저 전하려고 했던 말이었는데, 툭 하고 튀어나와 버렸다. 아버님께서 젓가락을 내려놓으시며 물을 벌컥벌컥 들이켜셨고, 어머니는 빙그레 미소를 머금으셨다. 그리고 그는 도통 무슨 표정인지 모를 얼굴을 하고 앉아 있었다. 눈동자도 텅 비어 있었다.

나는 이제야 조금, 그가 어떨 때 저런 표정을 짓는지 알 것 같았다. 두려울 때, 앞의 일이 가늠되지 않을 때, 자신이 감당할 수 있는 일인가에 대해 고민할 때.

지금은 셋 다?

내가 수줍게 웃자, 아버님이 보리 굴비를 물리셨다.

"몇 주?"

"7주요."

어머님께서는 '입덧 시작할 때지.' 하시며 미소를 지으셨다.

"권 박사한테 데려가요."

아버님 말씀에 권 박사가 누구냐는 표정을 했더니, 어머님께서 대답해 주셨다.

"한의사 선생님. 우리 준재한테 시집와 준 것도 용한데, 어떻게 이렇게 기특한 일을 바로 할까."

그룹 윤의 자재인 그에게 신붓감이 줄을 섰을 것이다. 시집와 준 게 용하다는 말은 어불성설이다. 가까운 예로 얼마 전에 구속 수감된 금주아?

시부모님께서는 금주아의 행동에 경악을 금치 못했다고 하셨다. 딸이 없었던 터라 귀여운 막내딸처럼 귀애하셨다고 했다. 자신의 아들을 차지하기 위해 온갖 극악한 짓에 가담했다는 사실을 알게 되신 후, 충격도 크셨다고 했다.

그래서 그랬는지 나의 존재와 우리의 결혼을, 시부모님은 흔쾌히 허락해 주셨다.

식사를 마친 후, 시부모님께서는 호텔을 둘러보신다며 먼저 자리를 뜨셨다. 우리는 가을이 완연한 호텔 정원을 함께 거닐었다. 오늘따라 단풍잎이 어린아이의 펼친 손처럼 보였다.

"뭐 먹고 싶어?"

"아직 뭐 특별히."

나는 고개를 절레절레 내저었다.

"근데 내가 임신했다는데, 첫 마디가 그거야?"

"무슨 말을 해야 할지 모르겠어. 기뻐. 기쁜데 걱정돼."

그는 내 앞에 마주 서며 눈썹을 치뜨고는 나를 내려다보았다.

"알아요. 나도 솔직히 조금 무서워. 근데 우리 그건 우리끼리만 알자. 우리 아기 듣는다?"

그는 그건 미처 생각 못했다는 얼굴로 눈을 동그랗게 떴다. 그러더니 대뜸 한쪽 무릎을 꿇으며 내 배에 귀를 붙인 채로 말했다.

"아가, 미안. 다시는 안 그럴게. 대신 아빠랑 약속 하나만 하자. 엄마 많이 힘들게 하지 말고, 건강한 모습으로 만나자. 우리."

눈물이 차올랐다. 그가 내 앞에서 두 번째로 무릎을 꿇었다.

프러포즈 때, 그리고 지금.

"우리 아이, 아들일까. 딸일까?"

그의 질문에 나는 작게 웃음을 터뜨렸다.

"누굴 닮든 대단한 녀석이 나올 거야."

그로부터 33주후, 정말 대단한 녀석이 세상 밖으로 나왔다. 나는 모두의 우려를 무색하게 만들며 기적처럼 자연분만을 해냈다.

"잘생겼어! 세상에, 우리 딸이! 잘생겼어!"

나는 응애, 응애 울음을 터뜨리고 있는 아이를 안아 들고는 함께 엉엉 울었다. 아이는 마치 엄마의 울음소리에 놀란 듯 눈을 동그랗게 뜨며 울음을 멈췄다.

"반가워서 그래, 우리 딸."

그는 아이의 이마에 입을 맞추고는 내 입술에도 가볍게 입을 맞추었다.

"고생했다, 우리 유정이. 넌 나한테 기적이야."

아이가 태어난 후, 그의 말마따나 하루하루가 기적 같았다. 옹알이를 하고, 눈을 마주치고, 나를 엄마라 부르고 그를 아빠라 부르는 아이와 함께.

아이가 아플 때면 열나는 이마 위에 미지근한 물을 적신 손수건을 올리며 차라리 내가 대신 아프게 해 달라고 기도를 올리고.

기껏 치워 놓은 거실을 순식간에 난장으로 만들어 놓을 때면 어디서 이런 게 나왔느냐며 한숨을 내쉬고.

아이가 잠들고 나면 나른한 하루를 마무리하며 침대에 누워 남편과 도란도란 이야기를 나누고.

우리는 아주 평범한 삶을 살았지만.

그것은, 기적이었다.

서로가 서로에게 운명이 되어 한평생을 살아간다는 것.

아이를 낳고 부모가 되고. 함께 늙어 가며 삶을 공유한다는 것.

오늘도 우리는 모두 기적같이 아름다운 삶의 한가운데를 살아가고 있다.

외전 1 안녕, 내 첫사랑

이사장실 문 앞에 선 한별은 호흡을 한 번 가다듬었다. 깊게 들이쉬었다 내쉬는 날숨에 회한이 묻어났다. 한별은 교복 넥타이 매무새를 바로 잡고 어깨를 두어 번 풀어 본 뒤 이사장실 문을 두드렸다.

"들어와."

이사장의 목소리는 의외로 평온했다. 심장이 쿵쿵 울렸다. 불과 며칠 전까지만 해도 적이라 생각했던 남자가 눈앞에 있었다.

무릎이라도 꿇고 빌어야 할까?

내가 그 여자한테 은진과 은영에 관해 털어놓아서 이 일에 더 깊게 관여하게 만들었다고?

아니면 달려가서 멱살을 잡아야 할까? 왜 당신은 그 여자를 지켜 내지 못했느냐고…….

한별이 복잡한 감정을 담은 눈빛으로 집무용 책상 위에 앉아서 모니터에 시선을 고정하고 있는 이사장을 바라보았다.

"그래, 자퇴서를 냈다고?"

이사장이 모니터에 고정했던 시선을 한별에게로 옮겨 오며 물었다.

"네."

"왜?"

"더는 학교에 남아 있을 이유가 없어서요."

이사장은 의외로 평온한 얼굴이었다. 사랑하는 여자가 생사의 갈림길에 서 있는 상황 따위는 전혀 개의치 않는다는 기분이 들었다.

"그게 다야?"

그런데 착각이었나 보다. 또다시 묻는 그의 목소리와 함께 마주한 이사장의 눈동자는 텅 비어 있었다. 메마른 눈동자를 마주하자 갑자기 목이 콱 메어 왔다. 유정이 하루하루 죽을 고비를 넘기고 있는 동안, 한별이 한 일이라고는 자퇴서를 작성하는 것뿐이었다.

그런데 눈앞에 있는 이 남자는 혼란에 빠진 학생들을 돌보고, 학교를 안정화시키고, 묵묵히 그녀의 곁을 지켰다. 이미 성공의 반열에 오른 성인 남자를 이제 막 스무 살이 된, 그것도 고등학교 졸업장도 없는 자신이 상대할 수 없을 거라 생각했었다.

하지만 나이 차는 있을지언정 그녀를 위하는 마음은 자신이 더 깊다고 착각했었다. 갑자기 쓰디쓴 열패감이 몰려왔다.

"학교 그만두고 뭐 할 생각인데?"

그는 다시 모니터로 시선을 옮겨 가며 '점심은 먹었냐?' 와 같은 일상적인 물음처럼 물었다.

"……."

한별은 아무런 대꾸도 하지 못하고 키보드로 무언가를 열심히 입력하고 있는 이사장을 물끄러미 바라보았다.

"어머니껜 뭐라고 할래?"

"어머니껜……."

말을 이을 수 없었다. 지난번 서충원 이사장에게 대들었다는 이유로 학교에서 퇴학을 당했을 때, 한별은 이미 어머니의 가슴에 대못을 박았다. 다시 학교로 돌아가겠다고 했을 때, 붉어졌던 어머니의 눈시울이 떠올랐다.

"……있어."

이사장의 목소리가 잦아들었다.

"네?"

"그냥 있으라고."

이사장이 엷은 미소를 머금으며 자리에서 일어났다.

"변유정 일어났을 때, 너 학교 그만뒀다고 하면 난리 난다?"

마주 선 남자의 입가에 머무는 미소가 진해졌다. 한별은 그 미소에 괜히 눈물이 핑 돌고 말았다. 유정이 영영 그렇게 의식을 잃은 채로 누워 있을지도 모른다고 했다. 그래서 한별은 거의 자포자기한 심정으로 이사장실을 찾은 참이었다.

그런데 나약한 생각에 빠져 있던 자신과 달리 이사장의 얼굴은 확신에 차 있었다.

"네 자퇴서 받아 줬다고 하면, 변유정이 나 가만둘 것 같아?"

마치 얼른 일어나서 한별을 책망해 줬으면 하는 목소리였다. 확신에 찬 미소를 지으며, 확고한 눈빛을 마주하고, 밝은 목소리로 말하고 있었지만, 이사장은 깊이를 알 수 없는 슬픔에 잠긴 사람처럼 보였다.

"……죄송합니다."

한별의 고개가 죄스러운 무게감에 바닥을 향했다.

"네가 죄송할 건 내가 아니라, 한별이 네 어머니셔. 아들이 두 번이나 학업을 중단한다고 하면, 어떤 마음이 드시겠어?"

이사장은 부드러운 목소리로 한별을 나무라며 어깨를 툭툭 두드려 주었다.

"어……떤가요?"

무엇에 관한 질문인지 눈치챘다는 듯 이사장이 아련한 미소를 머금었다.

"한결같지. 본인 성격처럼. 내가 좀 못되게 굴었다고 고집을 피우는지, 감은 눈을 뜨지를 않네. 날 얼마나 혼내려고 그러는지."

이사장은 한숨을 한 번 몰아쉬고는 다시 짙은 미소를 머금으며 덧붙였다.

"나한테 삐진 거 다 풀리면 일어날 거야. 걱정 마."

그의 확고한 신념을 한별도 믿고 싶어졌다.

"언제 병원 한번 와. 변유정, 누워 있어도 목소리 다 듣고 있을 거야."

차마 병문안 가겠다는 소리는 못하고 있었다. 누워 있을 그녀의 모습을 마주하는 게 두려웠는지도 모른다. 누구의 이야기든 들을 준비가 되어 있었던 그녀였다. 무슨 말이든 진중하게 귀 기울여 주던 그녀였다. 그리고 꺄르륵 웃든지, 발끈 화를 내든지, 깊게 공감하든지.

눈을 마주하고 이야기하는 모든 사람을 매료시키는 다정한 심성을 가진 그녀였다. 그랬던 그녀를 병실에서 마주한 한별은 아주 잠시간 할 말을 잃고 말았다. 고왔던 얼굴이 퉁퉁 부어서 알아보기 힘들 정도였다. 여기저기 피멍이 선연했다.

도톰해서 예뻤던 새빨간 입술도 터졌었는지 생채기가 나 있었다. 뒤에 이사장이 앉아 있음에도 불구하고, 한별은 손을 뻗어 조심스레 말라붙은 입술을 엄지로 한 번 쓸어 보았다.

마치 마른 나뭇잎을 만지는 기분이었다. 생명력이 하나도 느껴지지 않아서 가슴이 꽉 막히는 듯했다.

"입술이 너무 말랐네요."

한별은 주머니에 있던 립밤을 꺼내서 유정의 입술 위에 슬며시 발라 주었다. 이사장은 그저 가만히 한별의 그런 행동을 지켜볼 뿐이었다. 더 이상 말을 이을 수도 없었다. 한별은 조용히 자리에서 일어났다.

"다음에 또 와도 되죠?"

조심스러운 물음에 이사장은 그저 고개를 한 번 끄덕거렸다.

그로부터 수 주가 지난 후, 그녀가 눈을 떴다는 소식을 접했다. 심장이 쿵쾅거렸다. 눈을 떴다는 건 의식이 돌아왔다는 뜻이었다. 한별은 소식을 듣자마자, 곧장 병원으로 향했다. 반짝거리는 눈동자가 천장을 향해 있었다.

"나 왔어요."

목소리를 알아들었는지 그녀의 눈동자가 파르르 떨렸다. 다행이라는 생각이 들어서 심장이 쿵쿵거렸다.

"이게, 뭐야. 누나."

한 번도 그녀를 누나라 불러 본 적 없었다. 이름을 부르며 깐족거리고 그녀를 놀려 먹기만 했었다. 놀릴 때마다 부르르 떨며 빨개지는 볼이 너무도 사랑스러웠었다.

'이제 일어나면, 이사장님이랑 예쁘게 사랑하면서 살아요.'

낯간지러운 말을 내뱉지는 못하고, 그녀를 누나라 부르는 한별의 목소리에는 물기가 어렸다.

"나랑 같이 놀이동산 가기로 했잖아요. 나랑 같이 재미있게 놀기로 했잖아. 근데 여기 이렇게 누워 있으면 어떡해."

괜히 징징거리는 소리도 해 보았다. 이러면 유정이 일어나서 '너는 고3이 코앞인데, 철 좀 들어라!' 하고 나무랄 것 같았다. 그런데 그녀는 미동도 없었다. 그저 눈을 깜빡거리는 것과 눈동자를 파르르 떠는 것 외에는 아무런 반응이 없었다.

한별은 무거운 마음으로 병실을 나섰다. 병실 문 밖에는 이사장이 서 있었다.

"엄청 못생겨졌네. 얼굴 붓기는 언제 빠진대요? 영영 안 빠지는 거 아녜요? 이사장님이 책임져요. 얼굴 저렇게 돼서 누구한테 시집이나 가겠어?"

한별은 괜히 툴툴거리며 이사장을 바라보았다. 절대 이사장이 그럴 사람은 아니라 생각하지만, 혹시나 이 남자가 가여운 여자를 버릴까 걱정이 됐다.

우리 학교 지키려다, 우리 친구 은진이 지키려다 저렇게 된 거예요. 알죠?

한별은 간절한 눈빛으로 이사장을 바라보았다.

"그러게. 큰일이네. 나 잠깐 자리 비웠다고, 어디 도망간 줄 아는 거 아닌지 모르겠다. 조심해서 가라."

이사장은 믿음직한 미소를 지어 보이며 병실 안으로 사라졌다.

괜히 마음이 놓인다. 분명 아무렇지 않다는 듯 털고 일어날 거다.

시간은 아무렇지도 않게 흘러갔다. 말을 하게 되었다고 했다. 이제 앉아 있을 수 있게 되었다고도 했다.

그런데 그녀를 차마 찾아갈 수가 없었다. 힘든 나날을 보내고 있을 그녀 앞에서 자신이 울어 버릴 것만 같아서, 보고 싶은 마음을 꾹 참았다.

그러다 그녀를 다시 찾은 건 어이없는 소식을 접하고 나서였다.

"이사장님 미국 가신대. 학교 당분간 안 오신대."

준스엔젤이라 불리는 애들이 떠드는 소리를 듣고 한별은 제 귀를 의심했다.

"이사장이 어딜 가?"

한별의 질문에 준스엔젤은 내심 무언가를 기대하는 듯한 얼굴로 떠들어 댔다.

"그룹 윤에서 되게 높은 자리 맡았다고 하던데? 사실 이사장이 우리 학교 자리 잡게 하려고 그동안 좀 학교에 과하게 신경 쓰기는 했잖아? 다른 사립학교는 이사장 이름도 모르던데."

한별의 얼굴이 일순간 무섭게 굳어 버렸다.

지금 미국으로 간다고? 왜 하필 지금? 변유정은 그럼 어쩌고?

한별은 곧장 이사장실로 향했다. 다급한 나머지 노크하는 것도 잊고 문을 열어젖혔다.

"이봐요!"

"이봐요?"

집무를 보던 이사장이 기가 막힌다는 눈빛으로 한별을 쏘아보았다. 무슨 일이냐고 묻는 듯한 얼굴에는 황당함이 가득해 보였다. 이쪽도 황당한 건 마찬가지다.

"어디로 도망갈 생각이에요? 내가 변유정 데리고 그 동네는 절대 안 가려고. 평생."

이사장이 어이가 없다는 듯 웃음을 터뜨렸다. 웃어? 지금? 이게 웃겨?

한별은 눈을 부릅뜨며 이사장을 노려보았다.

"진한별."

"왜요?"

"나 없는 동안 변유정 심심하지 않게 자주 가 봐. 네 얘기 은근히 많이 했어. 공부는 잘하고 있냐, 성적은 어떠냐, 방송반은 잘 돌아가냐 등등."

곧 겨울방학이 시작될 것이다. 그리고 그녀를 잘 돌보란 말을 이사장이 하고 있었다.

"꼭 가야 하는 일이예요?"

이사장은 한숨을 집어삼키는 듯하더니 어깨를 한 번 끌어올렸다가 내리고는 엷은 미소를 머금었다.

"진한별."

"네."

그는 무슨 말을 하려는지 뜸을 들였다. 확고한 신념을 가지고 있던 그가 어렵게 털어놓으려는 말이 대체 뭘까? 변유정 이제 그만 포기한다고? 네가 잘해 보라고?

그런 말을 한다면 달려가서 턱주가리를 날려 줄 생각이었다.

"변유정 자존심 무지 센 거 알아?"

사실 마타리의 모습을 더 많이 봤지, 기자 변유정의 모습은 거의 보지 못했다. 하지만 그녀가 무척이나 매력적인 사람이라는 것은 잘 알고 있다. 자존심이라…….

그랬던가? 학생으로 분했을 때는 그 자존심 죽이고 연기한 거였나?

"고집도 세고, 자존심도 세고."

이사장은 한탄하듯 말했다.

"그래서요?"

"그 자존심, 그 고집 지켜 주려고 하는 거야. 변유정은 몸 다치는 것보다, 자존심 다치면…… 그걸로 더 힘들어할 거라는 걸 내가 아니까."

"그래서 멀리 가겠다는 거예요? 그게 말이 돼요?"

"내가 안 돌아올 거라고 생각하는 거야?"

"……."

한별은 이사장이 스스로 대답하길 기다렸다.

"6개월 후에 올 거야. 그쯤 되면 많이 회복해 있겠지."

도무지 스무 살 혈기 왕성한 한별은 이사장의 결정이 이해가 되질 않았다.

"힘들 때일수록 옆에 있어야 하는 거 아녜요? 보듬어 주고, 안아 주고?"

이사장은 한숨을 한 번 내쉬고는 대꾸했다.

"나 변유정한테 미움받기 싫은데."

"누나가 그런 지금의 모습을 이사장님한테 보이기 싫어한다는 거죠?"

그는 고개를 끄덕거렸다.

"근데 곁에 있으면 자꾸 궁금해서 보러 갈 것 같으니까, 외국으로 가는 거예요?"

그는 이번에는 대답 대신 빙그레 웃었다. 이사장이 말하는 회복의 의미가 아픈 몸을 뜻하는 게 아닌 듯했다.

사랑하는 이 앞에서 무기력해진 그녀의 자존심.

이 남자는 그걸 지켜 주고 싶어서 잠시 떠난다는 거였다.

"나 없는 동안 변유정 한눈 안 팔게 잘 지켜. 잘생긴 남자 의사 특히 조심시키고. 걔 진짜 남자 얼굴만 봐. 그래서 나 만나는 거잖아."

이사장이 전에 없이 농담을 하며 너스레를 떨었다. 이제껏 확신에 차 있던 그는 많이 불안해 보였다. 안타까운 마음에 한숨이 불거져 나올 것만 같아서 멋대로 지껄였다.

"와. 얼굴만 보면 나를 선택했겠죠."

너스레를 떨다 마주한 이사장의 눈빛이 불타올랐다. 이런 농담도 허용치 못하겠다는 남자가 어딜 떠나겠다고.

한별은 한 걸음 더 나아갔다.

"이사장님 없는 동안 내가 변유정 씨 꼬시면 어쩔래요?"

이사장은 어이가 없다는 듯 웃었다.

"고양이한테 생선을 맡긴 거잖아요, 지금."

한별은 어깨를 으쓱하며 이사장을 도발하듯 여유를 가장한 미소를 지었다. 미소를 머금은 얼굴과는 달리 한별의 가슴은 타들어 갈 듯했다.

알겠어, 알겠다고. 멋지고 싶은 거 알겠어.

그렇다고 그 여자를 두고 이렇게 가 버리면 그 여자는 어떻게 하라고!

도발이라도 하면 진득한 소유욕을 가진 이사장이 결정을 번복할지도 모른다고 생각했다.

"넌 나한테 안 돼, 인마."

이내 평정을 되찾은 이사장이 빙그레 웃으며 말했다.

그렇게 이사장은 결국 한국을 떠났다.

그가 떠나고 난 뒤 첫 주말, 한별은 유정의 병원을 찾았다.

"여, 이제 혼자 휠체어 밀고 다녀요?"

복도를 앞서가던 휠체어가 멈춰 섰다. 그리고 빙그르르, 그녀가 앉아 있는 휠체어가 한별의 목소리가 울려 퍼진 쪽을 향했다.

"야! 진한별!"

빽 소리를 지르는 그녀의 목소리가 복도를 울렸다.

"너, 진짜! 서운하게 이러기야?"

그동안 다른 아이들이 병문안을 왔다 갔다는 소식을 전해 들었었다. 은진은 하루가 멀다고 유정의 병실을 들락거리고 있었다. 그런데 한별은 누워 있었던 유정을 마주한 이후로, 처음이었다.

"와, 성깔 여전하네. 그러니까 남자가 도망갔죠."

입술을 실룩거리며 눈을 가늘게 뜨고 노려보는 유정의 모습에 웃음이 났다.

"그 남자가 도망간 게 아니라, 내가 찬 거거든!"

새빨개진 얼굴로 자기변호를 하는 모습이 귀엽기까지 했다. 이 여자는 처음부터 그랬다. 귀엽고, 어여뻤다.

가슴 한구석을 뜨끈하게 만드는 진한 미소를 지으면서도 뭔지 모를 비밀스러운 분위기를 내는 데 반했었다.

"너는 어떻게 한 번을 안 와?"

그리고 이렇게 대찬 모습에 속수무책으로 끌렸었다. 이 여자는 내가 지켜 주지 않아도 굳건할 것처럼 느껴졌었다. 꼭 누군가를 지켜 내야 한다는 강박관념에서 벗어나게 해 줄 수 있을 것만 같은 사람이었다.

비록 그런 생각과 달리 엄청나게 험한 일을 당하고 말았지만.

"한 번은 왔었어요."

"그래! 한 번은 왔더라!"

그래도 이렇게 살아났으니까.

그녀가 나무라는 소리에 괜히 눈물이 핑 돌았다. 아직 걷지만 못할 뿐, 모든 게 예전과 다를 바 없었다. 혹시나 이사장이 떠났다고 해서 혼자 땅굴 파고 있으면 어쩌나 내심 고민했었는데, 괜한 고민을 했나 보다.

한별은 유정이 서 있는 곳으로 성큼성큼 다가가 휠체어를 밀기 시작했다.

"나 겨울 방학 때 여기 와서 공부해도 돼요?"

"학교 가서 해. 좋은 학교 놔두고 왜 병원에 와서 공부를 해?"

한별은 가만히 그녀의 정수리를 내려다보았다. 탐스러웠던 머리카락은 봉합 수술 때문에 모두 잘려 나갔었다. 지금 그녀의 머리는 짧은 커트머리다.

"머리…… 참 예뻤는데."

안타까운 목소리로 내뱉은 말에.

"걱정 마. 머리는 금방 자라."

어김없이 씩씩한 목소리가 들려왔다.

그래, 이래야 변유정이지.

“오오, 요즘 머리 금방 자라요? 야한 생각 많이 하나 봐?”

“너 진짜! 내가 다리는 이래도, 손은 성하거든!”

상체가 돌아가는가 싶더니 작은 손이 한별의 팔뚝을 내리쳤다. 한별은 그저 빙그레 웃음을 머금을 뿐이었다. 이깟 손찌검, 가슴이 아린 거에 비하면 하나도 아프지 않다.

“나 재활치료 받으러 가야 해. 그만 가 봐. 얼굴 봤으니 됐다.”

그래, 오늘은 여기까지.

“내일 또 올게요.”

공부에 매진해라, 쓸데없이 병원에 너무 자주 오지 말라는 유정의 잔소리를 뒤로하고 한별은 병원을 나섰다.

집 앞에 다다르자, 대문 앞에 낯익은 얼굴이 한별을 기다리고 있었다.

“여기서 뭐 해?”

발끝을 내려다보고 있던 고은이 흠칫 놀란 눈빛으로 한별을 올려다보았다.

“어, 어디 갔다 와?”

내 집 앞에서 기다리고 있었으면서, 얼굴 보고 놀라는 건 대체 뭐야?

“너 언제부터 여기 있었어?”

“얼마 안 됐어.”

얼마 안 됐다는 말과 달리 고은의 뺨은 찬바람을 오래도록 맞고 서 있었던 듯 빨갛게 얼어 있었다.

“무슨 일인데?”

한별의 목소리는 차가운 대기만큼이나 서늘했다.

"그냥."

고은이 말꼬리를 흐리며 고개를 떨어뜨렸다.

"용건 없으면 가."

한별이 대문을 향해 돌아서자, 고은의 다급한 손길이 한별의 옷자락을 움켜잡았다.

"왜?"

"혹시 오늘 병원 다녀온 거야?"

"어."

한별은 계단참에 오른 채로 아래에 서 있는 고은을 내려다보았다.

"어때? 괜찮아?"

"궁금하면 직접 가 보든가."

"그러고는 싶은데."

언제나 맹랑하게 굴었던 고은이었다. 그런데 오늘따라 어울리지 않게 머뭇거린다.

"왜? 내 뒤 캐라고 시켰던 게 쪽팔려서 못 가겠어?"

"아니거든! 내가 언제 오빠 뒤를 캐라고 시켰다고!"

추위에 빨개진 얼굴을 더욱 붉히며 고은이 항변했다.

"내일 병원 다시 가 볼 거야. 궁금하면 따라오든지."

"그래도 돼?"

"안 될 건 뭐야. 대신 조건이 있어."

"무슨 조건?"

"병문안 가서 질질 짜지 마."

고은이 고개를 끄덕이며 빙그레 웃었다. 이제 한별은 그만 돌아서야 할 타이밍이었고, 고은도 작별인사를 건네는 게 맞았다.

그런데.

"따뜻한 거, 마실래?"

한별은 자신이 질문해 놓고도 스스로가 의아해서 고개를 갸우뚱 기울였다. 왜 이런 질문을 했는지, 도무지 이해할 수가 없었다.

추위에 빨갛게 언 뺨이 안쓰러워서? 변유정 걱정하는 마음이 갸륵하고 기특해서?

"어! 마실래!"

고은이 고개를 세차게 끄덕거렸다.

"따라와. 요 앞에 괜찮은 카페 있어."

한별은 성큼성큼 앞장서 나갔고, 고은은 잰걸음으로 뒤따랐다. 등 뒤에서 들려오는 또각거리는 구두 소리가 요란했다. 자신이 너무 빨리 걷고 있는 탓에 고은이 황급히 걸음을 옮기고 있는 것 같았다.

한별은 은근히 걷는 속도를 늦춰 보았다. 그러자 거북하게 들렸던 요란한 구두 소리가 잦아들었다.

"있잖아."

등 뒤에서 조심스러운 목소리가 들려왔다. 한별은 대꾸 없이 앞만 보고 걸었다.

"아직 못 걸으셔? 많이 안 좋으신 거야?"

고은의 목소리에서 울음기가 묻어났다.

"못 걷는 건 맞는데, 기운은 생생해."

"……다행이다."

고은이 코를 훌쩍이는 소리가 들려왔다. 눈물을 훔치는 듯한 기척도 느껴졌다. 고은이 울고 있다는 사실에 괜히 마음 한구석이 불편해졌다.

"왜 울고 그래? 너 내일 병문안 가서도 울기만 했단 봐?"

한별은 괜히 고은을 윽박지르며 화를 냈다.

"어! 안 그래. 걱정 마. 안 울어!"

한별이 대뜸 뒤돌아서서 지른 말에 고은이 손사래를 치며 얼른 눈물 자국을 지워 냈다. 고은은 무서운 얼굴로 돌아서는 한별의 너른 등을 가만히 쳐다보았다.

그때 자신의 손을 잡고 이사장실을 성큼성큼 나오던 그 순간부터, 한별의 등은 세상에서 가장 믿음직한 버팀목처럼 보였다. 있는 집 고명딸, 마냥 예쁨만 받고 자랐으리라 여겨질 테지만 고은은 누구보다도 엄하고 무서운 부모님 밑에서 자랐다.

돈은 있다가도 없고, 없다가도 있는 것이니 있음을 자랑 말고, 부모가 가진 힘은 과시하기 위함이 아니니 손 벌릴 생각 하지 말 것이며, 어려움에 빠졌을 때는 스스로 벗어날 방법을 찾아라.

전 이사장의 악행이 있기까지 고은은 집에 입을 꾹 다물고 있었다. 퇴학을 당하고 난 뒤, 부모님은 아무것도 묻지 않으셨다. 그렇다고 호되게 혼이 나지도 않았다. 값비싼 심리 상담만이 이어졌다.

무관심처럼 느껴지기도 해서 제 부모가 야속하단 생각도 들었다. 그러다 사촌 오빠인 준재가 학교 이사장으로 부임한 뒤 고은은 다시 학교로 돌아갔다.

「학교 가서 사촌이라고 알은체하지 말고.」

엄마는 또다시 딸 입단속부터 했다. 모른 체하려고 했는데, 사촌 준재가 먼저 고은을 찾았다.

다시 이사장실을 찾았을 때, 고은은 목덜미까지 소름이 끼쳤다.

「고모가 걱정 많이 하더라. 잘 봐 달라는 말을 귀에 딱지가 앉도록 들었네. 내 평생 고모가 나한테 뭐 부탁하는 건 처음 들었다.」

서자 출신이라는 그를 엄마는 은근히 홀대했었다. 그런데 그를 찾아가 자신을 걱정하고 부탁하는 말을 했다는 게 믿기지 않았다.

「안 믿긴다는 얼굴이네? 고모가 좀 딱딱해서 그렇지.」

「알아.」

준재가 하는 말을 고은이 딱 잘랐다. 공부를 잘하지 못한다는 게 노력을 안 했다는 말은 아닐 거다. 사랑을 표현하는 방법이 다르다고 해서, 사랑하지 않는 것은 아닐 거다.

힘든 시간을 보내고 다시 돌아온 학교에서 데면데면했던 사촌 오빠를 마주하고 있는 순간, 고은은 자신이 그런 부모님을 많이 사랑하고 있다는 것을 문득 깨달았다.

「오빠가 잡아 줄게.」

눈물이 핑 돌았다. 돌이켜 보면 그는 다른 사촌들과는 달랐었다. 때때로 살갑게 웃어 주기도 했고, 잘난 척하며 사람 떠보고 계산기 두드리는 이들과 달리 그는 진중하고 다정했다.

「부탁이 있어, 오빠.」

자신을 지키려다 학교를 떠난 선배, 진한별.

자신이 그의 인생을 망쳐 놓은 것 같아서 고은은 괴로웠다. 수십 번 연락을 시도했지만, 한별은 고은을 피했었다. 학교에서 연락이 가면, 다르지 않을까 하는 생각이 들었다.

진심이 통한 걸까? 이제 모든 것이 순리대로 돌아가려고 한 것일까?

그가, 진한별이 학교로 돌아왔다. 진한 눈웃음을 머금은 미소는 그대로였다. 다시 교복을 입고 학교를 다니는 한별의 모습에 심장이 속절없이 두근거렸다. 끔찍했던 지옥 속에서 자신의 손을 잡고 성큼성큼 걸어 나왔던 그 뒷모습이 눈앞에 아른거렸다.

그런데 그는 다른 아이를 바라보기 시작했다.

멀리서 전학을 왔다는 아이, 마타리였다. 타인을 배려하는 미소, 분위기를 리드하는 재치 있는 말솜씨, 당차면서도 부드러운 카리스마를 지닌 타리에게 고은은 자신의 첫사랑을 내주기로 마음먹었다.

저 아이라면. 저렇게 강해 보이는 아이라면 한별이 마음껏 좋아할 수 있을지도 모른다는 생각에. 자신의 바음보다, 한별의 행복을 생각하는 마음이 더 컸기에.

그런데 상황이 순식간에 뒤바뀌었다. 마타리가 학교에 잠입한 기자였다는 말에 하마터면 졸도할 뻔했다.

자신이 신문사 기자를 프락치로 임명한 순간, 그녀는 얼마나 황당했을까? 그리고 또, 그녀가 사촌 윤준재의 사랑이었다니.

기가 막힐 노릇이었다. 그것도 모르고 한별을 부탁하네, 어쩌네 했었고, 심지어 현직 기자인 그녀에게 글발 죽인다며 한별과 자신을 주인공으로 팬픽을 써 보라는 말까지 꺼냈었다.

쥐구멍에라도 숨고 싶었다. 다쳤다는 말에 걱정은 되지만, 그동안 저지른 일을 돌이켜 보니 도저히 병문안을 갈 수가 없었다.

"나, 내일 정말 가도 될까?"

커피숍 유리문 안으로 들어서며 던진 질문에 한별이 고개를 비스듬히 기울이며 물었다.

"가기 싫음 가지 마라. 그걸 왜 나한테 물어?"

틱틱거리는 한별의 태도는 여전했다. 이런 사람이 그녀에게는 살갑게 대했다고 생각하니 갑자기 피가 거꾸로 솟아올랐다.

나한테는 없고, 마타리 아니 변유정 기자한테 있는 건 뭔데?

핫초코 두 잔이 테이블 위에 놓였다. 오후 햇살이 내리쬐는 대기에 김이 모락모락 피어올랐다. 달콤한 핫초코에서 쓴맛이 배어났다.

나이도 내가 더 어리고! 나이가 깡패라는 말도 못 들어 봤나?

"왜? 핫초코 맛없어?"

도끼눈을 하고 있었더니 한별이 왜 그런 얼굴이냐는 듯 심드렁한 얼굴로 물었다.

"뭐 맛있네."

"근데 갑자기 표정이 왜 그래?"

오호, 여태껏 한별바라기만 했다가 도끼눈 한 번 떴다고 관심을 보이시네?

고은이 별일 아니라는 듯 그저 고개를 내저었다. 태연한 척하려 애썼지만, 심장은 말도 못하게 두근거렸다.

그래, 돌이켜 보니 마타리는 언제나 한별에게 투덜거렸던 것 같다. 어두컴컴했던 짝사랑이자 첫사랑에 서광이 비치는 듯했다.

마성의 마타리 벤치마킹?

마타리는 씩씩했다. 학부모 회장이 뺨을 때려도 씩씩했고, 이사장이 골백번 불러 대도 씩씩했고, 준스엔젤이 괴롭혀도 씩씩했고, 심지어 한별이 문제로 고은이 불러내도 씩씩했다.

뭐 씩씩한 걸로 치면 고은도 빠지지는 않았다.

그런데 왜 마타리한테는 그렇게 목을 매고, 나는 개 무시하는 거야?

드레스 룸 앞에 선 고은은 대체 오늘 뭘 입고 병문안을 가야 할지 고민에 빠졌다. 마성의 마타리 코스프레를 하기로 마음먹었는데, 그녀가 사복 입은 모습을 본 적이 없었다.

"교복?"

수능도 끝났고, 겨울 방학도 시작됐으며, 이제 졸업을 앞두고 있는 마당에 교복을 입고 병문안을 가야 할까? 한숨이 저절로 흘러나왔다.

"그래, 입자! 입어!"

나에게 죄가 있다면, 진한별을 많이 사랑한 죄. 고은은 교복을 꿰입으며 연신 한숨을 내쉬었다.

밸도 없지. 한심하단 생각이 들지만 어쩔 수 없다.

인생을 구원해 준 사람. 한별의 얼굴을 떠올리는 것만으로 숨이 막힐 듯했고, 심장이 터질 것처럼 뛰어 가슴이 욱신거렸다.

은영을 구하지 못했다는 자책감에 시달리고 있기에 고은을 구했다는 사실에 자부심도 갖지 못하는 남자, 그래서 고은을 피하는 것처럼 느껴져서 가슴이 아렸다.

그런데 어떡해. 흘러넘치는 마음이 감당이 되질 않는데. 볼 때마다 미칠 것 같은데.

차라리 마타리가 정말 학생이었어서 진한별이랑 둘이 사귀었으면 포기를 할 수 있었을까?

고은은 부질없는 생각을 부풀려 가며 부엌에서 반찬과 과일을 챙겼다.

진짜 밸도 없지. 짝사랑하는 남자가 짝사랑했던 여자 병문안을 가는데 이렇게 바리바리 싸 들고 가니?

뭐 그렇지만 고은도 타리를 좋아했던 건 사실이었다. 그래서 타리에게는 한별을 양보할 수 있을 거라는 생각을 하기도 했었다. 사촌 오빠랑 그렇고 그런 사이인 사회부 기자일 거라고는 상상도 못했으니 말이다.

양손 가득 짐을 들고 대문을 나서는데, 검은 그림자가 눈앞에 나타난다.

"앗, 깜짝이야."

"뭘 그렇게 놀라?"

머리 위로 쏟아지는 익숙한 목소리에 고은은 얼른 고개를 치켜들었다.

"왜 이렇게 늦게 나와? 집에서 10시쯤 출발한다더니. 지금 10시 반이잖아."

한별이 손목에 있는 시계를 한 번 내려다보더니 한숨을 내쉬었다.

"기다렸어, 여기서?"

"어."

한별이 심드렁하게 내뱉은 대답에 고은은 심장이 동당거리기 시작했다. 집에서 10시 반쯤 출발해서 병원에 갈 거라고만 했지, 집 앞에서 만나자는 약속을 한 적은 없었다. 그런데 마치 데리러 온 것처럼 한별이 집 앞에서 기다리고 있었다.

왜?

왜냐고 묻고 싶은 마음이 간절한데 입술이 떨어지지 않았다.

고은이 머뭇거리는 사이 한별이 먼저 움직였다.

"뭘 이렇게 바리바리 싸 들고 나와?"

"어? 아니, 언니 병원에 있는 거 가족들 아무도 모른다며. 집 반찬이랑, 과일이랑……."

종이봉투 손잡이를 끌어가는 한별의 손이 고은의 손등에 스쳤다. 찰나의 순간, 심장이 콩닥콩닥 울렸다. 고은은 아랫입술을 꾹 한 번 깨물었다 놓고는 조심스레 입을 열었다.

"날씨도 추운데 여기서 왜 기다렸어?"

"할 말 있어서."

그렇지, 이유 없이 기다릴 사람이 아니었다. 고은은 묘한 기대감을 숨기지 못한 눈빛으로 한별을 슬쩍 올려다보았다.

"일단 가면서 이야기하자."

"나, 기사님이 데려다주신댔어."

고은이 집 앞에 대기 중인 차를 가리켰다. 한별이 차에 시선을 옮겨 갔다가 이내 한숨을 내쉬었다.

"그냥 택시 타면 안 돼?"

"병원 갔다 나오면서 이야기하면 안 되는 거야?"

"병원 가기 전에 해야 하는 이야기니까 그래."

"그럼, 지금 여기서 해."

설렘으로 두근거리던 심장이 이제는 괜한 서운함으로 좁아 들었다.

"상태가 그렇게 좋지가 않아. 머리는 봉합 수술 때문에 다 밀었다가 이제 좀 자라기 시작해서 흉하고……."

고은은 가만히 한별의 목소리에 귀를 기울였다. 대부분이 지금 유정의 상태에 관한 것들이었다.

"그러니까 너무 놀라지도 말고, 울지도 말고. 괜한 상처 주는 말 하지 말고."

결국 병문안 가서 변유정 힘들게 하지 말라는 말을 하려고 여기서 기다렸다는 거다.

"할 말 다 했어?"

고은은 나지막한 목소리로 물었다.

"어."

가슴이 욱신욱신거렸다. 고은은 눈을 세모꼴로 뜬 채로 한별을 노려보았다.

"열 받네."

고은이 여과 없이 지껄였다.

"뭐?"

내내 길바닥을 향해 있던 한별의 시선이 고은에게 향했다.

"나를 그런 예의도 모르는 푼수로 봤다는 거잖아. 내가 그렇게 보여?"

고은이 날카로운 목소리로 쏘아붙였다. 순간 한별의 얼굴에 당황스러운 기색이 어렸다.

흠흠 하고, 어색하게 목청을 가다듬은 한별의 목덜미가 빨갛게 달아올랐다.

"미안."

짧게 사과하는 한별의 목소리에서 진심이 묻어났다. 그리고 사과하는 그 순간, 한별의 눈동자는 고은의 눈을 똑바로 마주한 채로 진중한 빛을 냈다.

이러다 심장이 터져 버릴 것만 같았다. 토라져 버리려고 했는데, 진중한 눈빛을 마주하는 순간 심장이 녹아내렸다. 그래, 더 많이 사랑하는 사람이 약자인 거다.

고은은 한숨을 한 번 내쉬고는 입을 열었다.

"가자. 기사님 기다리신다."

병원으로 향하는 내내 차 안은 쥐 죽은 듯이 조용했다. 한별은 창밖에 시선을 고정한 채로, 고은이 앉아 있는 쪽으로는 눈길 한 번 주지 않았다. 야속하기도 하지.

정식으로 고백을 한 적이 있는 것도 아닌데, 무슨 알레르기라도 있는 사람처럼 구는 무정한 한별이 야속하기도 한데……. 죽겠다, 정말.

고은은 저도 모르게 한숨을 한 번 내뱉었다.

"왜?"

지독한 한숨 소리에 한별이 반응을 보였다.

"뭐가?"
"왜 한숨이야?"
너 때문이다, 이 남자야!
고은은 빽 소리를 치고 싶은 것을 꾹 참았다. 어찌 되었건 지금 단둘이 병문안을 가고 있고, 함께 차에 나란히 앉아 있다는 사실에 두근거리는 게 뭐 어떠냐며 또다시 호구 같은 짝사랑에 몰입했다.

병실에 도착하자, 책을 보고 있던 유정이 화들짝 놀란 얼굴로 반겼다.
"세상에! 이게 누구야?"
한별의 말마따나 유정의 탐스러웠던 긴 생머리는 짧은 커트머리가 되어 있었다. 병원에만 있었던 탓인지 생기발랄했던 그녀의 얼굴도 창백했다. 그럼에도 유정은 환한 미소를 지으며 고은을 반겨 주었다.
짝사랑 남자가 짝사랑했던 여자인데, 도무지 미워할 수가 없다.
"오랜만……이죠?"
어색하게 존대를 하자 유정이 웃음을 빵 터뜨렸다.
"왜 갑자기 존대야? 그냥 평소같이 해."
"어떻게 그렇게 해요. 준재 오빠랑도 그렇고."
사촌 오빠의 이름을 입에 올리자 장난스러운 미소를 짓고 있던 그녀의 얼굴이 차분하게 가라앉았다.
"그래, 편한 대로 해."
유정은 이내 부드러운 미소를 지으며 덧붙였다.
"그런데 어떻게 둘이 같이 와?"
두 사람을 번갈아 보는 유정의 눈동자에는 호기심이 가득했다.
"얘가 와 보고 싶다고 해서 데리고 왔어요."
"한별이 오빠가 병문안 가 봐도 된다고 해서."

둘이 동시에 내뱉은 말에 유정이 피식 웃음을 터뜨렸다.
"야, 네가 먼저 와 보고 싶다고 했잖아."
"무슨 소리야? 오빠가 먼저 병문안 가 보라고 그랬잖아."
티격태격하는 둘을 바라보며 유정이 낮게 속삭였다.
"야, 너네."
마주 보고 있던 두 사람의 시선이 유정을 향했다.
"사랑싸움은 나가서 해."
장난스러운 미소를 짓고 있는 유정을 향해 두 사람은 빽 소리를 치고 말았다.
"아니거든요, 사랑싸움!"
"그런 거 아녜요!"
"이것들이 왜 병문안 와서 소리를 지르고 그래?"
유정이 키득키득 웃으며 두 사람을 번갈아 보았다.
"너네 그러다가 나중에 사귀면 나한테 혼난다?"
"진짜 별소릴 다 듣겠네. 둘이 얘기하고 있어요."
한별이 멋쩍은 표정으로 병실을 나가 버렸고, 고은은 싸 온 음식을 펼치며 조잘거렸다.
"병원 밥 맛없죠? 이거 우리 도우미 아주머니가 하신 건데요, 되게 맛있어요."
"고은아."
반찬 뚜껑을 여는 작은 손을 유정이 살며시 잡았다.
"네?"
"고마워."
"뭐, 그냥 집에 있는 거 싸 온 건데……."
"나 안 미워?"

고은은 잠시 머뭇거렸다.

"……."

갑자기 울컥 감정이 북받쳤다. 이 여자는 그렇게 아끼고 좋아했으면서 왜 자신은 안 되는 건지, 한별은 야속했고, 유정은 미워하려야 미워할 수가 없었다.

그런데 둘 다 좋기도 하고…….

갑자기 감당할 수 없는 감정이 봇물처럼 터져 나왔다.

"미안해, 속여서."

걷잡을 수 없는 눈물이 쏟아져 내렸다. 유정은 훌쩍이는 고은에게 티슈갑을 집어서 건넸다. 눈물을 닦아 내는데 회한이 밀려들었다. 사촌 준재와 유정이 잘되면 결국 우린 친인척 관계가 되는 거였고, 여전히 자신에게 무심한 한별은 짝사랑을 끝내고 나면 그저 남남이 되는 거였다.

남남, 서럽다.

"저 인제 밀키웨이 그만두려고요. 진한별 안 좋아할 거예요."

시위라도 하고 싶었을까? 긴긴 짝사랑을 이어 오는 동안 자신은 눈길 한 번 받지 못했는데.

그 짧은 시간에 한별의 마음을 사로잡았던 마타리의 존재가 야속해서 충동적으로 말이 튀어나온 순간, 뒤에서 인기척이 느껴졌다. 고개를 돌려 보니 한별이 그곳에 서 있었다.

"그래? 우리 고은이 대학 가서도 언니랑 꼭 연락하고 지내자. 언니가 대학 동아리 후배들이랑 아직 연락하고 지내거든? 고은이 소개팅해 줘야겠네! 아주 괜찮은 녀석으로!"

유정이 유쾌한 웃음을 터뜨리며 고은을 향해 따스한 눈길을 건넸다. 자신을 달래려는 듯 보이는 유정의 미소에 가슴이 아렸고, 짝사랑 종료 선언을 상대인 한별에게 들켜 버렸다는 사실에 심장이 욱신욱신 아팠다.

유정이 연신 유쾌한 미소를 머금은 채로 이야기를 건넸지만, 도무지 대화에 집중할 수가 없었다.

흐르지 못하는 눈물이 가슴에 맺혔다.

유정의 재활치료 시간에 맞춰 두 사람은 병실을 나섰다. 한별은 아까 병실 문을 열고 들어온 이후로 내내 가라앉은 분위기였다. 유정에게 사랑싸움 나가서 하라는 말을 들어서 기분이 나빴나?

"대학은…… 어디로 가? 정했어?"

어색한 분위기를 반전하고 싶었는지, 웬일로 진한별이 안고은의 신상에 대해 물어 왔다.

"그냥. 생각 중이야."

뾰로통한 대답과 달리 이율배반적인 심장은 쉴 새 없이 두근거렸다.

"그래."

무안했는지 한별도 더는 묻지 않았다.

"졸업 축하해. 대학 생활 잘 하고."

마치 작별인사처럼 들렸다. 더는 안 좋아하겠다고 단언하는 말을 듣고 말았으니, 이제 후련하다 여기고 있는 것 같았다. 이제 끝인 건가?

첫사랑은 이루어지지 않는다는 혹자의 말이 고은의 가슴을 후벼 팠다.

"기사님 오시는 거지? 나는 학원으로 가야 해서. 조심해서 가."

아무 미련 없다는 듯이 한별이 먼저 돌아섰다. 고은은 멀어지는 한별의 뒷모습을 물끄러미 바라봤다. 이렇게 허무하게 끝이 나 버리는 건가 보다.

시야가 흐려지려고 해서 고은은 얼른 눈을 깜빡거리며 눈물을 털어 냈다. 그저 인기 좋은 선배였었는데, 이사장실에서 자신을 구해 준 그 순간부터 한별은 고은의 삶 그 자체가 되었었다.

그때 한별이 자신을 구해 주지 않았더라면, 지금 어떻게 되었을지 상상조차 할 수 없었다. 그런데 이렇게 허무하게 돌아서게 되다니, 지독히도 자신을 봐 주지 않는 한별을 오래도록 좋아한 멍청한 순애보에 박수라도 쳐 줘야 할까.

고은은 저 멀리 한별의 뒷모습이 사라질 때까지 하염없이 바라보았다.

오래 기억하고 싶었다.

듬직하고 너른 한별의 등을…….

안녕, 내 첫사랑.

"오늘 신입생 환영회 한대. 갈 거지? 너 그때 방송하느라 오디션 못 봤지?"

전공 책을 사물함에 넣고 있는데, 대학 방송국에서 함께 활동 중인 친구 윤정이 조잘거렸다.

"어, 못 봤어. 몇 시에 시작한다고 했지?"

"6시부터 시작인데, 아마 선배들은 그 전부터 가서 마시고 있지 않을까?"

고은은 손목에 있는 시계를 한 번 확인하고는 대꾸했다.

"나 오늘 과외 있는 날이라, 도착하면 7시 반 넘을 것 같은데."

"그래, 그럼. 선배들한테 그렇게 이야기해 놓을게. 꼭 와. 안 오면 안 된다. 이번에 들어온 1학년 중에 완전 대박인 애가 하나 있어."

윤정이 눈동자까지 굴리며 호들갑을 떨어 댔다.

"뭐가 대박인데?"

"야, 나는 무슨 아나운서 보는 줄 알았다니까? 오디션 끝나고 선배들기립박수 칠 뻔했대. 신언서판(身言書判), 뭐 하나 빠지는 게 없어!"

"겨우 오디션 통과한 앤데, 그걸 어떻게 알아?"

"야, 될성부른 나무는 떡잎부터 알아본다고 했어. 애는 훌륭해도 너무 훌륭한 떡잎이라니까! 내가 또 비주얼이 이렇게 끝내주는 떡잎은 처음 봐!"

"연하는 싫으시다며? 신입생은 거들떠도 안 볼 거라며? 적어도 언론고시 통과한 선배랑 사귈 거라며?"

손뼉까지 쳐 가며 깍깍거리는 윤정에게 고은이 장난스럽게 물었다.

"아니 누가 떡잎이랑 사귄대? 칙칙했던 방송국에 굉장한 아이가 들어왔다는 거지. 애가 막 빛나! 반짝반짝 빛나! 이름도 막 빛나는 애였는데……. 이름이…… 뭐였더라? 무슨 별?"

기억 저편을 더듬는지 윤정이 눈을 가늘게 뜨고 고개를 갸우뚱 기울였다.

무슨 별?

심장이 쿵쿵 울렸다. 이름에 별이 들어가는 사람은 세상에 수도 없이 많을 텐데…….

생각지도 못한 순간 지독했던 첫사랑이 툭 떠올랐고, 미처 대비하지 못한 심장이 속절없이 두근거렸다.

아직도 못 잊은 건가?

"야, 표정이 왜 그래? 동균 선배 올까 봐?"

윤정이 목소리를 낮추며 물어왔다. 한동안 고은을 죽자 사자 따라다녔던 선배가 있었다. 막무가내였던 선배의 모습을 바라보며 자신도 한별에게 이렇게 귀찮고 거추장스럽고 피하고 싶은 존재였을까 하는 생각을 잠시 했었다.

"그 선배 오늘 안 온댔어. 어디 기자 선배랑 저녁 약속 있다고."

고은은 그저 고개를 끄덕거렸다.

"이따 보자."

"그래, 이따 봐."

윤정과 헤어진 고은은 곧장 과외하는 학생의 집으로 향했다. 용돈은 직접 벌어서 조달하라는 부모님의 말씀에 과외 여러 개를 맡아서 하고 있는 고은이었다.

과외를 하는 내내 심장이 갈피를 잡지 못하고 두근거렸다.

"쌤, 무슨 일 있어요?"

예민한 여고생 눈에 과외 선생이 집중하지 못하는 모습을 들키고 말았다.

"아냐."

"남자 친구랑 싸웠어요? 그때 그 우리 집 앞까지 찾아왔던?"

작년 말 동균 선배가 이 앞까지 찾아왔던 적이 있었다. 수업을 마치고 곧장 과외를 하러 왔더니, 이곳이 고은의 집인 줄 알고 무작정 초인종을 눌렀던 것이었다.

"남자 친구 아냐."

"하긴 그 남자한테는 쌤이 훨씬 아깝더라. 쌤은 뭔가 어린 왕자 느낌 나는 남자가 어울려요."

"어린 왕자?"

고은이 다소 당황스럽다는 듯 어색한 미소를 머금으며 되물었다.

"네, 쌤은 꼭 장미꽃 같아요. 어린 왕자가 애지중지하는 장미꽃. 여자인 나도 쌤 지켜 주고 싶은 마음이 들 정도라니까요."

"별소릴 다 한다."

고은이 딱딱하게 굳은 얼굴로 대꾸했다. 아이는 그런 뜻으로 말한 게 아닐 텐데, 누군가 지켜 줘야 할 것만 같은 모습으로 보인다는 게 고은의 신경에 거슬렸다.

그래서 진한별도 내가 부담스러웠던 걸까? 내가 계속 지켜봐야 할 것처럼 나약해 보여서?

이제 잊은 거라고 여겼던 첫사랑이 자꾸만 가슴을 들쑤셨다.

과외를 마치고 나오는 길, 고은은 학교 방송국 신입생 환영회가 있는 자리로 잰걸음을 옮겼다. 평소 술을 즐기는 편은 아니었지만, 오늘따라 시도 때로 없이 치고 들어오는 진한별 생각에 술이 굉장히 고팠다.

모임이 있는 호프집 유리문을 밀고 들어가자 왁자지껄 떠드는 소리가 들려왔다. 신입생 환영회에는 간혹 졸업한 선배들이 오기도 했고, 술자리에 좀처럼 모습을 드러내지 않는 사람들도 학기 초 얼굴도장을 찍기 위해 다들 참석했기에 모임 규모가 큰 편이었다.

호프집 전체를 전세 낸 거나 다름없었기에, 넓은 홀은 신입생을 빼고는 거의 모두가 아는 이였다.

"고은이 왔구나. 늦었네."

여기저기서 인사를 건네 왔다.

"고은아! 여기!"

윤정이 손을 흔들며 제 핸드백으로 맡아 놓았던 의자 하나를 가리켰다. 고은은 선배와 동기들에게 한 명 한 명 눈을 맞춰 인사하며 윤정의 곁으로 다가갔다.

"일찍 왔네? 7시 반은 되어야 할 것 같다더니?"

"어, 어떻게 하다 보니까."

고은의 앞에 누군가 말아 놓은 소맥 잔이 놓였다. 자리에 앉자마자 고은은 소맥 한 잔을 시원하게 비워 냈다.

"올, 오늘 안고은 달릴 건가 봐?"

윤정이 너스레를 떨며 잔을 채워 주었다. 넷이 앉는 테이블에 맞은편

두 자리가 비어 있었다.

"여긴 왜 비었어?"

고은이 눈짓으로 맞은편 의자를 가리키며 물었다.

"어, 신입생들인데 선배들이 담배 피우자고 데리고 나갔어."

고은은 '아.' 하고 의미 없는 대꾸를 하며 다시 소맥 잔을 비웠다. 술이 센 편은 아니지만 이 정도야 너끈했다.

"야, 근데 이 앞에 앉는 애가 걔다. 떡잎. 내가 이 자리 사수하느라 얼마나 고생한지 아냐?"

윤정이 목소리를 낮추며 키득키득 웃었다.

"그래, 고생했다."

소맥 세 잔을 연거푸 마신 탓인지, 늦은 오후 내내 우울했던 감정이 금세 달아났다.

"죄송합니다. 자리를 너무 오래 비웠죠."

신입생으로 보이는 남자애가 고은의 맞은편에 앉으며 인사를 건넸다.

"그러게."

딱히 선배 노릇을 하려던 건 아니었지만, 제법 고압적인 목소리가 흘러나왔다. 고은이 나란히 앉은 두 신입 남학생에게 시선을 돌리던 순간, 그와 눈이 마주쳤다.

심장이 쿵 내려앉았다.

설마 했는데. 진짜였네.

그도 고은을 발견하고 꽤 놀란 눈치였다.

"이것들이 빠져 가지고. 선배가 새로 왔는데, 소개를 해야지!"

윤정이 으름장을 놓았다.

"안녕하십니까? 71기 이주훈입니다."

귀가 멍해지는 것 같았다.

"안녕하십니까? 71기 진한별입니다."

한별의 시선이 오롯이 고은과 마주쳤다. 심장이 찌릿찌릿 아파 왔다.

나 여기 있는 줄 몰랐나? 알고도 왔나? 잔인한 놈. 좀 피해 주면 안 돼?

갑자기 열불이 나기 시작했다. 고은은 네 잔째 소맥을 들이켰다. 눈앞이 핑그르르 도는 듯했다. 안주를 제대로 챙겨 먹지 않은 탓인지, 아니면 이놈을 마주하고 있는 탓인지 모르겠다.

"한별아, 너는 어느 별에서 왔어?"

윤정도 취했는지 교태를 부리며 한별에게 물었다.

"글쎄요. B612요?"

"어머나. 어린 왕자야? 그럼?"

까륵까륵 웃는 윤정에게 한별은 진한 눈웃음을 머금은 채로 장단을 맞춰 주었다. 자신에게는 단 한 번도 저렇게 진한 웃음을 보여 준 적 없었던 한별이었다.

갑자기 목구멍에서 쓴 물이 올라오는 듯했다.

"나 화장실 좀."

고은이 비틀거리며 자리에서 일어났다. 한별의 시선이 자신을 좇고 있는 게 느껴졌다. 이제 겨우 정리해 가고 있다고 생각했는데, 조금만 더 노력하면 잊을 수 있다 여겼는데 느닷없이 나타난 그 때문에 머릿속이 뒤엉켰다.

"같이 갈까?"

"아냐, 됐어."

한별에게 정신을 놓은 채로, 전혀 같이 갈 마음이 없어 보이는 윤정을 뒤로하고 화장실로 향했다. 찬물로 손을 씻고, 페이퍼 타월에 물을 적셔 이마를 찍어 냈다. 달아올랐던 열기가 조금씩 삭혀지고, 욱했던 감정이 가까스로 무뎌졌다.

진한별을 학교 방송국에서 마주한다? 내가 뭐 죄졌어? 왜 이러고 있어, 안고은! 당당하게 굴어!

고은은 한숨을 한 번 몰아쉬고는 화장실을 나섰다. 멀리서 한별의 반듯한 뒤통수가 보였다. 기억 속에 묻어 두려고 했던 듬직한 뒷모습에 심장이 속절없이 동당거렸다.

"안고은, 취했네?"

갑자기 등 뒤에서 들려온 목소리에 고은은 화들짝 놀라 돌아섰다.

"안녕하세요, 선배님."

동균이 진한 미소를 지으며 애정 어린 눈빛으로 고은을 바라보고 있었다.

"웬일이야? 술을 이렇게 많이 마시고?"

"아니에요. 많이 안 마셨어요."

"나가자. 바람이라도 좀 쐬게. 너 얼굴이 곧 터질 것 같아."

동균이 고은의 손을 잡아채서는 호프집 유리문을 향해 무턱대고 걸어 나갔다.

"선배님, 저."

뭐라 저지할 틈도 없이 계단으로 끌려 나오다시피 했다.

"바람 좀 쐬고 들어가면 괜찮을 거야."

동균은 계단참 바로 옆에 있는 비상구 문을 열고는 테라스 밖으로 고은을 밀어냈다. 그러고는 자신도 좁은 테라스 안으로 들어섰다. 테라스 바닥에는 담배꽁초와 구겨진 종이컵이 널려 있었다.

"후우."

동균이 한숨을 내쉬며 분위기를 무겁게 만들었다.

"고은아."

이름을 부르는 목소리가 불안하게 떨렸다.

"이제 밀당은 그만하면 안 될까? 오빠 지친다, 진짜."

동균이 섬뜩한 미소를 지으며 고은을 향해 비뚜름하게 시선을 보내왔다.

"죄송해요, 선배님. 지난번에도 말씀드렸듯이 저는 아직……."

"핑계가 너무 허술하다는 생각 안 들어? 그만 좀 튕기라니까."

막무가내였다.

"그게 아니고요."

위계질서 분명한 학교 방송국, 사회에 나가서 좁은 언론계에서 만나게 될지도 모를 선배와는 연애뿐 아니라 껄끄러운 관계가 되는 것도 지양하고 싶었다. 정중하게 거절한 게 벌써 몇 번인지 모른다.

고은이 한숨을 집어삼키는 순간, 동균이 성큼 다가왔다. 한 발짝 뒤로 물러서자 테라스 난간이 등 뒤에 닿았다. 막무가내로 굴기는 했어도 위험한 일을 벌인 적은 없었는데, 바짝 다가온 남자의 몸이 위협적으로 느껴졌다. 동균이 고개를 숙이는가 싶더니 귓가에서 더운 숨결이 느껴졌다.

"오빠, 진짜 미치겠다."

동균 역시 술에 취했는지 목소리가 야릇했다. 순간 덜컥 겁이 났다. 여기서 빨리 벗어나야겠다는 생각만이 간절해졌다. 하필 휴대전화를 핸드백 안에 넣어 두고 와서 누군가에게 전화를 걸 수도 없었다.

제발 테라스 철문이 열렸으면, 누군가 저 문을 열어 주었으면, 하는 바람만이 간절했다.

"선배 많이 취하셨나 봐요. 우리 이제 들어가요."

고은이 몸을 이리저리 움직이려 하자 동균이 더욱 가까이 다가왔다.

"고은아, 하아. 고은아. 우리 고은이."

동균의 커다란 손이 고은의 머리카락을 쓸어내렸다. 등줄기를 타고 식은땀이 흘러내렸다. 그를 밀쳐 내려는 순간, 기적처럼 테라스 철문이 열렸다.

"여기서 뭐 하십니까?"

나지막한 목소리로 묻는 이는 진한별이었다.

"누구야?"

동균의 목소리가 튀어 올랐다.

"알 거 없고."

가볍게 일갈한 한별이 좁은 테라스를 비집고 들어와 동균을 거칠게 끌어냈다. 그러고는 고은을 제 쪽으로 재빨리 잡아당겼다. 술에 취해 욕설을 지껄이는 동균을, 한별은 단번에 제압해 버렸다. 바닥에 널브러져 몸도 제대로 가누지 못하는 동균을 뒤로하고, 한별에게 손목을 붙들린 채 테라스를 빠져나왔다.

심장이 쿵쿵 울렸다. 누군가 나타나 준 게 미치도록 고마운데, 그게 또 하필 진한별이다.

대체 왜.

한별의 어깨에는 고은의 핸드백이 걸쳐 있었다.

"뭐 하는 거야?"

호프집을 한참 벗어나 도로변을 걷던 고은이 한별의 손을 뿌리치며 물었다. 내내 앞서 걷던 한별이 돌아섰다. 어두운 도로, 흔들리는 시야에 잡히는 한별의 표정이 어두웠다.

"저놈이 그렇게 따라다녔다며? 으슥한 데로 술 취한 여자 끌고 가는 속셈이 뭔지 몰라서 따라간 거야?"

한별이 날카롭게 쏘아붙였다.

"그쪽이 무슨 상관인데?"

대꾸하는 고은의 목소리가 곱지 않았다. 한별이 고개를 한 번 내젓더니 한숨을 내쉬었다.

"무슨 슈퍼맨이야? 위험에 처한 여자 구하고 다니는 게 취미야? 뭔데 참견이야? 내가 뭘 어떻게 하고 다니건, 왜 느닷없이 내 앞에 나타나서 또 난린데!"

고은이 빽 하고 소리를 지르자, 한별이 어이가 없다는 듯이 웃었다.

"많이 변했다, 안고은."

도로를 향해 있던 고은의 시선이 한별을 향했다. 그토록 좋아했던 진한 눈웃음이 눈앞에 아른거렸다. 단 한 번도 보여 주지 않았던 미소가 이쪽을 향해 있었다. 가슴이 뻐근할 정도로 심장이 두근거렸다.

잊어 간다는 말, 거의 다 잊었다는 말 취소다.

지금도 나는 진한별을 여전히 짝사랑하고 있는 건가? 억울하게도.

순간 시야가 흐려지며 눈물이 핑 돌았다. 나쁜 자식. 내가 저를 얼마나 좋아했었는지 알면서, 사람을 또 얼마나 뒤흔들어 놓으려고 이렇게 멋지게 굴어?

누군가 테라스 문을 열고 들어와 자신을 구해 주길 바랐었다. 그런데 그게 하필 한별이라니, 이 무슨 운명의 장난이란 말인가.

고은은 신을 원망했다. 평생 짝사랑만 하다가 늙어 죽으라는 건가 싶었다. 입술을 꾹 깨무는 순간 눈물이 뺨을 타고 또르르 흘러내렸다.

"울어, 안고은?"

오랜만에 만난 첫사랑이자 긴긴 짝사랑 상대에게 눈물을 보였다는 사실에 자존심이 바닥을 칠 것만 같았다.

"울긴, 누가……!"

대차게 받아치려는 순간, 따스한 품 안으로 몸이 이끌렸다.

커다란 손이 등허리를 다정하게 두드리며 다독여 주었다. 한번 터져 버린 감정은 추슬러지질 않았고, 눈물은 주룩주룩 잘도 흘러내렸다. 오랜만에 본 사람, 반갑게 맞아 줄 수 없었던 미련 맞도록 질긴 순애보에 어쩐지 서러워서 눈물이 멈추질 않았다.

그리고 또, 오늘따라 진한별은 전에 없이 왜 이렇게 다정한 걸까?

고은은 슬며시 한별의 가슴을 밀어냈다. 말캉한 손바닥에 단단한 가슴 근육이 닿자 심장이 속절없이 두근거렸다.

고등학교 때도 잘나고 잘난 놈이었다. 성적도 흠잡을 데 없었지, 잘생긴 얼굴에 운동도 잘해서 여학생들이 사족을 못 썼다. 이제 한별의 나이 스물둘, 풋풋한 싱그러움에 남자다움을 더한 모습이었다.

벌써 윤정이부터 시작해서 방송국 여학우들이 전부 한별에게 눈독을 들이고 있는 듯했다.

니들도 당해 봐. 이놈이 얼마나 지독한 놈인지. 내가 하도 덤벼서 보통 짝사랑에는 눈도 깜짝 안 할 거다.

고은은 짝사랑의 제물이 될 누군가를 애도하며 고개를 내저었다.

"이제 좀 괜찮아?"

그저 대꾸 없이 고개만 끄덕거렸다. 예전에 좀 알고 지냈던 사람에게 도움을 받은 거라 여기자며 태연하게 굴기로 했다. 아까 쏘아붙인 것은 내가 너무 당황해서였다고 변명하면 된다.

"술, 많이 마셨어?"

고은은 이번에도 대꾸 없이 고개를 절레절레 내저었다.

"많이 마신 것 같은데? 가자. 데려다줄게."

한별의 다정한 목소리가 정수리 위에서 쏟아져 내렸다. 의식하지 못한 순간, 한별에게 손이 잡혀 있었다. 그걸 깨닫고 나서부터는 온 신경이 오른손 끝에 가 있었다.

처음 손이 잡힌 순간에 자연스레 뿌리쳤어야 했는데, 지금에 와서 어떻게 해야 어색하지 않게 손을 빼낼 수 있을지 모르겠다. 한별은 스마트폰 어플로 택시를 불렀고, 고은과 함께 택시에 올라탔다.

집 앞에 도착할 때까지 둘 사이에는 아무런 대화도 없었다. 택시에서 내린 한별은 아무렇지 않다는 듯 웃으며 말했다.

"택시비 갚아라. 나 알바해서 용돈 대느라, 택시 타는 거 사치야."

고은이 핸드백에서 지갑을 꺼내려 하자, 한별이 환한 눈웃음을 지으며 저지했다.

"지금 말고."

심장이 쿵쿵 울렸다. 마치 다음을 기약하는 듯한 말투였다.

"내일 점심 먹자. 연락할게."

결국 한별이 돌아서서 언덕길을 내려가는 뒷모습이 멀어질 때까지 고은은 입을 열지 못하고 대문 앞에 붙박인 듯 서 있었다.

이튿날, 한숨도 자지 못한 탓에 고은의 눈은 퀭했고, 얼굴은 안쓰러운 정도였다.

"야, 너 하루 만에 몰골이 왜 이래? 어제 일찍 가더니 연락도 없고. 무슨 일 있었어?"

차마 동균이 자신을 끌어내듯 불러냈고, 그걸 한별이 막아섰으며 승강이가 있었다는 말은 못하겠다.

"술이 안 깨네."

"그래, 너 어제 많이 마시기는 하더라."

윤정이 한숨을 몰아쉬더니 덧붙였다.

"점심 뼈다귀해장국 먹을까? 나도 어제 오랜만에 달렸더니, 속이 너무 안 좋다, 야."

"그럴까?"

고은이 썩 내키지는 않지만 되묻는 말에 대답을 한 이는 윤정이 아닌 다른 사람이었다.

"안녕하세요, 선배님. 어제 저랑 점심 약속 하신 거 잊으셨나 봐요?"

심장이 왈칵 솟아오르는 기분이었다. 그걸 잊었을 리가 없다.

네가 나한테 대체 왜 이러나 싶어서 밤새 침대 위를 뒹굴거리다 뜬눈으로 밤을 지새웠다고!

"어? 한별이 안녕! 고은이랑 점심 먹기로 했어? 나도 같이 가자! 누나가 살게."

윤정이 호들갑을 떨며 끼어들었다. 목소리는 묘한 흥분감이 느껴질 정도로 들떠 있었다.

"여기들 있었네."

단과대 건물 1층 로비, 듣고 싶지 않은 목소리가 들려온 순간 목 뒤가 빳빳하게 굳는 기분이었다.

"어? 동균 선배."

윤정이 그를 먼저 알은체했다.

"어우. 니들 속은 괜찮냐? 나 어제 얼마나 마셨지? 도통 기억이 안 나네."

필름이 끊긴 척 둘러대는 목소리에 정수리가 쭈뼛 서는 기분이다. 어제의 해프닝은 술 먹고 실수한 거라고 변명이라도 하고 싶은가 보다.

"점심 사 줄게. 가자."

동균이 선심 쓰듯 웃으며 말했다.

"어쩌죠? 저 선약이 있는데요."

한별이 빙그레 웃으며 대꾸하자 동균은 별로 개의치 않는다는 듯, 아니 너 같은 건 없어도 된다는 듯 심드렁히 대꾸했다.

"그래, 가라."

순간 충동적으로 고은의 목소리가 튀어나왔다.

"뭐 먹을래, 진한별?"

윤정과 동균의 시선이 고은에게로 꽂혔다.

"글쎄요. 선배 속 안 좋죠? 매운 거 잘 못 먹잖아요. 쌀국수 어때요?"

어느새 식성까지 파악한 사이가 되었느냐는 듯 윤정이 눈을 가늘게 떴다.

"같은 고등학교 나왔어요. 고등학교 때부터 잘 알던 사이예요."

한별이 무언의 질문에 대꾸하듯 친절히 설명해 주었다.

고등학교 때부터 잘 알던 사이.

한 문장으로 정의된 과거사에 괜스레 씁쓸해지려는 순간, 동균이 또 눈치 없이 끼어들었다.

"난 또 중요한 선약이라고. 둘이 밥 먹으려는 거였어? 그럼 우리도 같이 가."

저 혼자 끼는 건 불가능하다 싶었는지, 동균이 윤정까지 끌고 들어왔다.

"죄송하지만, 제가 선배랑 긴히 할 이야기가 있어서요. 다음에 같이하겠습니다. 점심 먹고 수업 들어가려면 시간이 촉박해서요. 그럼, 이만."

한별이 고은의 어깨에 오른 쇼퍼백 끈을 들어 올리며 물었다.

"무슨 가방이 이렇게 무거워요? 벽돌 넣고 다녀요? 어깨 빠지겠네. 줘요. 내가 들어 줄게."

됐다, 아니다. 저지할 틈도 없이 가방은 이미 한별의 손에 가 있었다. 가방을 볼모로 삼아 먼저 성큼성큼 앞서가는 한별의 뒤를 따르는데, 뒤통수가 몹시 당겼다.

두 사람이 잡아먹을 듯 쏘아보는 시선이 느껴졌다. 진한별은 대체 이 사태를 어떻게 수습하려고!

길바닥에서 대거리를 할 수는 없어서 일단은 한별이 이끄는 베트남 식당으로 향했다. 속이 좋지 않은 탓에 매끈한 쌀국수는 손도 대지 못하고 국물만 홀짝거렸다.

"왜? 입맛에 안 맞아?"

"진한별, 안 헷갈려?"

"뭐가?"

"깍듯이 선배 대접했다가, 하대하는 거."

"그러는 너는 나한테 후배 대접했다가, 이러는 거 안 헷갈려?"

한별이 또다시 매혹적인 웃음을 머금었다. 이미 한별의 쌀국수 그릇은 깨끗이 비워진 상태였다. 이제 어제 일에 대한 수습을 해야 할 것 같다.

"어젠 고마웠어. 이건 내가 살게. 그럼 우리 계산 끝나는 거지?"

"그렇게 되나?"

한별이 고개를 갸우뚱 기울이며 웃었다.

그렇게 웃지 마. 자꾸 흔들리니까.

밤새 고민해서 내린 결론은, 다시는 이 자식과 그런 짝사랑 비슷한 것에 빠지지 말자는 거였다. 그런데 비스듬히 웃을 때마다 심장은 이성과는 다른 반응을 보였다.

고은은 입 안쪽 말캉한 살을 꾹 깨물며 말했다.

"앞으론 대학 선배로 깍듯이 대해 줬으면 좋겠어. 나도 후배로 대할 거니까. 불만 있어?"

고은이 단정하고 건조한 목소리로 물었다. 한별은 어깨를 한 번 으쓱해 보이더니 환한 미소를 머금을 뿐이었다.

그날 이후, 둘 사이는 별다를 것 없이 흘러갔다. 윤정도 고등학교 때 한별이 어땠는지 물어 오곤 했지만, 고은이 그리 친한 사이는 아니었다며 일갈하자 더는 묻지 않았다.

시간은 무심히도 흘러갔다. 이따금 학교에서 한별을 마주칠 때면 심장이 무지근해지곤 했지만, 그마저도 시간이 지나면 익숙해질 거라 여기며 애써 감정이 무뎌지길 바랐다.

중간고사를 코앞에 둔 어느 날 도서관을 나서는데 빗방울이 떨어지기 시작했다. 도서관과 학교 정문 버스 정류장 딱 가운데 지점쯤 왔을 때, 빗방울이 점점 거세어지더니 국지성 폭우로 돌변하기 시작했다.

"아, 돌겠네."

혼잣말을 툭 내뱉은 순간, 머리 위로 우산이 드리웠다. 놀라서 심장이 쿵 내려앉을 뻔했다.

"우산 없나 봐요, 선배?"

깍듯한 존대의 주인공은 한별이었다. 까맣게 물든 하늘, 울타리를 이루듯 쏟아지는 빗줄기, 그리고 두 사람만의 공간을 허락하는 작은 우산 속은 아늑했다.

비 냄새에 한별의 옅은 향수 냄새가 섞였다.

"왜 이렇게 늦게 가요?"

한별의 자연스러운 존대에 고은은 머쓱해졌다.

"어? 어. 도서관에 있다가."

"봤어요. 도서관에서 나가는 거."

한별의 목소리에서 웃음기가 묻어났다.

"위험하게 왜 이렇게 늦게까지 있어요. 오늘 밤부터 비 많이 온다고 했는데, 우산도 없고."

한별이 타박하는 소리가 한없이 다정하게 들렸다. 원래 그런 사람이었다.

자신이 무한한 애정을 드러낼 때는 피했을지언정, 모든 이에게 친절하고 상냥하고 다정한 그런 사람. 괜히 코끝이 찡해졌다.

나는 너에게 일정 거리를 두어야 이렇게 다정해질 수 있는 사이였구나.

제 것을 향한 애정이 아닌 철저한 타인에게 베풀 수 있는 친절만을 허락할 수 있는 사람이었나 보다. 고은은 저도 모르게 한숨을 내쉬었다.

"진한별."

무슨 말을 어떻게 해야 할지 몰라서 한숨을 한 번 집어삼켰다.

"말해요."

한별이 잔잔한 목소리로 대꾸했다. 무섭게 비가 떨어지는 속도와는 대조적으로 두 사람의 걸음 속도는 느리기만 했다.

"학교생활은 어때?"

이러다 오해하겠어. 나한테 이렇게 살갑게 구는 이유가 뭐야? 반가워서 이러는 거야?

묻지도 못할 말은 가슴에 묻고 그저 일상을 물었다.

"재미있네요."

"그래. 1학년이 뭣 모르고 놀 때라 제일 재미있을 때라고 선배들이 그랬어."

한별이 바람 빠지는 소리를 내며 피시식 웃었다.

"2학년은 뭐 좀 알고 놀아요?"

장난기 어린 물음에 비웃음은 없었다. 고은은 그냥 한 번 웃어 보일 뿐 대꾸는 하지 않았다.

"이제야 웃네."

한숨을 쉬듯 내뱉은 한별의 목소리가 어쩐지 애틋하게 느껴졌다.

왜? 왜 그렇게 목소리가 애틋해?

"그 남자 선배가 아직도 그렇게 굴지는 않지?"

"어."

고은이 짧게 대꾸했다.

그래, 동균 선배 일도 그래. 왜 네가 갑자기 끼어들어서……라고 따져 물을 수가 없었다.

심장이 쿵쿵 울렸다. 진작 접어 버린 짝사랑인데, 걷잡을 수 없이 마음이 부풀어 오르고 만다.

너 진짜 나빠, 진한별.

울음을 삼키려는 순간, 두 사람 옆으로 차 한 대가 빠른 속도로 지나갔고, 도로에 고여 있던 물이 좌악 뿌려졌다.

그 순간 한별이 돌아섰다. 한 손으로는 우산을 기울이며 다른 손으로는 고은의 어깨를 감쌌다. 물웅덩이에서 튄 물세례는 오롯이 한별이 받아냈다. 그리고 두 사람은 자연스레 마주 선 자세가 되었다.

두 사람의 거리가 꽤 가까웠다. 화들짝 놀란 고은은 한별의 단단한 가슴에 두 손을 올린 채였다. 심장이 너무 뛰어서 가슴이 뻐근할 정도였다.

"운전 험하게도 하네."

한별의 목소리가 들려온 순간, 퍼뜩 정신이 들었다. 내내 한별의 가슴팍을 바라보고 있던 시선을 들어 한별을 올려다보았다.

"안 젖었어?"

이미 우산이 없어서 내리는 비에 흠뻑 젖은 고은이었다. 한별의 멍청한 질문에 고은은 눈물이 솟구칠 것만 같았다. 내려다보는 눈빛이 한없이 진중하고 다정했다. 괜찮으냐고 살피는 얼굴에는 걱정이 가득했다.

기겁하고 떨어질 만도 한데, 한별의 손은 여전히 고은의 등허리를 감싸고 있었다.

비 오는 밤, 단둘이 우산 하나에 의지해 걷고 있는 인적이 드문 교정의 아련한 분위기를 빌려 실패한 첫사랑의 한이라도 풀고 싶었을까?

고은이 슬며시 눈을 감았다.

침묵이 이어졌다.

다분히 충동적인 행동에 스스로도 어이가 없어서 고개를 떨어뜨리려는 순간, 낮은 목소리가 들려왔다.

"나 감기 기운 있어. 다음에 해 줄게."

❖

어떻게 버스 정류장까지 걸어왔는지, 어떻게 버스에 올랐는지 그리고 집 앞까지 한별의 손을 잡고 오는 동안 어떻게 한 마디도 하지 않을 수 있었는지 도무지 정리되질 않았다.

「나 감기 기운 있어. 다음에 해 줄게.」

대체 다음에 뭘 해 주겠다는 건데?

고은은 열병을 앓는 것처럼 하루를 꼬박 앓았다. 학교도 가지 못했고, 과외도 미뤘다. 중간고사 기간이라 방송이 없어서 다행이었다.

저녁 무렵, 겨우 정신을 차리고 다이닝 룸 식탁 앞에 앉았다. 까끌한 목구멍으로 전복죽을 밀어 넣고 도로 침대로 향했다. 머리맡에 놓아두었던 휴대전화를 집어 들었는데, 부재중 통화가 3통, 문자가 여러 통 들어와 있었다.

[전화 안 받네. 학교 잘 왔나 해서.]

[점심은 어디서 먹어? 누구랑?]

[오늘 학교 못 왔다며. 무슨 일 있어?]

[안고은, 너 나 피해?]

[혹시 아파?]

[집 앞이야. 문자 확인하면 연락 줘.]

고은은 입 밖으로 심장이든, 비명이든 튀어나올 것만 같아서 한 손으로 얼른 입을 가렸다. 면 원피스 위에 카디건을 꿰어 입고 달려 나갔다. 잔디 위에 놓인 돌 위를 달리다가 하마터면 미끄덩 넘어질 뻔했다.

대리석 계단을 내려가 대문가에 선 고은은 한숨을 몰아쉬었다. 전화로 아직 여기 있는지, 없는지부터 확인했어야 했나? 없으면 뭐라고 연락하지? 있으면 뭐라고 말하지?

뻐근한 왼쪽 가슴을 누르는데, 밖에서 목소리가 들려왔다.

"안고은?"

한별이었다.

"어."

잔뜩 쉰 목소리가 듣기 싫게 흘러나왔다.

"아팠어?"

"좀. 감기인가 봐."

"어제 비 맞아서 그런가 보다."

"어."

고은이 대문을 열려는데, 한별이 낮게 읊조렸다.

"거기 안에서 들어."

심장이 쿵쿵 울렸다. 손끝이 저릿하고 발끝이 동동 떠 있는 기분이 열감기 때문만은 아닌 것 같았다.

"미안했다."

심장이 쿵 바닥을 내리찧었다. 어제 있었던 충동적인 언행을 사과하는 건가?

눈물이 핑 돌았다.

"그 얘기 하려고 여기까지 왔어?"

목소리가 날카롭게 튀어 올랐다.

"성격 급한 건 여전하네."

대문을 사이에 두고 한별이 나무랐다.

"끝까지 들어. 말 끊지 말고."

"알았어."

일순간에 고분고분해지는 자신이 기가 막혔다.

"변유정 씨 그렇게 학교 떠나고, 고3이 됐는데 말이야."

무슨 가슴 아픈 고백을 하려는지 심장이 쿵쿵 울렸다. 이미 다른 남자의 아내가 된 여자 이름은 왜 입에 올릴까 싶었다.

"이상하게."

뭐가 이상한데?

"이따금씩 가슴이 사무치게 보고 싶은 얼굴이 있었어."

그렇게 자신도 짝사랑의 열병을 앓고 보니, 내 마음에 신경을 써 주지 못한 게 미안했다는 말을 하고 싶은 걸까?

"그래서?"

되묻는 고은의 목소리가 곱지 않았다.

"그거 알아? 인간은 어리석게도 가장 소중한 건 잃어 봐야 깨닫는다는 거. 그게 물건이건, 마음이건, 사람이건…… 사랑이건."

한별의 입에서 흘러나온 마음, 사람, 사랑이라는 세 단어에 심장이 저몄다.

"염치없다는 거 알아. 내가 너 많이 아프게 했다는 것도 알고."

침을 삼키기 힘들 정도로 목구멍 안이 빼근했다. 그게 비단 감기 때문만은 아니었다. 가슴 벅찬 고백을 해 오는 남자 때문에 목이 메었다.

"그래서?"

가까스로 목소리를 내어 보았다.

"원래 군대 갔다 와서 말하려고 했어."

한별의 목소리가 또다시 잦아들었다.

"대체 뭘?"

고은의 목소리가 탁하게 튀어 올랐다.

"많이 보고 싶었다."

심장이 오그라드는 기분이었다. 가슴이 꽉 막혀서 숨을 내쉴 수조차 없었다. 고은은 얼른 대문을 열어젖혔다. 한별이 조금은 놀란 얼굴로 고은을 바라보았다.

"멍청이."

나무라는 말에 한별이 쓴웃음을 머금었다.

"그래, 나 멍청이다."

"그걸 왜 군대 갔다 와서 이야기하려고 했어?"

"나 군대 가면 너 혼자 둬야 하니까. 외로울까 봐."

"그럼 네가 군대 가 있는 동안 딴 놈 만나라고?"

"그건 아니고. 나 때문에 마음 졸일 일은 없을 테니까."

눈물이 왈칵 치솟아 올랐다. 다정한 척하면서 한없이 이기적인 놈이다.

"이기적이야. 완전 나빴어."

"미안해."

고은이 씩씩거리며 한별을 올려다보았다.

"나도 감기 걸렸는데, 어쩔래?"

따지듯 묻는 말에 한별이 웃음을 터뜨렸다. 그러고는 고개를 절레절레 내젓는다.

"안 돼, 여기선 곤란해."

집 대문을 사이에 두고 입을 맞췄다는 게 부모님 귀에 들어가면 뼈도 못 추리지 싶다. 하지만 제 마음을 몰라줬던 한별이 괘씸해서, 그러고는 이렇듯 뻔뻔하게 찾아와 고백을 하는 게 약 올라서 미쳐 버릴 것만 같았다.

"이제 내가 싫다면?"

"그럼 이번엔 내 차례네."

한별이 이 정도는 각오했다는 듯 웃었다.

"무슨 차례?"

"내가 안고은 짝사랑할 차례."

그런 멍청하고 한심한 차례가 세상에 어디 있느냐며 고은이 어이없어 했다. 한별은 다정한 눈빛으로 고은을 내려다보았다. 고백한 말 그대로였다. 유정이 다른 남자의 아내가 되어 떠나고 난 뒤, 당연히 그녀를 그리워하게 될 줄 알았다.

그런데 그건 내가 시켜 주지 않아도 될 것 같은 강인함을 동경하는 마음이었나 보다. 오히려 눈앞에서 사라진 다른 이가 불쑥 머릿속에 튀어 올랐다. 있는 집에서 귀하게 자란 고명딸, 당찬 겉모습과 달리 속마음은 여린 아이.

대학 가서는 잘하고 있나, 누가 또 못되게 집적거리는 건 아닌가. 그럼 또 울먹이며 속수무책으로 당하는 건 아닌가. 그런 생각이 들 때마다 속이 뒤집어졌다. 그래서 같은 학교를 지망했다.

성적이 안정권이었는데도 불구하고 혹시 떨어지면 어쩌나 맘을 졸였었다. 아니나 다를까, 학교 방송국 선배가 몹쓸 짓을 하는 것을 보고는 정말 그 자식을 죽여 버릴까 하는 생각도 들었다.

그런데 고은과의 관계가 우선이었다. 고은이 오케이 한 뒤에 그 새끼를 반쯤 죽여 놔도 되지 싶었다.

"내가 좋아하는 걸 알면서 한 번도 나한테 살갑게 군 적 없어."

고은이 울먹이며 내뱉은 말에 한별은 고개를 끄덕거렸다.

"심지어 내 앞에서 다른 여자애를 보자마자 한눈에 반한 것처럼 굴었어."

고개마저 끄덕일 수 없을 정도로 미안했다. 미안하다는 말조차 나오지 않았다.

"그런데 뻔뻔하게, 이번에는 네가 날 짝사랑할 차례라고?"

고은이 '하! 참!' 하며 어이가 없다는 듯 웃었다.

"얼마나 각오하고 내 앞에 선 거야?"

고은이 눈을 세모꼴로 만들며 흘겨보았다. 한별은 손을 뻗어서 뿌루퉁한 귀여운 볼을 쓰다듬어 주고 싶은 욕구를 간신히 참아 내며 대꾸했다. 그저 가만히 웃었다. 말로 다 어떻게 표현 못할 것만 같았다. 상대해 주지 않으면 어쩌나 하는 생각도 했었다.

그런데 이렇게 얼굴을 마주하고 있는 것만으로도 감사했다.

"내가 네 앞에서 딴 남자 편들고 좋아하고, 끌어안고, 입 맞춰도. 견디고 기다릴 수 있어?"

목구멍에서 신물이 올라오는 듯해서 한별은 헛기침을 한 번 했다. 주먹이 쥐어졌다. 한숨이 흘러나오지 못하고 가슴속에서 맴돌았다.

"그럴 수 있냐고."

고은이 채근했다.

"어."

재빨리 대답을 내뱉은 순간, 고은이 한심하다는 듯 읊조렸다.

"멍청이."

한별은 멍청하다는 말에도 그저 쓰게 웃을 뿐이었다.

"바보, 멍청이, 순 엉터리."

욕 같지도 않은 욕을 퍼부으며 고은이 돌아섰다.

"오빠랑 나랑은 이래서 안 돼. 그만 가. 나 피곤해."

선배인 척하면서 너라고 부르던 호칭이 어느새 오빠가 되어 있었다.

"고은아."

돌아선 고은을 가만히 불러 보았다. 작은 어깨가 파르르 떨리는 게 눈에 들어왔다. 노란색 면 원피스를 입은 탓에 고은은 마치 달달 떨고 있는 병아리처럼 보였다.

"너 아프게 안 해, 이제."

한별이 진심을 다해 말했다.

"그래? 그럼 이번엔 오빠가 아파 봐."

고은은 뒤도 돌아보지 않고 대문 안으로 들어가 문을 닫아 버렸다. 맘껏 굴려, 마음이 풀릴 때까지. 그리 다짐한 한별은 저 안쪽에서 현관문이 열렸다가 다시 닫히는 소리를 듣고 나서야 그곳을 떠날 수 있었다.

"안고은이 소개팅을 해? 열 남자 다 마다하던 네가 왜?"

윤정이 단과대 건물이 떠나가라 소리를 질러 댔다.

"나는 뭐 소개팅하면 안 되냐?"

"야, 너 알바하느라 시간도 없댔지. 남자 관심도 없다며? 연애 같은 거에 시간 허비하고 싶지 않다며?"

윤정이 눈을 동그랗게 뜨고는 고은을 떠보느라 여념이 없었다. 일일이 대답할 기운도 없을 정도로 윤정은 여러 가지를 한꺼번에 물어 왔다. 소개팅을 해 준다는 주선인은 다름 아닌 변유정이었다. 대학 가서도 꼭 연락하라는, 정말 괜찮은 녀석 소개시켜 주겠다는 약속을 지킨 셈이었다.

한별이 고백을 해 왔고, 흔들린 것도 사실이었다. 그런데 궁금했다. 자신이 아직도 한별을 잊지 못하고 진정으로 좋아해서 흔들리는 것인지, 아니면 멀쩡한 다른 남자와의 썸도 겪어 보지 못한 탓에 사리 분별이 되지 않는 것인지.

스토커 같았던 동균 선배 때문에 제3의 인물에 대한 경계심이 더욱 강화되어서, 갑자기 나타난 한별이 반가웠는지도 모를 일이었다. 난생처음 하는 소개팅, 남자는 유정의 까마득한 대학 후배였다. 이미 군대도 갔다 온 대학 졸업반, 성적이 우수해 조기 졸업한 뒤 대학원에 진학할 예정이라고 했다.

"유정 선배 아는 동생이라고?"

"네."

"의외네."

"네?"

"유정 선배 아는 동생 중에 이렇게 예쁜 사람이 있을 거라고는 상상도 못했어."

입에 발린 소리처럼 느껴지지 않았다. 목소리에서는 진중함이 묻어났고, 미소에는 다정함이 가득했다.

어른 남자. 사촌 준재와 비슷한 어른 남자 분위기가 물씬 풍겼다.

"여기 음식이 양이 좀 많아. 다 먹기 힘든데 억지로 먹지 말고."

식사 매너도 무척이나 훌륭했다.

"다음엔 차 가지고 나올게. 오늘은 혹시나 맥주라도 한잔하지 않을까 싶어서 택시 타고 왔어."

다음을 기약하는 것도 무척이나 어른스럽게 느껴졌다.

"나 또 볼 거지?"

은근한 미소를 머금은 채 묻는 질문이 무척이나 다감했다. '물론이죠.' 하고 대답하려던 순간, 테이블 옆에서 인기척이 느껴졌다. 누군가 테이블 옆에 길게 서 있었다.

"여기서 뭐 해?"

한별이 무서운 얼굴로 내려다보고 있었다. 그러더니 남자를 흘끗 한 번 보고는 화를 참는 얼굴로 또다시 물었다.

"이 남자 누구야?"

한별의 턱이 굳어 갔다.

"그러는 그쪽은 누구세요?"

무례한 한별과 달리 남자는 깍듯한 예의를 지키며 물었다.

"이름 진한별."

한별은 남자에게 시선 한 번 주지 않고 일갈했다.

"이 여자 첫사랑."

고은이 어이가 없다는 눈빛으로 한별을 바라보았다. 다소 예의가 없는 행동에도 남자는 그저 신사적인 미소를 지을 뿐이었다.

"누가 인터셉트한 거예요?"

남자의 질문이 고은을 향했다.

"네?"

질문의 뜻을 단번에 이해하지 못하고 되물었다.

"이 남자랑 고은 씨 둘 사이에 내가 끼어든 거야, 아니면 우리 둘 사이에 이 남자가 끼어든 거야?"

"후자요."

생긋 웃으며 내뱉은 대답에 테이블 위에 놓였던 고은의 손을 한별이 낚아채듯 잡았다.

"전자죠. 무례하게 굴어서 죄송합니다. 고은이는 제가 데려가겠습니다."

한별의 목소리가 무겁게 가라앉았다.

"야, 이거 놔. 안 놔?"

남자는 미련 없이 물러설 것 같은 부류였다. 립서비스에 능했고, 적재적소에 센스 있는 멘트를 날릴 줄 알았고, 표정 관리도 훌륭했다. 한마디로 선수라는 거다.

안고은은 그것도 모르고 얼굴이 발그레해져서는. 심장이 거꾸로 뒤집히는 듯했다.

소개팅 장소였던 이탈리안 레스토랑에서 고은을 끌어낸 한별은 근처 골목으로 향했다.

"어딜 가는 거야?"

고은이 급기야 팔을 세게 뿌리치며 소리쳤다. 한별이 마른세수를 하며 물었다.

"안고은, 너 이걸 어떻게 견뎠어? 난 곧 미쳐 버릴 것 같은데?"

"각오했다며?"

"했지! 했어! 했는데……."

빗방울이 떨어지기 시작했다. 맑았던 하늘이 금세 회색빛으로 물들어 갔다.

"나 감기 다 나았는데."

고은이 조용히 속삭였다. 하늘을 올려다보며 한숨을 쉬던 한별이 천천히 고개를 돌려 고은을 내려다보았다. 한별은 고은의 허리에 팔을 감아 제 쪽으로 끌어당기며 말했다.

"나도."

속절없이 몸이 이끌려 갔다. 떡 벌어진 어깨, 너른 등, 한별의 품 안은 어떨까 상상해 봤던 발칙한 날도 있었다.

일전에 비 오는 날에는 너무 정신이 없었고, 이토록 꽉 끌어안지도 않았기에 그의 품이 얼마나 단단하고 뜨거운지 알지 못했다. 굳센 팔뚝이 등허리를 꽉 조였다. 커다란 손이 뒤통수를 내리눌렀고, 다른 손은 어깨를 으스러지게 움켜잡았다.

고은은 너른 품에 묻히듯 안겨서 아찔한 첫 키스의 감각에 머릿속이 아득해지는 것만 같았다. 누가 골목으로 들어오면 어쩌나 하는 불안감과 이대로 영영 시간이 멈춰 버렸으면 좋겠다는 바람이 공존했다.

키스가 짙어질수록 손끝이 바들바들 떨렸다. 고은은 한별의 허리춤을 꽉 움켜잡았다. 절박한 손짓을 느낀 한별이 슬쩍 멀어졌다. 이대로 끝인가 싶은 순간 고개가 비틀렸고, 더 깊게 맞물렸다.

짝사랑의 설움 따위.

첫사랑의 아픔 따위.

뜨겁고 집요한 키스 한 번에 녹아내렸다. 그와 함께 무릎도 꺾일 듯했다.

일부러 발끝에 힘을 주려 안간힘을 써 보았지만, 코끝에서 느껴지는 한별의 뜨거운 숨결 한 번에, 뒤통수를 당기는 손짓 한 번에, 더는 꽉 끌어안을 수 없다 느껴질 만큼 강한 밀착감에…….

속절없이 몸에서 힘이 빠져나갔다. 주르륵 흘러내리는 몸을 한별이 받쳐 안 듯 했다. 한별은 고은의 뒷머리를 감싸고 있던 손을 풀고는 그녀의 손을 잡아 자신의 어깨 위로 올려 주었다.

자연스레 한별의 목덜미에 고은의 팔이 휘감겼다. 허리춤을 움켜잡았던 손은 한별의 머리카락 사이사이를 파고들었다. 숨이 턱 막혀 왔다. 심장이 터질 듯 빠르게 뛰었다. 질척거리는 야릇한 소음에 토독토독 빗방울이 떨어지는 소리가 더해졌다.

머리칼이 젖어 가는 게 느껴졌다. 거세어지는 빗줄기가 두 사람의 뺨 사이를 흘러내렸고, 옷도 흠뻑 젖어 버렸다. 고은은 고개를 비틀어 내리며 입술을 떼어 냈다.

"하아."

더운 숨이 터져 나왔다. 비에 젖은 시폰 원피스 너머로 살갗이 비쳤다. 고은은 밭은 숨을 몰아쉬며 가슴을 들썩였다. 몸이 바들바들 떨렸다. 갑작스레 내린 비에 스산해진 날씨 때문만은 아니었다.

심장이 너무 쿵쾅거려서 똑바로 서 있는 것조차 힘들었다. 한별이 얇은 카디건을 벗어서 고은의 어깨 위를 덮었다. 5월 중순이었지만 비바람이 몰아치자 날씨가 순식간에 써늘해졌다.

"오빤 안 추워?"

간신히 숨을 고르고 내뱉은 말에 한별이 빙그레 웃었다.

"안 추워."

다정한 목소리가 골목을 조용히 울렸다.

"가자, 데려다줄게."

한별이 가방에서 작은 우산 하나를 꺼냈다. 늦은 밤, 학교에서 씌워 주었던 그 우산이었다. 그때는 긴가민가 흐릿했던 감정과 감각들이 생생한 빛을 내며 살아났다.

"안고은."

이름을 부르는 음성은 부드러웠다.

"어."

"고은아."

사뭇 진지한 부름과 함께 두 사람의 걸음이 자연스레 멈췄다.

"서운하게 안 할게."

"……응."

괜한 눈물이 차올라서 눈을 커다랗게 떠 보았다.

"그동안 내가 서운하게 했던 거 다 잊을 수 있을 만큼, 잘할게."

목이 메어서 대답을 할 수가 없었다. 고은은 고개를 끄덕이는 것으로 대답을 대신했다. 뺨 위로 또로록 눈물이 방울져 내렸다.

"왜 울어."

고은은 입술을 꾹 깨문 채로 고개를 절레절레 저었다.

왜 우는지 정확히 설명할 수가 없었다. 벅차서, 행복해서, 감격스러워서, 고마워서, 꿈만 같아서. 고은은 겨우 한숨을 한 번 내쉬고는 입을 열었다.

"꿈꾸는 것 같아."

"꿈 아닌데."

"근데 좀 그래. 내일 되면 아무 일도 아닌 것처럼 될 것 같고. 좀 불안하기도 하고."

"그래서 싫어?"

"아니! 싫다는 게 아니라!"

고은이 손사래를 치며 고개를 절레절레 저었다.

"꿈 아니라는 거 증명해 줘?"

"어떻게?"

눈을 동그랗게 뜨고 한별을 올려다보자, 순식간에 입술이 이마 위로 내려앉았다.

숨이 탁하고 멈추었다. 우산을 머리 위에 드리우고 있다지만 두 사람의 애정 행각은 길거리를 지나다니는 사람들 눈에 훤히 보였다.

"깜짝이야! 간 떨어지는 줄 알았잖아!"

고은이 작은 목소리로 나무라며 고개를 푹 숙였다. 온 세상 사람들이 새빨개진 자신의 얼굴을 빤히 쳐다보고 있는 것 같은 착각이 일었다.

"봐, 꿈 아니지?"

입술을 꾹 깨문 채로 고개를 끄덕거리는 고은의 얼굴에 미소가 번졌다. 일부러 한 정거장 멀리까지 걸어가서, 내릴 때는 한 정거장 먼저 내렸다. 둘이 함께하는 시간을 늘리고 싶어서, 조금만 더 천천히 걷고 싶어서 다리에 쥐가 날 지경이었다.

"다 왔네."

한별이 싱긋 웃으며 대문을 한 번 바라보고는 이내 까맣고 예쁜 눈동자를 마주했다.

"조심해서 가."

"알았어. 어서 들어가."

"집에 가면 뭐 해?"

작별인사를 해 놓고도 헤어지기 아쉬워서 괜한 질문을 했다.

"빨래도 해야 하고, 청소도 해야 하고."

"오빠 집안일 잘 돕는구나."

"아냐. 어머니께서 여행가셨어. 다음 달 초에 오셔."

고은은 '아.' 하며 고개를 끄덕거렸다.

"너는 들어가서 뭐 할 거야?"

"나는……."

오늘 있었던 일을 찬찬히 곱씹어 볼 거야.

소개팅 자리에 앉아 있던 남자를 노려보던 눈빛. 내 첫사랑이라 말하던, 단호했던 목소리. 이걸 어떻게 견뎌 냈느냐며 고통에 차 있던 얼굴.

그리고 뜨겁고 단단했던 품 안. 다정했지만 강렬했던 첫 키스까지.

골목길 안에서 서로가 부둥켜안고 있었던 모습을 떠올리자 얼굴이 새빨갛게 달아오르고 말았다.

"씻고 자야지."

"자기 전에 전화하고."

고은은 함박웃음을 지으며 고개를 끄덕거렸다. 그러자 한별의 오른손 엄지가 가볍게 고은의 입술을 스쳤다.

"아쉽다."

"나 들여보내는 게?"

용기 내어 던진 질문에.

"집 앞이라 키스 못하는 게."

심장이 터져 나갈 듯한 답변이 되돌아왔다.

"……내일 하면 되지……."

얼굴을 푹 숙인 채로 낮게 속삭인 말에 웃음 섞인 목소리가 들려왔다.

"내일 많이 할 거다. 입술 부르틀 때까지 물고 안 놔줄 거야."

"미쳤나 봐."

고은의 얼굴은 곧 터질 것처럼 빨갰다. 목소리는 제 것이 아닌 것처럼 파르르 떨렸다.

"얼른 들어가."

"응."

고은은 먼저 대문 안으로 들어섰다. 대문을 닫고 현관까지 걸어가는데 걸음이 날아갈 듯했다.

마치 중력이 감소된 달 표면을 걷고 있는 것처럼 발끝이 위태롭게 흔들거렸다. 그러다 현관 앞에 선 순간, 어깨에 걸치고 있던 한별의 카디건이 눈에 들어왔다.

"맞다!"

잊은 물건이 있다는 게 이토록 반가운 건, 연인들 사이에서나 가능한 일일 거다. 고은은 한달음에 대문을 향해 뛰어나갔다. 대문을 박차고 나가 언덕길을 내려가고 있는 한별을 향해 달음질쳤다.

탁탁탁탁. 규칙적인 구둣발 소리를 듣고 한별이 뒤돌아섰다.

"왜 이렇게 뛰어와?"

"이거!"

고은이 가쁜 숨을 고르며 카디건을 건넸다.

"나중에 줘도 되는데."

"그래도……. 아니, 한 번 더 보려고."

솔직한 대꾸에 한별이 기분 좋게 웃음을 터뜨렸다.

"다시 데려다줘야겠네."

한별은 고은의 손을 꼭 붙잡고 언덕길을 올라 커다란 대문 앞까지 다시 걸었다.

함께할 수만 있다면, 두 사람은 이 가파른 오르막길을 수만 번도 더 오를 수 있을 거라 생각했다.

이튿날, 아침에 연락을 주겠다던 한별이 감감무소식이었다. 10시쯤 고은의 집 앞에 도착해서 전화를 한다고 했는데, 시간은 벌써 10시 반을 향해 가고 있었다.

조금 늦으려나 보다. 고은은 초조하게 집 안을 서성거렸다.

"나간다며, 안 나가?"

옷을 다 챙겨 입고도 뭉그적거리는 고은을 엄마가 이상한 눈으로 보았다.

"곧 나갈 거야."

전화 오자마자 튀어 나가려고 현관 옆 응접실에 대기 중이었는데……. 고은은 기별 없는 한별에게 전화를 하기 위해 방으로 향했다.

— 전화기가 꺼져 있어…….

10시에 만나기로 한 남자의 휴대전화가 10시 반에 꺼져 있다. 갑자기 심장이 두 동강 나는 듯했다. 이게 대체 뭐야?

고은은 망설임 없이 집을 나섰다. 이대로 집 안에 오도카니 틀어박혀서 비련의 여주인공은 되고 싶지 않았다. 택시를 타고 그리 멀지 않은 한별의 집으로 향했다.

문 앞에 서서 심호흡을 한 번 했다. 무작정 찾아오기는 했지만 심장이 불안정한 박자로 끊임없이 쿵쾅거렸다.

어제 일은 충동적인 거였어? 이렇게 깊게 관여하고 싶지 않았는데, 일 저지르고 보니까 후회됐던 거야?

한별이 절대 그렇게 무책임한 사람은 아니라는 것을 잘 알고 있지만, 그럼에도 불구하고 사랑은 무지막지하게 변덕스러운 거니까……. 떨리는 손으로 초인종을 눌렀다.

— 누구세요?

스피커에서 웬 여자의 목소리가 흘러나왔다. 망설이는 사이 한 번 더 묻는 소리가 들려왔다.

— 누구시냐고요?

“저, 안녕하세요? 진한별 군 친구, 안고은이라고 합니다.”

— 잠시만요.

이윽고 대문이 열렸다. 한별의 어머니는 분명 여행 가셨다고 했는데, 여자 목소리는 누구지?

대문 안으로 들어서자 현관문 밖에 앞치마를 두른 아주머니께서 서 계셨다.

“한별 학생 만나기로 했어요? 아직 자는 것 같은데.”

아주머니는 살가운 미소를 지으며 고은을 안으로 안내했다.

아직 잔다고? 어이가 없어서 한숨이 흘러나왔다.

“어제 안 그래도 나 퇴근했는데, 한별 학생이 전화 와서 그 옷은 어디 있냐, 세탁소에 있으면 찾아오겠다, 신경을 쓰더니. 여자 친구 만나려고 그랬나 보네.”

“아, 네.”

고은은 그저 수줍은 미소를 머금을 뿐이었다.

그런데 자고 있다고? 어제 그 일이 있고 나서 공식적인 첫 데이트인데!
열이 올라서 머리 뚜껑이 열릴 것만 같은 착각이 일었다.
"내가 깨우는 것보다 여자 친구가 깨우는 게 더 재미있겠네?"
아주머니는 뭐가 그렇게 재미있으신 건지 활짝 미소 지으시며 한별의 방문 앞까지 안내해 주었다.
"어제 엄청 긴장한 목소리였어요. 나는 한별 학생이 그렇게 허둥대는 건 처음 봐서."
아주머니의 목소리에 한별에 대한 애정이 뚝뚝 묻어났다. 아들 같은 놈이니 늦잠 좀 잤다고 갈구지 말라는 부탁처럼 느껴질 정도였다. 고은은 조심스레 방문을 두드렸다.
아주머니께서는 오전에 일을 끝내시고 퇴근할 시간이 다 되었다며 자리를 비켜 주셨다. 그런데 아무리 방문을 두드려도 안에서는 대꾸가 없었다. 뭐야, 방에 있는 건 맞아?
떨리는 손으로 방문 고리를 잡아 돌렸다. 암막 커튼을 드리운 방 안은 어두컴컴했다. 침대 위 인영이 움직였다.
"뭐야, 왜 아직까지 자?"
방 안은 한별이 쓰는 옅은 향수 냄새로 가득했다.
"오빠."
침대 가로 다가갔더니, 한별이 끙 소리를 내며 몸을 뒤척였다.
"아파?"
얼른 머리맡으로 가서 이마에 손을 얹어 보았다. 이마가 불덩이였다.
"오빠! 괜찮아? 오빠!"
협탁 등을 켜자 한별이 인상을 찌푸리며 속삭였다.
"안……고은?"
"어, 나야. 고은이."

"하아."

한숨을 한 번 내쉰 한별이 나지막이 속삭였다.

"미안, 몇 시야?"

"이제 11시 좀 넘었어."

애먼 생각을 했던 게 너무 미안해서 목소리가 기어들어 갔다.

"해열제 어디 있어? 약부터 먹자."

어제 쌀쌀한 날씨에 비도 맞았는데, 카디건도 벗어 주고. 자기 때문에 아픈 것 같아서 고은은 심장이 바짝 오그라드는 것만 같았다. 한별이 알려 준 거실 장에서 약을 꺼내서 물 한 잔을 들고 다시 방으로 향했을 때, 한별은 침대 헤드 보드에 머리를 기대고 앉아 있었다.

해열제 한 알과 함께 물 한 컵을 다 비운 한별이 엷은 미소를 지으며 고은을 바라봤다.

"왜 울어."

연락은 안 되지, 왔는데 아파서 정신도 못 차리고 있지. 서러움에 목소리가 흘러나오질 않았다. 쭈뼛거리며 침대 가에 서 있는데, 한별이 손을 뻗어 고은을 손을 잡고는 단번에 끌어당겼다.

속절없이 몸이 한별의 품 안에 갇혀 버렸다.

"안 울린다니까, 계속 우네. 미안해."

커다란 손이 뒷머리를 다정하게 쓸어내렸다.

"약 먹었으니까, 좀 자."

고은은 울음을 겨우 삼키고 말했다.

"가려고?"

옆에 더 있고 싶은데, 수줍어서 대꾸가 나오질 않았다. 차라리 붙잡아 줬으면 좋겠다 싶은 순간, 한별이 작게 속삭였다.

"아픈데 나 혼자 두고 가려고?"

"그럼, 나 여기 있을까?"

조심스러운 질문에 한별이 고은의 작은 어깨에 얼굴을 묻으며 끄덕거렸다.

"일단 얼른 누워."

몸을 떼어 내며 말하자 한별이 작게 웃는 소리가 들려왔다.

"왜 웃어?"

"좋아서."

얼굴이 새빨갛게 달아오르고 목덜미도 타오를 것처럼 열이 올랐다. 아프다는 한별의 미소는 여느 때처럼 눈이 부셨다. 그리고 감기 기운에 살짝 쉰 목소리는 묘하게 섹시하기까지 했다.

"병원 가야 하지 않겠어?"

"한숨 자고 갈래."

한별이 베개에 머리를 기대고는 한숨을 내쉬었다.

"알았어. 얼른 자."

고은은 쭈뼛거리며 몸을 일으켰다.

"어디 가?"

"저기 앉아 있으려고."

책상 의자를 가리키자, 한별이 눈을 찌푸리며 엄살을 떨었다.

"재워 줘."

"뭐?"

"재워 달라고. 아픈 사람 깨웠으면 다시 재워 줘야지."

아프다고 휴대전화가 꺼진 줄도 모르고 자고 있었으면서, 물에 빠진 사람 구해 줬더니 보따리 내놓으라는 격인가?

고은은 말끄러미 한별을 내려다보았다.

"어서."

한별이 침대 위 빈자리를 손바닥으로 탁탁 내리쳤다. 고은은 못 이기는 척 그곳에 엉덩이를 붙이고 앉았다. 그러자 한별이 고은의 허리를 잡고는 단번에 품 안으로 끌어당겼다.

"엄마야!"

누워 있는 한별의 가슴에 어설프게 안긴 자세가 되어 버렸다. 꼼짝도 못하고 있는데, 머리를 기댄 한별의 단단한 가슴에서 두근두근 울리는 심장소리가 들려왔다.

한별의 심장이 고은의 것과 비슷한 박자로 뛰고 있었다. 터질 듯이 빠르게 뛰는 심장소리에 안도감, 만족감 등 말로 다 할 수 없는 온갖 감정이 느껴졌다.

"1시간만 잘게."

"알았어. 딱 1시간만이다."

"어."

한별이 몸을 뒤척이며 모로 누웠다. 자연스레 고은은 한별의 품에 안긴 채로 그와 마주 보고 누웠다. 목덜미 아래로 한별의 굳센 팔뚝이 들어와 있었고, 다른 팔은 고은의 등허리를 감싸 안았다.

이거 진도가 너무 빠른 거 아냐? 사귀기도 전에 농밀한 키스를 한 것도 모자라, 첫 데이트 날에는 남자 침대에 누워 있는 거잖아?

그저 사실을 정리했을 뿐인데 발끝이 오그라들 만큼 심장이 찌릿찌릿거렸다.

"고은아……."

"응?"

한별의 목소리가 나지막이 울리자, 머릿속이 아득해지면서 복잡한 생각 따위 이리저리 흩어지며 당위성을 찾기 위한 목적만이 분명해졌다. 아인슈타인이 그랬다. 시간은 상대적인 거라고.

최근에야 사귄다, 어쩐다 말했을 뿐이지, 짝사랑한 세월을 보자면 진도가 아주 느린 것일지도 모른다. 한별 역시도 마찬가지 아닐까?

"잠이 안 와."

웃음 섞인 목소리에 고은은 숨을 멈추었다.

"그래도 아픈데 약 먹었으면, 좀 자야 낫지."

"네가 옆에 있는데 어떻게 자."

"그럼 나 가라고 하고 자지 그랬어."

"널 어떻게 보내."

심장이 흐물흐물 녹아내렸다. 머릿속도 함께 녹아내리는 듯했다. 눈앞에 한별의 새빨간 입술이 보였다.

촉.

다분히 충동적으로 움직였다. 고개를 쭉 빼고 한별의 입술에 살짝 입을 맞췄다.

"너 진짜."

한별이 한숨을 한 번 내쉬더니 고은을 꾹 끌어안았다가 놓았다. 그러더니 몸을 벌떡 일으켜 앉았다.

"왜?"

"병원 가게."

"좀 있다가 간다며?"

되묻는 목소리에 아쉬움이 가득했다. 고은은 자꾸만 마음이 톡톡 불거져 나와서 가슴이 터질 것만 같았다.

"독감이라도 걸려서 너한테 옮기면 어떡해. 일단 병원부터 가야겠어."

결국 한별과 함께 동네 가정의학과로 향했다. 다행히 단순 감기몸살일 뿐 유행성 독감은 아니라고 했다. 약국에서 약을 타고, 죽 전문점에서 죽을 사고, 두 사람은 다시 한별의 집으로 향했다.

식탁 앞에 나란히 앉아 죽을 먹은 뒤, 한별은 약 기운이 몰려드는지 노곤한 얼굴을 했다.

"이제 정말 자. 나 갈게."

시간을 보니 이제 오후 2시 반이었다.

첫 데이트 장소는 동네 병원, 점심 메뉴는 참치야채죽이라니.

한별과의 첫 데이트를 얼마나 기대했더라? 열여덟 이후로 이날을 수천, 수만 번 상상해 보았었다.

"누가 보내 준대?"

한별이 나른한 미소를 지으며 물었다. 한별은 고은의 손을 잡은 채로 식탁 위를 대충 정리했다. 그러고는 곧장 방으로 향했다.

"뭐 하려고?"

괜한 질문을 했나 싶었다. 아무도 없는 집에 단둘이 있다는 사실에 온몸이 간질거렸다.

"영화 한 편 보자."

한별은 침대 헤드 보드에 기대앉아서 리모컨을 집어 들었다. 한별의 상태로 봐서 오늘 밖에서 데이트를 하는 건 무리일 테고. 그렇다고 집에 가고 싶지는 않고.

같이 있을 수 있는 방법이 이것밖에 없는 듯했다.

"그래."

고은도 한별의 옆에 어느 정도 거리를 두고 앉았다. 침대에서 TV를 보는 게 버릇인지, TV는 적당히 몸을 눕혀야 잘 보이는 각도에 자리하고 있었다. 이윽고 영화가 시작되었다. 얼마 전 개봉했다는 코미디 영화였다.

그런데 코미디만 할 것 같았던 남자 주인공이 극 중 배우로 캐스팅이 되면서 키스 연습을 하는 게 아닌가? 전혀 로맨틱하지 않은 상황이었던 장면들이 갑자기 로맨틱하게 흘러가기 시작했다.

한별과의 거리가 가까운 듯 멀었다. 한별의 성격에 절대 감기 걸린 상태에서 키스를 나누지 않을 것이다. 갑자기 시무룩해지고 말았다. 연인을 옆에 두고도, 이미 키스까지는 진도를 나간 사인데…….

보통 이렇게 영화 보다가 키스하는 거 너무 자연스러운 일 아닌가?

처음 해 보는 연애, 밀폐된 공간에 함께 있다는 긴장감과 그런데도 불구하고 연인이 아무것도 하지 않을 거라는 실망감에 고개가 처졌다.

"안고은?"

한별의 목소리가 낮게 울렸다.

"어."

뿌루퉁한 대답이 흘러나왔다.

"너 혹시 단순 감기로 죽은 사람 본 적 있어?"

"아니."

심장이 콩닥콩닥거렸다.

"그럼 좀 옮아도 나 원망하지 마."

말이 끝남과 동시에 커다란 손이 어깨를 끌어당겼다. 뜨거운 입술이 닿았다. 심장이 저릿하고, 머릿속이 아찔할 정도로 농익은 키스로 한별이 몰아붙이기 시작했다.

침대 헤드 보드에 기대고 있던 몸이 자연스레 뒤로 허물어져 내려갔다. 어느새 등을 침대 매트리스에 딱 붙인 채로 키스를 받아 내는 상황이 되어 버렸다. 커다란 손이 허리 아래로 들어왔다. 고은은 팔을 올려 한별의 어깨를 움켜잡았다.

"하아."

잠시 입술이 떨어졌다. 슬며시 눈을 뜨자, 눈을 꼭 감은 채로 숨을 고르고 있는 한별의 얼굴이 눈에 들어왔다. 고은은 한별의 턱 언저리에 입을 맞췄다. 그렇게 진한 키스를 나누었는데도 불구하고 심장이 타들어 갈 것처럼 아쉬웠다.

"고은아."

탁하게 쉰 목소리가 이름을 불렀다.

"응."

한별이 날카로운 코끝을 고은의 매끈한 콧잔등에 비벼 댔다. 달콤한 숨결이 작은 공간에서 뒤섞였다. 마치 다음 일에 대한 허락을 구하는 것처럼 느껴져서 고은은 한별의 목덜미에 얼굴을 묻어 버렸다.

"나 괜찮은데."

어디서 그런 용기가 나왔는지 꽤나 유혹적인 목소리가 흘러나왔다. 그러자 한별이 피식 바람 빠지는 소리를 내며 웃었다.

"안고은."

계속 이름만 부르고 망설이는 한별이 아쉬워서 미쳐 버릴 것만 같았다.

"나, 너 좀 아끼자."

심장이 입 밖으로 왈칵 솟아오를 것만 같았다.

"제대로 된 곳에서 멋지게 했어야 했는데, 어제 그러고 첫 키스 한 것도 나 되게 후회했단 말이야."

한별이 슬쩍 몸을 떼어 내고는 다정한 눈빛으로 고은을 내려다보며 웃었다.

"그런데 자꾸 그렇게 아무것도 못해서 토라진 얼굴 하고 있으면, 미치겠잖아."

한별이 사랑스러워 죽겠다는 목소리를 내며 웃었다.

"그러니까, 그냥 자라니까. 왜 영화를 보자고 해서……."

고은이 시선을 내리며 기어들어 가는 목소리로 말했다.

"그럼."

한별이 무언가 결심한 듯 결연한 목소리를 냈다.

"그럼?"

"키스까지만 할 거다."

고은은 또 그러자며 고개를 끄덕거리고 말았다. 그냥 가만히나 있을 걸, 너무 빨리 대답을 한 것 같아서 민망해 죽을 것만 같았다.

"죽겠네, 예뻐서."

작게 속삭인 한별의 입술이 고은의 입술 위로 내려앉았다.

영화가 끝나고, 기나긴 엔딩 크레디트가 올라가고, VOD 재생이 끝난 뒤, TV에서 다른 VOD 광고가 끊임없이 나올 때까지 두 사람의 입술은 떨어질 줄을 몰랐다.

외전 2 Happily ever after

"내일 2학년 3반 반창회 한대."

커피숍에 마주 앉아서 기말고사 공부를 하고 있는데, 한별이 은근한 목소리로 입을 열었다.

"2학년 3반? 일등고?"

"어."

한별이 고개를 끄덕이며 물었다.

"같이 갈래?"

"오빠네 반창회를 왜 내가 같이 가?"

"다들 여자 친구, 남자 친구 데리고 와. 그거 알아? 방정구랑 신은진이랑 사귄다? 걔네 꽤 오래된 사이인가 봐."

"진짜? 그거 소문나면 은진이 곤란해질 것 같은데? 그걸 말했어?"

"몇몇은 아는데, 워낙 입 무거운 애들이라……. 아직 언론에 안 까인 거 보면 다들 쉬쉬하는 거지, 뭐."

"정구는 연애할 거면 조용히나 할 것이지. 자기는 공인이지만, 은진이는 아니잖아. 은진이 생각도 해 줘야지."

"나는 왜 그랬는지 알겠는데."

한별이 고개를 비스듬히 기울이며 웃었다.

"왜 그런 건데?"

"자랑하고 싶었겠지."

눈웃음을 머금은 얼굴이 환하게 빛났다.

"그래서?"

"나도 자랑하고 싶어서."

헛웃음이 나옴과 동시에 얼굴이 새빨갛게 달아올라 버리고 말았다.

"오빠는 별……."

"내일 유정이 누나도 온다더라. 오랜만에 같이 얼굴이나 보자고."

갑자기 배알이 뒤틀린다. 지금 진한별이 제 첫사랑과 지금의 여자 친구가 굳이 조우하는 장면을 보고 싶다는 건가?

"진심이야?"

"그럼 진심이지. 내가 뭐 거짓말하는 걸로 보여?"

"나 갈래."

고은이 자리에서 벌떡 일어나 짐을 챙기기 시작했다. 씩씩거리는 한숨과 함께 억울하게도 눈물방울이 또르륵 흘러내렸다.

"왜 그래?"

한별이 고은의 손목을 잡고 걱정스러운 얼굴을 했다. 몰라서 물어, 지금?

날카롭게 째려보자 한별이 '아이고.' 하고 곡소리를 내며 웃었다.

"오빠는 내가 우는데, 그게 웃겨?"

쏘아붙인 말에 와락 몸이 휩쓸렸다.

"사람들 보잖아!"

등을 팡팡 내리치며 떨어지라고 해도 한별은 품 안에 고은을 꽉 끌어안은 채로 속삭였다.

"분명한 건, 그건 치기 어린 동경이었고."

한별의 목소리에서 뜻 모를 힘이 느껴졌다.

"그보다 더 분명한 건, 내가 처음 사랑한 여자는 안고은이라는 거야."

등을 내리치던 손이 허공에서 멈추었다.

"뭐?"

한별이 그제야 품 안에서 고은을 풀어 주며 눈을 마주했다. 웃음을 머금은 눈빛은 진중했다.

"차원이 달라. 너는 내가 그동안 살면서 겪었던 무수한 감정 중 그 무엇과도 비교할 수 없는 존재야."

"그래서?"

마음은 풀리고도 남았는데, 한별이 어디까지 제 속을 털어놓으려나 싶어서 뾰로통한 되물음이 이어졌다.

"너랑 변유정 씨랑은 이제 친척이잖아."

"그렇지."

"그럼 나랑도 친척이 될 가능성이 있는 거고."

"뭐?"

이거 지금 프러포즈야?

고은은 어안이 벙벙해서 한별을 올려다보았다.

"그래서 내일 반창회에 가서 오빠랑 나랑 사귄다고 말하고, 뭘 정리라도 하겠다는 거야?"

굳이 그럴 필요가 있을까 싶지만. 한별은 고개를 내저었다.

"그럼 뭔데?"

"네가 나한테 얼마나 소중한 사람인지 알려 주고 싶어서. 자꾸 안절부절못하는 너한테."

말이 앞뒤가 맞는 것 같기도 하고, 안 맞는 것 같기도 하고. 고은은 고개를 갸웃거리며 의심 어린 눈초리로 한별을 바라보았다.

"가 보면 알겠지. 그리고 윤준재 이사장은 너한테 사촌오빠인데, 내가 점수를 좀 많이 잃었어. 먼저 변유정 씨를 우리 편으로 만들어야 나중이 편하지 않겠어?"

"유정이 언니는 뭐 이미 내 편인데."

미래를 기약하는 듯한 말에 심장이 쉴 새 없이 두근거렸다.

"같이 가는 거다?"

고은은 못 이기는 척 고개를 끄덕거렸다.

일등고 2학년 3반 반창회라……. 볼만하겠는데?

아침 일찍부터 일어나 수선을 떨었다. 엄마가 그렇게 가라고 해도 가지 않던 스파에서 전신 마사지도 받고, 미용실에 가서 머리도 만졌다. 평소에 잘 하지 않는 화장도 전문가의 손을 빌려 엷게 해 보았다.

드레스 룸 안에 들어가 옷을 수십 번 갈아입고, 입었던 옷을 또다시 꺼내어 입어 보고. 겨우 고른 옷은 연하늘색 시어커서 원피스였다.

적당히 몸에 피트되는 무릎길이의 원피스는 고은의 긴 웨이브 머리와 무척이나 잘 어울렸다.

"안고은, 오늘 어디 가?"

엄마는 평소 같지 않은 딸의 행동에 미심쩍어하셨다.

"반창회."

"그런 거 안 가잖아."

"오늘은 가요. 나 나가. 저녁 먹고 올게요."

"그래, 조심해서 다녀와. 기사님 차 타고 올 거야?"

"아니! 알아서 올게."

혹여나 엄마가 사람을 붙일까 싶어서 고은은 얼른 근처에 사는 친구와 함께 귀가하겠다는 인사를 남기고 집을 나섰다. 집에 돌아오면 친구 누구와 함께 왔느냐는 질문이 쏟아질지도 모를 일이다.

절대 대문 앞에서는 기다리지 말라는 당부에 한별은 언덕 아래 편의점 앞에서 고은을 기다리고 있었다.

"허?"

한별이 깜짝 놀라 고은을 바라봤다.

"이상해?"

"누가 이렇게 예쁘게 하고 나오래?"

목소리에 웃음기가 가득했다.

"이렇게 예쁘면 오늘 반창회 가기 싫잖아."

"거기 안 가면 뭐 하게?"

고은은 얼굴이 확확 달아오르는 것 같아서 손등으로 양 볼을 가볍게 찍어 냈다.

"아니다. 예쁜 내 여자 친구 자랑하러 가야지."

한별이 고은의 손을 꼭 잡고는 기분 좋은 눈웃음을 지었다.

"무슨 반창회를 이렇게 좋은 데서 해?"

압구정 일식당, 2학년 3반 담임이었던 호재의 친구가 운영한다는 곳이 반창회 장소였다.

"담임 선생님 친구가 하는 곳이래. 들어가자."

한별이 빙그레 웃으며 고은의 손을 꼭 움켜잡았다. 고은은 쉴 새 없이 두근거리는 심장을 잠재우려 연신 심호흡을 내뱉었다.

"왜 이렇게 떨어?"

한별이 고은을 자상한 눈길로 내려다보며 물었다.

"떨려, 무지."

"괜찮아. 내가 옆에 있잖아."

자상한 음성과 동시에 이마 위에 한별의 입술이 가볍게 닿았다가 떨어졌다.

바보야, 이러면 더 떨려!

두근거리는 심장을 다독이며, 식당 안으로 들어서자 왁자지껄한 소음이 몰려들었다.

"어? 한별이다!"

아이들이 한별을 향해 반갑게 인사를 건네는 소리가 들려왔다. 고은은 한별의 듬직한 등 뒤에 숨어서 고개를 푹 숙였다. 안고은이 진한별을 오랜 시간 짝사랑했다는 사실을 모르는 이는 없을 것이다.

철없던 시절 한별의 뒤꽁무니를 졸졸 쫓아다녔던 날들이 떠올라 심장이 쿵쿵 울렸다. 지독하게 쫓아다니더니 드디어 짝을 이루었느냐며 놀리면 어쩌나 하는 생각에 덜컥 겁이 났다.

이대로 그냥 도망가 버릴까? 괜히 왔어. 오지 말걸.

발걸음을 홱 돌려 버릴까 싶은 순간, 걸걸한 남자 목소리가 들려왔다.

"뒤에 누구야? 여자 같은데?"

놀리는 듯한 목소리에 고은의 심장이 바짝 오그라들었다.

"어, 내 여자 친구."

한별이 꼭 잡았던 손을 슬쩍 놓더니 고은의 어깨를 부드럽게 감싸 안았다.

"알지? 고은 선배."

자신의 여자 친구이기는 하지만, 너희들한테는 선배니까 함부로 굴 생각 하지 말라는 압박처럼 느껴졌다.

"안녕? 오랜만이다."

고은은 어색하게 인사하며 쭈뼛거렸다. 아이들의 시선이 전부 자신을 향해 있는 듯 보였다. 반가운 얼굴을 하고 있는 아이들도 있었지만, 개중에는 결국 그렇게 되었느냐며 대단하다는 표정을 짓고 있는 아이도 있었다.

"와, 이거 실화야?"

여전히 필터링이 없는 진웅이 둘을 번갈아 보며 지껄였다.

"실화지, 인마."

한별이 웃으며 대꾸했다.

"둘이 어떻게 만났어, 요?"

진웅의 물음은 고은을 향해 있었다.

"대학 방송국에서 만났어."

"우연히?"

진웅이 되물은 말에 한별이 진지한 목소리로 대답했다.

"아니, 필연히. 내가 고은이네 학교 따라갔어. 고은이는 경영 전공이고, 나는 경제학 전공이라. 방송국에 있다고 해서 내가 일부러 방송국 오디션 본 거야."

아이들이 '올.' 소리를 내며 키득거렸다.

"진도는 어디까지 나갔어?"

필터링 없는 게 눈치도 없다. 진웅이 묻는 말에 한별이 어금니를 사리물며 대꾸했다.

"죽는다, 장진웅."

한별의 반응에 아이들은 또다시 키득거렸다.

제발, 누가 좀 나타나 줘!

"왜 문을 막고 서 있어?"

마치 구세주처럼 등 뒤에서 카랑카랑한 목소리가 들려왔다.

"언니!"

사촌 새언니 유정이였다. 봉긋 솟아오른 배에 손을 얹은 채로 그녀는 빙긋이 웃었다.

"오랜만이네. 어떻게 둘이 같이 와?"

다 알면서 묻는 말에 장난기가 어려 있었다. 고은은 그저 얼굴을 붉히며 고개를 떨어뜨렸다.

"왜 어른이 애들을 놀리고 그래?"

발레 주차 요원이 자리를 비워서 좀 늦었다며, 사촌 오빠 준재가 뒤따라 들어왔다.

"어머, 얘들 이제 스물 넘겼어요. 나는 이제 스물아홉. 우리, 같은 20대야."

유정의 매력은 저런 당당함에서 나오는 걸까? 마성의 매력에 빠졌던 남자가 한 트럭은 된다며 준재는 혀를 끌끌 찼었다.

임산부인 지금도 뒷모습을 보고 따라오는 남자들이 있다며 준재는 등 뒤에 임산부라고 써 놓으라는 농담까지 해 댔다.

"입구에 서서 뭐 하는 거야. 앉자, 들."

소싯적 교실 정리하듯 자리 정리를 하고 나선 이는 담임 호재였다. 자리를 잡고 앉자마자, 은진이 유정의 곁에 딱 붙어 앉았다.

"언니! 진짜 오랜만이에요. 예정일 얼마 안 남았죠?"

"어, 일주일."

예정일이 일주일밖에 남지 않았지만, 반창회에 꼭 나왔으면 좋겠다는 연락에 유정은 한달음에 달려왔다. 아이를 낳고 나면 보고 싶은 얼굴 보기 힘들다는 말을 귀에 딱지가 앉도록 들었기 때문이었다.

"와, 그럼 당장 나와도 이상하지 않은 거 맞죠?"

"응, 그렇대."

유정이 방긋 웃으며 은진을 마주했다.

"근데 정구는?"

목소리를 낮춘 물음에 은진이 저도 유정의 귓가에 대고 조용히 속삭였다.

"지금 미국에 있어요."

"미국? 공연 갔어?"

은진은 고개를 내저었다.

"저, 미국 가요."

"너도?"

"정구 오빠랑 같이 미국 가서 공부하기로 했어요. 아직 발표 안 했어요. 조만간 할 거예요."

정구는 아이돌 가수를 그만두고 학업을 잇기 위해 미국으로 향할 예정이라고 했다.

"잘된 거지?"

은진이 고개를 끄덕이며 빙그레 웃었다. 또래보다 먼저 시작한 사회생활 덕분인지, 정구는 진작부터 철이 들어 있었다. 은진은 꼭 자신이 책임질 거라며 입버릇처럼 말하더니, 그 약속을 지키려 어려운 결정을 내렸나 보다.

"어머니는?"

"엄청 바쁘세요. 정구 오빠보다 더 바빠요."

준재의 도움으로 치료를 받으신 은진 어머니는 이제 혼자 여행을 다니실 정도로 좋아지셨다고 했다.

"다행이네."

유정이 은진의 등을 두드리며 격려했다.

"반가운 얼굴들 오랜만에 보니까 좋네."

그 시절 추억을 떠올리며 던진 말에 은진이 빙그레 웃었다.

음식이 서빙되고, 분위기가 무르익었다. 준재는 음식 하나하나를 신경 쓰며 유정을 챙겼다. 도란도란 이야기를 나누던 중, 방송반 이야기가 나왔고, 유정이 그제야 생각났다는 투로 입을 열었다.

"아, 맞다! 나 석기 봤어, 한별아!"

멀찍이 앉아 있던 한별이 유정의 말에 반응을 보였다.

"방송반 손석기요?"

"어."

"어디서요?"

"한국대 언론학부에서."

얼마 전 한국대 언론학부에서 전 · 현직 언론인 선배와의 학부생과의 만남이 있었다. 그곳에서 유정을 발견한 석기는 하얗게 질린 얼굴로 그녀를 바라봤다.

「오랜만이다, 손석기.」

「세, 세상에!」

둘이 아는 사이냐는 물음에 유정은 그저 웃음을 머금을 뿐이었다. 그런데 제 버릇 개 못 준다고 했던가?

쌍팔 년도도 한참 지나서 태어난 석기는 여전히 쌍팔 년도식 화법을 구사하고 있었다.

「변유정 선배님이 저의 첫사랑입니다. 비록 지금은 다른 분의 아내가 되셨지만, 유정 선배는 저의 영원한 요정이십니다!」

그날 이후, 동문들 사이에서 변유정은 '변요정' 이 되었다. 소문을 듣고 준재 역시 유정을 요정이라 부르며 놀리곤 했다.

"요정, 괜찮아?"

귓가에 대고 묻는 말에 유정은 눈을 흘기며 남편을 노려보았다.

"또 그런다."

"괜찮으냐고 묻잖아. 괜찮아?"

"아!"

아랫배가 무겁게 뒤틀렸다.

"왜?"

"진통 오는 것 같아."

유정이 내뱉은 말에 순식간에 사위가 조용해졌다.

"어떡해! 119 불러!"

명균이 소리쳤다. 이 아이로 말할 것 같으면 체육대회 때 '이사장 타고 달리기' 라는 무시무시한 이벤트를 만들어 낸 장본인이었다.

"아냐, 이사장님 차 타고 가는 게 더 빠를 거야? 어떡해요? 이사장님. 유정 누나 들것 같은 거에 실어요?"

진웅이 숟가락을 움켜쥔 채로 허둥댔다.

"초산은 평균 11시간 진통해야 애가 나와. 걱정 마."

유정이 일갈하자, 아이들의 표정이 일순간에 굳어 버렸다. 평균 진통 시간이 그렇게 길 거라고는 전혀 예상 못했다는 얼굴이었다.

어쨌든 자리를 옮겨야 할 것 같아서, 유정과 준재는 아이들과 인사를 나눈 뒤 식당을 빠져나왔다.

휴대전화 화면을 바라보며 유정이 한숨을 몰아쉬었다.

"진통 간격 10분."

"지금 병원으로 가?"

준재가 심각한 목소리로 물었다.

"5분쯤 되면 병원 가자. 일단 집에 가서 출산 가방 챙겨서 나오면 될 것 같아."

심장이 쿵쿵 울렸다. 배 속에만 있던 아이가 드디어 세상 밖으로 나오는 것이다. 유정이 다치고 난 뒤, 아이를 갖지 못할 수도 있다는 말을 들었었기에 이 순간이 그 어느 때보다도 소중하게 여겨졌다.

"으윽!"

그런데 소중한 순간은 쉬이 오지 않는다 했던가?

병원으로 옮긴 후, 본격적으로 진통이 시작되자 사시나무 떨리듯 몸이 떨리고, 하늘이 파란지 노란지 구분이 되지 않을 만큼 눈앞이 캄캄했다. 폭풍 같은 진통이 잦아들자, 유정은 한숨을 몰아쉬며 준재를 향해 입을 열었다.

"재미있는 이야기 좀 해 줘 봐요."

울먹이는 목소리가 파르르 떨렸다. 유정의 손을 꼭 잡고 있는 준재도 떨고 있기는 마찬가지였다. 산고가 이렇게 고달픈 거였다면, 차라리 애를 낳지 말 걸 그랬나? 하는 생각이 들 정도로 유정은 안쓰러운 모습이었다.

"그러게, 그냥 수술하자니까."

"낳을 수 있어! 의사도 괜찮다고 했잖아요! 재미있는 이야기나 하라고!"

유정이 다음 진통이 오기 전에 빨리하라며 준재를 채근했다.

"옛날, 옛날 한 옛날에."

"으윽!"

또다시 진통이 몰려왔다. 유정은 어금니를 사리물며 소리를 지르지 않기 위해 애를 썼다. 산모가 소리를 지르면 태아가 놀란다는 이야기를 산모 교육에서 들었었다.

아가, 우리 힘내서 얼른 나오자. 근데 아빠가 재미있는 이야기를 안 해 줘!

"다섯 아이가 우주 멀리 아주 멀리 사라졌다는 이야기 할 건 아니죠?"

진통이 멎자 유정이 준재를 나무랐다.

"그 얘기 해 봐요."

"무슨?"

"도서관 이야기."

도서관 괴담을 일컫는 것도 아닌데, 준재가 머뭇거렸다.

"어서요."

"그 이야기는 예전에 한 번 했었잖아."

"자세히 해 준 적은 없잖아요."

준재는 식은땀을 흘리고 있는 아내의 이마를 쓸어 넘기며 미소를 머금었다.

"그날 꼭 눈이 올 것처럼 하늘이 흐렸어. 운동장에는 아이들이 하나도 없었고, 학교 안도 조용하더라."

유정은 비교적 차분해진 남편의 눈을 바라보며 미소 지었다.

기억 속 어딘가를 더듬는 준재의 눈빛이 아련해졌다.

◈

묵직한 마음만큼이나 하늘도 무겁게 가라앉아 있었다.

어제까지만 해도 새파랬던 겨울 하늘에 눈인지 비인지 모를 짐을 떠안은 먹구름이 드리웠다.

어릴 적, 친부의 부재로 허우룩한 마음을 동생 호재는 음악으로 채웠다. 없는 형편에 겨우 보냈던 동네 피아노 학원에서 호재는 방과 후 거의 모든 시간을 보냈다.

학원마저 다닐 수 없는 형편이 되었을 때, 호재는 학교에 허락을 구하고 음악실에서 시간을 보내곤 했다. 반면 준재는 도서관에서 책 사이에 파묻혔다.

문학 작품 속 주인공의 어려움에 비하면 자신이 처한 상황은 별게 아니라는 넓은 시야를 갖게 해 주는 도서관이 준재에게는 일종의 피난처였다. 어머니의 추억을 더듬어 보려 찾은 일등고, 준재는 제일 먼저 도서관으로 향했다.

겨울 방학 직전, 도서관은 텅텅 비어 있었다. 추운 겨울, 난방기가 돌아가는 소리와 함께 오래된 책 냄새가 풍겨 오자 스산했던 마음이 차분하게 가라앉았다.

준재는 서가에 진열된 책등을 손가락 끝으로 훑으며 호흡을 가다듬었다. 마치 온 우주를 손끝으로 어루만지고 있는 착각이 이는 듯했다. 광활한 우주에서 자신은 그저 한낱 작은 인간일 뿐이고, 자신이 겪는 문제는 아주 소소한 인간사 중 하나라고 여기며 무뎌지려 부단히 애썼다.

그러다 손끝에 닿은 책 한 권을 꺼내 들었다. 하필 칼 세이건이 지은 '지구의 속삭임'이었다. 책을 빼내어 목차를 살피는데, 어디선가 조심스러운 발걸음 소리가 들려왔다. 학생 중 누군가 이쪽으로 다가왔다. 준재의 옆을 무심히도 스치고 지나는 학생에게서 옅은 샴푸 냄새가 느껴졌다.

눅눅한 종이 냄새 사이를 비집고 들어오는 향기에 코끝이 아릿했다.

“여기 어디 있을 텐데.”

작게 속삭인 혼잣말이 그렇게 들렸다. 아이는 서가를 한참 동안 뒤지다가 하부장에서 ‘일등고 기록물’ 이라 적힌 두꺼운 양장 책 한 권을 집어 들었다. 책을 발견한 아이의 표정은 마치 보물을 발견한 듯 반짝반짝 빛났다.

일등고 기록물? 과제라도 하려고 하나?

아이는 무거운 책을 들고 가벼이 발걸음을 옮겨 갔다. 언뜻 보니 목에 걸린 명찰에 ‘마타리’ 라는 이름이 새겨져 있었다.

이름 참 독특하네.

아이는 도서관 한쪽에 마련된 커다란 테이블 앞에 자리를 잡고 앉아서 호기심 어린 눈동자를 이리저리 굴렸다. 노란색 리포트 패드를 옆에 펼쳐 놓고 뭘 그렇게 열심히 적는지, 미간을 잔뜩 구긴 채로 몰입한 모습이 기특해 보일 정도였다.

아무리 과제라고 해도 저렇게 열심일까?

자신이 맡아서 이끌어야 할 학교에 이토록 진한 애정을 가지고 있는 학생이 있다는 사실이 그저 뿌듯할 따름이었다. 구름이 걷히는지, 내내 어두웠던 창가에 햇살이 비췄다.

아이는 눈이 부신 듯 자리에서 일어나 창가를 향해 걸어갔다. 환한 햇살을 올려다보며, 눈을 살며시 감고는 미소를 머금었다. 햇살에 반사되는 아이의 발그레한 뺨이 반짝반짝 빛났다.

순간 심장이 두근두근 울리며, 가슴속에서 제 존재감을 확인시켰다. 준재는 갑자기 뻐근하게 달아오르는 가슴을 오른 손바닥으로 꾹 눌렀다. 아이가 긴 머리카락을 찰랑거리며 움직일 때마다 옆을 스치고 지날 때 느껴졌던 샴푸 향이 풍기는 착각이 일 정도였다.

미쳤구나, 윤준재.

준재는 보던 책을 내려놓고 한숨을 몰아쉬었다. 지구가 속삭이는 거룩한 책만큼이나 가슴속 심장이 속삭이는 소리가 묵직했다. 자꾸만 눈앞에 어른거리는 아이의 모습을 지우려 준재는 돌아섰다. 그길로 단숨에 도서관을 빠져나왔다.

❖

유정은 준재가 자신에게 반했던 순간을 듣는 걸 상당히 좋아했다. 이후로도 몇 번씩 그 순간을 되짚어가며 이야기해 달라며 조르곤 했다.

결혼 5주년 기념일.

유정은 또다시 그때를 회상해 보라며 준재를 채근했다.

"대체 몇 번을 얘기해 주는 거야?"

"들을 때마다 새로우니까."

유정은 또다시 아련한 기억을 더듬으며 생각에 잠긴 준재의 반듯한 얼굴을 가만히 바라보았다. 해변에 내리는 석양빛을 받은 그의 얼굴은 평소보다 조금 붉었다. 늘 그때의 일을 떠올릴 때면, 준재는 얼굴을 붉히곤 했다.

워낙 포커페이스가 잘되는 그였기에 얼굴을 붉히는 일을 보는 것은 극히 드물었다. 그래서 유정은 그때 일을 자꾸 물어보는 걸 즐겨했다. 얼굴을 붉힌 순수한 남자의 얼굴을 마주하는 순간은 언제나 그렇듯 가슴을 뛰게 했다.

그가 도서관에서 칼 세이건 책을 집어 들었다—까지 회상했을 즈음, 휴대전화가 요란하게 울렸다. 선 베드 옆 테이블에 올려 둔 휴대전화를 살피니 한국에서 친정엄마가 페이스톡을 걸어 온 모양이었다.

통화 연결을 하자마자, 수화기 너머에서 짱알거리는 소리가 들려온다.

— 엄마아!

딸 다솜이 활짝 웃으며 엄마를 불러 댔다.

"다솜아! 안 자고 뭐 해?"

— 엄마, 보고 싶어.

"응, 엄마도 우리 다솜이 보고 싶어. 맘마 먹었어? 코 자 해야지!"

— 맘마 많이 먹었어. 할미가 꼬기 줬어. 그래서 많이 먹었어.

"잘했어, 잘했어."

— 엄마, 맘마 먹었어?

"응. 먹었어."

— 아빠는?

준재가 화면 안으로 슥 얼굴을 들이밀며 환히 웃었다.

"안녕, 딸!"

— 아빠빠빠빠빠빠빠!

다솜이 흥분해서는 마구 소리를 질러 댔다.

"응, 딸. 말해."

— 아빠, 약속 지켜. 꼭 지켜.

유정이 준재를 바라보며 무슨 약속이냐는 듯 눈썹을 치떴다.

"응, 지킬게."

— 다솜이는 여자 동생이 좋아. 남자 동생 싫어. 남자 동생 막막 말썽 부려. 꼭 여자 동생 데리고 와!

"응, 그럴게!"

— 다솜이 인제 잘게. 엄마, 아빠 안녕!

통화가 끊기고 나자, 유정이 어이가 없다는 듯 웃으며 물었다.

"뭘 만들어 가요?"

"다솜이 동생 만들어 가야 해. 안 그러면 다솜이가 화낼 거야. 엄마, 아빠만 여행 보내 주는 조건이었어."

"기가 막혀."

"왜 기가 막혀? 만들어 가면 되지."

준재가 선 베드에서 몸을 일으켜서는 유정을 단숨에 안아 들었다.

"뭐야! 왜 이래."

"가만히 있어. 좋으면서 튕기기는."

해변가 풀빌라, 신혼여행 왔던 이곳을 다시 찾은 건 준재의 뜻이었다. 준재가 저벅저벅 걸음을 옮겨 가자, 유정은 조심스레 준재의 목덜미를 끌어안았다. 전실을 지나 침실로 향하는 동안 심장은 이미 뜨겁게 달아올라 버렸다.

준재가 유정을 침대 위에 조심스레 내려놓자마자 입술이 겹쳤다. 입안을 파고드는 움직임이 익숙해질 만도 한데, 늘 새롭고 떨렸다. 까칠한 혀가 얽히고, 작은 입안이 뜨거움으로 차올랐다.

"흐읍."

목울대를 울리는 신음이 울려 퍼짐과 동시에 뜨겁고 부드러운 손길이 원피스 자락 안으로 들어왔다. 허벅지를 스치고 올라와 겨드랑이를 더듬자, 유정이 몸을 움찔 떨었다. 딱 붙어 있던 입술이 잠시 떨어졌다. 그는 얇은 원피스를 찢듯 벗겨 냈다.

"미쳤어! 이거 처음 입은 건데."

유정이 나무라는 소리에 아랑곳하지 않고 준재가 다시금 그녀의 입술을 머금었다. 이미 한 번의 진한 키스로 그녀의 입술은 석류 알처럼 붉어져 있었고, 그녀의 입안은 그 과즙처럼 달콤했다.

끊임없이 마셔도 부족하다 느껴질 만큼 갈증을 불러일으키는 입술을 준재는 녹여 없애 버릴 것처럼 탐했다. 작고 부드러운 손이 준재의 어깨 언저리를 더듬거렸다.

꽉 끌어안지 않고 스칠 듯 어루만지는 손길에 안 그래도 묵직한 단전 아래가 버거워졌다. 가까스로 입술을 떼어 낸 준재가 나지막이 속삭였다.

"다솜이가 하는 말 들었지?"

유정이 말없이 고개를 끄덕거렸다.

"생겼다 싶은 확신이 들 때까지 할 거야."

그 핑계로 안 놓아줄 생각이었다. 결혼하고 조심스러운 관계 속에서 다솜이 생겼고, 다솜이 태어난 후에는 육아로 고달픈 그녀를 마음껏 안지 못했다.

가끔 단둘이 외출하여 그녀를 탐했던 일도 있었지만, 이렇게 아이 없이 긴 여행을 온 것은 처음이었다. 지난 신혼여행에서 풀빌라 안에만 있느라 주변 관광을 못했다며, 그녀는 이번에는 제대로 된 관광을 하자고 했었다.

하지만 어떻게 맞은 둘만의 시간인데, 관광은 개나 주라고 하지.

준재는 유정의 품 안을 단번에 파고들며 탁한 목소리로 다시 한 번 말했다.

"부모가 자식이랑 한 약속은 지켜야지?"

허리를 움직이자, 그녀의 입에서 밭은 숨소리가 흘러나왔다. 발그레진 뺨에 입을 맞추자 작은 손이 어깨를 꽉 움켜잡았다. 움직임이 빨라질수록 숨소리는 더욱 절박해졌고, 여린 신음성을 내뱉을 때마다 머릿속이 아득해지는 것만 같았다.

"사랑해."

준재는 유정의 얼굴에 부드러운 입맞춤을 여러 번 반복했다. 유정이 준재의 목덜미에 얼굴을 묻으며 대답했다.

"나도, 사랑해."

가장 뜨겁다 느끼는 순간 듣는 그녀의 사랑 고백은 언제나처럼 달콤했다. 준재는 거친 숨을 몰아쉬며 유정을 꽉 끌어안았다. 축 처진 가녀린 몸을 끌어안자, 그녀는 가슴에 얼굴을 기댄 채로 잠이 들었다.

새근새근 규칙적으로 울리는 숨소리에 심장이 두근두근 울렸다. 이제 막 잠이 들었는데, 깨우고 싶은 충동이 일었다. 준재는 살짝 벌어진 유정의 입술을 부드럽게 머금었다.

미동도 하지 않는 아내가 서운해서 아랫입술을 가볍게 깨물었다. 나른한 눈꺼풀이 들리며 정염에 지친 눈동자가 준재를 바라봤다.

"피곤해."

유정이 쉬고 싶다며 앓는 소리를 냈다. 그런데 남편의 눈동자는 여전히 형형했다.

"그럼 가만히 있어, 그냥. 내가 알아서 할게."

눈앞에 있던 얼굴이 금세 이불 속으로 사라지는가 싶더니 아찔한 감각이 밀려들었다. 유정은 눈을 질끈 감은 채로 아래쪽에 있는 준재의 머리카락 사이사이에 손가락을 묻었다.

"흐윽. 여보…… 준재 씨."

절박한 흐느낌이 절로 흘러나올 만큼 아찔했다. 숨이 턱 막혔다. 터질 듯 뛰는 심장이 곧 멈춰 버릴 것만 같았다. 이불이 걷히고 남편이 허리를 당겨 안는가 싶더니 몸이 뒤집혔다.

뒤에서 포개듯 몸을 겹치자마자 묵직한 통증과 은밀한 감각이 느껴졌다. 시야가 흔들렸다. 어지러운 기분이 들어서 눈을 꼭 감았더니 커다란 손이 턱을 감싸 쥐고는 잡아당겼다.

붉게 달아오른 입술이 겹쳤다. 그와의 키스는 언제든 달콤했고, 짜릿했다. 입술이 떨어지는 게 미치도록 아쉬웠다. 아주 먼 옛날 원래 한 몸이었던 인간을 신이 분노해 갈라놓은 거라는 신화 속 이야기가 사실이 아닐까 하는 생각이 들 정도로 그와의 결합은 안온했고, 충만했다.

알싸한 감각이 목덜미까지 끼치자, 온 우주가 멈춘 듯 사위가 조용해졌다.

오직 귓가에서 울려 퍼지는 건 남편 준재의 가쁜 호흡 소리뿐이었다.

"아직 아닌 것 같죠?"

유정이 이불을 끌어당겨 얼굴을 묻으며 물었다. 5년이나 한 이불을 덮고 잔 사이에 이렇게 노골적으로 남편을 유혹할 때면 괜히 부끄러워졌다.

"당연하지."

남편이 진중하게 대꾸하는 소리가 들려왔다.

또다시 허리를 당겨 안는 굳센 팔을 느끼며 유정은 꺄르륵 웃음을 터뜨리고 말았다.

초음파 화면을 뚫어져라 쳐다보는 다솜의 얼굴이 심상치 않았다.

"다솜아, 왜?"

유정이 남편의 품에 안긴 딸의 얼굴을 들여다보며 물었다.

"엄마, 아빠."

딸의 목소리가 심각하게 울렸다.

"응, 딸?"

준재가 다솜의 얼굴을 바라보며 자상하게 대답했다.

"실패다."

엄마 배 속에 있는 동생의 초음파 영상을 바라보며 아이가 실패라고 고개를 내저었다. 의사는 열심히 유정의 배 위에 초음파 기기를 문지르다 말고, 다솜이에게 물었다.

"뭐가 실패야, 꼬마 아가씨?"

다솜이 고개를 절레절레 저으며 읊조렸다.

"여자 동생 아니잖아요."

잔뜩 심통이 난 대꾸에 의사가 쿡 하고 웃음을 터뜨렸다.

의사가 알려 주지 않아도 초음파 영상을 보면 대강 성별이 보이곤 하지만, 쟤는 저걸 어떻게 알았데?

유정이 신통하다는 듯 딸을 바라보았다.

"딸, 그걸 어떻게 알아? 아기가 나와 봐야 알지."

"아빠 닮은 것 같단 말이야."

난 또 뭐라고.

유정이 빙그레 웃으며 다솜을 다독였다. 배 속 아이는 아들이 맞는 것 같기는 했다. 여자 동생을 그토록 바랐던 다솜이 동생을 마주하고 실망하면 어쩌나 걱정도 했었다.

"어쩔 수 없지. 아빠 닮았으면 착할 거야. 괜찮아."

의외로 빠른 수긍에 유정과 준재는 서로를 바라보며 빙긋이 웃음 지었다.

"아빠는 착해? 그럼 엄마는?"

진료실을 나와 주차장으로 향하는 길, 유정이 한 질문에 다솜은 고심하듯 미간을 구겼다. 심장이 쿵쿵 울렸다. 자식의 눈에 자신이 어떤 부모로 보일지, 그 대답을 듣는 순간 모든 부모의 맘이 그렇듯이.

"엄마는 말로 못해."

"응?"

다솜이 울먹이며 걸음을 멈췄다. 유정이 불룩 솟은 배를 안고 가까스로 몸을 낮춰 다솜을 마주했다. 눈가에 눈물이 그렁그렁했다.

"엄마!"

"응, 우리 딸 왜."

다솜이 와락 유정의 목을 끌어안았다.

"낳아 주셔서 감자합미다."

배 속에 아이를 품고 있는 엄마가 너무 힘겨워 보인다며, 자신도 이렇게 태어난 거냐며 다솜은 울음을 터뜨렸다.

그래, 아가. 너도 이렇게 태어났지. 엄마, 아빠의 사랑 속에서 네가 태어났단다.

세상 가장 소중한 나의 딸아, 엄마는 네가 태어나고 더 나은 세상이 되었으면 하는 기도를 꼭 드린단다. 엄마와 아빠는 너로 인해 어른이 되었고, 세상을 알아 간단다.

유정은 사랑을 가득 담은 눈길로 다솜을 바라보았다. 준재 역시도 뿌듯한 눈길로 두 사람을 내려다보았다.

외전 3 엄마, 아빠는 새벽에 뭘 한 걸까?

나는 들뜬 마음으로 유치원 로비에 마련되어 있는 대기용 소파에 앉아 있었다. 시간을 확인하니, 벌써 오후 5시가 넘은 시각이었다.

"으앙! 그거 내 거야!"

옆에서 같은 반 친구인 예슬이 울음을 터뜨렸다. 예슬은 손에 꼭 쥐고 있던 슬라임 장난감을 우리보다 한 살 많은 지후에게 빼앗겨 엉엉 울고 있었다. 나는 한심하다는 눈빛으로 둘을 쏘아보았다.

예슬은 꼭 저렇게 하지 말라는 짓을 해서 사달을 만드는 아이였다. 유치원에는 장난감을 가지고 오지 못하게 되어 있었다. 그런데 예슬은 꼭 아이들이 탐을 낼 만큼 신기한 물건을 들고 와서 주의를 잔뜩 끌고 잘난 척을 해 댔다.

나는 예슬과 나보다 한 살이 많지만 오빠라고 부르고 싶지 않은 지후를 바라보며 고개를 절레절레 내저었다.

"예슬이, 왜 울고 있어?"

잠시 자리를 비웠던 선생님이 나타나자 예슬은 더욱 서럽게 울어 댔다.

"지후 오빠가요. 내 슬라임을요."

자기도 유치원에 슬라임을 들고 온 주제에 뭐가 그렇게 억울하다고 우는지 모르겠다. 오늘 유치원에서 놀이 시간에 예슬이 들고 온 슬라임 때문에 조용한 소란이 일었다는 것을 선생님은 눈치채지 못한 듯했다.

"슬라임?"

선생님이 되묻는 말에 예슬은 당당하게 고개를 끄덕거렸다.

"내 슬라임을 뺏어 갔어요!"

이렇게 말한 예슬은 자신이 낼 수 있는 가장 큰 목소리로 울어 젖혔다. 지후는 재미있어 죽겠다는 얼굴로 예슬을 바라보며 슬라임으로 바풍 놀이를 하고 있었다. 바풍, 비닥 풍선이라는 뜻으로 슬라임이 늘어지도록 들어 올렸다가 잽싸게 떨어뜨리면 만들어지는 풍선 모양을 말한다.

"지후야, 그 슬라임 선생님한테 줄래요?"

지후는 기다렸다는 듯이 슬라임을 척척 모아서 선생님께 건넸다. 이제 선생님은 유치원에 가져와서는 안 되는 물건을 가져온 예슬을 혼내 줄 차례였다.

"우리 예슬이 왜 울고 있어!"

그런데 기가 막힌 타이밍에 예슬이 엄마가 등장했다.

"선생님. 우리 예슬이 왜 울어요? 애가 왜 이렇게 서럽게 울고 있어요?"

그리 말한 예슬이 엄마는 아무것도 하지 않고 예슬이 옆에 앉아 있기만 했던 나와 방금 전까지 문제의 슬라임으로 바풍 놀이를 열심히 하고 있었던 지후와 불쌍한 선생님을 차례로 노려보았다.

"어머님, 그게……."

"아, 됐고요! 여긴 뭐 이렇게 애들 관리가 안 돼?"

가져오지 말라고 하는 장난감 죽어라 갖고 와서 문제를 일으키는 예슬이나, 예슬이가 울고 있었다는 이유 하나만으로 선생님을 윽박지르는 예슬이 엄마나 똑같아 보였다. 예슬이 엄마는 유치원이 기본이 안 되어 있다는 둥, 교육청에 신고하겠다는 둥, 귀한 딸을 울렸다는 둥, 듣기 싫은 소리를 잔뜩 늘어놓았다.

아무것도 잘못한 것이 없어 보이는 선생님은 쉴 새 없이 쏟아 내는 예슬이 엄마 앞에서 그저 고개만 푹 숙이고 있을 뿐이었다.

불쌍한 우리 꽃잎반 선생님, 우리 반 이름만큼이나 우리 선생님이 예쁘게 생기지는 않았지만, 보드라운 꽃잎처럼 착한 분이셨다. 그런데 그런 선생님의 눈에 눈물이 핑 돌 만큼 예슬이 엄마가 선생님을 몰아세웠다.

그 모습을 보다 못한 나는 조용하지만 또박또박한 발음으로 선생님을 불렀다.

"선생님, 우리 유치원에는 장난감 가져오면 안 되는 거죠?"

주위가 순식간에 조용해졌다. 예슬이 슬라임으로 바풍 놀이를 한 탓에 예슬이를 울려 버린 지후도, 지후에게 슬라임을 빼앗긴 서러움에 울어 젖힌 예슬이도, 그리고 아무것도 모르면서 예슬이 편만 들던 예슬이 엄마도, 속수무책으로 당하고만 있던 선생님도 일제히 나를 바라보고 있었다.

"맞죠, 선생님? 우리 유치원에는 장난감 가져오면 안 되는 거죠?"

선생님은 미심쩍은 얼굴로 고개를 살짝 끄덕였다.

"근데 그 슬라임은 장난감이잖아요. 예슬아, 네가 갖고 온 거 맞지?"

나는 예슬을 똑바로 바라보며 물었다. 그러자 울음을 뚝 그쳤던 예슬이 이번에는 더 크게 울음을 터뜨릴 것처럼 입술을 씰룩거렸다.

"이상하다. 너는 왜 네가 잘못해 놓고 울어?"

나는 정말로 의문스럽다는 듯이 고개를 갸우뚱 기울였다. 그리고는 지후를 향해 말했다.

"지후…… 오빠."

정말이지 오빠라고 부르고 싶지 않은 한심한 인간이지만, 오빠라고 부를 수밖에 없었다.

"어?"

"예슬이가 갖고 있던 물건이 탐이 나면, 잠깐 빌려 달라고 하면 되지. 그걸 뺏으면 안 되는 거잖아. 그건 오……빠가 사과해."

"미안해."

의외로 지후가 순순히 사과하고 나섰다. 나는 이제 어떻게 해야 좋겠냐는 눈빛으로 예슬이 엄마를 올려다보았다. 적잖이 당황한 얼굴로 예슬이 엄마는 입만 벙끗거렸다.

"아줌마. 지후…… 오빠도요. 잘못한 걸 바로 사과하잖아요."

예슬이 엄마는 내가 무슨 말을 하려는지 궁금하다는 눈빛으로 나를 내려다보았다.

"선생님께 사과하셔야 하지 않을까요? 그리고 우리 유치원 되게 좋아요. 밥도 맛있고요. 놀이 시간도 좋고요. 선생님도 예……쁘고요. 제가 이 유치원에서 딱 하나 마음에 안 드는 게 있다면, 규칙을 안 지켜서 문제를 일으키는 친구예요."

나는 차마 내 입에 예슬이의 이름을 직접 올릴 수는 없다는 듯한 표정으로 예슬이에게로 시선을 옮겼다.

"너 이름이 뭐니?"

예슬이 엄마는 황당하다는 얼굴로 내 이름을 물었다. 이름 물어보면 내가 움츠러들 거라고 생각했나 보다.

"윤다솜이요."

또랑또랑한 목소리로 이름을 읊은 순간, 아빠의 목소리가 들려왔다.

"다솜아!"

아빠는 정말 타이밍을 기가 막히게 맞추는 재주가 있다. 아빠가 5분만 늦게 왔더라면, 예슬이 엄마가 선생님께 사과하도록 만들었을 텐데……. 나는 아빠가 걱정하지 않도록, 아무것도 모르는 여섯 살 딸 모드로 돌아가기로 했다.

"아빠!"

나는 데리러 와 준 아빠가 무지하게 반갑다는 듯이 한달음에 뛰어나갔다. 그러자 아빠가 환히 웃으며 나를 공중으로 번쩍 들어 올려서는 빙글빙글 돌리기 시작했다.

아빠, 나 이제 여섯 살이나 먹었어. 이런 거 어지러워서 싫어, 라고 말하면 선량한 우리 아빠는 실망할 게 뻔했다. 나는 머리가 핑글핑글 돌았지만, 까르르 웃으며 최대한 즐거운 척을 해 주었다.

"우리 딸 아빠 안 보고 싶었어? 오늘 유치원 생활은 어땠어, 재미있었어? 점심은 뭐 먹었어? 간식은 우리 다솜이가 좋아하는 거 나왔어?"

나는 참 아빠를 사랑하지만, 이렇게 말이 많을 때는 정말이지 귀찮다. 그렇지만 나는 아빠의 기대에 부응하기 위해 씩씩한 목소리로 대꾸했다.

"아빠 이마안큼 보고 싶었어. 오늘 재밌었어. 점심은 불고기 나와서 다 먹었어. 간식은 꿀떡이랑 바나나우유 먹었어."

"아구, 우리 딸, 좋았겠네."

그리 대꾸하는 아빠의 표정이 더 좋아 보인다. 아빠가 너무 즐거워 보여서, 나는 귀찮지만 대답하길 잘했다고 생각했다. 아빠가 선생님께 인사를 건넸고, 나는 그 틈을 타 예슬이 손을 붙들었다.

"예슬아, 너는 안 가?"

나는 반드시 예슬이 손을 잡고 유치원 마당을 걸어 나갈 생각이었다. 우리가 간 뒤에 예슬이 엄마가 선생님을 또 괴롭힐 게 분명해 보였다.

"으, 응? 가야지."

예슬은 나에게 손을 붙들린 채로 어리바리하게 굴었다.

"그럼, 선생님 안녕히 계세요."

나는 예슬이가 따라하도록 일부러 큰 목소리로 공손하게 머리 숙여 인사했다. 그러자 예슬이 얼결이 같이 고개를 숙여 보이고는, 내 손에 붙들린 채 유치원 마당을 가로질러 나왔다. 예슬이 엄마도 우리 무적 아빠가 등장한 이후로는 입을 꾹 다물었다.

사람들 앞에서 아빠의 힘을 과시하고 싶지는 않았지만, 아빠는 내가 누구라고 굳이 말하지 않아도 많은 이들이 알아보는 사람이었다.

"진예슬."

나는 예슬의 이름을 가만히 읊조렸다. 예슬이 또 어리바리한 눈빛으로 나를 바라보았다.

"너 장난감 갖고 유치원 오지 마. 알겠어?"

굳이 정해진 규칙을 지키지 않아서 문제를 만들어야겠냐는 둥, 울고 떼쓴다고 세상일이 전부 해결되는 건 아니라는 둥, 하는 말을 일단 접어 놓기로 했다. 예슬이 상태로 봐서 말귀를 제대로 알아먹을 것 같지도 않았다.

예슬은 서슬 퍼런 내 분위기에 놀랐는지 가만히 고개를 끄덕거렸다. 유치원 정문을 나서자마자, 예슬이 엄마는 예슬이 손을 붙잡고 저만치 가 버렸다. 나는 두 모녀의 뒷모습을 한심하다는 듯이 바라보았다.

"딸, 우리도 집에 가야지?"

예슬이 손을 붙잡고 나오느라 그만 아빠가 곁에 있다는 것을 깜빡하고 말았다.

"응, 아빠!"

내가 아무 일도 없었다는 듯이 벙싯 웃으며 아빠를 올려다볼 때였다.

"야, 윤다솜."

대차게 내 이름을 부른 이는 지후였다. 나는 고개만 슬쩍 돌려서 내 옆으로 다가오는 지후를 바라보았다.

"너 아까 말 되게 잘하더라."

그리 말하는 지후의 볼이 붉었다. 자세히 보니 귀까지 빨갛게 물들어 있었다.

"걔가 맨날 장난감 갖고 와서 내 동생 놀리거든. 언제 내가 혼내 주려고 했는데."

그래서 그 장난감을 빼앗아서 울린 건가 보다.

"근데……."

그 방법이 잘못되었다는 것을 지후도 이제야 깨달은 눈치였다. 오빠라고 부르기에 한심하다고 생각했었는데, 인제 보니 다른 일곱 살보다는 조금 나은 것 같기도 하다.

"다솜이 친구니?"

옆에서 잠자고 보고 있던 아빠가 끼어들었다.

"아뇨! 다솜이 오빠에요!"

"그래? 나는 다솜이 아빤데."

돌아가는 분위기가 기묘하다. 나는 자신을 나의 오빠라 소개한 지후를 한 번, 그리고 아빠를 한 번 번갈아 보았다.

"아까 우리 다솜이가 뭐라고 했는데?"

아빠는 호기심 가득한 눈빛으로 물었고, 지후는 또 어찌나 설명을 잘하는지 아까 있었던 일을 시시콜콜하게 아빠에게 다 털어놓았다.

아, 나는 정말 아빠한테 걱정 안 끼치는 얌전한 딸이 되고 싶었는데…….

"아, 우리 다솜이가 그런 말을 했구나."

아빠는 의미심장하게 고개를 끄덕거렸다.

"근데요, 그거 아세요?"

지후가 미간을 살짝 찌푸리며 아빠를 향해 물었다.

"뭘?"

"다솜이는요, 거짓말을 할 때 말끝을 떨어요."

그러자 아빠가 흡 하고 웃음을 집어삼켰다.

"내가 언제!"

내가 발끈해서 대꾸하자, 지후가 진지한 눈빛으로 설명했다.

"너 아까 나한테 오빠라고 부를 때도 그랬고, 너희 꽃잎반 선생님 예쁘다고 할 때도 그랬잖아."

귀신이 따로 없다. 나는 얼이 빠른 표정으로 지후를 바라보았다.

"지후야, 나중에 우리 집에 놀러 올래? 아저씨가 맛있는 거 해 줄게."

"네!"

지후는 뭐가 그렇게 신나는지 좋아 죽겠다는 얼굴로 대꾸했다. 그리고 아빠는 뭐가 그렇게 재미있는지 흐뭇한 얼굴로 지후를 내려다보고 있었다.

그날 저녁, 내가 그렇게 엄마한테는 말하지 말라고 신신당부를 했는데도 불구하고, 아빠는 유치원에서 있었던 일을 하나도 빼놓지 않고 엄마에게 보고했다.

"우리 다솜이가 당신을 쏙 빼닮았다니까."

"아냐, 나는 아빠 닮았어."

나는 얼굴은 아빠를 닮았다며 고개를 내저었다.

"어떻게 거짓말할 때 말끝 떨리는 것도 닮았지? 근데 그걸 지후라는 애가 기가 막히게 알아차리더라니까."

어? 엄마도 거짓말할 때 말끝이 떨린다고? 그렇다면…….

나는 골똘히 생각에 잠겼다. 나는 아빠와 엄마 중 누구 머리를 닮았는지 모르겠지만—머리 이야기만 나오면 서로 자신을 닮았다고 하니까— 기억력이 무척이나 좋았다.

지난밤에 자다가 허전해서 일어나 보니, 엄마와 아빠가 방에 없었다. 커다란 패밀리 침대 위에는 나와 어린 동생만이 잠들어 있었다. 아침에 일어나서 엄마, 아빠는 새벽에 뭘 했냐고 물어봤었다.

「아빠는 회의 준비하고, 엄마는 강의 준비했지.」

회의가 많은 아빠니까 당연히 그럴 거라고 생각했고, 얼마 전부터 대학교에서 신문 관련 교양 강의를 시작한 엄마도 당연히 그랬을 거라고 여겼다. 그런데 문제는 그리 대답하는 엄마의 말끝이 미세하게 떨렸었다.

그럼, 그게 거짓말이었다는 거잖아?

나는 고민에 빠지고 말았다. 대체 엄마, 아빠는 새벽에 뭘 한 걸까?

"여보, 일어나."

두 아이를 재우면서 나도 깜빡 잠이 들었었나 보다. 나를 깨우는 조심스러운 목소리에 나는 소스라치게 놀라서 눈을 떴다. 어스름한 방 안에서 남편이 나를 내려다보고 있었다.

"안 씻고 자?"

아이들 저녁 먹이고, 씻겨서 재우느라 정작 내 몸은 씻지 못한 상태였다. 나는 여기서 더 말을 이었다가는, 그 소리에 애들이 깰까 싶어서 일단 방에서 나가자며 고갯짓을 했다. 방 밖으로 나오자마자, 남편이 커다란 손으로 내 허리를 감싸 쥐었다.

"그래서 오늘 유치원에서 본 남자애 이름이 지후라고?"

나는 아까 남편에게 들었던 일을 상기하며 되물었다. 다솜은 유치원에서 있었던 일을 제법 잘 이야기해 주는 편이었지만, 지후는 처음 들어 보는 이름이었다.

"녀석 똘똘하게 생겼던데?"

"그래서 내가 몰랐구나."

나는 이제야 일면 이해가 간다는 듯이 고개를 끄덕거렸다. 남편은 무슨 뜻이냐고 묻는 듯한 얼굴로 나를 바라보았다.

"우리 딸은 날 닮아서 얼굴만 봐. 하나같이 나한테 괜찮다고 말하는 남자애들이 다 기가 막히게 잘생겼더라고."

나는 벙싯 웃으며 남편을 올려다보았다.

"하긴 그래서 우리 유정이가 내 얼굴 하나만 보고 나랑 결혼한 거지?"

능청을 떠는 남편의 모습은 여전히 사랑스럽다. 나는 까치발을 들어 남편의 뺨에 입을 한 번 맞추고는 읊조렸다.

"나 씻을래."

그러고는 욕실로 향하려는데, 허리를 붙잡고 있는 남편의 손에 힘이 들어가는 게 느껴졌다.

"왜, 또."

"같이 씻자."

그리 말한 남편은 나를 번쩍 안아 들고는 욕실로 향했다. 나는 아이들이 깨지 않도록 소리를 죽인 채로 웃음을 터뜨리고 말았다.

미리부터 이럴 생각이었는지, 욕조 안에는 몽글몽글 거품이 피어오르고 있었다. 그는 익숙하지만, 여전히 떨리는 손길로 내 옷을 벗겨 냈다. 나는 가만히 그가 하는 대로 내버려 두었다. 내 속옷까지 전부 벗긴 그는 자신의 옷도 재빠르게 벗어 던진 뒤, 나를 샤워 부스 안으로 이끌었다.

"일단 샤워부터 한번 하고."

그의 말이 떨어짐과 동시에 뜨거운 물줄기에 살갗을 타고 흘러내렸다. 나의 젖은 머리에 샴푸 거품을 잔뜩 얹은 그는 두피 구석구석을 꾹꾹 눌러 가며 마사지를 해 주었다.

"으음, 너무 좋다."

시원스러운 손길에 저절로 신음성이 흘러나왔다. 그러자 그가 내 귓가에 입술을 갖다 붙이며 조용히 속삭였다.

"벌써 그런 소리 내면 곤란해."

그의 말에 긴장감이 은근히 고조되었다. 나는 그가 나에게 해 준 것처럼 샴푸 거품을 내서 그의 머리 위에 얹었다. 내가 그의 머리카락 속에 손을 묻은 순간, 그의 손이 내 허리를 받쳐 드는가 싶더니, 젖은 살갗 위로 그의 얼굴이 파묻혔다.

"흐음, 잠깐만. 머리부터 감고."

가슴 끝을 단번에 베어 무는 아찔한 통증에 나는 신음을 흘리며 그를 나무랐다.

"누가 뭐래?"

그는 입안에서 사탕을 굴리듯 정점을 굴리며 되물었다. 나는 아랫입술을 꾹 깨문 채로 그의 두피를 마사지하기 시작했다. 그러자 그가 더욱 세게 가슴 끝을 빨아들였다.

"하아, 정말."

나는 거품 가득한 손길로 그의 머리를 와락 끌어안으며 목을 한껏 뒤로 젖혔다. 허리를 받쳐 안고 있던 그의 손이 허벅지로 향하는가 싶더니 내 오른쪽 다리를 받쳐 들었다.

"으읏."

결합이 깊었다. 나는 미끄러지지 않으려 안간힘을 쓰며 그에게 매달렸다. 밭은 신음이 밖으로 새어 나갈까 싶어서 아랫입술을 꾹 깨문 채로 버티고 있는데, 그가 그걸 눈치챘다는 듯이 입술을 겹쳐 왔다.

"으음."

그의 입안으로 참고 있던 신음이 쏟아졌다. 뜨거운 물에 젖었던 살갗은 예민했고, 그의 손길이 닿는 곳마다 민감한 반응이 일었다. 그가 허리를 깊게 쳐올린 순간, 나는 숨을 멈춘 채로 눈을 질끈 감았다. 딱 붙어 버린 눈꺼풀 사이로 눈물이 새어 나올 만큼 진한 쾌락이었다.

한 번은 서서 할 수 있지만, 두 번은 힘들다는 말에 그는 아쉽다는 얼굴로 나를 욕조 안으로 이끌었다. 그는 내 뒤에 자리를 잡았고, 나는 그의 가슴에 등과 머리를 기댄 채로 눈을 감았다. 조도를 낮춘 욕실 안에는 장미 줄기 향이 나는 초가 피워져 있었고, 로라 피지의 소프트 재즈가 흘렀다.

"천국 같아."

아이들이 잠든 깊은 밤, 남편의 품에 안겨서 하루를 정리하는 순간은 정말이지 천국과 같았다. 어떻게 매일 좋을 수 있느냐고 하겠지만, 거짓말처럼 매일 좋기만 했다. 아이들이 태어나면서 그는 그룹과 관련한 일을 하나씩 줄여 나갔고, 육아에 적극적으로 참여했다.

그룹 윤의 차남이 자연스레 육아에 참여하는 아빠가 되다 보니, 그룹에서 워킹 대디를 위한 다양한 복지 정책들이 마련되었다. 아이를 키우면서 가장 일하기 좋은 회사로 그룹 윤이 손꼽히는 것도 당연했다.

아빠들이 육아휴직을 썼고, 유치원에 데리러 가기 위해 일찍 퇴근했으며, 아이와 관련한 행사에 참여하기 위한 목적이면 한 달에 하루씩은 유급 휴가를 보장받을 수 있었다.

"내가 어떻게 이런 바람직한 남자를 골랐지?"

나는 눈을 감은 채로 어깨를 어루만지는 그의 손길을 느끼며 조용히 읊조렸다.

"얼굴만 보고 고른 거라며? 내 얼굴이 바람직하기는 하지. 근데 나 늙어서 주름지면 어떡해?"

그가 던진 질문에 나도 모르게 웃음이 흘러나왔다. 나는 그에게 기댔던 상체를 일으켜 앉으며, 그를 돌아보았다.

"주름져도 잘생긴 얼굴로 골랐지. 아마 영감 중에 제일 잘생긴 영감이 될걸?"

그는 사랑스러워 죽겠다는 표정을 짓고는 내 이마에 쪽 소리가 나도록 입을 맞췄다.

"우리 유정이도 아마 할머니 중에 가장 똑 부러지는 할머니가 될 거야."

"어? 뭐야! 나는 왜 고운 할머니 같은 거 아니고, 똑 부러지는 할머니야?"

내가 수면 위를 튕기며 가볍게 물보라를 일으키자, 그가 손가락을 튕겨서 내 얼굴에 물방울을 흩뿌렸다. 웃음을 참을 수가 없었다.

"두고 봐. 내가 똑 부러지는 할머니 아니라, 세상에서 최고로 귀엽고 예쁜 할머니가 될 테니까."

"그래, 우리 그렇게 나이 먹었으면 좋겠다."

흐뭇하게 말하는 그의 목소리에 나는 새삼 가슴이 뜨끈해지는 걸 느꼈다. 불과 몇 년 전만 해도 나이 먹는 게 그렇게 싫었었다.

그런데 이 남자와 살다 보니, 다가오는 하루하루가 기대되었다. 이 사람과 이렇게 나이 들어 가는 게 행복하다는 사실에 나는 그저 감사할 뿐이었다.

함께해 온 시간만큼이나, 앞으로의 시간이 기대되는 사람, 나는 그런 사람과 살고 있다.

자다 깼는데, 엄마 아빠가 또 보이지 않았다. 심장이 철렁 내려앉았다. 보통 나쁜 짓을 하는 사람들은 대부분 밤에 돌아다녔다.

설마, 우리 집이 잘사는 이유가……?

나는 동생이 깨지 않도록 조심스럽게 침대를 벗어났다. 그리고 방문을 열었는데, 공용 욕실 쪽에서 말소리가 들려왔다. 나는 가슴을 쓸어내렸다. 우리 엄마, 아빠는 다행히 밤에 돌아다니며 나쁜 짓을 하는 사람들은 아니었나 보다. 그렇다. 나는 엄마, 아빠가 혹시나 남의 집을 털고 다니는 도둑일까 싶어서 마음을 졸였었다. 다시 말하지만, 나는 올해 여섯 살이다.

나는 가만히 욕실 문가로 다가갔다. 물속에서 첨벙첨벙하는 소리가 들려왔다. 그리고 엄마의 말소리도 조용히 울려 퍼졌다.

"아까 머리 못 감은 거, 마저 감아야지. 여기 거품 그대로 있네."

"그래? 그럼, 머리 좀 헹궈 줘 봐."

나는 한숨을 내쉬며 고개를 절레절레 내저었다. 우리 아빠는 정말이지 손이 많이 가는 사람이다. 엄마는 우리를 재우고 난 뒤에, 아빠를 씻겨

주느라 바빴나 보다. 내일은 아빠에게 혼자 샤워하는 법에 관한 동화책을 권해 줘야 할 것 같다. 물론 나도 아직은 혼자 샤워를 못하지만 말이다.

『이사장님, 여기선 곤란해요』 완결

작가 후기

종이책 출간을 위해, 2017년 봄에 완결 낸 글을 오랜만에 다시 읽어 보았습니다. 1년도 더 전에 쓴 글이어서 그런지 부족한 점도 많아 보였지만, '이때는 내가 이런 글을 썼었구나.' 하는 생각에 행복했답니다. 이 글을 쓰면서 무척 즐거웠었거든요.

수정을 시작하기 전, 저는 작가로서 겪는 일종의 성장통으로 힘들 때였습니다. 앞으로 어떤 글을 써야 하는지, 이대로 글을 계속 써도 되는지에 대한 치열한 고민을 하고 있었습니다.

유정이와 준재를 다시 만나면서, 저는 다행스럽게도 성장통을 이겨 낼 방법이 보이는 듯했습니다. 성장하기 위해 겪는 것이 성장통이듯, 저는 다음에 더 재미있고, 아름다운 글로 독자님들을 만날 수 있도록 노력하겠습니다.

이제, 정이 많이 든 주인공들을 정말 제 손에서 떠나보내야 합니다. 모든 글이 다 그렇지만, 유정이와 준재는 왜 이렇게 애틋한지 모르겠어요. 아마도 제가 쓴 글 중에서 여주를 가장 빡세게 굴린 글이어서 그런 것도 같습니다.

연재 시절, 함께 밤을 지새우며 파이팅을 외쳤던 박수희 실장님, 종이책 출간 작업을 함께해 주신 주승아 담당자님 감사합니다.

그리고 카카오 페이지 연재 시절부터, [이사장님, 여기선 곤란해요]의 종이책 출간을 간절히 바라셨던 독자님들의 응원이 있었기에, 제가 종이책 출간 작업을 무사히 마칠 수 있었습니다.

진심으로 감사드립니다.

2018년 11월

요안나 드림